名家短经典

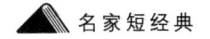

〔美〕F.S. 菲茨杰拉德 —— 著
张鋆 等 —— 译

返老还童
菲茨杰拉德短篇小说精选

FITZGERALD COLLECTED STORIES

人民文学出版社
PEOPLE'S LITERATURE PUBLISHING HOUSE

Francis Scott Fitzgerald
Collected Stories

Simplified Chinese edition copyright © 2022 by Shanghai 99 Readers' Culture Co., Ltd.
All rights reserved.

图书在版编目(CIP)数据

返老还童:菲茨杰拉德短篇小说精选/(美)F.S.菲茨杰拉德著;张鋆等译. —北京:人民文学出版社,2022(2023.1重印)
(名家短经典)
ISBN 978-7-02-016573-5

Ⅰ.①返… Ⅱ.①F… ②张… Ⅲ.①短篇小说-小说集-美国-现代 Ⅳ.①I712.45

中国版本图书馆 CIP 数据核字(2020)第 172818 号

责任编辑　卜艳冰　邱小群
封面设计　李苗苗

出版发行　人民文学出版社
社　　址　北京市朝内大街 166 号
邮政编码　100705

印　　制　山东新华印务有限公司
经　　销　全国新华书店等

开　　本　890 毫米×1240 毫米　1/32
印　　张　12.25
字　　数　306 千字
版　　次　2022 年 1 月北京第 1 版
印　　次　2023 年 1 月第 2 次印刷

书　　号　978-7-02-016573-5
定　　价　60.00 元

如有印装质量问题,请与本社图书销售中心调换。电话:010-65233595

目录

近海海盗   1

雕花玻璃酒缸   49

牛皮糖（又名：没有骨气的男人）   82

骆驼的后背   114

返老还童（又名：本杰明·巴顿奇事）   155

阔少爷   184

冬之春梦   239

绯闻侦探   266

一个祥和、宁静的地方   296

疯狂的礼拜天   324

恶　魔   347

重访巴比伦   357

近海海盗

一

　　这个让人匪夷所思的故事是从一片海域上开始的,当时的那片海域简直就是一个蔚蓝色的梦境,流光溢彩的海面艳丽得犹如蓝色的丝袜,连俯瞰着海面的那一片天也是碧蓝碧蓝的,蓝得就像孩童眼中那蓝汪汪的虹膜一样。在西边的半拉天空中,太阳正羞答答地将一片片金黄色的小圆盘洒落在海面上——倘若你有足够的耐心凝神静气地仔细观看,就会发现这些小圆盘在不停地从一个浪尖跃向另一个浪尖,直到汇入一个黄灿灿的大金币的辽阔光环里,这个黄灿灿的大金币还在吸纳着方圆半英里开外的光华,最终将会化作一片令人眼花缭乱的夕照。约莫在佛罗里达海岸线与这道金黄色的光环之间,有一艘雪白的汽艇停泊在那儿,显得非常有朝气,也非常典雅,在艇艉处的一顶蓝白相间的遮阳篷下,有一个金发姑娘正斜倚在一张柳条编制的躺椅上,在读阿纳托尔·法朗士所作的那本《天使的叛变》[①]。

---

① 阿纳托尔·法朗士(Anatole France,1844—1924),法国著名作家,1921年诺贝尔文学奖得主。《天使的叛变》(The Revolt of the Angels,1914)描写几个天使下凡人间,有的爱上了歌女,有的变成了无政府主义者,有的认为历史的动力是撒旦。天使的叛变最后在塞纳河畔终止。

她芳龄大约有十九岁，身段苗条而又柔韧，天生一张娇惯任性、妩媚迷人的嘴，一双水灵灵的灰色眼眸里炯炯有神，洋溢着求知的渴望。她的那双脚，竟然没有穿长筒袜，那双蓝色缎面的拖鞋也并不是穿在她脚上，而是在点缀着她的那双脚，拖鞋在她的脚指头上还在若无其事地晃悠着，她占据着一张躺椅，却把一双脚搁在与她相邻的那张躺椅的扶手上。她一边看书，一边时不时地用舌头去浅浅地舔一下拿在她手里的一块只有半拉的柠檬，一副怡然自得的样儿。另外那半拉柠檬，因为早已被吸吮干了，此时就躺在她脚边的甲板上，随着几乎难以察觉到的潮汐的涌动，在优哉游哉地晃来晃去。

这第二块也只有半拉的柠檬几乎又吸吮不出什么汁水了，那道金灿灿的光环也令人惊奇地变得更加辽阔了，就在这时，一阵突如其来的沉重的脚步声打破了笼罩在这艘游艇上的令人昏昏欲睡的静谧气氛，一位上了年纪的老者蓦然出现在舷梯口，他虽然满头华发，却梳理得纹丝不乱，身穿一袭白色的法兰绒西装。他在舷梯口稍稍停留了片刻，直到眼睛适应了这时的阳光，随后，当他一眼看见遮阳篷下的那个姑娘时，嘴里便忍不住发出了一声长长的、颇有些埋怨的哼哼声。

倘若他想就此而得到什么起立、欠身之类的礼貌举动的话，那他注定要失望了。那姑娘镇静自若地把书翻了两页过去，随即又往回翻了一页，机械地把手中那块柠檬抬高到动动嘴即可品尝到的距离，接着便打了一个虽说非常微弱，却也肯定错不了的哈欠。

"阿蒂塔！"那灰白头发的老者板着面孔说。

阿蒂塔细声细气地哼了一声，却无动于衷。

"阿蒂塔！"他又连喊了几声，"阿蒂塔！"

阿蒂塔懒洋洋地抬起手中的柠檬，在入口之前，舌尖上总算溜出三个字眼儿来。

"啊，闭嘴。"

"阿蒂塔！"

"什么事？"

"你能不能好好儿地听我说句话——否则，你要不要我叫个用人过来摁住你，好让你老老实实地听我说话？"

那块柠檬慢慢地、满不在乎地垂了下来。

"把你要说的话写下来嘛。"

"你能不能放规矩点儿，把那本讨厌的书收起来，把那块该死的柠檬丢开两分钟吧，行不行？"

"啊，你就不能让我一个人清静一小会儿吗？"

"阿蒂塔，我刚刚接到一个消息，是岸上用电话打来的——"

"电话？"她这才首次流露出了一丝淡淡的兴趣。

"是的，电话里说……"

"你的意思是说，"她颇为疑惑地打断了他的话，"他们让你在这里也拉了一根线，好与外面联络？"

"是的，就在刚才。"

"别的船会不会撞上这根电线啊？"

"不会的。那根线是敷设在海底的。五分钟……"

"哎呀，我真他妈的服了！天哪！科学如黄金啊，真是个了不起的东西——对吗？"

"我刚开了个头，你先让我把话说完，行不行？"

"快说吧！"

"唔，事情好像是这样的——呃，我上这儿来就是想……"他欲言又止，心烦意乱地连着咽了好几回口水，"啊，是这么回事儿。你这少不更事的小女子啊，莫兰德上校又打电话来了，央求我务必要带着你去参加晚宴。他儿子托比专程从纽约赶来，就是为了想跟你见上一面，他还邀请了另外几个年轻人呢。我再问你最后一遍，你愿不愿……"

"不愿,"阿蒂塔傲慢无礼地说,"我才不愿去呢。我这次乘着这条该死的游艇出来兜风,心里就只有一个想法,要去棕榈滩① 看看,这一点你也是知道的,因此,我绝对不会去跟哪个该死的老上校,或者哪个该死的小托比见面的,也绝不会去跟那些该死的老气横秋的年轻人见面的,在这个狂热喧闹的州里,不管是哪一座该死的老城,我都绝对不会踏进一步的。所以,你要么带我去棕榈滩,要么就闭上你的嘴走人。"

"好得很。这可是最后一根稻草啦。就你对这个男人的迷恋程度而言——这个因为过于放荡而声名狼藉的家伙,这个你父亲甚至都不许他过多提及你的名字的家伙——你已经表现得像个品行可疑的小暗娼一样啦,你哪儿像一个在上流社会里长大成人的大家闺秀啊。从现在起……"

"我知道,"阿蒂塔挖苦地打断了他的话,"从现在起,你走你的阳关道,我走我的独木桥。这种话我听得多了。你知道的,我偏偏就喜欢这样。"

"从现在起,"他信誓旦旦地大声宣布说,"就当我没有你这个侄女了。我……"

"噢——噢——噢——噢唷!"阿蒂塔憋着嗓子挤出了一连串惊呼,声音中似乎含着丧魂落魄般的痛苦,"你别再烦我了,行不行!你赶紧走开吧,行不行!你干脆从船上跳下去淹死得了!你要不要我把这本书甩到你脸上去!"

"要是你胆敢做出任何……"

---

① 棕榈滩(Palm Beach),又称"棕榈滩岛",位于美国佛罗里达州,是一个风景秀丽、气候宜人的滨海小城,是美国乃至世界各地各界名流向往之地。

哗!《天使的叛变》优雅地凌空飞来,在距离其攻击目标仅差短短一鼻之遥的地方跌落下来,喜笑颜开地躺在舷梯口。

那头发花白的老者本能地后退了一步,但随即又小心翼翼地向前迈出了两步。阿蒂塔一跃而起——她身高足有五英尺四英寸[①]呢,她伫立在那儿,公然桀骜不驯地瞪着他,那双灰色的眼眸里如同燃烧着熊熊怒火。

"滚开!"

"你好大的胆子!"他怒喝道。

"因为我他妈的就高兴这样!"

"你已经变得越来越叫人无法忍受了!你这脾气……"

"我这脾气还不都是你培养出来的!没有哪个孩子生来就是坏脾气,还不都怪她的家庭教养有问题!不管我现在是一个什么样的人,都是你一手造成的。"

她叔叔气得咬牙切齿地咕哝了一句什么,然后便背过身去,一边迈步向前走,一边大声命令起锚开船。接着,他又返身朝遮阳篷走来,而阿蒂塔这时已经重新泰然自若地端坐在那里,依然如故地把注意力放在那块柠檬上。

"我要上岸去了,"他耐着性子说,"今晚九点我还要再出去一趟。等我回来,我们就立即动身返回纽约,一到纽约,我就立即把你交给你姑姑,由她来管束你那所谓正常、其实是极不正常的生活吧。"

他停顿了一下,朝她看了看,然而,面对她那纯然稚气未脱的美丽的容貌,他不禁又动了恻隐之心,满腔的怒火刹那间似乎又泄了气,犹如一只充足了气却被人一下子戳破了的轮胎,使他陷入了一种无可奈何、不知所措、全然呆若木鸡的境地。

---

① 约合1.63米。

"阿蒂塔呀，"他并非不近人情地说，"我又不是傻瓜。我一生闯荡江湖，也算阅人无数了。我了解男人。因此，孩子啊，那些风流成性的浪荡子是不会改邪归正的，除非等到他们玩儿腻了为止——即便如此，那也不是他们这号人的本性——他们这号人不过是徒有其表的躯壳罢了。"他望着她，仿佛在期待她赞同他的说法似的，岂料，他得到的却只是漠无表情、缄口不语的反应，只好又接着说了下去。"也许那个男人现在还是爱着你的——这种可能性也是有的。他爱过许多女人呢，而且他今后还会爱上更多的女人的。不到一个月前，就算一个月吧，阿蒂塔呀，他还跟那个红头发的女人咪咪·梅丽尔，打得火热呢，弄得臭名昭彰的；他还信誓旦旦地说，要把俄国沙皇赠给他母亲的那只钻石手镯送给她呢。这件事你也是知道的——你看过报纸上的那些报道。"

"这些触目惊心的桃色事件居然出自一个疑神疑鬼的叔叔之口，"阿蒂塔打着哈欠说，"简直可以拿去让人家拍电影啦。居心不良的花花公子老是对着品行端正的时髦少女飞媚眼。结果是，品行端正的时髦少女禁不住诱惑，被他那渲染得过了头的传奇经历拖下了水。她千方百计地要到棕榈滩去跟他幽会。疑神疑鬼的叔叔却要处心积虑地从中百般阻挠。"

"你能不能告诉我，你究竟为什么这样鬼迷心窍地偏要嫁给他这个人呢？"

"我当然不可能告诉你啦，"阿蒂塔断然回答说，"也许是因为他是我认识的唯一的一个男子汉吧，不管是好是坏，反正他是一个有想象力、有胆识、对自己的信念坚信不疑的人。也许是为了摆脱那些精神空虚、无所事事、成天就知道满世界追逐我的幼稚的傻瓜蛋吧。不过，至于那只尽人皆知的俄罗斯手镯，这一点，你就尽管放心好啦。他打算在棕榈滩把它献给我呢——你只要稍微动一动脑筋就明白了。"

"那个——那个红头发女人又是怎么回事?"

"他已经有六个月没有跟她见面了,"她很恼火地说,"难道你认为我就没有足够的自尊来关注这件事?难道你到现在还不明白,我要是想对付哪个该死的男人,我是什么该死的事情都做得出来的?"

她高傲地抬起下巴颏儿,那模样如同那尊叫作《觉醒的法国》的雕塑①一样,然而她后来扬起那块柠檬的动作,却或多或少破坏了那个造型。

"把你迷恋得神魂颠倒的就是那只俄罗斯手镯吗?"

"不是,我不过是想给你一个类似于这样的话题,好启发你动动脑筋罢了。再说,我还巴不得你赶紧走开呢,"她说着说着,火气又上来了,"你明明知道,我从来就不会改变想法的。你真讨厌,已经烦了我整整三天了,弄得我简直都快要发疯啦。我不会上岸去的!绝不!你听见没有?绝不!"

"算你狠,"他说,"那你也别想去棕榈滩了。在我所见过的那些自私自利、娇生惯养、无法无天、刁钻古怪、不可理喻的小丫头中,就数你最……"

噼啪!那半拉柠檬击中了他的脖颈。与此同时,船舷边也传来了一声吆喝。

"准备起航了,法纳姆先生。"

尽管肚子里憋着太多的话要说,憋着太多的火要发,然而法纳姆先生却只是朝他的侄女狠狠瞥了一眼,目光里充满了谴责,随后便转过身去,急匆匆地奔下了舷梯。

---

① 《觉醒的法国》(France Aroused),美国雕塑家乔·戴维森(Jo Davidson,1883—1952)的著名雕塑作品,为纪念1914年9月德军进攻巴黎时在桑尼尔村遭到顽强抵抗而撤退所作。这尊巨幅雕像就竖立在巴黎附近的桑尼尔村头,雕像为头颅高昂、振臂高呼的法国女战士的形象。

二

　　五点钟的太阳从天边翻滚而下,悄无声息地钻进了这片海域。那道金黄色的光环仍在不断扩大,已然化成了一座熠熠生辉的岛屿;一阵徐徐吹来的微风在乐此不疲地抚弄着遮阳篷上的流苏,也把一只悬在半空中晃悠着的蓝色拖鞋吹得左右摇摆。突然间,淡淡的风儿变得凝重起来,载着歌声飘然而至。那是一阵由好几名男性齐声合唱出的歌声,听上去非常和谐,而且还很有节奏感,为这歌声伴奏的是几只船桨划破这蓝色水域时的波浪声。阿蒂塔抬起头来,侧耳聆听着。

　　　　胡萝卜加青豆,
　　　　豇豆弯弯在膝头,
　　　　猪猡纷纷下海喽,
　　　　　幸运的伙计们,加油!

　　　　送我们一阵微风吧,
　　　　送我们一阵微风吧,
　　　　送我们一阵微风吧,
　　　　　把你的风箱拉起来。

　　阿蒂塔惊愕得蹙起了眉头。她一动不动地端坐在那儿,带着迫切的心情仔细聆听着。这时,那合唱声中又响起了一段新的歌词:

　　　　洋葱加豇豆,

马歇尔[1]加系主任，
戈尔德堡[2]加葛林[3]
　　加考斯特罗[4]。

送我们一阵微风吧
送我们一阵微风吧，
　　把你的风箱拉起来。

她不禁惊呼了一声，随即将手中的书本抛向了甲板，任由那本书呈叉开状摊在甲板上，然后急匆匆地朝船舷边奔去。在五十英尺开外的地方，有一条大划艇正朝这边驶来，船上共有七个男人，有六个人在划桨，另一个人则伫立在船艉，手持一根管弦乐队的指挥所使用的指挥棒，在为他们的歌声打着节拍。

牡蛎加石块，
锯木屑加短袜，
谁能用大提琴
　　打造出时钟来？——

---

[1] 此处的马歇尔指美国西弗吉尼亚州的马歇尔大学（Marshall University）。该校创办于1837年，以美国联邦法院第四任大法官、美国前国务卿约翰·马歇尔（John Marshall，1775—1835）的名字命名。
[2] 戈尔德堡（Reuben Garrett Lucius "Rube" Goldberg，1883—1970），美国作家、雕塑家、漫画家、发明家。
[3] 葛林（Green）为英美人常见姓氏。此处似应指弗雷德里克·托马斯·葛林（Frederick Thomas Green，1851—1928），英国著名足球运动员，曾服役于英国牛津大学。
[4] 考斯特罗（Costello）为英语国家人的常见姓氏。此处似应指弗雷德里克·考斯特罗（Frederick "Frank" G. Costello，1884—1914），英国著名职业足球运动员，第一次世界大战前夕服役于英国南安普顿足球队，担任前锋。

领头的那个人突然将目光停落在阿蒂塔的身上,她这时恰好倚在船栏边,半个身子探出了船栏外,出于好奇正看得如痴如醉。他把手中的指挥棒迅速挥动了一下,那歌唱声便立即戛然而止了。她发觉那条船上唯有他是白人——那六个划桨的全都是黑人。

"噢嗬,水仙号!"他客客气气地打了个招呼。

"一路高呼着这么难听的号子究竟是什么用意?"阿蒂塔兴致勃勃地问,"难道这就是从乡下那所疯人院大学出来的划艇代表队吗?"

这时,那条划艇已经在剐蹭着这艘游艇的侧舷了,位于划艇最前端的一个高大肥硕的大块头黑人转过身去,一把抓起他身边的扶梯。紧接着,划艇尾部的那名头领也迅速离开了他所在的位置,还没等阿蒂塔弄明白他的意图,他已经飞身攀上扶梯,来到了甲板上,气喘吁吁地站立在她面前。

"女人和小孩可以放过!"他简洁明快地说,"把所有哭哭啼啼的婴儿统统立即扔到海里淹死,所有的男人一律要用双股铁链捆起来!"

阿蒂塔紧张地把双手插进连衣裙的口袋里,瞪大眼睛怒视着他,惊愕得张口结舌。

此人是一个年纪轻轻的小伙子,生着一张爱嘲弄人的嘴,那双明亮的蓝眼睛如同健康活泼的新生儿的眼睛一样,深陷在一张黝黑而又敏感的脸上。他头发乌黑,湿漉漉地卷曲着——如同古希腊女神像上被风吹雨打、已经变成了深褐色的头发一样。他身材修长匀称,衣着整齐合身,神态也优雅得犹如一名头脑机敏的四分卫[①]。

"嗯,我他妈的要变成枪口下的恶棍啦!"她一脸茫然地说。

他们彼此冷冷地乜斜着对方。

[①] 四分卫,橄榄球比赛中指挥进攻的枢纽前卫。

"你肯放弃这条船吗?"

"这是一句异想天开的话吧?"阿蒂塔摆出一副威风凛凛的样子问道,"你是一个白痴呢——还是刚刚经人介绍加入了某个兄弟会?"

"是我在问你呢,你肯不肯放弃这条船?"

"我还以为全国上下都在禁酒呢,"阿蒂塔一脸不屑地说,"你一直在喝指甲油吧?你还是赶紧滚下这艘游艇为好!"

"什么?"这小伙子说话的声音显然表明他不敢相信自己所听到的话。

"赶紧滚下这艘游艇!我的话你听清没有?"

他盯着她看了一会儿,仿佛在琢磨她这话是什么意思似的。

"不,"他那张爱嘲弄人的嘴一字一顿地说,"不,我不会离开这艘游艇。你要是愿意,我可以立即放你下船走人。"

他奔向船栏边,发出一声简要的命令,划艇上的那群人便立即顺着扶梯纷纷攀爬上来,然后一字儿排开,站在他面前,队伍的这一头是一个黑得像煤炭、身躯高大结实的黑胖子,而另一头则是一个身材瘦小、身高只有四英尺九英寸①的混血儿。他们似乎是统一着装的,个个都穿着蓝色的、颇有点儿像戏装的衣服,衣服上沾满了灰尘和泥污,而且还破破烂烂;每个人的肩膀上都搭着一只虽然很小、看上去却很沉重的白色的袋子,腋下还夹着一个很大的黑箱子,里面显然装的是乐器。

"立——正!"小伙子发出一声口令,他自己先咔嚓一声并拢了脚后跟,"向右看齐!向前看!贝比,出列!"

个头最小的那个黑人急忙向前迈出一步,并敬了个礼。

"到——先生!"

"听我的命令,到下面去,把那些船员统统抓起来,把他们一个

---

① 约合 1.45 米。

个都捆结实了——只有那个轮机手除外。把他带上来见我。哦,顺便把那些袋子堆到船栏那边去。"

"是——先生!"

贝比又敬即了个礼,然后便迅即转过身去做了个手势,示意另外那五个人到他身边来集合。经过一番窃窃私语的商讨之后,他们排成一排,一个接一个无声无息地走下了舷梯。

"瞧,"小伙子扬扬得意地对阿蒂塔说,可她却被亲眼目睹的这最后一幕吓得花容失色、哑口无言了,"作为一个如此新潮的漂亮女郎,如果你愿意用你的名誉起誓——不过,你的起誓大概也不值多少钱——如果你能在接下来的四十八小时之内把你那张被人娇惯坏了的小嘴紧紧闭上,你就可以自个儿划着我们的那条船上岸去了。"

"要是我不答应,会怎么样?"

"要是不答应,你就只好待在一条船上去海上漂泊了。"

由于一场危机已被圆满化解,那小伙子微微吁了一口气,然后一屁股坐在刚才还是阿蒂塔占据着的那张躺椅上,展开双臂懒洋洋地伸了个懒腰。他环顾四周,望了望那富丽堂皇、线条分明的遮阳篷,望了望那些锃亮的黄铜器材,望了望甲板上的那些奢华的陈设,他的嘴角总算松弛下来,用鉴赏的眼光浏览着这一切。他的目光落在了那本书上,接着又看到了那只被吮干了汁水的柠檬。

"嗯,"他说,"'石墙'杰克逊[①]曾经说过,柠檬汁对他有提神醒脑的作用。你的脑袋现在感觉很清醒吧?"

阿蒂塔一脸的不屑,懒得回答他。

[①] "石墙"杰克逊(Stonewall Jackson),指托马斯·乔纳森·杰克逊(Thomas Jonathan Jackson, 1824—1863),美国南北战争时期南军的著名将领,因其1861年在第一次布尔溪战役中杰出的指挥而一举成名,号称"石墙",后成为罗伯特·E. 李将军手下的得力干将。

"因为五分钟之内,你必须做出清醒的抉择,到底是去还是留。"

他捡起那本书,好奇地翻开来看了看。

"《天使的叛变》。听上去挺不错嘛,是法国人写的吧,呃?"他以新的目光饶有兴致地打量着她,"你是法国人?"

"不是。"

"你叫什么名字?"

"法纳姆。"

"法纳姆是姓氏,名字呢?"

"阿蒂塔·法纳姆。"

"得啦,阿蒂塔,站在那儿把你满嘴的牙齿都咬掉了也没有用的。你应当趁着还年轻,赶紧改掉你那些神经质的坏习惯才对。过来吧,坐下。"

阿蒂塔从口袋里掏出一只雕花的玉匣子,从中取出一支香烟来,并故作冷静地把香烟点燃,尽管她知道自己的那只手还在微微地发抖;过了一会儿,她脚步轻盈、大摇大摆地走了过去,在另一张躺椅上坐下来,然后对着遮阳篷吐出了一大口烟。

"你不可能把我从这艘游艇上赶走的,"她从容不迫地说,"再说,如果你以为你抢了这艘游艇,就能驾着它远走高飞的话,那你也太自不量力啦。我叔叔会在六点半之前用无线电在整个这片海域布下天罗地网的。"

"唔。"

她飞快地扫了一眼他那张脸,只见他嘴角边浮现起一抹淡淡的沮丧,脸上也挂着明显的焦躁不安的神色。

"对我来说,反正都一样,"她一边说,一边耸了耸双肩,"这又不是我的游艇。我也不在乎在海上漂泊一两个小时。我甚至还可以把那本书借给你呢,这样,当警方的缉私巡逻艇在押送你前往新新监狱①时，你也好在途中有东西可看呀。"

他揶揄地哈哈一笑。

"如果这是一句忠告的话，那你就不必费心啦。这可是我们早已周密考虑好了的一项计划中的组成部分，只是在此之前，我还不知道这艘游艇的存在。假如不是碰上了这艘游艇，那也会是我们在途中遇见的停泊在这一带海岸线上的其他船只。"

"你们是什么人？"阿蒂塔出其不意地厉声问道，"你们是干什么的？"

"你已经拿定主意不上岸了吗？"

"这一点我压根儿就没有考虑过。"

"我们总共有七个人，"他说，"个个都小有名气，人家一般称我们是'柯蒂斯·卡莱尔和他的六个黑人朋友'，近来出演过《冬季花园》和《午夜狂欢》②。"

"你们是歌手吗？"

"到今天为止，我们一直都是歌手。现在嘛，由于你看见的堆放在那边的那些白色袋子的原因，我们已经成了躲避法律制裁的逃犯啦，如果悬赏捉拿我们的赏金这时候还没有攀升到两万块钱的话，就算我猜错了。"

"那些袋子里装的是什么？"阿蒂塔好奇地问。

"嗯，"他说，"我们姑且把它叫作——泥土吧——佛罗里达的泥土。"

---

① 新新监狱（Sing Sing），美国纽约州的一所州立监狱。
② 《冬季花园》(Winter Garden)和《午夜狂欢》(Midnight Frolic)，均为美国百老汇著名歌舞剧制作人佛罗伦茨·齐格菲尔德（Florenz Ziegfeld Jr., 1867—1932）所作的讽刺时俗的轻歌舞剧，于1919年至1921年间在百老汇各剧院上演，红极一时。齐格菲尔德也被人们戏称为"美国女孩的美化者。"

三

在柯蒂斯·卡莱尔与那名惊恐万状的轮机手谈完话之后还不到十分钟,水仙号游艇就拔锚起航了,在一派温馨宜人的热带暮光中喷吐着蒸汽一路向南驶去。那个身材瘦小、名叫贝比的混血儿,看来是得到卡莱尔的绝对信任的,此时在全权指挥着整个局面。法纳姆先生的贴身仆人和那名厨师,这两人是目前船上除了那个轮机手之外仅有的船员,显然已经进行过反抗,结果却被人结结实实地绑在底舱的床铺上了,此时正在重新考虑对策呢。长号手摩西,就是那个块头最大的黑人,正提着一罐油漆忙得不亦乐乎,他想把船头上的水仙号字样抹掉,用呼啦呼啦号[①]取而代之,而其余的几个人则聚集在船艉,非常投入地玩儿起了双骰子赌博游戏。

吩咐好手下人赶紧去准备饭菜、并要求七点半钟准时在甲板上开饭之后,卡莱尔又重新回到阿蒂塔的身边,而且二话不说,直接就大大咧咧地在他那张躺椅上仰躺下来,半闭着眼睛,陷入了一种仿佛无比深邃、想入非非的状态中。

阿蒂塔小心翼翼地仔细打量着他——随后便立即在心里将他归类为一个很有浪漫色彩的人物了。他看上去像是一个具有睥睨天下般的自信心的人,然而他的自信心是建立在一种微不足道的基础之上的——在他所做出的每一个决定的表象下,她都能察觉出有一份迟疑,这一点无疑与他嘴唇上的那种貌似傲慢的曲线形成了鲜明的对比反照。

"他跟我不是同一类人,"她暗暗寻思,"多少还是有那么点儿差别的。"

[①] "呼啦呼啦"(Hula Hula),一种源于波利尼西亚的草裙舞。

由于是一个言必称"我"、自负到了极点的人，阿蒂塔心中常常想到的只有她自己；由于她的自我中心主义的表现从来就没有受到过质疑，她便完全理所当然地我行我素了，何况她那无可挑剔的个人魅力丝毫也没有因此而有所降低。她虽然已芳龄十九，但她给人的印象依然还是一个性情活泼、身体发育早熟的小女孩，在她那洋溢着青春与美丽的光环中，她所认识的所有的那些男男女女，都只不过是在她那喜怒无常的性格所激起的涟漪中随波逐流的朽木片而已。她也结交过一些别的自我中心主义者——事实上，她觉得自私的人并不像无私的人那样让她感到乏味——但是，迄今为止，这世上还没有一个到头来不被她所征服、不拜倒在她的石榴裙下的人呢。

不过，尽管她一眼就能看出，躺在她身边那张躺椅上的那个家伙，也是一个自我中心主义者，可是她一点儿也没有感觉到要像往常那样去封闭自己的心扉，因为封闭心扉的目的是为了卸下包袱、轻装上阵、准备战斗；相反的是，她的本能告诉她，这个男人完全就是个外强中干、根本不堪一击的家伙。每当阿蒂塔公然向传统习俗发起挑战的时候——而且这一点近来居然已经成为她主要的消遣方式了——那完全是出于她要表现自我的强烈愿望，然而她觉得眼前的这个男人似乎恰好与她完全相反，他满脑子里装的都是该怎样去挑战自我。

她对他的关注程度，甚至已经远远超过了她对自己目前处境的关注，她的这种情感就好比一个十岁大的儿童在期盼一出即将上演的日场戏一样。她对自己的才干有绝对的信心，在任何情况下，不论是什么情况，她都能照顾好自己。

夜色愈加深沉了。一轮暗淡的新月露出了笑靥，透过梦幻般的薄雾俯瞰着这片海域，随着黑魆魆的海岸线越去越远，随着团团乌云被风儿刮得如同片片落叶飘向了遥远的地平线，游艇突然沐浴在一大片朦朦胧胧的月色中了，游艇飞速驶过的那条航道则如同一条布满闪闪发亮的铠甲的宽广大道展现在眼前。时不时地会有火柴燃起的耀眼的火光倏然亮起,那是有人点燃了香烟,不过,除了引擎发出的阵阵低沉的震颤声和冲刷在船舷周围的平稳的波浪声之外,这艘游艇宁静得如同一条载着满天繁星穿行在天堂中的梦幻之舟。萦绕在他们周围的是夜色笼罩下的大海的气息,同时也给他们带来了一种无比倦怠的感觉。

卡莱尔终于打破了沉默。

"好一个幸运的姑娘啊,"他叹息地说,"我一直想成为一个有钱的人——能够买下所有这些漂亮的东西。"

阿蒂塔打了个哈欠。

"我宁愿做一个像你这样的人。"她坦诚地说。

"你宁愿——大概只能做一天吧。不过,作为一个新潮女郎,你好像真的很有勇气呢。"

"我希望你不要这样称呼我。"

"请原谅。"

"至于勇气嘛,"她慢腾腾地接着说,"那正是我的一大特点,可以弥补很多不足呢。我可是一个天不怕、地不怕的人。"

"唔,我就没有你那么大的胆子。"

"若要懂得害怕,"阿蒂塔说,"一个人就得做到要么非常伟大、非常坚强——要么他干脆就做一个胆小鬼得了。我这个人两者都不是。"她停顿了片刻,随后,她说话的语气竟悄然变得热切起来。"可是,我很想听你说说你自己的情况。你到底都干了些什么呀——又是怎么干的?"

"怎么啦?"他揶揄地说,"想写一部关于我的电影吗?"

"说来听听嘛,"她怂恿地说,"借着这迷人的月光,编一个谎言给我听听吧。编出一个天花乱坠的故事来吧。"

有个黑人走了过来,揿亮了遮阳篷下由一串小彩珠组成的电灯,接着又去收拾好那张柳条桌,摆上了晚饭。当他们吃着从下面应有尽有的食品储藏柜里拿上来的冷鸡块、色拉、菊芋、草莓酱的时候,卡莱尔开始侃侃而谈起来,他起初还有些犹豫,但是一看到她那兴致盎然的样子,也就迫不及待地讲述起来。阿蒂塔几乎没碰过她自己的那份食物,只顾凝望着他那张黝黑而又年轻的脸庞——眉清目秀、面含讥讽,还有一丝淡淡的矜持。

他一来到这人世间就是一个穷孩子,家乡在田纳西州的一个小镇上,他说,那地方可真叫穷啊,就是因为太穷,他们居住的那条街上才唯独只有他们这一家是白人。在他的记忆中,周围从来就没有一个白人孩子——不过,他无论走到哪里,必定有十几个黑人孩子浩浩荡荡地跟在他后面,他们全都是他的热情的崇拜者,他也乐得让他们屁颠屁颠地在后面跟着,因为他的想象力非常活跃,又总爱领着他们神出鬼没地到处惹是生非,闯下了不少祸。但是,话说回来,似乎也正是他与黑人孩子的这种交往,才把一种非同凡响的音乐天赋转入到一片奇异的领域里来的。

那时候,有一个黑人女子,名叫贝尔·波普·卡尔霍恩,她经常在专门为白人子弟举行的各种宴会上弹奏钢琴——参加宴会的都是些很有教养的白人孩子,每当他们从柯蒂斯·卡莱尔身边走过去时,总要冲着他擤一下鼻子。可是,这个衣衫褴褛、可怜兮兮的"白人小穷鬼",却总是不失时机地坐在她的钢琴边,拿着一支别的孩子只能吹出嗡嗡声的卡祖笛①,努力用它吹奏出中音萨克斯管的音调来,为她的钢琴曲伴奏。还不到十三岁,他就已经在纳什维尔②附近的几家小咖啡馆里挣钱谋生了,用一把破破烂烂的小提琴演奏出又生动又诙谐

---

① 卡祖笛(Kazoo),一种玩具笛。
② 纳什维尔(Nashville),美国田纳西州的首府。

的拉格泰姆音乐①。八年后，拉格泰姆音乐的狂潮袭遍了全国，于是，他便带着六个黑人兄弟踏上了去奥菲姆②巡回演出的旅程。他们中有五个人是从小和他一起长大的男生；另外那一个，就是那个身材瘦小的混血儿，名叫贝比·狄凡恩，他在纽约一带做过码头工人，很久以前曾经在百慕大的一家种植园里当过帮工，直到他后来把一柄八英寸长的短剑捅进了他老板的脊背。在卡莱尔几乎还没有意识到他也会有鸿运当头的时候，人就已经来到了百老汇，于是，各种各样的聘书和邀约开始从四面八方纷至沓来，赚来的钱多得他连做梦也没有想到。

大概就在那个时候，他的整个人生观开始发生转变了，一个相当不可思议、相当令人痛苦的转变。那时候，他忽然发觉，他是在虚度他人生中最宝贵的黄金岁月，成天围着某个舞台转，与许多黑人在一起叽哩哇啦地瞎胡扯。他的演出在同类节目中也算很出色的了——三个长号手、三个萨克斯管手，再加上卡莱尔自己的长笛——也正是由于他自己对音乐节奏具有奇特的理解，才使得这支乐队完全与众不同；可是，他却莫名其妙地开始对演出变得越来越敏感了，一想到马上又要去登台亮相，他就开始怨恨起来，日复一日，他竟变得越来越害怕上台了。

他们一直在拼命赚钱——他每签订一份合同，要价都会比之前的那份高出很多——然而，当他跑去找那些演出经理们，告诉他们说，他想脱离他这支六重奏乐队，想改行做一名普普通通的钢琴师时，他们竟嘲笑他，说他一定是疯了——这样做简直等于是艺术自杀。后来，他常常嘲笑"艺术自杀"这一说法。那时候，人们都用这个词。

他们曾经以每晚三千元的价格在私人舞会上表演过六次，但是，

---

① 拉格泰姆音乐（Ragtime），一种源自美国黑人乐队的早期爵士音乐。
② 奥菲姆（The Orpheum Circuit），美国一歌舞剧团名。该剧团1886年成立于旧金山，常年在全国各地巡演，在美国和世界各地均设有剧院，以演出轻歌舞剧为主。

这些演出却似乎反而将他对这种生活方式的厌恶感进一步具体化了。他们常去演出的是些俱乐部和私人会所，若是在大白天里，这些地方他是根本进不去的。说到底，他不过是在扮演着一只永恒不变的猴子的角色，一个似乎被理想化了的合唱队里的普通一员罢了。他讨厌剧院里的那种非常难闻的气味，他讨厌脂粉、口红的气味，也讨厌演员休息室里的那种叽叽喳喳的吵闹声，更讨厌剧院包厢里发出的那种居高临下的赞许声。他再也没法把全部心血都投入在这一行里了。一想到他正在一步步走向有闲阶层人的奢侈生活，他简直就要发疯了。当然，他也确实在朝着这种生活方式迈进，不过，那就好比一个小孩子在吃冰淇淋一样，因为吃得太慢，他根本就品味不出是什么滋味。

他想拥有好多好多的钱，拥有很多很多的时间，他很想能够有机会去读读书、去痛痛快快地玩一玩，他巴不得自己身边也簇拥着那种类型的男男女女，然而那种类型的人是根本不可能成为他的朋友的——那种人，即使他们果真偶尔能想起他来，也只会把他当作一个卑微得不值一提的人。总而言之，所有这些东西他统统都想得到，他已经开始积攒这些一般人认为只有贵族才配拥有的东西了，区区一个贵族头衔，似乎只要有钱，差不多什么人都能买得到，唯独像他这样赚来的钱除外。他那时二十五岁，没有成家，没有接受过学校教育，也没有什么希望将来能够在某个生意场上出人头地。他开始疯狂地做起投机生意来，不料，还没出三个星期，他就输光了自己辛辛苦苦积攒下来的每一分钱。

后来，战争[1]爆发了。他去了普拉茨堡[2]，然而，即便到了那里，

---

[1] 此处指第一次世界大战。
[2] 普拉茨堡（Plattsburg），美国纽约州克林顿县境内的一座小城，建立于1785年。美国历史上"1812年战争"中的"普拉茨堡战役"即在此地展开。一战爆发后，此地曾设立军事训练营，为美国参战作人才准备。

他的职业也始终在尾随着他。有一位陆军准将传令将他召进了司令部，并亲口对他说，让他去做一个乐团的团长要比让他去当兵能更好地报效祖国——于是，在整个战争期间，他就留在了后方，带着司令部的一个乐团马不停蹄地为社会各界名流表演节目。那情形倒也不算太坏——只是每当他看到那些步兵一瘸一拐地从前线的战壕里归来时，他心里就会想，自己也会成为他们当中的一员的。在他看来，他们身上的汗水和泥土，似乎仅仅只是那些难以用言语来表达的象征着贵族头衔的诸多符号中的一种，而那些符号则永远都在困惑着他。

"这种困惑都是那些私人舞会所造成的。我从战争中归来之后，从前的那种混日子的生活方式又老调重弹了。我们接到了佛罗里达旅馆业联盟发来的邀请。反正那也只是个迟早的事儿。"

他忽然停住不说了，阿蒂塔还在充满期待地望着他，他却摇了摇头。

"不行，"他说，"我不能把这些都告诉你。我太喜欢独自回味那段生活了，假如我把它拿来与哪个不相干的人分享的话，我担心我的那份快乐恐怕会因此而大打折扣的。我要留住那些绝无仅有的扣人心弦的英雄时刻，等我在他们那帮人面前亮相的时候，我要让他们知道，我远远不止是一个该死的跳梁小丑，一个只知道蹦来蹦去、哇哩哇啦叫唤的小丑。"

船首那边忽然传来一阵低沉的歌唱声。那几个黑人原来早已聚集在甲板上了，他们异口同声的合唱声渐渐变得高亢起来，唱腔中带着一种动人心弦的旋律，激越的歌声在令人回肠荡气的泛音中向着月亮飞去。阿蒂塔心荡神驰地侧耳聆听着。

啊，去吧——

啊，去吧，

妈咪将带我去银河，
　　啊，去吧——
　　　　啊，去吧，
　　爸爸说明日再—去—也—可！
　　可是妈咪说动身之日是今朝，
　　是的呀——妈咪说动身之日就在今朝！

　　卡莱尔叹息了一声，由于一时无语，他便默默地抬起头来仰望着布满夜空的群星，璀璨的群星宛如一盏盏弧光灯闪烁在暖融融的天空中。那几个黑人的歌声已经渐渐平息下来，变成了凄婉、轻柔的哼哼声。这时，星光灿烂的夜空与极其静谧的氛围仿佛都在分分秒秒地竞相增长着，直到他仿佛能听见在午夜时分起身的美人鱼们在盥洗室里如厕和梳妆打扮的声音，她们借着月光一边梳理着她们那银白色的水淋淋的鬈发，一边在相互闲聊着，讲述着她们彼此所栖息的那些美轮美奂的失事船骸，那些船骸就静卧在水下那些或墨绿色、或乳白色的大道上。

　　"你瞧，"卡莱尔温柔地说，"这才是我心目中的美。美就应该是令人惊奇、令人感到无比震撼的——它应当像梦一样突然出现在你的眼前，像少女的眼睛一样妙不可言。"

　　他转过身来向着她，她却沉默着一言不发。

　　"你明白我的意思，对吗？阿蒂塔——我的意思是，阿蒂塔？"

　　她依然毫无反应。她早已熟睡良久了。

　　　　　　　　　四

　　在烟波氤氲、日光如泻的第二天中午，出现在他们前方海面上的一个小黑点在不经意间竟然转化成了一座黛色中夹杂着灰白色的小岛，小岛在其北端的构造显然是一面巨大的花岗岩峭壁，峭壁向南倾斜下来，穿过一英里生机盎然的萌生林和青草地，通向一片覆盖着细沙的海滩，呈漫坡状渐渐融进了汹涌的海浪中。阿蒂塔当时正坐在她最喜欢的那张躺椅上看书，当她看完《天使的叛变》的最后一页、啪的一声把书合上时，她抬起头来看了看，随即便看见了那座小岛，她欢快地轻轻惊呼了一声，然后又朝卡莱尔喊了一声，卡莱尔正心事重重地伫立在船栏边。

"就是这里吗？这就是你要去的地方吗？"

卡莱尔漫不经心地耸了耸双肩。

"你这话还真的把我难倒了，"他抬高嗓门，朝上面那个代理船长喊道，"喂，贝比，这就是你说的那座岛屿吗？"

那混血儿小得出奇的脑袋瓜从舱面室的角落里探了出来。

"是的——先生！就是这个。"

卡莱尔来到阿蒂塔身边。

"看上去还算挺有样子的，对不对？"

"对，"她表示同意地说，"不过，它看上去不够大呀，成不了藏身之地的。"

"你依然还死抱着你那份信心，以为你叔叔真的会通过那些无线电在这片海域布下天罗地网吗？"

"不，"阿蒂塔坦率地说，"我完全站在你这一边。我真的很想看看你是如何成功地逃过这一劫的。"

他大笑起来。

"你就是我们的幸运女神啊！估计我们将不得不把你留下来作为我们的吉祥物啦——至少就目前而言。"

"你总不能蛮不讲理地叫我游泳回去吧，"她冷冷地说，"如果你

23

真要那样做,我就来写一部惊悚恐怖的廉价小说,素材就用你昨天晚上告诉我的你那荒诞不经的发迹史。"

他脸红了,显得有些不自然起来。

"让你听得不耐烦了,非常抱歉。"

"哦,那倒没有——就是故事编到结尾的那一段,你说你那时是多么地愤愤不平,因为你只能为那些女士奏乐,却不能跟她们跳舞。"

他气得腾地一下站了起来。

"你那该死的小舌头倒挺恶毒的。"

"对不起,"她说,态度软和下来,笑了笑,"不过,我听不惯男人们在我面前大肆吹嘘,用他们那野心勃勃的发迹史来博得我的欢心——尤其说他们如何如何地过着要命的柏拉图式的生活。"

"为什么?人家通常都是用什么办法来博得你的欢心的呢?"

"啊,他们谈论我呀,"她打着哈欠说,"他们当面奉承我,说我就是集青春和美丽于一身的典范。"

"那你怎么说呢?"

"啊,我就默认呗。"

"凡是见了你的男人,个个都会说他爱你吧?"

阿蒂塔点点头。

"他怎么会不这样说呢?整个人生不就是那么回事儿嘛,先勇往直前,然后再急流勇退,都因为一句话——'我爱你。'"

卡莱尔哈哈一笑,坐了下来。

"这话倒是说得千真万确。这句话——这句话说得不错。这句话是你自己想出来的吗?"

"对呀——或者说,是我自己体会出来的。其实也没有什么特别的意思。只不过是句俏皮话罢了。"

"类似于这样的话,"他一本正经地说,"不正是你们这个阶层的人所特有的嘛。"

"啊,"她很不耐烦地打断了他,"别再滔滔不绝地大谈什么贵族了!凡是这么一大早就急着要大发议论的人,我一概都信不过。这是一种精神不正常的轻度表现——简直是早饭吃多了撑的。早晨这个时光应该用来睡睡懒觉、游游泳,没有什么烦恼的事儿。"

十分钟过后,游艇兜了一个很大的圈子,好像要从北面靠上那座岛。

"这里面很可能有名堂,"阿蒂塔喃喃自语地说,"他的意思不可能只是把船停靠在那个悬崖边上。"

游艇此时正笔直地朝着那结构坚硬、足足有一百多英尺高的岩壁驶去,然而直到行至距离岩壁已不足五十码的地方时,阿蒂塔这才看清了他们的真实目的。一见之下,她便高兴得直拍巴掌。原来那峭壁中居然有一个被奇形怪状、层层叠叠的巉岩隐藏得严严实实的豁口,游艇就是从这个豁口中开进去的,然后便缓缓行驶在一条狭窄的河道中,河道里的水清澈见底,河道两边是高耸的呈灰白色的石壁。不一会儿,他们就在一片由绿色和金黄色构成的小天地里停泊下来,这是一个流金溢彩的港湾,水面平静得如同玻璃镜面,四周生长着幼小的棕榈树,整个景象就像孩子们在海滩上用沙土堆积起来、用镜子当湖泊、周围插着小树枝的模型一样。

"还不算太他妈的差劲儿!"卡莱尔兴奋不已地说,"我估计那个小黑鬼对大西洋这个角落的周围情况还是挺熟悉的。"

他那激情奔放的样子很有感染力,阿蒂塔也跟着欢欣鼓舞起来。

"这真是一个绝对能稳操胜券的藏身之地呀!"

"天哪,是的!它就像小说书里看到的那种海岛一样。"

那条划艇被放下来,进入了金色的湖面,于是,他们朝岸边划去。

"快来吧,"他们刚登上泥泞的滩涂,卡莱尔就喊道,"我们要去探险啦。"

一棵棵棕榈树毛茸茸的篷边呈环状向内卷曲着,缤然成行地生长在一片方圆足有一英里的平坦、多沙的原野边缘。他们沿着这排棕榈树一路向南走去,穿过又一片热带植被的边缘,之后便来到了那片呈灰珍珠色的从未有人涉足过的沙滩。到了这儿,阿蒂塔踢掉了她脚上的那双棕色的高尔夫鞋——她似乎这辈子连长筒袜也不想穿了——赤着脚涉水而行。后来,他们又信步走回到游艇边,那个不知疲倦的贝比早已在那里为大家准备好了午餐。他已经在那座悬崖制高点的北侧布置了一个岗哨,在那个位置上,小岛两侧海面上的动静都可以观察到,尽管他认为通向悬崖的那个入口处一般情况下未必有人知道——他甚至从来就没有看见过一张标出了这座小岛方位的地图。

"它叫什么名字,"阿蒂塔问道,"我是说,这座岛?"

"根本就没有名字,"贝比嘻嘻地笑着说,"干脆就叫它小岛好了,就这么回事儿。"

傍晚时分,他们来到悬崖的最高处,背靠着那些硕大无朋的顽石坐下来,卡莱尔把他那暂且还不太明确的计划向她简要描绘一下。他可以断定,人家这时候一定在十万火急地追捕他呢。他干下了一件惊天动地的大事儿,获得的各项收入加在一起的总数,他估计有将近一百万美元之多,至于那是一件什么样的事儿,他依然不肯向她透露。他指望着能在这个地方先蛰伏几个星期,然后再动身南下,完全避开人们常走的那些航道,绕过合恩角①,然后就直奔秘鲁的卡亚俄②。诸如燃料、给养之类的细枝末节的小事儿,他打算全部交给贝

---

① 合恩角(Cabo de Horn),位于南美洲的最南端,在智利火地岛南面的一座岛上,以风暴频现著称。在1914年巴拿马运河开通前,是连接大西洋和太平洋的唯一海路。
② 卡亚俄(Callao),秘鲁的主要港口城市。

比去办,这家伙似乎曾经以各种身份在这些海域里跑过船,从一艘运咖啡豆的商船上的一名普通水手,到一艘巴西海盗船上的大副,他都干过,而那艘海盗船的船长则早已被送上了绞架。

"假如他是白人,那他早就成为南美之王了,"卡莱尔振振有词地说,"若论智慧,他能叫布克·塔·华盛顿[①]相形见绌,变得活像一个痴呆儿。他诡计多端,血管里流淌着各个种族、各个国家的欺诈行骗之术,至少混有六个民族的血,要不就是我在撒谎骗人。他之所以崇拜我,是因为我是这世界上唯一的一个玩拉格泰姆音乐比他更在行的人。我们经常一起坐在纽约港区里临水的码头边,他带着一支巴松管,我带着一支黑管,我们配合协调地共同演奏着已有千年历史、具有非洲泛音特点的小调,直到那些老鼠纷纷顺着竹竿爬上来,围坐在我们四周吱吱嘤嘤地乱叫,就像狗狗也喜欢坐在留声机前猾猾地叫唤一样。"

阿蒂塔欢呼起来。

"你居然能把故事讲得这么精彩!"

卡莱尔咧嘴笑了笑。

"我保证这是一段最——"

"等你到了卡亚俄之后,你打算做什么呢?"

"乘船去印度。我想做一个酋长。我可不是说着玩儿的。我的想法是要继续北上,进入阿富汗的某个地方,去买下一座宫殿,外加一个贵族头衔,然后,过上大约五年左右之后,就现身在英国,带着外国人的口音和来历不明的身份。不过,首先得去印度。你知道吗,据

---

① 布克·塔·华盛顿(Booker Taliaferro Washington,1856—1915),非洲裔美国教育家、作家、演说家,非洲裔美国人的领袖,著有《美国黑人的未来》(The Future of the American Negro,1899)、《南方黑人》(The Negro in the South,1907)(与杜波依斯合著)等作品。

说，这世上所有的黄金久而久之最后都是流向印度的。对我来说，这种话里包含着很令人神往的成分呢。再说，我也想有清闲的时间来读读书——读好多好多的书。"

"接下去又该怎么办呢？"

"接下去嘛，"他毫不在乎地回答说，"就该当上贵族啦。你尽管可以笑话我——不过，你至少得承认，我明白我想得到的是什么——这一点我想我比你强。"

"恰恰相反，"阿蒂塔一边反驳，一边伸手去口袋里掏她的那只烟盒，"遇见你的时候，我跟我所有的朋友和亲戚都大吵了一场，正在闹别扭呢，就因为我明白我想得到的是什么。"

"你想得到的是什么呢？"

"一个男人。"

他吓了一跳。

"你是说，你已经跟人家订过婚了？"

"姑且可以这样说吧。假如你没有登上这条船，我昨天晚上就一心一意地要悄悄溜上岸去啦——现在看来就好像是很久以前的事儿了——去棕榈滩跟他见面。他正带着一枚手镯在那儿等我呢，那只手镯曾经是俄罗斯女皇凯瑟琳的配饰。所以，你就不要再嘀嘀咕咕地议论贵族这个话题啦，"她快言快语地说，"我之所以喜欢他，纯粹是因为他有想象力，有十足的勇气，敢于坚持自己的信念。"

"但是，你的家人不赞成这桩事情吧，呢？"

"不赞成又能怎么样——不过是一个傻叔叔和一个比他更傻的姑姑罢了。现在看来，他好像陷入了一桩风流韵事的风波，跟一个名叫什么咪咪的红头发女人搅在了一起——这件事被人添油加醋地无限夸大了，他说，况且男人通常是不会对我撒谎的——再说，反正我也不在乎他以前都干了些什么；重要的是将来会怎么样。何况我也会密切关注这件事的。如果一个男人爱上了我,他就不会老想着要去别的地方拈花惹草了。我告诫他,要他像甩掉一块热糕饼一样甩了她,他也照办了。"

"真让我感到嫉妒,"卡莱尔说着,皱起了眉头——但随即又笑了起来,"我估计我只会让你陪着我们一起去卡亚俄啦。等我们到了卡亚俄,我就借给你一笔足够让你回美国的钱。到那个时候,你肯定有机会稍微再仔细地想一想那个绅士的。"

"别用这种口气跟我说话!"阿蒂塔发起火来,"我不会容忍别人用长辈的口吻教训我的!你懂不懂我说的话?"

他嘿嘿一笑,随即又戛然而止,显得非常尴尬,因为她那冷冰冰的怒气似乎一下子让他矮了三分,也使他感到不寒而栗。

"对不起。"他有些吃不准地主动说。

"啊,用不着道歉!我受不了男人用那种男人味儿很足,却又吞吞吐吐的腔调说'对不起'。你就免开尊口吧。"

一阵短暂的沉默,一阵让卡莱尔觉得浑身不自在的沉默,然而阿蒂塔却似乎压根儿就没有注意到这一点,因为她正心满意足地坐在那儿一边享受着她那支香烟,一边举目眺望着波光粼粼的大海呢。过了一会儿,她爬上了那块巨石,从岩石的边缘探头朝下面张望着。卡莱尔定定地望着她,心里在暗暗寻思,怎么也想不明白,她这个人似乎想装也装不出一副有失风度的粗野样子来啊。

"啊,瞧!"她叫了起来,"那下面靠近海岸的地方有好多好多暗礁啊。一个个非常宽阔、高矮各不相同的礁石。"

他急忙来到她身边,两人一起从那令人目眩的高度向下凝望着。

"今晚我们去游泳吧!"她兴奋不已地说,"借着这迷人的月光。"

"你难道就不想去另一侧的海滩上散散步吗?"

"没门儿。我喜欢跳水。你可以穿上我叔叔的游泳衣,不过那件

29

泳衣穿在你身上只会让你像一只黄麻布做的大口袋,因为我叔叔是一个大腹便便的人。我有一件上下一体式的花里胡哨的泳衣,那件泳衣把大西洋沿岸的原住民居民全都吓晕了,从比迪福德海滨浴场[1]到圣奥古斯汀[2],所到之处,莫不如此。"

"依我看,你简直就是一条鲨鱼。"

"对,这方面我特别擅长。再说,我这漂亮的模样也挺惹人喜欢呀。去年夏天,在北边的莱伊城[3]里,有个雕塑家对我说,我的小腿值五百块钱呢。"

对于这样的话似乎不需要作出任何回答,于是,卡莱尔也就默不作声了,只是自己在内心深处偷偷地笑了笑。

五

当夜幕在一派交织着蔚蓝色和银白色的朦朦胧胧的天地间悄然降临时,他们驾着划艇穿行在那条如一线天般的微光闪烁的河道中,然后把船儿拴在一块凸起的岩石上,两人一起拔脚朝悬崖上爬去。第一块岩石架大约有十英尺高,也很宽阔,构成了一个天然的跳台。他们在那儿坐了下来,沐浴着皎洁的月光,眺望着连绵不断、微波荡漾的海水,大海此时几乎已风平浪静,因为已经开始退潮了。

"你快乐吗?"他突然出其不意地问道。

她点了点头。

"人在大海边总是很快乐的。你知道吗,"她接着说,"我一整

---

[1] 比迪福德海滨浴场(Biddeford Pool),美国一著名潮汐海滨浴场,位于缅因州南部沿海,坐落在距比迪福德市西南约6英里处的萨科河的河口上。
[2] 圣奥古斯汀(St. Augustine),美国佛罗里达州东北部一海滨城市,素有"天下第一海岸"之称。
[3] 莱伊城(The Town of Rye),美国纽约州一城市,海滨旅游胜地,位于威斯切斯特县境内。

天脑子里都在想，你和我还是有共同之处的。我们两个人都是叛逆者——只是叛逆的理由各不相同罢了。两年前，那时我才十八岁，而你已经……"

"二十五岁。"

"——唉，从传统意义上说，我们两个人都还算一帆风顺。我那时纯然就是一个魅力十足、让人心旌摇荡的初入社交界的名门闺秀，你也是一个风华正茂的音乐人，只不过是在军队里服役……"

"根据国会颁布的条例，也算是一个绅士吧。"他挖苦地说。

"唉，不管怎么说，我们两个人想当初都还算适应环境的。即使我们身上的棱角还没有完全被磨平，至少也已被整得有所收敛了。但是，我们两个人的内心深处都有某种东西在敦促着我们要去获得更多的幸福。我其实并不知道我想得到的究竟是什么。我在一个又一个男人的身边周旋着，心情忐忑不安，性格极其烦躁，月复一月，默契变得越来越少了，不满倒变得越来越多起来。有时候，我会独自一人坐着发呆，咬牙切齿，咬腮帮子，心想，要是再这样下去，我就要发疯了——我对青春易逝、人生无常感到很恐怖。我要抓住的东西是现在——现在——现在！瞧，我过去——很漂亮——现在依然很漂亮，对不对？"

"对。"卡莱尔很勉强地附和道。

阿蒂塔冷不防地站了起来。

"等一等。我想试一试这片景色宜人的大海。"

她走到岩石架的尽头，紧接着，整个人如出膛的枪弹一样凌空飞出，扑向了大海，身体在半空中略作蜷曲，旋即又伸展开来，然后像利刃一样笔直地扎进了水中，以完美的动作来了一次高台屈体跳水。

片刻之后，她的声音从下面袅袅飘来。

"你瞧，我过去就知道读书，常常一看就是一整天，甚至还熬通

31

宵。我越来越怨恨这个社会了——"

"快上来吧,"他打断了她的话,"你究竟在搞什么名堂?"

"在仰泳呢。我待会儿就上来。我实话告诉你吧。这世上我最喜欢干的事情只有一件,那就是,敢冒天下之大不韪:穿着让人实在没法接受而又十分狐媚迷人的那种衣服去参加化装舞会,跟那些最风流放荡的男人一起在纽约招摇过市,还卷进人家连想也不敢想的穷凶极恶的争吵之中。"

浪花飞溅的声音与她说话的声音交织在一起,不一会儿,他就听见了她那急促的喘息声,她正从岩石架的这一侧往上爬呢。

"接着往下跳啊!"她大声喊道。

他听话地站起身来,然后一跃而下跳入了水中。等他泅出水面、湿淋淋地拔脚往上爬时,却发现她人已经不在岩石架上了,不过,就在这惊魂甫定的瞬间,他听见了她那清吟吟的笑声,笑声是从再上去十英尺的另一个岩石架上传来的。他急忙赶到那边跟她会合,两人静静地坐了一会儿,胳膊抱着膝盖,彼此都没有说话,因为攀爬的缘故,两人都有些气喘吁吁的。

"那时候家里人简直都气疯了,"她没来由地说,"他们想,干脆把我嫁出去算了。后来,就在我感到这条命几乎不值得再活下去的时候,我忽然悟出了一个道理,"——她两眼朝天,扬扬自得地说——"我忽然悟出了一个道理!"

卡莱尔耐着性子期待着,她也就滔滔不绝地讲起来。

"人要有骨气——就是要有那股子骨气;骨气是人生的一条法则,也是某种应当永远抓住不放的东西。我开始树立信心,渐渐地在自己的心坎儿里竖立起了如此强大的信念。我开始渐渐明白过来,我过去心目中的所有偶像,都在一定程度上表现得很有骨气,这种骨气就是在无形中深深吸引着我的那种东西。我开始将骨气与人生中的其他东西区别开来。骨气有各种各样的表现形式——被击倒在地、满身是血的职业拳击手会爬起来再战——我过去经常让男人们带我去看职业拳击比赛;失去了社会地位的妇女照样会潇洒地从一窝猫当中走过去,并且优雅地朝它们看看,仿佛那些猫不过就是她脚下的一堆烂泥而已;要永远爱我所爱;根本用不着去顾及别人会怎么看待你——要永远按照自己所喜欢的活法活下去,哪怕是死,也要有我自己的死法——你来的时候把香烟带上来了吗?"

他递过去一支,并默默地为她擦亮了一根火柴。

"尽管如此,"阿蒂塔接着说,"那些男人还是照样聚集在我的身边——老老少少,应有尽有。他们中的绝大多数人,无论在智力上还是在体力上,都远远比不上我,可是却个个都怀着无比强烈的欲望想得到我——把这个漂亮得惊人的传说中的骄傲公主弄到手,我早已在自己周围筑起这样的光环了。你明白吗?"

"多少有点儿明白了。你从来就没有吃过亏,你也从来没有向别人道过歉。"

"从来没有!"

她拔脚朝岩石架边沿奔去,在那儿伫立了片刻,那姿势活像一个以苍穹为背景、被钉在十字架上的人一样,紧接着,整个人划出一道黑色的抛物线,"扑通"一声坠落在二十英尺下的两道泛着银光的涟漪之间,没有掀起任何水花。

她的声音再次从下面袅袅传来,飘到他的耳边。

"有骨气,对于我来说,就意味着要有敢于奋勇向前,冲破笼罩着人生的那种沉闷、灰暗的迷雾的气概——不仅要有凌驾于周围的人和环境之上的气概,也要有凌驾于生活中黯淡无望的景象之上的气概。一种对人生的价值执着追求的气概,对世间瞬息万变的各种事物的价值执着追求的气概。"

她此时正在一步步往上攀爬，说完最后那句话时，她的脑袋露了出来，与他所在的位置恰好在同一水平线上，湿漉漉的黄头发整整齐齐、油光闪亮地披散在她脑后。

"这些话说得都很在理，"卡莱尔并不赞成地说，"你也可以称之为有骨气，可是，话说回来，你的所谓的骨气，毕竟是建立在一种与生俱来的自豪感之上的。你生来就带着那种敢于蔑视一切的气度。就我所过的这种灰暗沉闷的日子而言，甚至连骨气也是一种灰暗沉闷、毫无生气的东西，别的事情就更不用说了。"

她这时人就坐在那岩石架的边缘，两手搂着膝头，心不在焉地望着那轮银白色的月亮；他远远地端坐在岩石架很靠后的位置上，身子蜷缩成一团，如同镶嵌在岩壁神龛里的一尊模样怪诞的神像。

"我可不愿让人觉得我就像波丽安娜①那样的人一样，"她侃侃而谈起来，"可是，你到现在还没有弄懂我的意思。我说的有骨气指的是有信心——对我骨子里的那种永恒的适应能力抱有的坚定信心——相信欢乐的日子终将还会再回来，相信还会有希望和发自内心的冲动。我觉得，只要目的还没有达到，我就得把嘴巴闭得紧紧的，把头昂得高高的，把眼睛睁得大大的——未必一定要傻呵呵地笑对人生。啊，我已经在地狱里走过一趟了，常常连一句牢骚话也不说——而且女人的地狱要比男人的地狱更让人难以忍受。"

"可是，假如……"卡莱尔话里有话地说，"还没等到什么欢乐呀，希望呀，以及你所说的那一切重新回到你的身边时，人生的帷幕就在你面前被永远地拉上了，那该怎么办？"

阿蒂塔陡然站起身来，走到峭壁前，有点儿吃力地朝另一个岩石

---

① 波丽安娜（Pollyanna），美国儿童文学作家伊莲娜·霍齐曼·波特（Eleanor Hodgman Porter，1868—1920）所创作的长篇小说《波丽安娜》（Pollyanna，1913）中的主人公，以其过分乐观的生活态度而著称。如今该词已成为"盲目乐观的人"的代名词。

架上攀去,那个岩石架比此处又要高出十到十五英尺。

"怎么办,"她回过头来喊道,"即使那样,我还是会赢的!"

他小心翼翼地一步步向上攀爬着,直到能看见她了。

"最好不要从那里跳水!你会把腰摔断的!"他急忙说。

她哈哈大笑起来。

"摔断腰的人不会是我!"

她不慌不忙地舒展开双臂,形如天鹅般伫立在那儿,她那年轻、健美的身段无处不散发着凛然的傲气,也在卡莱尔的心头燃起了一道暖融融的火花。

"我们就要冲进这黑沉沉的夜空啦,要把双臂大大地伸展开来,"她高喊道,"把双脚在后面绷得笔直地伸出去,像海豚的尾鳍一样,而且我们心里还要这样想,我们绝不会撞在下面那片银白色的物体上的,到后来,我们就会在突然间感到遍体温暖,周围全都是在不停地亲吻着我们、爱抚着我们的层层细浪。"

她话音刚落,人已经扑进了空中,卡莱尔情不自禁地屏住了呼吸。他还没有意识到这次跳水的高度已接近四十英尺了。在这一刻,时间仿佛变成了一个永恒的定格,直到他终于听见了她到达海面时发出的那声短促而又结实的入水声。

当她那嗓音轻柔、如流水般圆润的笑声沿着悬崖的这一侧扶摇直上,传进他焦急万分的耳朵里时,他高兴地、如释重负般地轻叹了一声,也就在这一刻,他忽然发觉,他竟然已经爱上了她。

六

时光,不会为了眷顾他人而另有所图的时光,将这三天的午后淋漓尽致地泼洒在他们头上。每当黎明刚刚过去一个钟头,初升的太阳穿过阿蒂塔舱室的舷窗照射进来时,她就会怀着愉快的心情从床上一跃而起,穿上她那件泳装,然后钻出舱室,来到甲板上。那几个黑人一看见是她上来了,就会纷纷放下手中的活儿,一齐拥到船栏这边来,一边交头接耳地有说有笑,一边望着她在清澈的海水中游来游去,像一条机灵的小鲑鱼一样,时而在水面上嬉戏,时而又钻入水下。到了午后,在清凉的海水中,她还会再畅游一次——然后就跟卡莱尔一起在悬崖顶上悠闲地散步、抽烟;或者和他一起面对面地侧身斜卧在南面那片海滩的细沙里,偶尔也聊上几句话,不过主要是为了观赏白昼是以怎样绚丽多彩的方式渐渐淡去,又是以什么悲催的方式渐渐转化为这热带之夜所特有的无限慵懒的氛围的。

然而,在那些漫无尽头、阳光充裕的时辰里,令阿蒂塔浮想联翩的人生中的这一段插曲,如同在现实世界的沙漠中偶发出来,却在不顾一切地疯长着的一棵具有浪漫情调的嫩枝,便会从她的脑海中渐渐消逝。她害怕他要绕道往南进发的那个时刻的来临;她害怕那些可能会不期而至地降临在她身上的种种结局;千头万绪在这突然间竟变成了一团乱麻,连已经拿定的主意也变得面目全非了。要是那些祈祷词能够在她灵魂深处的异教徒式的礼数中占有一席之地的话,她说不定会诵读一段为生活而祈福的祷告词的,不过,那也只是为了能在短时间内不受骚扰,在百无聊赖中默许卡莱尔随口说出的一系列幼稚可笑的想法,他那活灵活现、孩子气十足的想象力,以及他血管里流淌着的为一物而痴狂的特点,这个特点似乎就横贯在他的性格之中,也为他的每一个行动增添了色彩。

但是,本篇故事讲述的并不是一对孤男寡女在某个荒岛上的传奇经历,至于孤男寡女在独处一隅时容易产生爱情这一话题也与本故事基本无关。本故事无非就刻画了两个颇具代表性的人物,而故事中的这片如世外桃源般的场景被设置在墨西哥湾流[①]的棕榈林中也纯属巧合。我们中的绝大多数人都会满足于生存与繁衍，也会为获得这两种权利而奋力拼搏，只有为数很少的或幸运或不幸的人才会有那种高瞻远瞩的思想，试图通过注定要失败的努力来掌握自己的命运。在我看来，阿蒂塔身上最引人关注的特点就是那股子勇气，这一点甚至会使她的美貌与青春失去光泽。

"带着我和你们一起走吧。"有一天深夜，她这样说道，他们当时正懒洋洋地坐在棕榈树下的那片树影婆娑的草地上。那几个黑人早已把他们的乐器搬上了岸，于是，那奇异诡谲的拉格泰姆音乐的乐声便随着夜色中这暖融融的气息轻柔曼妙地飘了过来。"我倒很希望能在十年之后重新现身，以一个极其富有、在种姓制度中地位极高的印度贵妇的身份。"她又补了一句。

卡莱尔飞快地扫了她一眼。

"这一点能办到，你是知道的。"

她哈哈一笑。

"这也算一种求婚的方式吗？特大新闻！阿蒂塔·法纳姆成了海盗的新娘！上流社会的女子被喜爱拉格泰姆音乐的银行抢劫犯绑架了！"

"我们抢劫的不是银行。"

"那是什么？你为什么就不肯告诉我呢？"

"我不想打破你心中的那些幻想。"

"我的老天爷，我可没有对你这样的人抱任何幻想。"

"我说的是你对你自己所抱有的那些幻想。"

[①] 墨西哥湾流（The Gulf Stream，又叫 The Gulf of Mexico），北大西洋的一条暖流，发源于墨西哥湾，是大西洋西部的延伸，北接美国，西和南为墨西哥，东南为古巴，经佛罗里达海峡与大西洋相连，经尤卡坦海峡与加勒比海相通。

她惊讶地抬起头来。

"对我自己！不管你犯下的是些什么样的滔天大罪，那跟我有什么关系？"

"这一点现在还不好说。"

她伸过手去，拍了拍他的手。

"亲爱的柯蒂斯·卡莱尔先生，"她柔声说，"你是不是爱上我啦？"

"好像跟这有点儿关系。"

"不是有点关系，现在是大有关系了——因为我觉得我已经爱上你啦。"

他啼笑皆非地朝她看了看。

"这样一来，你元月份的总人数就要暴增到半打之多啦，"他话里有话地说，"假如我硬逼着你摊牌，真叫你跟我一起到印度来，那你怎么办？"

"我会吗？"

他耸了耸肩膀。

"我们有可能会在卡亚俄结婚的。"

"你能给我提供什么样的生活呢？我说这话并没有故意要损你的意思，而是很认真的；万一那些想得到那两万块钱赏金的人把你给逮住了，那我怎么办？"

"我还以为你不会害怕呢。"

"我从来就没有害怕过——不过，我也不会仅仅只为了向一个男人证明这一点而白白葬送掉我的性命。"

"你要是一个穷人就好了。只是一个贫穷的小女孩，守在一片温暖的遍地是奶牛的原野上，成天隔着篱笆墙做着白日梦。"

"难道这样就不好吗？"

"我就会津津乐道于经常让你感到惊喜的——看着你瞪大眼睛望

着那些物件。要是你想得到的只是些物质上的东西的话！你懂我的意思吗？"

"我知道——就像女孩子们两眼直勾勾地望着珠宝店橱窗里的那些东西一样。"

"对——而且就想得到那款价值连城的呈长椭圆形的手表，那款表是铂金做的，周边还镶满了钻石。只不过你肯定会觉得那款表太昂贵了，所以，你就挑了一块只值一百块钱的白色合金手表。然后，我就会说：'嫌贵吗？我看一点儿也不贵嘛！'于是，我们就走进了那家商店，转眼间，那款铂金手表就亮闪闪地戴在你的手腕上了。"

"这话听上去既很动听，又很粗俗——也很好玩，不是吗？"阿蒂塔喃喃地说。

"可不是嘛！你就不能想象一下那种情景吗？我们在周游世界，在四面八方地到处花钱，宾馆里的那些听差的和饭店里的那些服务生都对我们顶礼膜拜？啊，做花钱大方的阔佬多有福气啊，因为整个天下都是他们的！"

"我也巴不得我们真能过上那样的生活呀。"

"我爱你，阿蒂塔。"他文质彬彬地说。

她脸上原本很稚气的表情陡然间消失了，变得格外严肃起来。

"我也非常喜欢跟你在一起呀，"她说，"相比之下，我以前所认识的那些男人一个个都相形见绌了。再说，我也喜欢你脸上的那种很丰富的表情以及你那头乌黑可爱的头发，还有我们上岸的时候你翻过船栏的那种姿势。事实上，柯蒂斯·卡莱尔，在你表现得十分自然的时候，你所做的一切事情我都喜欢。我认为你这个人也很有胆量，你也知道我是怎么看待这个问题的。有时候，看见你来到了我的身边，我就会情不自禁地想突然冲上去吻你一下，然后告诉你，在我心目中，你不过是一个很爱空想的大男孩罢了，而且这个大男孩的脑子里还装着一大套关于社会等级的纯属胡说八道的言论。假如我年龄稍微再大一点儿,对人生稍微再厌倦一点儿,我说不定真会愿意跟你一起远走高飞。既然话已经说到这个分上了,我觉得我还是回去早点儿结婚为好——嫁给另外那个男人。"

在那泛着银光的湖泊的对岸,那几个黑人的身影在焦躁不安地扭动着、摇摆着,他们就像被赋闲得太久的杂技演员一样,纯然是由于精力过剩,才不得不想出法子变着花样来消磨时光的。他们排成一个纵列,整齐划一地抬腿迈着正步,围绕着同一轴心以同心圆的方式行进着,他们时而高扬起头来,时而又埋下头去对着他们各自的乐器,一个个如同古罗马神话中吹笛子的农牧之神一样。于是,长号和萨克斯管发出的源源不断的悲鸣声交织在一起,构成了一首浑然天成的旋律,那旋律时而激昂、欢快,时而悠扬、凄婉,如同来自刚果腹地的一首死亡舞曲。

"我们来跳舞吧!"阿蒂塔大声叫道,"一听到那完美的爵士乐响起来,我就怎么也坐不住了。"

他牵起她的一只手,引领着她走出棕榈树下的青草地,来到一片开阔、坚实的沙土地上,皓月如泻,将绚烂的光辉洒落在这片土地上。在这华丽而又朦胧的月光下,他们像一对在随风飘舞的飞蛾一样飘飘洒洒地跳起舞来,于是,随着那奇异诡谲的交响乐时而悲泣、时而欢腾、时而战栗、时而绝望的乐声,阿蒂塔把她心中最后的一丝现实感也丢在了九霄云外,她干脆彻底抛开了自己的想象力,让自己完全沉浸在这如梦如幻、弥漫着夏日热带花朵的芬芳气息的氛围中,沉浸在头顶上方那满天星光、万里无垠的夜空中,她觉得,倘若她在此时睁开了眼睛,她准会发现自己正置身于一片由她自己的想象力杜撰出来的大地上,在跟一个幽灵翩翩起舞。

"这应当就是我所说的专场私人舞会。"他悄声说。

"我感到这样太疯狂了——不过，这是让人开心的疯狂！"

"我们都着了魔啦。数不胜数的历代食人生番的鬼魂正聚集在那边高高的悬崖边上，在虎视眈眈地注视着我们呢。"

"我敢打赌，那些食人生番的女人一定在说，我们像这样跳舞，未免也贴得太近了，而且我连鼻环也不戴就跑出来跳舞，这也是很不合乎礼仪的。"

他们两人都轻声笑起来——然而他们的笑声却在顷刻间变得哑然无声了，因为他们听到湖对岸的那支长号在吹奏到一个小节的正当中时竟戛然而止，那支萨克斯管在发出了一声让人心惊的呜咽声之后，随即也没了声息。

"怎么回事啊？"卡莱尔喊道。

静默了片刻之后，他们依稀看见一个黑色的人影正绕着银色的湖面飞奔而来，随着那人越跑越近，他们终于看清，那是贝比，正处于异常紧张的状态。他急奔到他俩面前站住脚，一边大口喘息着，同时也一口气报出了他带来的消息。

"有条船停泊在离岸大约有半英里的地方，先生。摩西，他在负责瞭望。他说，那条船看上去好像已经抛锚了。"

"有条船——有条什么样的船？"卡莱尔焦急地问道。

他的声音中有掩饰不住的惊慌，继而又看见他的整张脸也一下子拉了下来，阿蒂塔的心不禁也随之猛然咯噔了一下。

"他说他还没搞清楚，先生。"

"他们有没有放下登陆用的小艇？"

"没有，先生。"

"我们上去吧。"卡莱尔说。

他们悄无声息地朝山上爬去，阿蒂塔的那只手依然还放在卡莱尔的手里，从他们结束跳舞之时起，两人的手一直就没有分开过。她感到那只手被他神经质地越捏越紧了,仿佛他根本就没有意识到这种接触,尽管手被他捏得很疼,但她没有想过要把那只手抽出来。好像攀爬了一个小时之后,他们才到达山顶,然后再小心翼翼地匍匐前进,穿过那片影影绰绰的高地,来到悬崖的边缘。飞快地扫视了一眼之后,卡莱尔便不由自主地轻轻惊叫了一声。那正是一艘警方的缉私巡逻艇,艇艏、艇艉都架着六英尺口径的钢炮呢。

"他们知道了!"他说,并短促地倒吸了一口冷气,"他们知道了!反正他们已经查出我们在这一带的行踪了。"

"你能肯定他们知道那条河道吗?他们也许只是暂时停泊在那儿,想在早上看一看这座岛。从他们现在停泊的位置来看,他们是不可能发现悬崖下的那个出口的。"

"他们可以用望远镜来观察,"他绝望地说,看了看自己的腕表,"现在已经接近两点钟了。天亮之前他们不会有任何举动的,这一点可以肯定。当然还有一种微乎其微的可能性,他们说不定是在等待别的船只来增援他们;也许是在等一艘运煤的船吧。"

"依我看,我们不如就待在这儿算啦。"

时间一小时一小时地过去了,他们肩并肩地匍匐在那儿,显得非常安静,下巴颏儿支在手掌心上,如同正在遐想中的孩子一样。他们身后蹲着那几个黑人,全都很有耐心、听天由命、默默服从地蹲在那儿,间或还会发出响亮的鼾声,即使危险迫在眉睫,也丝毫不能减缓他们那克服不了的非洲人的嗜睡习惯。

将近五点钟的时候,贝比来到卡莱尔面前。水仙号上有五六支步枪呢,他说。是不是已经作出不抵抗的决定了?他认为,假如能想出一个万全之策,他们说不定可以非常漂亮地打一仗。

卡莱尔哈哈一笑,随即又摇了摇头。

"那可不是一支驻扎在这一带、操西班牙语的美洲土匪的队伍啊,贝比。那是一艘缉私巡逻艇。这情形就好比想用弓箭去对付机关枪一样。如果你愿意把那些袋子埋在什么地方，等以后再找机会把它们挖出来的话，那就赶紧去干吧。不过，这一招也没有用——他们会从这头到那头把这座小岛挖个遍的。这一仗算彻底输定啦，贝比。"

贝比一声不响地闷着头走开了，等卡莱尔朝阿蒂塔转过身来时，他说话的嗓音竟变得沙哑起来。

"瞧，这就是我这辈子结下的最要好的朋友。他可以为我而死，而且会以此而感到自豪，假如我让他去死的话。"

"你已经决定放弃了吗？"

"我别无选择呀。当然，出路总还是有的——万无一失的出路——不过，那还可以再等一等。我无论如何也躲不过对我的审判的——那将是一场别开生面的对一个声名狼藉的人做出的实验性的审判。'法纳姆小姐出庭作证，这个海盗对她的态度始终像一个绅士。'"

"别！"她说，"我感到非常遗憾。"

当夜色从天空中渐渐淡去、星光全无的蓝天渐渐转变为一派铅灰色的时候，那艘船的甲板上依稀出现了一阵骚动。果然，他们看见一群身穿白色帆布制服的警官已经聚集在船栏旁边。他们手拿望远镜，在全神贯注地观察着这座小岛。

"一切都结束了。"卡莱尔阴沉地说。

"妈的！"阿蒂塔低声说。她感到泪水涌上了眼眶。

"我们回游艇去吧，"他说，"我宁肯待在那艘游艇上，也不愿像只袋貂一样待在这儿等人家上来围捕。"

他们立即离开了这片高地，向山下迤逦走去，来到湖边，然后由那几个默不作声的黑人划着小船朝那艘游艇驶去。不一会儿，他们就瘫倒在游艇的躺椅上，面色苍白、萎靡不振地等待着。

半个钟头过后，在模模糊糊的灰暗的光线下，那艘缉私巡逻艇的艇艏出现在那条河道的入口处,但是又停了下来,显然是在担心,这个海湾也许太浅了,怕船会搁浅。由于游艇看上去很平静,那名男子和那个姑娘躺在躺椅上,那几个黑人也懒洋洋地靠在船栏边,在好奇地四处张望着,他们显然料定,他们不会遭遇到任何抵抗的,因为船舷边有两条小划船被漫不经心地放了下来,其中一条船上坐着一名警官和六名身穿蓝色制服的水兵,而另一条船上则有四个人在划桨,船艉处是两名头发花白、身穿法兰绒快艇服的男人。阿蒂塔和卡莱尔站起身来,彼此几乎都是无意识地拔脚向对方扑去。紧接着,他收住脚步,出其不意地把手伸进口袋,掏出了一个浑圆的、亮灿灿的物件,并把它托在手中朝她递过去。

"这是什么?"她满心疑惑地问道。

"我也不敢肯定,不过,根据镌刻在内侧的俄文来看,它应当就是别人曾许诺给你的那枚手镯吧。"

"哪儿来的——究竟是哪儿弄来的——?"

"从那些袋子里找出来的。你瞧,'柯蒂斯·卡莱尔和他的六个黑人朋友',当时正在棕榈滩的一家宾馆的茶室里演出,在演出的过程中,他们突然将手中的乐器变成了武器,并且扣押了全场观众。我就从一个模样漂亮、浓妆艳抹的红发女郎那儿夺下了这只手镯。"

阿蒂塔皱起了眉头,但随即又笑了笑。

"原来这就是你犯下的事儿呀!你倒确实很有胆量嘛!"

他鞠了一躬。

"这是尽人皆知、为中产阶级所特有的一种品质嘛。"他说。

此时此刻,初露的晨曦正动感十足地斜扫过甲板,将憧憧幽影翻卷起来,抛进了那些灰暗的角落里。朝露随着晨曦蒸腾起来,渐渐转化为金色的雾霭,轻如梦幻般的雾霭,在绵绵不断地裹向他们,直到他们仿佛成了残留在这即将散去的夜色中的虚无缥缈的遗物,在瞬息万变地幻化着,在一点一点地隐遁着。一时间,大海和苍穹仿佛都屏住了呼吸,晨曦也举起一只粉红色的手捂住了青春涌动的生命之口——紧接着,湖面上传来了一条划艇如怨如诉的低吟声和吱呀吱呀的划桨声。

刹那间,在东方低垂的金色大熔炉的衬托下,他们两人优雅的身影融为一体了,他正在热吻着她那受尽宠爱的青春勃发的嘴唇。

"这就是一种荣耀。"片刻之后,他喃喃地说。

她仰起脸来,满面春风地望着他。

"很幸福,对不对?"

她的叹息无疑就是一句祝福——那是一种无比欣喜、充满自信的叹息,这声叹息表明,她深信自己此刻依然还是那样青春勃发、美若天仙,魅力丝毫也不减当初。在这别有一番滋味在心头的一瞬间,生命绽放出了如此艳丽的光芒,时间仿佛成了有名无实的幻影,而他们的生命力则幻化成了永恒的爱恋——就在这时,耳边传来了那条划艇横靠过来时剐蹭着船舷的碰撞声和刮擦声。

顺着舷梯赫然攀爬上来的是两位头发花白的老者,随后便是那名警官,以及两名水手,他们的手都按在他们腰间的左轮手枪上。法纳姆先生交叉着双臂站立在那儿,两眼直视着他的侄女。

"原来是这样。"他一边说,一边从容不迫地点了点头。

她叹息了一声,把两只胳膊放了下来,因为她那两只胳膊此刻正紧紧地搂抱在卡莱尔的脖颈上。接着,她的目光,她那令人惊艳而又扑朔迷离的目光,落在了刚刚登上游艇的这群人的身上。她叔叔看着她的上嘴唇在慢慢地越噘越高,最后终于噘成了一个猪拱嘴,这个傲慢的姿态她叔叔是再熟悉不过了。

"原来是这样,"他态度十分蛮横地重复说,"原来这就是你心目中的——浪漫情怀呀。一场私奔,跟一个在公海上猖獗活动的海盗私奔。"

阿蒂塔满不在乎地瞥了他一眼。

"你真是一个老顽固!"她平心静气地说了一声。

"你说得最好听的就是这句话吗?"

"不是,"她说,仿佛在考虑该怎么说似的,"不是,还有别的话。有这样一句话你应该是耳熟能详的,在最近这几年里,我大多数情况下都是用这句话来结束我们之间的谈话的,这句话就是——'闭嘴!'"

说完这话,她就转过身去,态度非常简慢地朝众人投去蔑视的一瞥,包括那两位老者、那名警官,以及那两名水手,然后便骄傲地走下了舷梯。

不过,假如她能稍微再耐心地等上哪怕只有片刻时间的话,她就会听到她叔叔发出的一阵很不寻常的声音了,那可是一种在他们绝大多数的谈话中都难得听到的声音。他叔叔爆发出的全然就是一阵乐不可支的开怀大笑,另外那位老者也跟着乐哈哈地笑起来。

后者赶忙转身朝卡莱尔奔去,而卡莱尔此时正带着高深莫测、十分欢愉的神情在回味刚才的这一幕呢。

"行啦,托比,"他和蔼可亲地说,"你这不可救药、生性浮躁、追求浪漫、老爱想入非非的家伙,你到底弄清楚了没有,她就是你一心要追求的人吗?"

卡莱尔很有信心地笑了笑。

"哎呀——当然啦,"他说,"自从我第一次听说了她的那些桀骜不驯的经历之后,我就百分之百地认准她啦。正因为这样,我才让贝比昨天晚上把那枚火箭弹发射出去的。"

"幸亏你那样做了,"莫兰德上校表情严肃地说,"我们一直与你保持着很近的距离呢,生怕你会跟那六个素不相识的黑人发生冲突。再说,我们也希望看到你们双方能够站在这样彼此相互通融的立场上,"他叹了口气,"唔,这叫以毒攻毒!"

"你父亲和我坐在一起聊了整整一夜,期待着事情能向最好的一面发展——否则,也许只能做最坏的打算了。上帝作证,她还是挺喜欢你的,我的孩子。她已经把我折腾得简直快要发疯啦。你把那只俄罗斯手镯给她了吗?那是我的私人侦探从那个名叫咪咪的女人手里弄来的。"

卡莱尔点了点头。

"嘘!"他说,"她又到甲板上来了。"

阿蒂塔出现在舷梯口,一上来就不由自主地朝卡莱尔的两只手腕飞快地瞥了一眼。她的脸上掠过了一丝困惑不解的神色。回到艇艉处的那几个黑人又开始唱起来,于是,那清凉的湖面上,伴随着黎明的曙光,又令人心旷神怡地回荡起他们那低沉的合唱声。

"阿蒂塔。"卡莱尔有点儿迟疑不决地说。

她面对着他摇摇摆摆地向前迈了一步。

"阿蒂塔,"他又叫了她一声,紧张得连呼吸都有些急促,"我不得不告诉你这个——这个真相。这一切都是事先就已策划好的一个阴谋,阿蒂塔。我的真名不是卡莱尔。我叫莫兰德,托比·莫兰德。整个故事也都是虚构出来的,阿蒂塔,根据这虚无缥缈的佛罗里达的空气虚构出来的。"

她愣愣地瞪着他,困惑、惊诧、怀疑、恼怒,诸般表情在一波接一波地迅速从她的脸上流过。在场的这三个人全都屏住了呼吸。莫兰德,那位老莫兰德,面对着她向前迈了一步;法纳姆先生张开的嘴巴则微微地撇着,他在等待着,在惶惶不安地等待着那个预料中的稀里哗啦的大发脾气。

不过,那种情景并没有出现。阿蒂塔的脸庞上竟意想不到地绽开了灿烂的笑容,随着一声娇柔的笑声,她脚步轻盈地朝小莫兰德走去,并仰起脸来望着他,她那双灰褐色的眼眸中并没有一丝愤怒的迹象。

"你愿不愿发誓说,"她心平气和地说,"这一切全都是你的原创?"

"我发誓。"小莫兰德迫不及待地说。

她拉着他低下头来,温情脉脉地亲吻着他。

"多么精彩的想象啊!"她声音轻柔地、几乎都有些嫉妒地说,"我要你用尽天下最甜蜜动听的谎言来哄我一辈子。"

那几个黑人的合唱声又一次让人无限倦慵地飘了过来,与她以前曾听到的那种旋律交融在一起。

> 时间好比一窃贼;
> 偷取欢乐与伤悲
> 绿叶纵然惹人恋
> 终将会泛黄枯萎——

"那些袋子里装的是什么?"她声音轻柔地问道。

"佛罗里达的泥土,"他回答说,"我告诉过你两件真事,这是其中的一件。"

"另外那一件我大概也能猜得到。"她说。接着,她踮起脚尖凑上去,温柔地亲吻着他,用这个实例来说明她猜到了。

(吴建国　译)

雕花玻璃酒缸

一

  这世上曾经有过一个旧石器时代,有过一个新石器时代,有过一个青铜器时代,想不到,许多年过去之后,竟又冒出了一个雕花玻璃时代。在这个雕花玻璃时代里,年轻的小姐们若能把那些嘴上蓄着毛茸茸的八字胡髭的年轻男士说动了心,劝得他们回心转意,要来娶她们为妻了,那么,事成之后,她们总归要静下心来,花费好几个月的时间给亲朋好友们写致谢信,感谢他们送来了各式各样的雕花玻璃礼品——潘趣酒[①]调酒缸、洗指碗[②]、成套的玻璃餐具、高脚玻璃酒杯、盛冰淇淋的碟子、装棒棒糖的碟子、细颈盛水瓶、花瓶等等,凡此种种,不一而足——因为,虽说雕花玻璃器皿在九十年代[③]已经算不得什么新鲜事物了,可是在当时是格外地繁盛走俏,它折射出的令人眼花缭乱的光芒,把波士顿高档住宅区的时髦风尚直接传到了位于美国中西部的那些偏远地区。

[①] 潘趣酒(punch),一种用果汁、香料、茶、果酒等掺和而成的甜饮料。
[②] 洗指碗(finger-bowl),盛了水放在餐桌上供人餐后洗手指用的碗。
[③] 指19世纪90年代。

婚礼过后，那些潘趣酒调酒缸就被收拢起来，依次排列在餐具柜上，最大的那尊位居正中央；那些成套的玻璃餐具也都被收藏在瓷器橱里；烛扦则分列在左右两端——然而，时隔不久，这里也发生了"生存竞争"。那只装棒棒糖的碟子，由于没能保住它那小巧玲珑的柄儿，只好被拿到楼上去做了放发卡的盘子；一只猫儿在那里雄赳赳地昂首阔步，把最小的那只调酒缸撞得从餐具柜上跌落下来；紧接着，那个女佣在拿糖碟儿的时候一不留神，又把那只中号酒缸砸破了一个口子；到后来，那些高脚玻璃酒杯也都一个个落下了腿骨折的终身残疾，甚至连那成套的玻璃餐具也像那"十个小黑人"[①]一样，不知怎么就一个接一个地不见了踪影，最后剩下的那一只，也已是疤痕累累、遍体鳞伤，只能拿去当了插牙刷的缸子，跟其他那些落魄的"正人君子"为伍，挤挤插插地待在浴室里的搁架上。不过，等事情闹到这步田地的时候，雕花玻璃时代反正也已经一去不复返了。

雕花玻璃时代绚丽壮观的第一拨浪潮刚刚过去之后不久，有一天，那位忒爱打探别人隐私的罗杰·费厄博尔特太太前来拜访那位漂亮的少妇哈罗德·派珀太太了。

"我的天呀，"忒爱打探别人隐私的罗杰·费厄博尔特太太说，"我真喜欢你们家这幢别墅。我觉得你们家布置得实在太有艺术性了。"

"我觉得您实在是太过奖啦，"漂亮少妇哈罗德·派珀太太说，那双稚气未脱的黑眼睛里立即放出了光彩，"那您一定要经常来玩儿哦。我下午差不多总是一个人待在家里的。"

[①]《十个小黑人》(Ten Little Niggers)，原为一首家喻户晓的英语童谣，讲述的是十个小黑人接二连三地神秘死去的故事。后来，美国歌词作家赛普迪麦斯·温纳（Septimus Winner, 1827—1902）将其改编为滑稽说唱节目《十个小印第安人》(Ten Little Injuns, 1868)。阿加莎·克里斯蒂的著名侦探小说《无一生还》(And Then There Were None, 1939) 即据此童谣改编而成。

费厄博尔特太太真忍不住想说,她才不信这种鬼话呢,谁还看不出她这个人是怎么恪守妇道的——弗雷德·格德尼先生一星期里总有五个下午要来登门造访派珀太太,如此这般已有半年之久,这个心照不宣的秘密,早已经传得沸沸扬扬、满城风雨啦。费厄博尔特太太到了这个年纪,已经成熟老辣得什么也甭想逃过她那双眼睛了。哼,对这帮漂亮的少妇,她是一个也信不过的……

"我顶喜欢这间餐厅了,"她说,"瞧这些精美绝伦的瓷器,还有这尊硕大无朋的雕花玻璃酒缸。"

派珀太太朗声笑起来,笑得花枝乱颤,费厄博尔特太太本来还对有关那位弗雷德·格德尼先生的传闻心存不少疑团,听了这悦耳动听的笑声,疑心顿时也就烟消云散了。

"啊,您是说那只最大的酒缸啊!"派珀太太说这话时,嘴巴已笑成了一朵娇艳欲滴的玫瑰花儿,"那只酒缸说起来还真有一番来历呢……"

"哦——"

"您还记得卡尔顿·坎贝那小伙子吗?他呀,他有一度对我追得可紧呢。后来,有天晚上,我就对他说,我马上就要跟哈罗德结婚了。那已经是七年前的事儿了,是九二年吧。他费了好大的劲儿才克制住自己,然后说:'伊芙琳,我要送你一件礼物,这件礼物也跟你这个人一样冷酷、一样漂亮、一样空虚、一样只消一眼就能看透。'我倒真的被他吓得有点儿六神无主了——他的那双眼睛,全然就是一副凶神恶煞的样儿。我还以为他真要慷慨地送给我一幢闹鬼的别墅,或者送给我某个你一打开就会爆炸的玩意儿呢。没想到送来的就是这只酒缸。当然,这只酒缸确实也很漂亮。它的直径,或者是周长吧,或者是什么什么的,足足有两英尺半呢——不对,好像是三英尺半。不管怎么说吧,反正那个餐具柜确实是小得放不下它的;只能半截儿悬空将就着搁在那儿了。"

"哎呀,我亲爱的,你说这事儿怪不怪!那小伙子大概也就是在那个时候才一气之下远走他乡的,对不对?"费厄博尔特太太嘴上这样说,心里却在忙不迭地铭记着那几个精辟的字眼儿——"冷酷、漂亮、空虚、一眼就能看透。"

"对,他到西部去了——不,好像是去了南方吧——说不定是去哪儿哪儿了吧。"派珀太太回答说,脸上洋溢着那种美艳无比、憨态可掬的笑意,使她因岁月的消磨而日渐淡去的美貌又平添了几分姿色。

费厄博尔特太太一边戴上手套,一边还在啧啧称赞着,说那间宽敞的音乐室一头直通书房,另一头则是远远可以看见的餐厅的一角,当中有这么一大片开阔的地方,的确能给人以轩豁之感。房子虽小了点儿,却着实是本城最别致的一所豪宅。于是,派珀太太便接着说起了他们准备搬家的事儿,打算搬到德福洛克斯林荫道上的一幢比这更大一些的别墅去。可见她男人哈罗德·派珀先生一定是个很会赚钱、生财有道的人。

在越来越浓的秋日的暮色中,费厄博尔特太太一踏上人行道,脸上立刻就摆出了那种不以为然、略显不快的表情,大凡年届四十、日子过得一帆风顺的妇女,走在大街上时脸上都会挂着这副表情吧。

她一路走一路就在想,我要是哈罗德·派珀的话,我就会少花那么一点儿时间在生意上,多花那么一点儿时间在家里。要是有哪位朋友去劝劝他就好了。

不过,假如费厄博尔特太太觉得这天下午她还算"不虚此行"的话,只要她稍微再多待上两分钟,她准会称之为"胜利而归"了。因为,就在她顺着大街刚刚走下去一百码,身影渐远,但还没有完全消失之际,一个模样非常英俊、神情异常激动的年轻人闪身出现在那条人行道上,他显然是直奔派珀公馆而来的。派珀太太一听到门铃声,便亲自出来开了门,脸上带着相当惊慌的表情,匆匆地将来人领进了书房。

"我必须赶来见你一面才行,"他慌不择词地开口便说,"你的这封便笺真把我急坏了。是不是哈罗德逼着你写下这封信的?"

她摇了摇头。

"这回我算完啦,弗雷德,"她吞吞吐吐地说着,两片嘴唇也变得活像两片凋零的玫瑰花瓣儿一样,在他眼里,她还从来没有像现在这样难受过,"他昨天晚上一回到家里,就为这事儿闹别扭了。他那个堂妹杰茜·派珀也认为,这事儿闹得也实在太不像话了,哪怕是出于责任感,她也不能袖手旁观,于是,她就直接闯进了他的办公室,把一切都告诉他了。他现在伤心极了,况且——啊,我也不能不设身处地地替他想一想啊,弗雷德。他说,我们整个夏天一直都是社交圈里人家说闲话的对象,他自己还一直蒙在鼓里,他以前也曾听到过人家在谈话中只言片语地提到过有关我的事儿,也碰到过人家遮遮掩掩地丢给过他一些暗示,他本来还不怎么懂,现在一下子全明白了。他气得不得了呢,弗雷德,他是爱我的,我也爱他——说得更确切一点儿。"

格德尼慢慢点了点头,似睁非睁地半闭着眼睑。

"是啊,"他说,"是啊,我跟你有同样的毛病。我也是心太软,总是体谅别人的苦衷。"他那双灰褐色的眼睛直愣愣地望着她那乌黑的双眸。"这件令人快活的好事情已经结束啦。我的上帝啊,伊芙琳,我今天一直都闷在办公室里,整整一天都在傻傻地看着你这封信笺的背面,一直在傻傻地看着,傻傻地看着——"

"你赶紧走吧,弗雷德,"她稳住神,态度很坚决地说,声音中又特意加重了一丝催促的味道,这种说话的口吻又一次深深地刺伤了他,"我已经以我的名誉为担保向他发过誓,保证绝不会再跟你见面了。至于我跟哈罗德的婚姻能够走多远,我自己心里有数,可是,这么晚了还跟你在这儿卿卿我我,那是万万不行的。"

他们这时依然还在站着说话儿,她一边说,一边有意朝门口悄悄挪动了一点儿。格德尼凄楚地望着她,在这怅然诀别的时刻,他很想再珍重地朝她看上最后的一眼——然而,就在这时,门外的走道上冷不丁地传来了一阵脚步声,两个人都吓得愣怔住了,顿时变成了两个石头人儿。慌忙中,她倏地伸出手去,一把揪住他外套上的大翻领——半拖半扭地扯着他,穿过那扇大门,钻进了那间黑咕隆咚的餐厅。

"我来哄他到楼上去,"她凑在他耳边悄声说,"你就待在这儿别动,等你听见他在上楼了,就赶紧从前门溜出去。"

于是,他就独自一人躲在里面,竖起耳朵聆听着,只听她进了客厅,在连声问候着迎接自己的丈夫。

哈罗德·派珀现年三十六岁,比他太太年长九岁。他的长相还算仪表堂堂——不过,此处还得添加两条小小的旁注:其一是,他的两只眼睛未免也长得太靠近了些;其二是,他那张面孔若是平静下来,总会带着些许木愣愣的表情。他对这起"格德尼事件"的态度,足可以代表他对一切问题的处世态度。他当时就对伊芙琳说,他认为这个问题可以就此收场了,他绝不会责怪她,今后也绝不会以任何方式旁敲侧击地重提这段旧事;他还暗暗告诫自己,面对这样一起事件,这样做也不失为一种相当宽宏大量的处理方法了——并认为这样做也让妻子受到了莫大的感动。然而,如同所有自以为心胸特别宽大的男人一样,他其实也是一个心胸特别狭窄的人。

他这天晚上一回到家里,就特意换上了一副格外亲切的态度,热情问候着伊芙琳。

"你得抓紧时间去换身衣服才行啊,哈罗德,"她急不可待地说,"我们还要去布朗森家做客呢。"

他点了点头。

"我换身衣服也要不了多长时间呀,亲爱的。"接着,他的说话声就渐渐远去了,他在朝书房里走呢。伊芙琳的一颗心儿在嘭嘭地乱跳。

"哈罗德——"她也跟在他身后走进了书房,可是一开口说话,就觉得嗓子眼儿里堵得慌。他不慌不忙地点起了一支香烟。"你可得抓紧点儿呀,哈罗德。"她站在门里边,好不容易才把一句话说完。

"干吗这么急啊?"他问道,有点儿不耐烦了,"你自己都还没有打扮好呢,伊芙①。"

他两腿一伸,坐进了那张莫里斯安乐椅②里,还顺手打开了一份报纸看起来。伊芙琳只觉得心里猛地咯噔了一下,她知道,他这一躺就意味着至少要十分钟——而格德尼还提心吊胆地在隔壁房间里站着呢。万一哈罗德铁了心,要先喝上一杯再上楼,并且亲自到餐具柜上去拿那只细颈盛水瓶,那可怎么办?她忽然灵机一动,自己不妨先行一步,把那酒瓶和酒杯给他拿过来,这样就可以防患于未然了。她很担心自己的轻举妄动会引起丈夫注意到那间餐厅,可是,她也不能冒险让自己不愿见到的另外那种情况发生呀。

不过,就在这节骨眼儿上,哈罗德站起身来,把报纸随手一扔,就径直朝她走来。

"伊芙,亲爱的,"他一边说,一边俯身向前,伸出双臂,把妻子揽在怀中,"但愿你别把昨天晚上的事儿放在心上……"她亲昵地依偎在他怀里,但身子却在不住地哆嗦着。"我知道,"他又接着说,"那

---

① 伊芙(Evie),伊美琳(Evylyn)的昵称。
② 莫里斯安乐椅(Morris Chair),一种椅背的斜度可调节、椅垫可拆下的座椅。

不过是因为你一时交友不慎才惹出的一场风波罢了。我们大家谁都难免会有闪失的。"

伊芙琳几乎压根儿就没有听进去他在说什么。她满脑子里想的都是，她能不能干脆就这样依偎着他，再顺势把他拖出书房、引到楼上去？她是不是可以佯装不舒服，撒撒娇，要他抱着她上楼去？——遗憾的是，她心里很清楚，倘若那样的话，他准会让她在那张长沙发上躺下来，再去为她斟一杯威士忌来的。

突然间，她那颗忐忑不安、早已紧张到了极点的心儿又猛然抽搐了一下，简直快要吊到嗓子眼儿里了。她听见餐厅的地板在嘎吱作响，声音虽然很轻微，却听得格外分明。是弗雷德在那儿蠢蠢欲动，试图从后门悄悄溜出去呢。

紧接着，她的心儿又再次怦然狂跳了一下，几乎要飞出喉咙口了，只听"咣当"一声巨响，如同冷不丁儿地敲响了一记震耳欲聋的锣声，整个屋子里都在回荡着那个声音。是格德尼的胳膊撞在那只最大的雕花玻璃酒缸上了。

"怎么会这么大的动静！"哈罗德大喝一声，"是什么人在里面？"

她紧紧抱着他不肯松手，但他还是挣脱开了，顷刻间，这间屋子仿佛就像坍塌了一样，稀里哗啦的声音响彻在她耳边。她听见餐具室的那扇门被人猛然推开，紧跟着便是一阵混乱的扭打声、铁锅子撞击出的乒乓声；气急败坏之下，她也一头冲进了厨房，一把拉上了煤气的总阀。她丈夫慢慢松开了扼在格德尼脖颈上的胳膊，然后便一动不动地呆立在那儿，起初还是一脸的惊愕，随后，那张脸上便渐渐露出了痛苦的表情。

"我的天哪！"他木愣愣地喊了一声，接着就一遍又一遍地吼叫着，"我的天哪！"

他倏地转过身去，作势又要扑向格德尼，但又硬生生地收住了脚步,他那发达的肌肉也明显松弛下来。接着,他咬牙切齿地挤出了一声干巴巴的苦笑。

"你们这两个人——你们这两个人啊——"伊芙琳双臂合围牢牢抱住他,一双眼睛也在苦苦哀求地望着他,但他还是用力把她推在一边,昏头昏脑地一屁股坐在洗涤槽边的一张椅子里,面色则如同墙上的瓷砖,"你居然一直在干着这种蝇营狗苟对不起我的事情呀,伊芙琳。啊,你这个小妖精!你这个小妖精啊!"

她觉得自己从来没有像现在这样为自己的丈夫深深地感到难受过;她也从来没有像现在这样深深地爱恋着他。

"这事儿不能怪她,"格德尼相当低声下气地说着,"是我自己找上门来的。"可是派珀却直摇头,等到他抬起头来、茫然不解地圆睁着他那双眼睛时,他脸上的那种表情便活像突然遭遇了一起严重车祸,连脑子也伤得不轻、一时失去了正常思维能力的人一样。他的那双眼睛,在这突然间竟变得让人好生怜悯,不禁悄然拨动了伊芙琳心灵深处的那根不会发声的琴弦——然而,在此同时,她胸中却又陡然涌起了一股怒不可遏的火气。她感到自己的眼睑在燃烧;她的一只脚在暴怒地乱跺;她的那双手在桌子的上方神经质地胡乱挥舞着,仿佛想把一件武器抓到手似的。到后来,她竟像发了疯一样猛然向格德尼扑去。

"滚出去!"她歇斯底里地尖叫着,一双乌黑的眼眸里燃烧着熊熊烈焰,两只小拳头遏制不住地捶打他的胳膊。"这一切都是你造成的!你给我滚出去——滚出去!滚出去!"

二

哈罗德·派珀太太年届三十五岁时,人们对她的看法可就褒贬不一了——女人们都说她风韵犹存,男人们则说她姿色大不如从前了。

人家之所以会这样说她，大概是因为她那曾经让女人们自惭形秽、让男人们趋之若鹜的天生丽质的姣美容颜，如今已经渐渐消逝了的缘故吧。她的那双眼睛依然还是那么大，还是那么深沉，还是那样含着淡淡的幽怨，可是那股子让人捉摸不透的韵味却已荡然无存了；她那幽怨的眼神如今也不再那样永远让人心驰神往了，只不过是凡胎俗骨之人的左顾右盼罢了，何况她还养成了这样一种习惯，但凡遇到让她心惊胆战或者让她大为恼火的事情，眉头马上就拧成了一团，眼睛也要一连眨巴好几下。她那两片嘴唇也已失去了往日那种迷人的风采：一是，红润已经渐渐褪去；二是，她原先莞尔一笑时，嘴角会微微地往下一撇，既增添了藏在眼角眉梢的幽怨之情，又淡淡地带着些讥讽和娇媚，如今竟连这一点也不复存在了。她现在若是笑起来，嘴角反倒往上翘了。在往昔的那些日子里，每当伊芙琳在为自己美若天仙的姿容感到沾沾自喜的时候，她感到最得意的还是自己那迷人的微笑——常常还会有意卖弄一番。等到她不想再卖弄了，那迷人的笑容竟也渐渐消散了，连同她身上最后那一点儿神秘的韵味一起化为乌有了。

伊芙琳下决心不再卖弄她那迷人的微笑之时，就是在那起"弗雷德·格德尼风波"发生之后还不到一个月之际。从外表上看，他们夫妇之间的关系差不多还跟以前一个样儿。不过，在当时那短短的几分钟时间里，伊芙琳突然发觉，自己对丈夫的爱原来竟是那样的深厚，她同时也意识到，自己对丈夫的伤害又是多么地难以平复。面对着一次次心如刀绞的沉默，面对着一阵阵大发雷霆的训斥和狂怒不已的谴责，她苦苦挣扎了整整一个月——她恳求他的宽恕，她低声下气、可怜巴巴地委身于他，曲意温存，然而换来的却是他那怨怼、刻薄的嘲笑声——到后来，她也渐渐变得默不作声了。久而久之，夫妇之间就有了隔阂，被拦起了一道隐隐约约、却又无法捅破的屏障。于是，她把涌动在胸中的满腔爱意全都倾注在她那年幼的儿子唐纳德身上了，她惊诧不已地发觉,她已经把儿子当成自己的半条命了。

到了第二个年头,愈积愈多的涉及彼此共同利益和共同责任的诸般事务,再加上时而如行云流水般掠过心头的一些往事,促使夫妇俩又重归于好了——不过,经历了这样一场风生水起、令人潸然泪下的情感风波之后,伊芙琳意识到,她人生中的大好时光已经一去不复返了。留下的只是一场空。她原本在彼此的心目中也许就是青春与爱情的化身——可是,经过了那样一段互不理睬的沉默期,柔情蜜意的源泉也就慢慢枯竭了,她自己也已断了念想,再也没有那种相敬如宾地坐在一起举杯对酌的心情了。

她开始津津乐道于这样一些事情了:喜欢找女伴儿们聊聊天,喜欢找以前看过的一些书来看,还喜欢找点儿针线活儿来做,好一边做着活儿,一边照看她的两个孩子,如今她已经把全部心思都扑在这一双儿女身上了。她开始为一些琐碎的小事操心了——譬如说,在吃饭的时候,只要一看到饭桌上有面包屑,哪怕正在跟人说着话儿,她也会分心的:她已经从花样年华渐渐步入中年啦。

她三十五岁生日那天是一个特别繁忙的日子,因为他们是事到临头才告知亲友们要在这天晚上请客的,她一直忙到傍晚时分,才在自己卧室的窗前站了一会儿,发觉身上真的是有些累了。要是在十年前的话,她准会躺下来小睡一下的,可是现在呢,她总觉得样样事情都需要她亲自去过问一下才放得下心来:女佣们都还在楼下收拾打扫,瓷器、花瓶之类的小摆设还堆得满地都是,食品杂货店的人一会儿还要送货来,还得毫不客气地跟他们好好杀杀价——此外,她还得抽空给唐纳德写封信,唐纳德已经十四岁了,今年是他头一年离开父母在外地念书。

岂料,就在她差不多已经拿定主意要躺下来歇息一会儿的时候,耳边突然又传来一个她再熟悉不过的"信号",是小女儿朱莉在楼下

59

冷不丁儿地尖叫了一声。她抿紧嘴唇，眉头拧成了一团，眼睛也连眨了好几下。

"朱莉！"她喊了一声。

"哎——哎——哎——哟！"是朱莉在叫痛的声音，声调拖得很长。紧接着，希尔达的声音飘上楼来，希尔达就是那个刚刚雇来接替前任的女佣。

"是她自己不小心划破了一点儿皮，派珀太太。"

伊芙琳慌忙奔向她那只针线筐，在里面好一顿翻找，总算找出了一块破手绢，便急匆匆地赶下楼来。朱莉马上扑在她怀里哭成了一个泪人儿，她搂着朱莉，到处查看究竟伤在哪儿了，看来还真伤得不轻呢，因为朱莉的连衣裙上沾着斑斑点点的血渍。

"在我的大拇指上！"朱莉哭诉着，"喔——唷——唷——唷，好痛啊！"

"都是这只酒缸惹的祸，就是这最大的一只，"希尔达带着歉疚的口吻说，"我在擦这餐具柜的时候，把它暂时拿下来放在地板上了，没想到朱莉一溜烟地跑了过来，围着它玩儿啊玩的，一不小心就划伤了。她只是划破了一点儿皮。"

伊芙琳皱起眉头，狠狠瞪了希尔达一眼，然后果断地扳过朱莉身子，抱起她坐在自己的膝头上，接着就动手把那块手绢撕成了条条。

"来——让妈妈看看，亲爱的。"

朱莉竖起受伤的那只大拇指，伊芙琳一把握住它包扎起来。

"瞧，这不就好了嘛！"

朱莉一脸的疑惑，把她那只裹着小布条儿的大拇指看了又看。她弯了弯那只大拇指，又竖起来晃了晃，那张泪迹斑斑的小脸上顿时又露出了高兴的、神气活现的样儿。她鼻头抽了抽，又把那大拇指竖起来晃了晃。

"你这个淘气的小宝贝啊!"伊芙琳叫了一声,又亲了亲女儿,不过,在离开这间屋子之前,她忍不住又皱起眉头朝希尔达瞪了一眼。真粗心!现如今,用人们全都是这种德行。要是能雇到一个有模有样的爱尔兰女佣该多好啊——可惜现在再也雇不到啦——你看看这些个瑞典人。

五点钟的时候,哈罗德到家了,他一到家就上楼直奔她的卧室来,扬言今天一定要吻她三十五下才行,因为今天是她的三十五岁生日,那种欢天喜地的腔调,着实让她觉得可疑。伊芙琳不许他胡来。

"你一直在外头喝酒嘛,"她毫不客气地说,但随即又像给他定性似的补了一句,"算你只喝了几口吧。你明明知道,我很讨厌你身上的这股酒味儿。"

"伊芙,"他说,但欲言又止,自个儿走到窗前的一张椅子里坐下来,"有件事我现在可以告诉你了。我估计你也知道了,城里那个铺子的经营状况近来一直不大妙。"

她此时正站在窗前梳头,一听到这番话便倏地转过身来,两眼直直地望着他。

"你这话是什么意思?你不是一直在说,现有的资金足够在城里再开出一两家五金器材批发部的吗?"她话语中带着大为惊异的口气。

"本来倒是够的,"哈罗德意味深长地说,"没想到,克拉伦斯·埃亨这家伙实在太精明过人了。"

"你那会儿说,他今天也要来参加晚宴,我就觉得好奇怪。"

"伊芙,"他又在自己的膝盖上拍了一巴掌,接着往下说,"从一月一日起,'克拉伦斯·埃亨公司'就更名为'埃亨-派珀公司'了——而'派珀兄弟公司',作为一个独立的公司,也就不复存在啦。"

伊芙琳吃了一惊。听到丈夫的名字居然退居在第二位,她心里多少总感到有些不痛快;但他竟还是那副兴高采烈的样子。

"我想不通,哈罗德。"

"是这样的,伊芙。埃亨这家伙一直跟玛科斯有些勾勾搭搭,关系很不正常。要是这两家联合起来了,我们可就成了毫不起眼的小角色啦,日子只能勉强对付着过,订单也只能接些小一点儿的来做,一遇到有风险的买卖就犹豫不决缩在后面了。还不都是个资本金多寡的问题嘛,伊芙,要是他们果真成立了'埃亨-玛科斯公司',大生意就都给他们抢过去啦,可是现在呢,那些大买卖都该由'埃亨-派珀公司'来做啦。"他停顿了一下,又清了清了嗓子,顿时便有一小团威士忌酒味飘过来,直冲她的鼻孔。"实话告诉你吧,伊芙,我一直怀疑是埃亨的老婆在插手这件事。我听说,这位女士个头虽小,野心可不小呢。估计她也知道,玛科斯夫妇在本地大概也帮不了她多大的忙。"

"她是不是——出身于平民阶层啊?"伊芙琳问道。

"我还从没见过她的面呢,这一点我可以肯定——不过,我看你这话也错不了。克拉伦斯·埃亨的名字被提送到乡村俱乐部[①]已经有五个月了——至今还没有下文呢。"他大为不屑地挥了挥手。"埃亨和我今天在一起吃了顿午饭,席间已经大体上把这件事给敲定了,所以我才想,要是能请他们夫妇俩今晚也来参加我们的晚宴,倒也不失为一桩好事情——反正总共也才九个人,多半还都是自家人。不管怎么说,在我看来,这也算得上一桩大事吧。再说,我们当然也得摸清他们的底细才行啊,伊芙。"

"是啊,"伊芙若有所思地说,"我看我们是该这样做。"

伊芙琳感到惴惴不安的倒并不是这种以拉拢社交关系为目的的应

[①] 乡村俱乐部(Country Club),位于市郊,设有高尔夫球场等娱乐设施、供城里上流社会的时尚人士玩乐的高档娱乐场所,能够加入这种组织便是一种有身份、有地位的象征。

酬——可是,一想到"派珀兄弟公司"眼看就要更名为"埃亨-派珀公司"了,她不免感到有些吃惊。看来家业好像是在日渐衰败了。

半个小时之后,当她正要换上晚礼服去张罗宴会的时候,忽然听见丈夫的声音从楼下传来。

"哎,伊芙,快下来吧!"

她出了房间,走进过道里,人伏在楼梯的栏杆上喊了一声:"什么事?"

"我想让你来帮我一下,趁这会儿宴会还没有正式开始,先调制出一部分潘趣酒来。"

她匆忙把晚礼服重新在衣架上挂好,然后就奔下楼来,却看到他已经在忙着把各种必不可少的配料分门别类地摆放在餐厅的桌子上了。她走到餐具柜前,从那排酒缸中随意挑了一只,抱着它走了过来。

"啊,不,"他很不乐意地叫起来,"我们还是用那只大号的吧。有不少人呢,埃亨和他老婆,你和我,加上米尔顿,就是五个人了,再加上汤姆和杰茜,就是七个人了,还有你妹妹和乔·安布勒,总共有九个人呢。你不知道,这酒要是由你亲手调制出来,那才叫销路好呢,一会儿就喝完啦。"

"我们就用这只吧,"她坚持说,"这只酒缸也能装不少酒。汤姆是个什么样的人,你又不是不知道。"

汤姆·劳里是杰茜的丈夫,哈罗德的堂妹夫,此人有个相当古怪的癖好,只要一喝起酒来就要耍酒疯,结果总是弄得大家不欢而散。

哈罗德摇了摇头。

"别犯傻啦。那只酒缸至多也只能装三夸脱左右,我们有九个人呢。再说,也得让用人们喝上点儿吧——何况这种潘趣酒又不是什么特别凶的烈性酒。多调些出来,让人看着也能多添几分乐趣呢,伊芙，我们也不一定非要把调好的酒都喝完不可呀。"

"按我说的办，就用这只小号的吧。"

他又固执地摇了摇头。

"不行。你别蛮不讲理好不好。"

"我怎么蛮不讲理啦，"她立即毫不客气地回敬道，"我可不想看到这屋子里有喝醉酒的人。"

"谁说你要让人家喝醉啦？"

"那就用这只小号的酒缸好嘞。"

"得啦，伊芙——"

他一把夺过这只小号的酒缸，想提起它放回原处。她见状立即双手齐出抱住酒缸，使劲儿往下按。一时间两人就你争我夺起来，几个回合之后，他气得闷哼了一声，猛然一个侧转身，将那酒缸从妻子的手指间夺了下来，拎着它朝餐具柜走去。

她无奈地望着他，竭力想摆出一副倨傲的表情来，没想到他却哈哈一笑，全然不当回事儿。她只好自认失败，但也发狠说，她从此再也不管这潘趣酒的事儿了，说完就离开这间屋子扬长而去。

三

七点三十分，伊芙琳款款走下楼来，只见她脸颊红润，高高盘起的发髻闪闪发亮，像是薄薄地抹了一层生发油。埃亨太太果然是一个小女人，虽说染了一头红发，身穿一袭极其考究、在法兰西第一帝国时代甚为流行的长裙，却依然掩饰不住她那略微有点儿紧张的神色，但是跟伊芙琳寒暄了几句之后，她也就变得十分健谈了。伊芙琳一见这女人就打心眼儿里很不喜欢，不过，此人的丈夫，她觉得还是相当不错的。他有一双目光敏锐的蓝眼睛，还有一种与生俱来的才能，在社交场合极善于巴结那些日后有可能使他飞黄腾达的人。显而易见，要不是因为他铸成了大错，在刚刚步入职业生涯的时候就过早地结了婚，此人说不定早已在社会上飞黄腾达了。

"我很高兴能够有缘认识派珀的太太，"他非常干脆利落地说，"现在看来，你丈夫和我今后免不了要常常见面啦。"

她躬身向他致意，优雅得体地朝他微微一笑，然后就转身去迎接别的客人了：哈罗德的那个文静、谦逊的弟弟米尔顿·派珀；劳里夫妇，也就是杰茜和汤姆；她自己的那个还未出嫁的妹妹伊莲娜；最后是乔·安布勒，此人是一个铁杆儿单身汉，也是伊莲娜常年的"护花使者"。

哈罗德在前面引路，众人纷纷入了座。

"我们今天举行的是一个潘趣酒会，"他喜气洋洋地对众人宣布说——伊芙琳发觉他早已品尝过由他自己调制出的酒了——"所以，我们只请大家喝潘趣酒，今天就不再请大家喝别的鸡尾酒啦。调这种潘趣酒是我太太最拿手的杰作呢，埃亨太太；你要是有兴趣的话，不妨让她把那配方教给你；不过，因为她今天不巧有点儿小小的"——他忽然瞥见了妻子的眼色，便顿了一下——"有点儿小小的不适，所以，这批酒是本人调制的。请大家尝尝这酒的口味怎么样吧！"

在整个席间，潘趣酒有的是，然而伊芙琳却注意到，埃亨、米尔顿·派珀，以及所有的女宾，都在对那个斟酒的女佣摇头，表示不想再喝了，由此可见，她坚持要用这只酒缸的做法果然没错。酒缸里还有足足半缸酒呢。她拿定主意，等宴会一结束，就去好好奚落哈罗德一顿，岂料，好不容易挨到女宾们都离席了，埃亨太太偏偏又跑来缠住了她，于是，她只好身不由己地跟这个小女人聊起来，东拉西扯地说着哪些城市如何如何、哪些女装店如何如何之类的话题，出于礼貌，还得装出一副很感兴趣的样子。

"我们一直到处闯荡，已经不知道搬过多少个地方了，"埃亨太太在喋喋不休地说着，一边还猛劲儿摇晃着她那满头红发的脑袋，"啊，可不是嘛，我们以前在哪个城市也没有住过这么久——不过，这一回我倒真希望能在此地永远住下去了。我挺喜欢这儿的，你怎么样？"

"唔，是这样的，我自小就一直生活在这儿，所以，自然就……"

"哦，这话不假，"埃亨太太说着，哈哈一笑，"克拉伦斯过去老是这样对我说，做他的太太就得做好随时要搬家的思想准备，说不定他哪天一进家门就会说：'哎，我们明天要搬到芝加哥去住了，你赶快收拾收拾吧。'久而久之，我也就养成了这样一种习惯，无论走到哪儿，从来不指望会在那儿好好地住下去。"她说罢，又是那样浅浅地哈哈一笑；伊芙琳怀疑这笑声就是她在社交场合惯用的虚与委蛇的笑声。

"可想而知，你丈夫倒是一个很有本事的人呢。"

"啊，可不是嘛，"埃亨太太马上大言不惭地说，"他可有头脑呢，克拉伦斯这个人聪明得很。不但点子多，干劲也足，你知道的。他一旦认准了目标，就会全力以赴，不达目的誓不罢休。"

伊芙琳点点头。她心里却一直在纳闷儿，不知餐厅里的那帮男人是不是还在那儿大喝潘趣酒。埃亨太太仍在口若悬河地展现她的发迹史，东拉西扯说个没完，可是伊芙琳却早已无心再听下去了。好几支雪茄集结在一起散发出的第一波浓烈的烟味开始飘进了这间屋子。她暗自寻思，这幢住宅的面积真的不算大呀；一遇到像今晚这样的聚会，书房里往往都弄得青烟缭绕，第二天得让人把所有的窗户都打开，把所有的窗帘都拉开，要开上好几个钟头，才能散掉那难闻的恶臭。也许本次合作会带来……她憧憬着未来，眼前浮现出一幢面貌全新的豪宅的轮廓……

埃亨太太的说话声飘进了她的耳朵：

"我还真想知道你那个配方呢，不知你能不能把它抄一份给我——"

就在这时，餐厅里响起了一阵嘈杂的椅子声，随后就见那几个男人大摇大摆地朝这间屋子走来。伊芙琳一眼就看出，她最讨厌见到的事情终于变成了事实。哈罗德的一张面孔涨得通红，说话也语无伦次，没有一句是完整的话，连汤姆·劳里走起路来也是跟跟跄跄的，他期期艾艾地想紧挨着伊莲娜在那张长沙发上坐下来，不料却差点儿没一屁股坐在伊莲娜的大腿上。他一脸茫然地坐在那儿，两眼冲着大伙儿直眨巴。伊芙琳忍不住也朝他挤了挤眼睛，却又觉得这样做实在无趣得很。乔·安布勒面带微笑，一副怡然自得的样儿，在嗞啦嗞啦地猛抽着雪茄。只有埃亨和米尔顿·派珀这两人似乎还算没有露出丑态。

"这个城市还是挺不错的，埃亨，"安布勒说，"你日后会有这种体会的。"

"我已经有这种体会啦。"埃亨愉快地说。

"你还会有更多的体会的，埃亨，"哈罗德说，头点得像什么似的，"只要有我在，包你什么事儿都好办。"

他眉飞色舞地为这个城市唱起了赞歌，然而，伊芙琳在这边听了却觉得很不舒服，心里就在疑惑，不知他这样说会不会扫了大家的兴，反正她自己觉得挺无聊的。看来还不至于。他们个个都在聚精会神地听着呢。他刚一停顿，伊芙琳就赶紧插进来打断了他的话。

"这些年来你们都在哪些地方住过呀，埃亨先生？"她摆出一副饶有兴趣的样儿问道。但话一出口，她便想起来，埃亨太太刚才已经都告诉过她了，不过，那也没关系。反正不能让哈罗德话这么多。他酒一多，人就变成一头奇蠢无比的大傻驴了。可是，他竟然愣头愣脑地又来蹚这趟浑水了。

"我来教教你吧,埃亨。首先,你得在这山上的豪华住宅区里弄套别墅。斯特恩家的那幢别墅,或者李奇威家的那幢别墅,你都可以买下来。一定要这样做,人家才会说:'瞧,那就是埃亨家的公馆。'那才叫家道殷实,你明白吗?要的就是这种效果。"

伊芙琳脸都红了。这话听上去根本就不对头嘛。然而埃亨好像还是没有察觉到这话里有什么不对头的地方,只是在一个劲儿地点头。

"你们是不是一直在找……"不料,她的话还没有说完,话音就被湮没了,也没有人听见,因为哈罗德的大嗓门又嚷嚷开了。

"一定要搞幢大别墅——这是第一步。第二步就要去广交朋友了。本城的人都势利得很呢,起初是不会把外来人放在眼里的,不过,要不了多久——等他们了解了你这个人之后,情况就大不一样啦。对于你们这样的人"——他冲着埃亨夫妇做了个很夸张的手势——"那是绝对没有问题的。将来准会对你们客气得不得了,只要扫平了这第一道障……障……障……"他咽了一口唾沫,好不容易才勉强说清了"障碍"这个词,接着又摆出一副老资格的样子,颐指气使地把这句话再重复了一遍。

伊芙琳用恳求的目光望了望她那个妹夫,不料,他还没有来得及插进一句话,汤姆·劳里的嘴里早已叽里咕噜地冒出一大串话来,由于他使劲儿用牙齿咬着那支已经熄灭的雪茄,他的话说得含混不清,谁也听不懂。

"要嘛就嚯要嘛啊哈得嗯……"

"你在胡说什么呀?"哈罗德急切地盯着他问道。

汤姆只好乖乖地、非常费劲地取下了他叼在嘴里的那支雪茄——没料想,他取下的只是半截儿,另外那半截儿雪茄却断在他嘴里了,于是,他就"呼嗒"一声,把剩在嘴里的那半截儿雪茄朝对面啐去,哪知那半截儿湿漉漉的烟屁股竟无巧不巧地落在埃亨太太的大腿上了。

"请原谅。"他嘴里咕哝了一声,然后就站起身来,稀里糊涂地似乎还想追过去把它捡起来。幸好米尔顿手疾眼快,一把拽住了他的外套,拉得他一个趔趄,差点儿跌倒在地,而埃亨太太倒也不无风度,大大方方地拉起裙子来微微抖了抖,把那截烟屁股抖落在地板上,却自始至终没有低头朝它看一眼。

"我本来是想说,"汤姆口齿不清地又接着说,"可是,真不巧……"他抬起一只手来冲着埃亨太太摆了摆,算是道歉——"我本来想说的是,关于乡村俱乐部里的那档子事儿,有关这件事的一切真相,我都听说了。"

米尔顿探过身去,凑在他耳边悄悄地说了句什么。

"你少来管我,"他脾气很坏地说,"我想干什么,我心里清楚得很。他们今天不就是冲着这件事来的嘛。"

伊芙琳坐在那里,显得很慌张,嘴巴嗫嚅着想说话,却又说不出来。她看见自己的妹妹在冷笑,而埃亨太太的那张脸早已涨得一片绯红。埃亨只顾低头瞅着自己的表链,手指头在下意识地抚弄着他那只手表。

"是谁在从中作梗,坚决不让你进来,我也听说了,而且此人一点儿也不比你强。这种区区小事,我完全有办法摆平它。可惜我以前并不认识你呀,要不然早给你解决啦。哈罗德告诉过我,你一直为这事儿耿耿于怀……"

米尔顿·派珀猛然站起身来,他尴尬得实在坐不住了。一时间,大家也都神情紧张地纷纷站立起来,这时候,米尔顿急不可耐地低声咕哝了一句什么,大意是说,他得早点儿回去了,埃亨夫妇因为听得很仔细,倒是一字不差地听清了他这句话。接着,埃亨太太强压下一口苦水,转过身来,强作欢颜地朝杰茜笑了笑。伊芙琳看见汤姆一个箭步冲上前去,伸手拍了拍埃亨的肩膀——就在这时,她忽然听见胳膊肘边上冷不防地又冒出了一个陌生的、却是万分焦急的声音,于是,她急忙扭头一看,原来是希尔达,就是那个刚刚雇来接替前任的女佣。

"求求你快来吧,派珀太太,我觉得朱莉的那只手怕是中毒了。她那只手全肿起来了,小脸蛋儿也烧得烫手,而且疼得一直在那儿哼哼唧唧地叫唤呢……"

"朱莉发高烧了?"伊芙琳尖声问道。请来的这帮客人顿时就被抛在了脑后。她飞快地转过身去,睁大眼睛寻找埃亨太太,然后便悄悄地朝她走去。

"真是对不起呀,太太……"情急之下,她一时竟想不起这位太太的名字了,不过,她马上又接下去说,"我那个宝贝女儿生病了。我得上楼去看看,我会尽快下来的。"她说完便转身就走,一路飞奔着跑上楼去,虽然脑子里仍然还残留着屋子里那一派乱糟糟的场面:烟雾缭绕的雪茄烟,众说纷纭的高声喧哗,看那样子好像快要演变成乱作一团的争吵了。

她冲进孩子的房间,打开电灯一看,只见朱莉正烦躁不安地在床上滚来滚去,嘴里也在不住地发出嘤嘤的哭声。她伸手摸了摸孩子的面颊。那小脸蛋都烧得发烫了。她忍不住惊叫了一声,连忙顺着那只小胳膊摸进被窝儿里,拉出那只受伤的小手。希尔达说的果然没错。那只大拇指整个儿都肿起来了,一直肿到了小手腕上,手指头的正当中有一个因发了炎而变得红通通的小伤口。难道真感染上血中毒啦!她吓得心惊肉跳起来。敷在伤口上的那块布条儿已经掉了,伤口一定是沾染上什么脏东西了。这小丫头弄破手指头的时间是三点钟——现在还不到十一点。前后有八个钟头。血中毒怎么也不可能发作得这么快呀!她急忙朝那电话机奔去。

马丁医生就住在马路对面,岂料人却不在家。他们家的那位家庭内科医生——福尔克医生家的电话也没人接。她绞尽了脑汁,万般无奈之下,只好硬着头皮打电话去找她的那位专门看喉病的喉科医生了,她咬着嘴唇,心情烦躁地等待,那位喉科医生翻查了半天,总算找出了两个内科医生的电话。在这望眼欲穿的一瞬间,她觉得自己好像听见楼下有嘈杂的吵闹声——不过,此时此刻,她整个人仿佛都沉浸在另一个世界里了。十五分钟以后,她总算打通了其中一个内科医生的电话,可是那人在电话里的声音却显得很是恼火,似乎很不情愿在这深更半夜被人从床上叫起来。她放下电话就赶紧奔回到孩子的房间,一进屋里就急着察看女儿的那只手,却发现那只手肿得更厉害了。

"啊,上帝!"她哭喊了一声,在床边跪下来,伸过手去一遍又一遍地抚摸着朱莉的头发。她朦朦胧胧地忽然想到该去取些热水来才是,便又直起身来朝门口走去,不曾想,晚礼服上的腰带却被扣在了床架上,整个人被绊得重重地向前跌去,摔得手脚都趴在了地上。她挣扎着爬起来,焦躁地使劲儿拉扯着腰带。腰带没拉开,倒反而牵动了整个床,惹得朱莉又是一阵呻吟。于是,她动作稍微缓和下来,不过,就在她慌七慌八地摸索着的时候,手指头忽然摸到了系在胸襟前的褶结,便用力一扯,竟把整个裙撑都撕脱下来,这才火急火燎地冲出了房间。

刚走进门外的过道里,她就听见有一个嗓门很大的声音在说话,口气也显得非常强硬,可是等她走到楼梯口时,那个声音却又戛然而止了,紧接着便是"砰"的一声,外面的大门关上了。

音乐室终于映入眼帘。屋子里只剩下哈罗德和米尔顿还待在那儿,哈罗德斜靠在一张椅背上,脸色煞白,领口大开,嘴巴耷拉着在不住地颤抖。

"怎么回事啊?"

米尔顿焦虑不安地望着她。

"刚才闹得有点儿不愉快……"

这时,哈罗德也看见了她,便费劲儿地直起腰来,接着便破口大骂起来。

"竟敢在我的家里当众侮辱我的堂妹。这个该死的出生于平民阶层的暴发户,真他妈的不是个东西。竟敢当众侮辱我的堂妹……"

"汤姆跟埃亨吵了起来,哈罗德只好出面干涉了。"米尔顿说。

"我的老天爷,米尔顿,"伊芙琳叫道,"你就不能好言劝劝他们吗?"

"我劝了;我……"

"朱莉生病了,"她没等他说完就打断了他,"她自个儿不当心弄破了手指,现在伤口发炎了。你扶哈罗德上床去行不行?"

哈罗德抬起头来。

"朱莉病了?"

伊芙琳懒得理睬他,只从旁边擦身而过,径直走进了餐厅,却一眼看见那只大酒缸依旧还放在餐桌上,缸底还剩着些酒水,但冰块早已融化了,她心头顿时就惊惧得不寒而栗。她听见前面的楼梯上响起了一片脚步声——是米尔顿扶着哈罗德上楼去了——接着又听见了一声咕哝:"唉,朱莉没事儿吧。"

"别让他进孩子的房间!"她高喊了一声。

接下来的几个小时全然是浑浑噩噩地熬过来的,简直像是一场噩梦。那位医生直到将近午夜时分才来,好在他不到半个钟头就用他的柳叶刀做完了创面切开引流手术。那位医生忙到两点钟才走,临走前还给她留下了两个护士的地址,要她打电话去请,并且答应六点半他还会再来回访一次。这孩子的确染上了血中毒。

到了四点钟,她才留下希尔达守候在孩子床边,回到自己的卧室,一进屋就抖抖索索地脱下身上那套晚礼服,气得一脚把它踢进了角落里。她换上了一件平常做家务时穿的便服,然后又回到孩子的房间,换下希尔达去煮咖啡。

直到中午时分,她才忽然想到该去哈罗德的卧室看一看了,可是一进门却发现哈罗德早已醒来,两眼直愣愣地盯着天花板,整个儿一副惨不忍睹的样子。他转过脸来望着她,目光茫然,眼睛里布满了血丝。一时间,她简直恨死他了,恨得连话也说不出来。一个嘶哑的声音从床头传来。

"现在是几点钟啦?"

"中午。"

"我简直成了一个该死的傻瓜……"

"你是不是傻瓜不要紧,"她厉声说,"朱莉感染上血中毒啦。医生说,也许会……"说到这里,她哽咽得说不下去了,"医生认为,她那只手怕是保不住了。"

"什么?"

"她自个儿不当心在那只——在那只酒缸上割破了手指头。"

"是昨天晚上吗?"

"啊,这跟什么时间割伤的有什么关系?"她哭着说,"她感染上血中毒啦。难道你没听见吗?"

他一脸惊疑地望着她,猛然在床上撑起半边身子来。

"快让我穿衣服。"他说。

她的满腔怨气总算渐渐平息下来,随后,一阵倦怠,加上对他的怜悯之情,如同巨浪一样涌上心头,袭遍她的全身。不管怎么说,这毕竟也是他的不幸啊。

"是的,"她有气无力地说,"我看你是得快点穿上衣服了。"

73

四

　　如果说伊芙琳的美若天仙的容貌在她三十刚出头的那几年依然还停驻在她身上的话,那么,几年一过,那美丽的容貌便像突然下了狠心似的彻底离开了她。她脸上的那些原先只需略施粉黛即可掩饰过去的鱼尾纹,不知何时就陡然加深了,大腿上、腰臀部位、胳膊上的赘肉也都迅速积聚起来。她那一遇到不顺心的事儿眉头就拧成一团的习惯性动作也已变成了一种固有的表情——看书时、说话时,甚至连睡觉时,都会自然而然地流露出来。她已经年届四十六岁了。

　　也像大多数家业走了下坡路、而不是日趋兴旺的人家的情形一样,她和哈罗德之间也不知不觉地产生了一种说不出有什么特色的对立情绪。夫妇俩闲来无事时就你看着我、我看着你,那种无话可说、只能作罢的心情,就好比面对家里的那些又破又旧的椅子,无奈只能勉强将就着用一样;丈夫一旦生了病,伊芙琳也会有些放心不下,但是,跟一个失意潦倒的男人朝夕相伴,难免也会有些郁闷、消沉,她只好千方百计打起点儿精神来。

　　这天晚上,家里人聚在一起打桥牌,牌局散了之后,她也如释重负般地松了一口气。她今天晚上打错的牌多得异乎寻常,不过,她压根儿也就没把它放在心上。伊莲娜真不该说那种话,说什么战场上步兵的危险性特别大。迄今已经有三个星期没接到儿子的来信了,当然,对平常人来说,这也算不了什么,可是对她来说,这么久杳无音信,难免会使她有些心神不定;她根本不知道自己究竟出过几张"梅花"牌,这也是情理之中的事儿。

　　哈罗德已经上楼去了,她便兀自踱出门外,站在屋前的门廊上透透新鲜空气。皎洁的月光弥漫在人行道和草坪上,给眼前的景色增添了几分魅力，于是，她微微张开嘴巴，仿佛是轻轻打了个哈欠，又像是轻轻笑了一声，她情不自禁地回想起年轻时曾经有一回在月光下与恋人久久缠绵的情景。往事如烟，现在想想都感到惊讶，遥想当年，她的生活曾经是那样纯情浪漫，一次又一次的恋爱构成了她生活的主调。可是现在呢，构成她生活主调的却是一个接一个的难题了。

眼前的一大难题就是朱莉——朱莉已经十三岁了，这孩子近来对自己身体上的缺陷也变得越来越敏感了，她宁愿哪儿也不去，就闷在她自己的房间里看书。前几年，她最怕别人提及上学的事儿，伊芙琳自己也舍不得送她去上学，所以，这孩子是在她母亲形影不离的呵护下长大的，可怜她小小年纪就戴着一只假手，却又根本不想用它，总是垂头丧气地把它藏在自己的口袋里。最近这段时间，她已经在接受训练，学着用这只假手了，因为伊芙琳很担心，假如她老是不用，恐怕会害得她连整只胳膊都抬不起来了，可是训练时间一过，那只小手便又悄悄缩回到她连衣裙的口袋里了，除非在她妈妈的逼迫下，她才会无精打采地顺从妈妈的旨意，把它伸出来活动一番。有一段时间，伊芙琳干脆只给她穿没有口袋的衣服，不料，朱莉却痛苦得像丢了魂儿似的，成天闷闷不乐地在屋子里到处乱转，这种状况持续了长达一个月之久，伊芙琳终于软下心来，从此再也不想做这种试验了。

另一个棘手的难题是唐纳德，这个难题从一开始就不一样。对于朱莉，伊芙琳想教育她尽量少依赖妈妈，然而对唐纳德，她则千方百计地想把他留在自己的身边，岂料却总是事与愿违——最近，唐纳德的问题已经不是她力所能及的了；他所在的那个师早已开往海外前线，至今已经有三个月了。

她又打了个哈欠——生活本来就是年轻人的事儿嘛。她自己的青春时代不是也过得很幸福嘛！她想起了自己的那匹小马驹"小玲珑"，想起了当年陪母亲一起远游欧洲时的情景，那年她才十八岁——

"人生真是五味杂陈呀，实在太不可捉摸了。"她自言自语地说出声来，无限感慨地对着那轮明月长舒了一口气，随后便踱进屋里，正要把门关上，却忽然听见书房里好像有动静，顿时吓了一跳。

是那个已经人到中年的女佣玛莎：他们家现在只有这一个用人了。

"怎么啦，玛莎！"她吃惊地说。

玛莎急忙转过身来。

"哦，我还以为你已经上楼去了呢。我只是在……"

"有什么要紧的事情吗？"

玛莎有些支支吾吾。

"没有；我……"她愣在那儿，像是有点儿慌了神的样子，"是这样，派珀太太，有封信，我记不清放在哪儿了。"

"有封信？是你自己的信吗？"伊芙琳问道，并随手打开了电灯。

"不是，那封信是写给你的。信是今天下午刚到的，派珀太太，是那个末班邮差送来的。那个邮差刚把信交给我，恰好后门的门铃响了。我手里拿着信就进屋来了，看来我当时一定是把那封信随手塞在什么地方了。我想趁着这会儿没人，赶紧进来找一找。"

"是一封什么样的信啊？是唐纳德先生寄来的吗？"

"不是的，好像是一份广告，大概是吧，要不就是哪家商号寄来的公函。我还记得，信封是长长的、窄窄的那种。"

他们立即在那间音乐室里到处寻找起来，几只托盘上，茶几上，壁炉架上……统统都找遍了，然后又找到了书房里，连那一排排书籍顶端的空隙处都摸遍了。玛莎无计可施，只好停下手来。

"我实在想不起来放哪儿了。我当时是直奔厨房间去的。餐厅，对，兴许是放在餐厅里了。"她正要满怀希望地拔脚奔向餐厅，却听见背后忽然传来一阵急促的呼吸声，便赶紧转过身来。是伊芙琳重重地跌坐在一张莫里斯扶手椅里了,只见她眉头紧锁,两条眉毛已经拧成了一团,一双眼睛也在惶急地眨巴着。

"你是不是犯病啦?"

足足有一分钟没听见她答话。伊芙琳默然无语地坐在那儿,一动也不动,玛莎看得出,她的胸脯在剧烈地起伏。

"你是不是病了?"她慌忙又问了一声。

"没有,"伊芙琳语气非常缓慢地说,"不过,我已经知道那封信在什么地方了。你去吧,玛莎。我已经知道啦。"

玛莎满腹狐疑地抽身走开了,伊芙琳却依然一动不动地坐在那儿,只有眼角边的肌肉在不住地抽搐着——收缩、松开、再收缩……她已经知道那封信在哪儿了——她已经完全明白了,仿佛那封信就是她亲手放在那儿的一样。此时此刻,她凭着做母亲的本能,已经确凿无疑地预感到那是一封什么样的信了。那种长长的、窄窄的信封,看上去像一份广告,然而不同的是,那封信的右上角印有"陆军部"这几个大字,下方则是一行较小的字体,标有"公函"字样。她知道,这封信就放在那只特大号酒缸里,封皮上用钢笔写着她的姓名,信中带来的是触及她灵魂的死讯。

她摇摇晃晃地站起身来,手扶着那一排排书橱朝餐厅里走去,跨过了那道门槛。片刻之后,她摸到了电灯的开关,便立即揿亮了电灯。

那只大酒缸赫然出现在她眼前,酒缸将电灯的灯光折射成了一个个色彩斑斓的小方块,那些猩红色的小方块个个都镶着黑黝黝的光晕,而金黄色的小方块则个个都镶着蓝幽幽的光晕,整个缸体显得极其笨重而又光华夺目,处处都透着奇谲诡异而又活灵活现的不祥之兆。她向前迈出了一步,但又突然收住了脚;再向前迈出一步,她就能看见缸口,继而看见那缸底了——再向前跨一步,她就能看见一道白边了——再迈出一步就能——她的双手无力地垂落在那粗糙、冰凉的雕花玻璃缸面上。

她迟疑了一下,这才缓缓撕开信封,抖抖索索地从里面掏出一份折叠着的信笺,好不容易才艰难地打开了它,把它捧在眼前,霎时间,那页用打字机打出的公函便昭然跃入眼帘,犹如一记重拳劈面朝她来。随后,那纸公文便像一只折了翅膀的鸟儿一样飘飘摇摇地掉落在地板上。在这一瞬间,整个屋子似乎都在天旋地转、嗡嗡作响,片刻之后突然又平静下来;一阵微风穿过敞开的前门悄然吹进屋里,也将一辆从门前呼啸而过的汽车的噪声送进屋来;她听见楼上传来一阵窸窸窣窣的声音,接着又听到书橱后面有刺耳的敲管道的嘎嘎声——是她丈夫在关一只水龙头。

然而,在这电光石火般的一瞬间,伊芙琳仿佛怎么也不敢相信,这纸公文送来的竟然就是唐纳德的死讯,她只觉得这是她自己与这只雕花玻璃酒缸之间一直在恶狠狠地暗中较劲儿的角逐又打了一个回合,这场漫无止境、索然无味的较量,平时也一直就没有间断过,有时还会突然掀起惊涛骇浪来,这只漂亮的怪物,其实就是冷酷、恶毒的化身,是一个男人送给她的一件不怀好意的礼物,虽然那个男人的长相她早已忘却了。多少年来,它就这样堂而皇之地端坐在她家厅堂的正中央,不声不响、虎视眈眈地隐伏在那儿,如同一只千眼怪物,时刻在放射着千万道冰凌般的光束,那阴鸷邪恶、耀眼夺目的光束,彼此映照着,融化成一片又一片凶兆,却始终不老,始终不变。

伊芙琳紧挨着桌子边缘坐下来,神情恍惚地盯着那只玻璃酒缸。那怪物此时似乎在朝她冷笑,那是一种非常残酷的冷笑,仿佛在说:

"你瞧,这一回我就用不着直接来打击你啦。我何苦要这样做呢。你心里明白,我就是夺走你儿子性命的那个人。你现在终于领教到我有多冷酷、有多狠心、有多漂亮了吧,因为你自己曾经也是这样冷酷、这样狠心、这样漂亮。"

那酒缸似乎突然自行翻了个身,接着便急剧膨胀起来,越变越大,终于化成了一个巨大的天棚,光华夺目、颤颤巍巍地罩住了这间屋子,罩住了整幢别墅,随即,四壁也渐渐融化为薄薄的雾霭了,伊芙琳仿佛看见它仍在不断向外扩张、向外扩张,离她也越来越远,已经遮住了遥远的地平线,遮住了宇宙间的一切日月星辰,透过那幻化成天棚的雕花玻璃酒缸远远望去,世间的一切似乎都变成了时隐时现的墨水点。再一看,罩在那天棚下的竟是活生生的形形色色的人,而穿过那天棚投射下来、照耀在那些人身上的光线,全都是被折射、被扭曲了的屈光,结果是,黑影似乎都变成了亮光,而亮光反而倒变成了黑影——于是乎,在这雕花玻璃酒缸幻化成的闪闪烁烁的苍穹下,人间百象的整个图景就变成了一幅被篡改、被歪曲得面目全非的画面。

紧接着,天边又传来了一个由远及近、嗡嗡作响的声音,如同一阵低沉而又清晰的钟鸣声。那声音像是来自酒缸的中央,在其巨大的缸壁间回荡着,继而又传到了地面上,接着又从地面急遽反弹到了她的耳畔。

"你瞧,我才是命运的主宰呢,"那个声音在高喊着,"你的那些微不足道的谋略岂能敌得过我;世间万物的成败都是由我决定的,你的那些小小的梦想和我比起来差太远啦,我可以令时光飞逝,让美丽的容颜在顷刻间化为乌有,把尚未实现的心愿扼杀在萌芽之中;这一切变故、这一切失察、这一切积小成大的危难,统统都是我一手造成的。我就是那个天马行空、反证不了任何一条规律的例外,完全不受你那些条条框框的制约,生活好比是一盘菜,我就是那盘菜中的辛辣的调味品。"

那嗡嗡作响的声音戛然而止;那隆隆的回声也在渐渐远去,飘过辽阔的大地，飘向世界的尽头——也就是那只大酒缸的边缘，继而又爬上巍峨的缸壁，重新回到了酒缸的正中央，在那里嗡嗡地响了好一会儿才慢慢消失。随后，四周的高墙便一齐向她缓缓压来，墙体越缩越小，距离也越逼越近，仿佛要把她压个粉身碎骨；就在她攥紧双拳、等着那冰凉的玻璃眼看就要把她砸得头破血流之时，那酒缸却突然一扭身，又侧翻过去——重新回到了餐具柜上，金光四射、神秘莫测地端坐在那儿，犹如经过上百架三棱镜的反射，放射出无数道光芒，幻化出无数种色彩，纵横交错、闪闪烁烁，一派玲珑剔透的样儿。

那股阴风又刮了过来，穿过前门直吹进屋里，情急之下，伊芙琳孤注一掷地使出浑身的力气，双臂齐出，一把抱住了那只酒缸。她必须迅速行动了——她必须坚强起来了。她狠命收紧双臂，两只胳膊都绷得酸疼难忍，细皮嫩肉下的一根根瘦筋都胀鼓鼓地紧绷着，费了好大的劲儿，才把那酒缸提起来，把它紧紧地抱着怀里。由于用的力道过大，她晚礼服的后背都绷开了，她能感觉到那股阴风吹得她脊梁骨上冷飕飕的。既然如此，她索性就转过身来，迎着那扑面而来的阴风，抱着那无比沉重的酒缸，跟跟跄跄地走出餐厅，穿过书房，径直朝大门外走去。她必须迅速行动了——她必须坚强起来了。两只胳膊里的血脉都在吃力地缓缓搏动着，双膝也直发软，腿脚也不听使唤，不过，那冰凉的雕花玻璃酒缸已被牢牢地抱在了怀里，那种感觉还是挺好的。

到了前门外，她又摇摇欲坠地接着朝门前的石阶走去，一走到石阶上，她便鼓起全身心的勇气和力量，想不遗余力地作最后的奋力一搏，她猛地扭转过半个身子——刹那间，就在她作势要抛出怀中之物的当口上，就在她把麻木的双手牢牢扣在那粗糙的玻璃缸面上的时候，就在这一瞬间，她忽然脚下一滑，身子失去了平衡，随着一声绝望的呼喊，整个人一个跟头向前跌去，那只酒缸仍抱在她怀中……人却倒了下去……

马路对面，华灯初放。这骤然响起的碎裂声，远在街区另一头的人都听得见，引得过往行人急忙聚拢过来，不知发生了什么事儿；楼上一个疲惫的男人从将睡未睡的状态中惊醒过来，一个小姑娘在似睡非睡的噩梦中嘤嘤啜泣着。明月当空的人行道上，那个寂然不动、漆黑一团的身躯的周围，成百上千的碎玻璃片儿散落得满地都是，有三棱形的，有方块状的，有尖片儿状的，个个都亮晶晶的，将月光与灯光反射成了一道道五彩缤纷、微微闪烁的光束，有的泛着蓝莹莹的光晕，有的泛着金黄色的光晕，黑色的玻璃片儿都镶着黄边，而猩红色的则镶着黑边。

（吴建国　译）

牛皮糖（又名：没有骨气的男人）

一

吉姆·鲍威尔就是一块牛皮糖。我何尝不想把他塑造成一个富有感染力的人物呢？可是我又觉得，倘若我在这一点上也要欺骗你们的话，那可就太不像话啦。他骨子里生来就是一块地地道道、本性难改、99.75%的牛皮糖，而且一直是在南方这片像牛皮糖一样的土地上、像牛皮糖一样的季节里懒懒散散地成长起来的，在梅森-迪克森线①以南这片土地上，每一个季节都这样。

话说回来，要是你把某个孟菲斯②人叫作牛皮糖的话，那他十有八九会从他屁股后面的裤兜里抽出一条又长又结实的绳索来，把你吊死在附近的随便哪一根电线杆子上。要是你把某个新奥尔良③人叫作牛皮糖的话，

---

① 梅森-迪克森线（Mason-Dixon Line），美国宾夕法尼亚州、马里兰州、特拉华州、西弗吉尼亚州之间的分界线，即过去美国北方各州与南方各州的分界线。如今，"梅森—迪克森线"常被人们用来象征美国南方与北方各州之间存在着的文化差异的分水岭。
② 孟菲斯（Memphis），美国田纳西州西南部一港口城市，位于密西西比河畔，诞生于19世纪晚期的布鲁斯音乐即发源于此地。
③ 新奥尔良（New Orleans），美国路易斯安那州东南部一港口城市，位于密西西比河畔，因其每年一度的狂欢节庆典及其与布鲁斯音乐和爵士乐的发展密切相关而闻名遐迩。

那他大不了只会朝你咧嘴一笑，接着便会嬉皮笑脸地问你，谁会拐走你的女朋友去参加"肥美的星期二"①狂欢节舞会。这篇传奇故事里的主人公就是在那片像牛皮糖一样的土地上造就出来的，其具体方位大概就在上述这两座城市之间的某个地方——那是一座拥有四万人口的小城市，在佐治亚州南部已经混混沌沌地沉睡了四万年之久，在其休眠状态中偶尔也会抖动一下，喃喃自语地嘀咕着曾经在某个时候、某个地点发生过的一场战争，可惜那场战争人家早已忘却不知有多久了。

吉姆就是一块牛皮糖。我一再这样写，是因为这个说法实在太悦耳动听了——这样说颇有点儿像要拉开架势讲述一个童话故事吧，仿佛吉姆是一个好人似的。不知何故，我脑子里总有这样一幅有关他的画面：天生一张圆乎乎、让人见了胃口大开的脸，而且帽子里还茁壮生长着形形色色的绿叶植物和各种各样的蔬菜。不过，吉姆的身材却又瘦又长，加上老爱俯身在台球桌上，腰也有些佝偻了，因此，倘若在没有种族歧视的北方，他或许就是人们所说的街头上游手好闲的二流子吧。"牛皮糖"这个称谓，倘若在整个还没有彻底瓦解的南部邦联，那可是一个人要耗费毕生精力、用单数第一人称不断变换着花样来演绎"虚度光阴"这个义同形不同的动词才能得到的——诸如，我眼下正在"虚度光阴"啊，我已经"虚度光阴"了，我今后还会"虚度光阴"的。

吉姆是在一幢汉白玉砌成的房屋里诞生的，房屋就坐落在一派绿荫环绕的街角上。那幢房屋的屋前竖立着四根已被经年风雨剥蚀得不成样子的立柱，屋后则是一大片用细木条精心搭成的斜条花格架子，

---

① "肥美的星期二"（Mardi Gras），又名"忏悔节狂欢"，源自法国，即大斋首日的前一天，是四旬斋节前期的结束之日，后演变为澳洲、新西兰、美国某些地区的狂欢节。

形成了一大片斑斑驳驳、纵横交错、让人心旷神怡的背阴处，庇护着一大片百花争妍、洒落着缕缕阳光的草坪。原先居住在这幢汉白玉房子里的住户曾经拥有过隔壁的、隔壁的隔壁的，以及再隔壁的土地，不过，那已经是很久很久以前的事情了，甚至连吉姆的父亲几乎都记不太清了。事实上，在他看来，这不过是一桩无关紧要的区区小事，根本不值一提，因此，当他在一次械斗中被人家用手枪击中、性命处于弥留之际时，他也没想起来要把这件事告诉年幼的小吉姆。吉姆当时才五岁，早被吓得魂不附体了。那幢汉白玉房屋后来变成了一家公寓式旅馆，由一位来自梅肯①的寡言少语的女士经营着，虽然吉姆管她叫玛米姑姑，但是他打心眼儿里一点也不喜欢她。

  吉姆长到十五岁了，开始上中学了，留着一头乌黑的乱蓬蓬的鬈发，而且还害怕跟女孩子们交往。他很不喜欢待在自己家里，因为家里有四个女人，外加一个老头儿，他们一年到头都在没完没了、喋喋不休地唠叨着，不是在议论鲍威尔家原先拥有的地产都包括哪些地块，就是在谈论明年会流行什么样的花草。有时候，城里有些小姑娘的父母亲偶尔会想起吉姆的妈妈，并且很惊奇地发现吉姆的那双黑眼睛和他那头黑发跟他妈妈的很相像，于是就会来邀请他去参加一些聚会，但是这些聚会总是让吉姆感到有些羞涩，他宁愿独自一人待在蒂利家的修车铺里，坐在卸下来的车轴上，不是玩会儿掷骰子游戏，就是用一根长长的稻草在自己嘴里没完没了地拨弄着。为了挣点儿零花钱，他偶然会去打些零工，也正是因为这一点，他才不肯再去参加那些聚会的。在他参加的第三次聚会上，那个小不点儿玛乔丽·海特竟然冒冒失失地在人家耳边悄声议论他，而且就在他能够听得见的范围

---

① 梅肯（Macon），美国佐治亚州中部一座历史文化名城，素有"佐治亚州的心脏"之称，以其众多的博物馆和遍布各处的旅游景点而闻名遐迩。

之内，说他就是那个有时候帮人家送日用杂货的小男孩。于是，吉姆干脆就再也不去跳那种两步舞和波尔卡舞了，却练就了一手好本事，能够用骰子随心所欲地掷出他想要的任何一个数字，而且还听到了许多很刺激的枪击事件的传闻，那些枪击事件全都是近五十年来在周围这一带发生的。

他长到十八岁那年，战争爆发了，他应征入伍，当了一名水兵，在查尔斯顿海军修船厂里擦了整整一年黄铜器材。后来，由于种种原因，他去了北方，在布鲁克林海军修船厂里又擦了整整一年的黄铜。

战争结束后，他回到自己的家乡。这年他二十一岁，他的裤子总是显得太短、太紧。他脚上的那双扣纽扣的鞋子则显得又长又窄。他的领带是紫色和粉红色条纹的完美结合，显得非常惹眼，而领带上方的两只蓝眼睛，却像一块常年暴露在太阳下、已被晒得褪了色、但质地非常结实的旧布片。

四月里的一天，在黄昏后的暮光中，一派柔和的、灰茫茫的雾霭不知不觉已从天而降，缥缥缈缈地弥漫在棉田间，笼罩在这座闷热的小城的上空，吉姆模模糊糊的身影斜倚在一排木栅栏上，一边吹着口哨，一边举头凝望着高悬在天际的月晕，月晕下是华灯初放的杰克逊大街。他脑子里一直在反复思考着一个问题，这个问题已经让他出神地想了整整一个小时。居然有人来邀请这牛皮糖去参加一场聚会了。

回首往事，在所有男生都还在嫌恶所有女生的岁月里，克拉克·达罗跟吉姆在学校里念书时是肩并肩坐在同一张课桌上的同学。然而，当吉姆把他的社交热情渐渐葬送在汽车修理铺里那油腻腻的氛围中的时候，克拉克却早已谈上了恋爱，时而坠入情网、时而情场失意，后来又上了大学、染上了酒瘾、再戒掉酒瘾，总而言之，克拉克早已成了本城那些货真价实的花花公子中最有名的一个了。不过，克拉克和吉姆两人之间倒是一直还保持着那份友谊，虽然不常见面，但那份交情却绝对是确信无疑的。这天的午后,克拉克驾着他那辆老派福特车缓缓驶到吉姆的身边停下来,吉姆那会儿正走在人行道上,紧接着,如同晴天突然响起了一声惊雷,克拉克竟出乎意料地邀请他去参加在乡村俱乐部里举行的一场舞会。克拉克只是出于一时冲动才这么做的,这一点并不足为怪,但吉姆当时也是出于一时冲动才欣然接受这份邀请的,这一点也不足为怪。后者很可能是出于一种无意识的百无聊赖,还带有点儿诚恐诚惶、想去冒一下险的感觉罢了。吉姆这会儿已经头脑清醒了,因此才在这里思前想后地反复掂量着这件事儿的。

他嘴里哼起了小曲儿,并抬起一只大脚在人行道旁的路边石上懒洋洋地踩着步点,直到那只脚能上上下下地踩出节拍来,伴奏着他那低沉的歌喉哼出的调子:

> 在家乡一英里外的牛皮糖小镇上,
> 住着珍妮,就是那位牛皮糖女王。
> 她爱掷骰子,也善待骰子;
> 骰子也个个都乐意帮她的忙。

他突然不唱了,气得在人行道上跌跌撞撞地猛跑起来。
"笨蛋!"他自言自语地骂出声来。
他们都会到场的——那帮老相识,按理说,就凭他家的那幢汉白玉的房屋,虽然早就变卖掉了,再加上挂在壁炉上方的那幅身穿灰布军装的军官的肖像①,吉姆怎么说也应该是这帮人当中的一员呀。可

---

① 在美国南北战争时期,南部邦联军队的军服都是灰色的。此处是在喻指,吉姆的父辈曾经在南北战争中立下过显赫战功。

是这帮家伙倒好，大家都是自小一块儿长大的，想不到他们后来竟结成了一个别人休想插得进来的小帮派。就像女孩子们的连衣裙是一英寸一英寸地渐渐变长的一样，这个小帮派是逐步形成的，然而也像男孩子们的裤脚管肯定是突然一下子就放到了脚踝处一样，也是确信无疑的。对于这帮彼此互称教名、玩那种转眼就会散伙的少男少女之间的初恋游戏的人来说，吉姆早已成了一个局外人——成了贫穷白人圈子里的一个专门陪人家赶场子的伙伴。那帮人大多数都认识他，却总爱在他面前摆出一副居高临下的优越感。他只对其中的三四个女孩子行脱帽礼，仅此而已。

当暮色越来越浓、渐渐化作了蓝色的背景衬托着一轮明月时，他漫步徜徉在这座热气熏人、到处散发着扑鼻的辛辣气味的小镇中，朝杰克逊大街走去。各家店铺都在忙着关门打烊了，最后的那批购物者也在四散离去，踏上了回家的路，整个这一幕似乎给人以一种如梦如幻、天地在轮回旋转般的感觉，如同坐在儿童游乐场里慢悠悠地运行着的旋转木马上一样。远处的街头集市已经摆出了一长溜五颜六色、灯火通明的摊位，也为这夜色带来了一阵阵杂乱喧闹的乐声——有马戏团的汽笛风琴奏出的东方舞曲，有畸形动物展览馆门前吹响的令人感伤的喇叭声，也有手摇风琴拉出的《回到田纳西老家》[1]这首歌欢快的乐曲声。

牛皮糖在一家商店里逗留了一会儿，买了一条衣领，随后，便沿着大街一路闲逛着朝索达·萨姆夜总会走去。到了这里，他发觉夏日的傍晚司空见惯的那三四辆轿车照例停泊在门前，也还是那几个黑人

---

[1]《回到田纳西老家》(Back Home in Tennessee, 1915)，美国流行歌曲，由美国诗人、歌词作家威廉·杰洛米（William Jerome Flannery, 1865—1932）作词，美国作曲家瓦尔特·唐纳德森（Walter Donaldson, 1893—1947）作曲，在20世纪20年代期间甚为流行。

孩子在来来回回地奔忙着搬运冰淇淋圣代和柠檬水。

"喂,吉姆。"

朝他打招呼的那个声音就在他身边——原来是乔·尤因,人坐在车子里,旁边坐着的是玛丽莲·韦德,南希·拉马尔和一个陌生男人并排坐在车子的后排座位上。

牛皮糖立即脱下帽子行了个礼。

"嗨,本……"紧接着,在几乎不为人察觉地愣怔了一下之后——"大家都还好吗?"

等这辆车过去之后,他迈着轻松的步子继续朝那家汽车修理铺走去,修理铺的楼上有他的一个房间。他刚才那声"大家都还好吗?"其实是对南希·拉马尔说的,他已经有十五年没有跟她说过一句话了。

南希天生一张似乎能让人回想起曾经亲吻过的嘴,一双朦朦胧胧的眼睛,还有一头青黑色的秀发,那是她出生在布达佩斯的母亲遗传给她的。吉姆时常在大街上碰到她,走起路来活像个假小子,两手插在口袋里,然而他也知道,她总是跟那个从不分离的莎莉·卡罗尔·霍珀待在一起的,从亚特兰大到新奥尔良,一路过来不知甩了多少个伤心的人呢。

在那稍纵即逝的几分钟时间里,吉姆恨不得能放开手脚跳一场舞。过了一会儿,他情不自禁地大笑起来,快要走到自己房间的门口时,他竟怡然自得地轻声哼起了小曲儿:

> 她那牛皮糖般的鬈发能让你的灵魂不得安宁,
> 她那双棕褐色的大眼睛能看透你的心,
> 她是牛皮糖女王中的女王啊——
> 我的珍妮就住在牛皮糖小镇上。

二

九点三十分，吉姆和克拉克在索达·萨姆夜总会门前会合，坐上克拉克的那辆福特车，两人立即动身朝那家乡村俱乐部驶去。

"吉姆，"克拉克漫不经心地问道，此时车子正嘎啦嘎啦的一路颠簸着穿行在散发着茉莉花香的夜色中，"你是用什么方法来维持生计的？"

牛皮糖愣了一下，思考着该怎么回答。

"是这样，"他终于开口了，"我在蒂利家的汽车修理铺里搞了一个房间。我下午帮他修修车，他就免费让我住下了。有时候我也帮他开开出租车，赚点儿小钱吧。不过，我不高兴干那种按时上下班的活儿。"

"就这些？"

"是这样，要是活儿多的话，我白天也会帮他干的——通常都是在星期六——不过，我还有一项收入不菲的财源呢，一般我是不提的。也许你已经不记得了吧，我可是本城数得着的玩双骰子赌博游戏的头牌高手啊。人家现在逼着我用杯子来掷骰子了，因为我一旦摸准了两个骰子的脾气，它们就会听话地为我去转动了。"

克拉克挺佩服地咧嘴笑了笑。

"我从来就没有学会怎样才能让它们按我的意志去转动。但愿你有朝一日能够跟南希去赌一场，把她口袋里的钱统统赢过来。她挺愿意跟那些男生在一起玩掷骰子的，输掉的钱已经远远超过她爹舍得为她慷慨解囊的程度了。我偶然听说的，她上个月卖掉了一枚漂亮的戒指，就是为了还赌债。"

牛皮糖未置可否。

"榆树街的那幢汉白玉房屋的所有权还是你的吗?"

吉姆摇了摇头。

"卖掉啦。卖了个相当不错的价钱呢,因为那幢房子的位置如今在本城已经算不上好地段了。律师建议我把钱都投在自由公债①上。可是玛米姑姑得了这么重的病,她已经全然失去知觉了,所以,得把全部利息用来支付她在大农场疗养院的费用。"

"嗯。"

"我在本州北边儿有一个老叔,我寻思着,要是我哪天真的穷得混不下去了,我还可以北上到他那边去。很不错的农场呢,可惜周围没有足够的黑人可以雇来干活儿。他已经要求我过去帮他的忙了,不过,我估计我是不大会喜欢那种地方的。太他妈的寂寞啦……"他突然就此打住了。"克拉克,说心里话,我挺感激你邀请我出来玩的,不过,要是你就在这儿把车停下来,让我走回镇上去,我会更高兴的。"

"哪有这回事儿啊!"克拉克不满地哼了一声,"出来走走会对你大有好处。你也用不着跳舞——只要走过去,站在舞池里晃几下就行。"

"行行好别说啦,"吉姆惶惶不安地喊了起来,"你可千万不能把我引到哪个姑娘面前,然后就扔下我不管,弄得我非得跟她们跳舞不可啊。"

克拉克哈哈大笑起来。

"当然啦,"吉姆气急败坏地接着说,"要是你不答应我这个要求,保证不会那么干,我立马就在这里下车,我的两条健全的腿会把我送回杰克逊大街的。"

---

① 自由公债(Liberty Bond),即美国政府在第一次世界大战期间为支持正义事业而发行的战时公债,在当时被美国民众认为是爱国的象征。该公债至今仍在发行,目的是为反恐事业而融资。

经过好一番讨价还价之后，两人总算达成了一致意见，那就是，吉姆可以不受那些女性的骚扰，只坐在角落里的一张没人去的躺椅上看热闹，克拉克只要不在跳舞就过来陪他。

于是，到了十点钟的时候，牛皮糖便正襟危坐地待在了那个角落里，拘谨地抱着双臂、架着二郎腿，尽量装出一副很随便、很自在的样儿，表现得既彬彬有礼，又不拿正眼去瞧那些在翩翩起舞的人。然而他心里却感到特别扭，既自惭形秽，又对周围正在发生的一切十分好奇，左右为难得不知如何是好。他看到姑娘们一个接一个地从化妆间里走了出来，个个都在搔首弄姿，个个都打扮得花枝招展，如同一只只活泼可爱的小鸟，一边走一边还侧过头去，越过擦着香粉的肩膀，朝陪伴她们来的年长的监护人送去灿烂的微笑，顺便也飞快地扫一眼屋里的情况，与此同时，也在左顾右盼地欣赏着满屋子的人对她们入场的反应——进场后，她们又像一只只归巢的小鸟一样停落下来，纷纷依偎在早已翘首企盼地等待着她们的护花使者尚且还能自持的怀抱里。莎莉·卡罗尔·霍珀，就是那个金发碧眼、但视力却很弱的姑娘，穿着她最喜欢的粉红色的裙装，眼睛在不停地眨巴着，活像一朵刚刚苏醒的玫瑰花。玛乔丽·海特、玛丽莲·韦德、哈丽雅特·卡里，这几个姑娘他都见过，她们常常在杰克逊大街上悠闲地溜达，往往都在午前那会儿，瞧她们现在的模样，个个都盘起了头发，还抹了生发油，打扮得既雅致又鲜艳，与头顶上方的灯光交相辉映，仿佛奇迹般地变成了一个个让人匪夷所思的德累斯顿[①]瓷娃娃，有粉红色的，有蔚蓝色的，有鲜红色的，有金黄色的，就像刚从瓷器店里买来、还没有完全干透的瓷人儿一样。

他已经耐着性子在那个角落里干坐了半个钟头，却完全打不起精

[①] 德累斯顿（Dresden），德国东部城市，以其巴洛克式建筑和盛产精美的细瓷器而闻名。

神来,虽然克拉克也神采飞扬地来看过他几次,但每次都是那老一套:"喂,老兄,你怎么样?"接着就在他膝头上拍一下了事。有十来个男性或跟他打过招呼,或在他身旁停留过片刻,但是他心里明白,这些人一看见他居然也到这里来了,个个都感到很意外,他猜想,其中有一两个家伙甚至还略有些厌恶他。不过,熬到十点半钟的时候,他那浑身不自在的窘态竟出乎意料地一下子就完全消失了,一个让人透不过气来的重要人物,如同强大的磁力一样牢牢吸引了他,使他彻底忘乎所以了——南希·拉马尔走出了化妆间。

她穿着一袭黄色的薄如蝉翼的连衣裙,那是一种由上百条绝妙的对角线所构成的服饰,上面有三条褶裥,背后打了一个大大的蝴蝶结,弄得她一走动浑身就散发着黑黄相间的光泽,仿佛像涂了一层晶莹莹的磷光似的。牛皮糖圆睁双眼,感觉喉咙里被涌上来的一大团东西堵住了。她在门口站立了一小会儿,直到看见她的舞伴急匆匆赶了过去。吉姆认出,那人就是当天下午跟她一起坐在乔·尤因车子里的那个陌生人。他看见她双手叉腰站在那儿,低声说了句什么,接着便哈哈大笑起来。那人也跟着笑了起来,吉姆心头刹那间泛起了一股从未有过的非常怪异的刺痛感。似乎有一道光芒从那一对人之间倏地一闪而过,那是片刻之前还让他感到温暖的那个太阳射出的一道美丽的光束。牛皮糖顿时觉得自己就像是长在阴暗处的一棵杂草。

片刻之后,克拉克两眼放光、喜气洋洋地朝他走来了。

"嗨,老兄,"他兴奋地叫着,却还是那样缺乏原创性,"你怎么样?"

吉姆回答说,他该怎么样就怎么样。

"你跟我来,"克拉克不容商量地说,"我搞到了一样东西,那玩意儿准能把这场晚会推向高潮。"

吉姆笨拙地跟在他后面穿过舞池,爬上那段楼梯,来到楼上的衣帽间,在衣帽间里,克拉克取出了一大瓶没有名称的黄色液体。

"上等的陈年玉米威士忌。"

服务生用托盘送来了姜汁汽水。像"上等的陈年玉米威士忌"这样如此提神壮阳的美酒,除了矿泉水之外,还需要再加上一些伪装才好。

"喂,伙计,"克拉克连声惊呼着,激动得连呼吸都急促起来,"你说南希·拉马尔是不是长得很漂亮?"

吉姆点点头。

"非常漂亮。"他由衷地赞成说。

"她今晚打扮得像个漂亮的洋娃娃,简直太完美啦,"克拉克接着说,"看见那个跟她在一起的家伙了吗?"

"那个大个子吗?穿白裤子的?"

"没错。是这样,那家伙叫奥格登·梅里特,是萨凡纳[①]人。他老爹梅里特是生产梅里特牌保安剃须刀的。这家伙疯狂地爱上了她,已经追了她整整一年。"

"她可是个放荡不羁的宝贝啊,"克拉克接着说,"不过,我挺喜欢她的。人人都喜欢她嘛。不过,她也确实很有手段,干过不少惊世骇俗的事情。虽然她通常总能安然脱身,但是她一桩接一桩地干下的那些事情,已经弄得她声名狼藉了。"

"怎么会这样呢?"吉姆把自己的酒杯递了过去,"这才是真正上等的玉米威士忌啊。"

"味道还算不错吧。啊,她这人的确是个放荡不羁的家伙。可喜欢玩掷骰子呢,哇哦,伙计啊!而且还喜欢喝高杯威士忌[②]呢。我答

---

① 萨凡纳(Savannah),美国佐治亚州一港口城市,位于萨凡纳河畔,靠近该河流大西洋入海口。

② 高杯威士忌(High-ball),美国俚语,指掺有其他饮料的威士忌或烈性酒。

应过她的，我待会儿就给她送一杯去。"

"她爱上这个叫——梅里特的人了吗？"

"鬼才知道呢。看来本地最漂亮的姑娘们都要嫁给外乡人远走高飞啦。"

他又为自己斟了满满一杯，然后就小心翼翼地用软木塞把那酒瓶盖上了。

"听我说，吉姆，我要去跳舞了，你反正是不跳舞的，要是你能替我看管好这瓶玉米威士忌，把它藏在你屁股后的裤兜里，我会万分感激你的。假如有人发觉我喝了酒，准会追上来缠着我要酒喝的，还没等我来得及做出反应，这瓶酒就会被他们喝得精光，那样的话，我的快乐时光可就白白让给别人去享用啦。"

如此看来，南希·拉马尔马上就要嫁人啦。全城人都仰慕不已的这个大美人儿马上就要成为一个穿白裤子的家伙的私有财产啦——而且仅仅是因为这个白裤子的老爹生产出的保安剃须刀比他邻居的要好用一些而已。在他们下楼来的时候，吉姆发觉这个念头搅得他心里说不出有多难受。他生平第一次体会到了一种朦胧而又浪漫的渴望。有关这个大美人儿的一幅画面开始在他的想象中渐渐浮现出来——南希像个假小子似的快快活活地在大街上行走着，像抽什一税①似的从一个对她顶礼膜拜的水果摊贩那里拿了一只橘子，根据故弄玄虚地编造出的理由在索达·萨姆夜总会里索取软饮料，召集起一帮子花花公子，然后便驱车扬长而去，整个下午都在得意扬扬的状态中稀里哗啦地肆意挥霍着、纵情歌唱着。

牛皮糖踱出屋子，来到外面游廊上的一个谁也不会来光顾的角落里，那里很幽暗，恰好处于洒满草坪的月光与舞厅透着光亮的那个单

---

① 什一税（tithe），农民和摊贩向教会缴纳的一种税率很低的税。

扇门之间。他在那里找了一张椅子坐下来，然后便随手点上一支香烟，任由自己毫无头绪的思绪渐渐陷入了沉思冥想之中，那是他平日里司空见惯的一种情绪状态。然而，此时此刻，他的沉思冥想却完全是另一番景象，眼前的夜色，再加上那些香汗淋淋、粉嘟嘟地隆突着的酥胸散发出的热辣辣的气味，把他此时的沉思冥想弄得充满了肉欲，那些柔软、隆突的酥胸都胀鼓鼓地塞在一件件袒胸露背的连衣裙的前襟里，蒸发出上千种浓郁的香味，透过那扇敞开的舞厅门飘了过来。连那舞曲本身居然也被一支嘹亮的长号搅得听不清节拍了，变得热切而又虚幻起来，成了一种让人意志涣散的靡靡之音，伴随着许多双皮靴和软底舞鞋发出的嚓嚓声。

突然，从舞厅门缝射出的那道呈四方形的黄色灯光被一个黑乎乎的人影遮住了。有一个姑娘从化妆间里走了出来，站在游廊上离他不足十英尺远的地方。吉姆听见了一声从牙缝里挤出的低沉的咒骂声"他妈的"，骂声刚落，那人便转过身来，不料却一眼看见了他。原来那姑娘竟是南希·拉马尔。

吉姆立即站起身来。

"你还好吗？"

"喂——"她愣了一下，有些支支吾吾，接着便朝他走来，"啊，原来是——吉姆·鲍威尔呀。"

他微微鞠了一躬，努力想找出一句漫不经心的话来。

"你认为，"她抢先开了口，"我是说——你知道那块口香糖是怎么一回事吗？"

"什么？"

"我的这只鞋子粘上口香糖了。不知是哪个混蛋蠢驴把他的或者她的口香糖吐在舞池的地板上了，我也就在所难免地一脚踩了上去。"

吉姆的脸腾地一下红了起来，却红得很不是时候。

"你知道该怎么把它弄掉吗?"她脾气暴躁地问道,"我已经用刀子试过了。化妆间里的每一样该死的东西我都试过了。我用肥皂和水试过——甚至连香水也用上了,我还试着想用粉扑把那玩意儿黏下来,结果把我的粉扑也毁掉了。"

吉姆有些激动地思考起了这个问题。

"这个嘛——我觉得,也许可以用汽油……"

他这句话还没来得及完整地说出口来,她便急吼吼地一把抓起他的一只手,拉着他就跑,一路飞奔着离开了游廊,跨过一个花坛,接着又马不停蹄地朝停泊在月光下的那群小轿车奔去,那群小轿车就停在那片高尔夫球场第一洞的旁边。

"快放汽油。"她气喘吁吁地用命令的口吻说。

"什么?"

"当然是为了那块口香糖啦。我必须弄掉它。我不能脚下带着这块口香糖跳舞呀。"

吉姆乖乖地转过身去,面对着那些小轿车,开始仔细打量起来,希望能找到办法把他想要的口香糖溶解剂弄到手。哪怕她想要一只汽缸,他也会尽心尽力给她拧下一个来的。

"就这辆吧,"他用目光仔细搜索了一会儿之后说,"这辆车比较好弄。你有手帕吗?"

"手帕在楼上,已经弄湿了。我抹肥皂、蘸水都是用它的。"

吉姆费劲儿地在自己口袋里摸索着。

"你可别不相信人,我也没带手帕呢。"

"他妈的!这样吧,我们可以把它拧开,让汽油直接流到地上来。"

他拧开油嘴盖,一条涓涓细流滴滴答答地淌了下来。

"多放些!"

他把油嘴盖儿拧得更开了些。涓涓细流顿时变成了哗哗的流淌，不一会儿就在地面上形成了一大片明晃晃、亮晶晶的油池，在那颤动不已的油池的正当中倒映着十来个瑟瑟发抖的月亮。

"啊，"她心满意足地舒了口气，"把里面的汽油统统放出来。唯一的办法就是在这池子里蹚过去。"

他孤注一掷地干脆把油箱盖彻底拧开了，那油池顿时变成了一片恣肆汪洋，溢出的条条小河、小溪朝四面八方流淌。

"太好了。这才像那么回事儿。"

她撩起裙子，抬起脚来，优雅地踩了进去。

"我知道，这办法可以把那玩意儿弄掉。"她喃喃地说。

吉姆笑了。

"小汽车有的是呢。"

她轻盈地从汽油池中拔出脚来，在那辆汽车的脚踏板上刮擦着她那双软底舞鞋，刮了鞋帮子再刮鞋底。牛皮糖再也把持不住自己，终于爆发出了一阵朗声大笑，笑得腰都直不起来了，她随即也跟着哈哈大笑起来。

"你是陪克拉克·达罗上这儿来的吧，对不对？"两人一起返身朝那游廊走回去时，她这样问道。

"对。"

"你知道他这会儿人在哪儿吗？"

"在舞池里跳舞吧，我猜想。"

"这小流氓。他答应过我，要请我喝一杯高杯威士忌的。"

"哦，"吉姆说，"我估计这话没问题。他那瓶酒在我这儿呢，就藏在我的裤兜里。"

她喜形于色地朝他嫣然一笑。

"不过，依我看，你还是加点儿姜汁汽水为好。"他补了一句。

"我才不要呢。你就把那瓶酒交给我吧。"

"当真不会有问题?"

她大为不屑地笑了起来。

"你就跟我比试比试呗。不管是什么样的酒,凡是男人能喝的,我都能喝。我们坐下来好了。"

她自说自话、大大咧咧地坐在了一张桌子的边缘,他也一屁股在桌边的一张藤椅里坐下来,紧挨着她。她拔掉瓶塞,把那酒瓶举起来凑到嘴唇边,咕嘟咕嘟地灌下了一大口酒。他目不转睛地望着她,整个儿被惊呆了。

"好喝吗?"

她摇了摇头,被呛得上气不接下气。

"不好喝,不过,我就喜欢它给我的那种感觉。我想,大多数人都会有那种感觉的。"

吉姆表示同意。

"我老爸太贪杯了。他那叫酗酒成瘾。"

"美国的男人们啊,"南希一本正经地说,"根本就不知道这酒该怎么喝。"

"什么?"吉姆吃了一惊。

"事实上,"她无所顾忌地接着说,"他们什么也不懂,根本就不知道用什么办法才能把一件事情干得非常漂亮。让我感到终生遗憾的唯一的事情是,我没有出生在英国。"

"出生在英国?"

"是啊。我没有出生在那儿,这是我一辈子都感到遗憾的事情。"

"你喜欢那边的生活方式?"

"是啊,喜欢得不得了呢。虽然我自己从来没有去过那边,但是我遇到过许多英国人,他们是从那边开到这儿来的在部队里服役的军人，是牛津大学和剑桥大学的学生——你知道的，就像我们这儿的塞沃尼大学[①]和佐治亚大学一样——我当然知道啦，我看过不少英国小说呢。"

吉姆饶有兴趣地听着，感到很惊讶。

"你有没有听说过戴安娜·曼纳斯夫人[②]？"她很热切地问道。

没有，吉姆还没有听说过此人。

"唔，她就是我想效仿的榜样。黑黑的头发，你知道的，像我一样，而且也是一个天不怕地不怕、野得不得了的主儿。她就是这种女孩子，敢骑着高头大马顺着台阶一路闯上某个天主教堂，或者某个基督教堂，或者别的什么地方，所有的小说家到后来都把他们笔下的女主角描写成这种样子的。"

吉姆出于礼貌，点了点头。这个话题已经远远超出他能理解的范围。

"把那瓶酒递给我，"南希提醒他说，"我还想再抿一小口。一点儿小酒伤不了本姑娘。"

"你瞧，"她接着说，一大口酒下肚后，她又被呛得上气不接下气了，"那边的人个个都很有风度。这边却没有一个有风度的人。我是说，这边的男生都不行，实在不值得你为他们去梳妆打扮，或者为他们去干一些惊天动地的事情。你懂不懂我的意思？"

"我想，大概是吧——我的意思是，我觉得不是这样的。"他含糊不清地嘀咕着。

"而我呢，我什么事情都想去尝试一下，管它呢。我是本城唯独

[①] 塞沃尼大学（Sewanee University；又叫南方大学，University of the South），位于美国田纳西州，是一所历史悠久、闻名遐迩的教会学校。

[②] 戴安娜·曼纳斯夫人（Lady Diana Manners，1892—1986），英国女演员、作家，后来嫁给了英国贵族。

仅有的一个真正有风度的女孩子。"

她张开手臂,惬意地打了个哈欠。

"多美的夜晚啊。"

"确实很美。"吉姆连忙附和着说。

"真想去划划船,"她神情恍惚、话里有话地说,"真想在一片银色的湖面上扬起风帆驶向远方,那该多好啊,就在泰晤士河吧,比方说。一边划着船儿,一边喝着香槟酒,吃着夹鱼子酱的三明治。船上有八个人左右。其中有一个人为了逗大家开心,纵身从船上跳了下去,结果却淹死了,就像有个男人曾经为了取悦戴安娜·曼纳斯夫人所做的那样。"

"他那样干的目的,就是为了讨得她的欢心吗?"

"他的本意并不是要把自己淹死去讨得她的欢心。他的本意只不过是想跳下船去,以此来博得大家哈哈一笑罢了。"

"我估计,那人淹死的时候,那帮人大概也正笑得要死呢。"

"啊,依我看,他们只笑了一小会儿,"她承认道,"在我的想象中,不管怎么说,她反正笑了。她大概是个心肠很硬的人吧,我是这样猜想的——像我一样。"

"你也是个心肠很硬的人儿吗?"

"硬得像铁钉呢,"她又打了个哈欠,接着又补了一句,"把那瓶子递给我,让我再来上一口吧。"

吉姆有些犹豫不决,但南希已经伸出一只手,公然要来抢夺了。

"别把我当成小姑娘,"她警告他说,"我可不像你见过的那些小姑娘。"她想了想。"不过,也许你是对的。你这个人啊——你年纪轻轻的,肩膀上却扛着一颗老脑瓜子呢。"

她跳下桌来,拔腿朝舞厅门口走去。牛皮糖也跟着站起身来。

"再见吧,"她客客气气地说,"再见。谢谢啦,牛皮糖。"

转眼间,她就迈步走进屋里,把惊愕得双目圆睁的吉姆丢在了游廊上。

三

到了十二点钟的时候,一群身披大氅的姑娘从女子化妆间里摩肩接踵地走了出来,每一个姑娘都挎着一个已经穿上了大衣的花花公子,那模样简直就像在正式舞会上成双成对地搂在一起跳花步舞的舞伴一样,他们在困倦而又心满意足的笑声中飘然走出了舞厅的门——穿过那扇门朝夜色中走去,黑暗深处,一辆辆汽车正在忙不迭地倒车,发出阵阵轰鸣声,大家在互相打着招呼,围绕在那水冷式发动机的周围。

吉姆此时依然还傻坐在他那个角落里,一见这情景,便赶忙站起身来想去寻找克拉克。他们在十一点钟见过面,之后,克拉克就钻进舞池跳舞去了。因此,为了找寻他,吉姆信步朝那个出售软饮料的摊位走去,那里有一度是一个吧台。舞场里早已空无一人的了,只剩下一个已经困乏得不行的黑人在柜台后面打瞌睡,还有两个服务生坐在一张桌子边懒洋洋地用手指头拨弄着一对骰子。吉姆正准备离开,却忽然看见克拉克走了进来。在此同时,克拉克也恰好抬起头来看见了他。

"嗨,吉姆!"他用命令的口吻说,"快过来,帮我们把这瓶酒干了。我估计,剩下的已经不多了,不过还够一人一杯。"

南希、那个从萨凡纳来的男人、玛丽莲·韦德、乔·尤因,这几个人都在门口的过道里懒懒散散地溜达着,不时还发出爽朗的笑声。南希迎着吉姆的目光,还俏皮地朝他挤了挤眼睛。

他们优哉游哉地朝一张桌子走去,自找座位围着那张桌子坐下来，等着服务生送姜汁汽水来。吉姆感到有点儿不自在，便转过脸去望着南希，而南希却已经潇洒地在邻桌跟那两个服务生玩起了五分钱一盘的掷骰子游戏。

"把他们也叫过来吧。"克拉克提议说。

乔朝四周围看了看。

"我们可不想聚众闹事。那是违反俱乐部规矩的。"

"周围已经没人啦，"克拉克坚持说，"除了泰勒先生。他像个疯子似的正在来来回回地转悠呢，想查出究竟是什么人把他那辆车的汽油全放光了。"

众人都哄笑起来。

"我敢下一百万做赌注，南希的鞋子上肯定又粘上什么东西了。只要她没走，你就别想泊车。"

"噢，南希，泰勒先生在找你呢！"

南希的那张脸此时已兴奋得神采飞扬，她赌得正起劲呢："我已经有两个星期没看见他那辆傻不拉叽、分文不值的小破车了。"

吉姆感到大家都忽然默不作声了。他转过身去，看到门口正站着一个年龄不明的人。

克拉克的说话声也被这尴尬的场面打断了。

"你不愿跟我们同流合污吧，泰勒先生？"

"谢谢。"

泰勒先生叉开四肢大大咧咧地在一张椅子上坐下来，虽然他的到来并不受欢迎："我估计，也只能这样了。我在等人家给我匀点儿汽油来呢。不知是什么人在开我的玩笑，在我的车子上玩恶作剧。"

他两眼眯缝着，把在场的人一个接一个地迅速打量了一遍。吉姆很是疑惑，不知他刚才在门口是否听到了什么——想努力回忆出刚才都说了哪些话。

"我今晚玩得很顺手,"南希得意地连声嚷嚷着,"这一轮我赌四个比特①。"

"我也玩过掷骰子赌博!"泰勒冷不防地厉声说。

"哇哦,泰勒先生,我一直不知道,你居然也玩掷骰子赌博游戏呀!"南希十分高兴地发觉,此人已经不请自来地端坐在那里,并且立即投下了与她完全对等的赌注。由于她这天晚上态度明确地回绝了他的一系列相当露骨的挑逗,既然已经撕破脸皮,彼此也就把厌恶对方的表情公然挂在了脸上。

"好吧,孩子们,为你们的妈妈加油吧。只要出一个小小的七点就行。"南希充满柔情、喁喁自语地小声哄着手里的骰子。她哗啦哗啦地摇着杯中的骰子,那个侧身低手摇骰子的动作既美丽、又花哨,接着就把骰子从杯中倒了出来,望着它们在桌子上滚动着。

"啊——哈!我早就算到了。怎么样,再接再厉,把赌注上涨到一块钱吧。"

五盘赌下来,赌注全都进了南希的腰包,而泰勒却一败涂地。因为南希是带着个人意气来进行这场赌博的,所以,每赢一盘,吉姆注意到,她脸上就会立即浮现出那种得意扬扬、激动得发抖的表情。她每掷一次,就会加码一倍——这么好的运气不大可能一直这样保持下去的。

"还是悠着点为好。"吉姆在一旁怯生生地提醒她说。

"啊哈,可是你瞧瞧这一盘。"她悄声说。骰子上显示的是八点,这也正是她口中在念叨着的数字。

"小埃达呀,这回我们要去南方啦。"

从迪凯特②来的埃达把桌上所有的赌注尽数收了过去。南希脸涨

---

① 比特(bit),美国旧时货币单位,合12.5美分。
② 迪凯特(Decatur),美国伊利诺伊州梅肯县境内最大的城市,位于伊利诺伊州中部的迪凯特湖畔,素有"全球大豆之都"的美称。

得绯红，激动得差点儿要歇斯底里了，不过，她的运气依旧还掌握在手中。她一再提高每次押下的赌注的数额，不肯就此收手。泰勒用手指头在桌上敲着鼓点，但他还要身不由己地继续赌下去。

在接下来的一盘里，南希想赌一个十点，然而她输了。泰勒急切地一把抓起骰子。他不声不响地把骰子掷了出去，在这无比刺激、声息全无的寂静中，只听见那两只骰子一个接一个地落在桌面上的嗒嗒声。

此时又轮到南希来掷骰子了，不料，她的运气已经开始急转直下。一个小时过去了，他们还在来来回回地赌着。泰勒这一回又得手了——随后便是一次又一次地得手。他们终于打成了平手——南希输掉了她最后的五块钱。

"你肯不肯接受我的支票，"她不假思索地说，"五十块钱的支票，我们来一盘定胜负？"她说话的声音有点儿不自然，伸手去掏钱的时候，那只手也在微微颤抖着。

克拉克跟乔·尤因彼此交换了一下眼神，两人都有些惊疑不定。又轮到泰勒掷骰子了，这回他直接赢走了南希的那张支票。

"再赌一次怎么样？"她发了疯似的说，"这回就把银行里的钱都押上——把大家实名存在各地银行里的所有的钱全都押上。"

吉姆心里很明白——都是他给她喝的那种"上等的陈年玉米威士忌"惹的祸——自从她喝下了那种"上等的陈年玉米威士忌"以后，一切似乎都乱套了。要是他能壮起胆来出手去干预一下就好了——像她这种年龄和身份的女孩子几乎不可能拥有两家银行的存款的。就在这时，时钟敲响了两点钟，吉姆感到自己再也忍不住了。

"我是否可以——你能不能让我替你来掷一次骰子？"他提议说，他那低沉、懒散的说话声听上去似乎还带有点儿拘谨。

南希顿时感到睡意、倦怠一起涌了上来，于是便把骰子就手往下一扔,抛在他面前。

"行啊——老兄!就像戴安娜·曼纳斯所说的那样,'把他们都毙了吧,牛皮糖'——反正我的手气已经到头了。"

"泰勒先生,"吉姆装得漫不经心的样子说,"我们来掷一下玩玩吧,我用现金来赌你赢过去的那一张张支票。"

半个小时后,南希摇摇摆摆地朝这边走来,伸手在他脊背上拍了拍。

"原来是你偷走了我的手气啊,你这家伙确实很在行呢。"她摆出一副很懂行的样子在一旁连连点头。

吉姆动作敏捷地收起最后一张支票,把这张支票同另外那几张支票叠放在一起,然后就把它们统统撕成了五彩缤纷的纸屑,接着再把这些纸屑随手一抛,撒得满地都是。有人放开嗓门唱起歌来,南希一脚把她的座椅朝后蹬开,站起身来。

"女士们、先生们,"她大声宣布说,"女士们——喂,在说你呢,玛丽莲。我要向全世界庄严宣告,吉姆·鲍威尔先生,本市的这位最赫赫有名的牛皮糖,完全就是一个例外,已经背离了那条颠扑不破的规律——那条'赌场得意——情场失意'的规律。他在赌场上吉星高照,在情场上也一样,事实上,我——我爱他。女士们、先生们,我,南希·拉马尔,著名的黑发大美女、特写照片常常被刊登在《先驱报》上的美女形象的代言人、年轻的一代中最受民众喜爱的一员,如同别的姑娘碰到这一特殊情况也会成为专题报道的对象一样,我要郑重宣布——不管怎么样,反正我要郑重宣布,先生们……"她突然身子一歪。克拉克赶紧冲上去扶住她,使她回过神来,站稳了脚跟。

"是我的错,"她笑着说,"她要屈尊下——她要屈尊下——不管怎么说吧——我们要举杯祝贺牛皮糖……吉姆·鲍威尔先生,我们的牛皮糖之王。"

于是,几分钟之后,当吉姆手里拿着帽子站在黑暗中等候克拉克的时候,他仍旧是站在那条游廊上的同一个角落里的,就是南希先前来寻找汽油的那个地方,意想不到的是,南希竟突然出现在他身边了。

"牛皮糖,"她说,"你在这儿吗,牛皮糖?我想……"她那微微有些不自然的声音仿佛是一场让人神魂颠倒的美梦中不可或缺的组成部分,"我想,你的那个壮举是值得我把我最甜蜜的吻献给你的,牛皮糖。"

刹那间,她的双臂已经圈在他的脖颈上,她的双唇已经贴在他的嘴唇上了。

"我可是这世上性格最野蛮的一个人啊,牛皮糖,不过,你刚才的举动已经让我改邪归正了。"

说完这话,她就扬长而去了,她是顺着回廊朝那片蟋蟀叫得正欢的草坪走去的。吉姆看见梅里特从正门里走出来,气呼呼地朝她说了句什么——却见她只是哈哈一笑,随即便转过身去,两眼望着别处,径直冲着他的那辆车子走去。

克拉克从屋里出来了,跟吉姆一起站在台阶上。"一切都明朗啦,我是这样估计的,"他打了个哈欠,"梅里特情绪很坏。他肯定要跟南希分手了。"

在东边的天际,越过那片高尔夫球场,一抹灰白色的如炉边地毯似的淡淡的云彩渐渐扩散开来,覆盖在夜空下的地平线上。随着汽车引擎的不断升温,坐在车里的这帮人异口同声地唱起一首歌来。

"各位晚安。"克拉克大声说着。

"晚安,克拉克。"

"晚安。"

一阵短暂的冷场过后,有一个温柔、欢快的声音又说了一句:

"晚安,牛皮糖。"

汽车在一阵急促的喇叭声中开走了。一只公鸡打破寂静,在马路对面的农场上孤独而又凄凉地啼鸣起来,在他们身后,一名最后走出门来的黑人服务生关上了游廊里的电灯。吉姆和克拉克漫步朝那辆福特车走去,他们的鞋子踩在砾石铺就的车道上,踏出一片嚓嚓作响的脚步声。

"啊,老兄!"克拉克轻声叹了口气,"你怎么会把那些骰子玩得那么得心应手呢!"

天色依然很黑,使他没法看见吉姆瘦削的脸颊上泛起的那片潮红——他也无从知道,那是因为莫名其妙地感到难为情而泛起的一片赧颜。

四

蒂利汽车修理铺的楼顶上有一间破败不堪的房间,那里整天都不绝于耳地回荡着从楼下传来的吵吵嚷嚷的喧闹声和汽车引擎的突突声,以及那几个黑人洗车工在外面一边拖着水管冲洗车辆、一边唱着歌的声音。这是一个毫无乐趣可言的家徒四壁的房间,里面像打标点符号似的点缀着一张床和一张破破烂烂的桌子,桌子上摆放着五六本书——约瑟夫·米勒[1]的《穿行在阿肯色州的慢车》[2]、《露西尔》[3],这

---

[1] 约瑟夫·米勒(Joseph A. Miller, 1861—1928),此处应指美国著名棒球运动员。
[2] 《穿行在阿肯色州的慢车》(Slow Train Through Arkansas, 1903),美国历史上有名的笑话集,全书共96页,收集了许多在当时的美国人中流传甚广的幽默小故事、笑话、双关语、滑稽之谈等,作者是一名美国火车司闸员,名叫托马斯·杰克逊(Thomas W. Jackson, 1867—1934)。
[3] 《露西尔》(Lucile, 1860),由英国政治家、诗人罗伯特·布尔沃·利顿(Edward Robert Bulwer-Lytton, 1831—1891)以欧文·梅瑞迪斯为笔名发表的一部脍炙人口的诗体小说。

是一本旧版，书中密密麻麻地写满了出自一个老派人物之手的注解；《世人的眼睛》，作者是哈罗德·贝尔·赖特①；还有一本英国圣公会出版的非常古老的祈祷书，写在扉页上的名字是艾丽斯·鲍威尔，日期是一八三一年。

　　牛皮糖走进汽车修理铺的时候，东方已经露出了鱼肚白，等他把房间里的那盏孤独的电灯打开时，鱼肚白已然变成了艳丽的蔚蓝色。他"啪"的一声又把灯关了，走到窗前，两只胳膊肘撑在窗台上，两眼茫然地望着越来越深邃的清晨时分的天际。随着情感的渐渐复苏，他感受到的第一个直觉是一种没出息的沮丧感，一种隐隐约约的痛楚，觉得自己的人生简直太灰暗了。似乎有一堵高墙突然拔地而起，而且在不断向他逼近，把他团团围在了垓心，那是一堵实实在在、伸手可及的高墙，如同他那一贫如洗的房间里的那堵白色的墙壁一样。于是，随着意识深处的这堵高墙的出现，他生活中曾经拥有过的那种浪漫情怀，那种吊儿郎当的处世态度，那种无忧无虑的尽情挥霍、不可思议的慷慨大方的人生观，全都一个个渐渐淡去了。那个常常沿着杰克逊大街随心所欲地一边闲逛、一边哼着一支不着调儿的小曲儿的牛皮糖，那个家家店铺的老板和街头的摊贩全都认识的牛皮糖，那个见人就打招呼、满肚子都是本地俏皮话的牛皮糖，那个有时候仅仅是为了装出一副忧心忡忡的样子而强作忧愁、其实却在虚度光阴的牛皮糖——那样的牛皮糖突然间竟消失得无影无踪了。这个诨名本身就是对他的一种谴责、对他的一种不屑一顾。由于有了这一通令他心潮翻滚的顿悟，他心里总算明白过来了，梅里特肯定会看不起他的，其至

---

① 哈罗德·贝尔·赖特（Harold Bell Wright，1872—1944），美国通俗小说家、散文家，作品在20世纪上半叶十分畅销，而且大多被改编成了电影。《世人的眼睛》（*The Eyes of the World*，1914）是他以真人为素材创作出的一部小说，出版当年即被美国《出版人周刊》列入畅销书之榜，小说揭示了诸多作家、艺术家、评论家在这个虚伪的世界里如何为了谋取功名利禄而出卖自己灵魂的种种丑恶行径。

连南希在黎明时分给他的那个亲吻所唤醒的也不会是嫉妒，而仅仅只会是一种蔑视，因为南希那样做未免也太委屈她自己了。何况从他自己这方面来说，牛皮糖只不过为她使用了一招去污的招数罢了，而且这一招还是他在汽车修理铺里学会的。他为她充当了一回合乎道德的清洁剂；所有的污点都还是他的。

天边的鱼肚白渐渐转为一片湛蓝，天已经大亮了，晨曦洒满了整个房间，他转身走到床前，一头扑倒在床上，双手使劲儿抓住床沿。

"我爱她，"他大声喊了出来，"上帝啊！"

喊出这一声之后，郁积在他胸中的某种情感似乎便释然了，就像一直堵在他嗓子眼儿里的一大团东西终于融化了一样。此时已经云开日出，阳光四射，朝霞满天，他翻了个身趴在床上，脸埋在枕头里失声抽泣起来。

在午后三点钟的阳光下，克拉克·达罗驾着他那辆老爷车嘎嚓嘎嚓地沿着杰克逊大街缓缓驶来，牛皮糖朝他打了声招呼，他正站在路边，手指头插在西装背心的口袋里。

"嗨！"克拉克一边打着招呼，一边以惊人的方式将他那辆福特车停靠在路边。"刚刚起床？"

牛皮糖摇了摇头。

"根本就没睡。总觉得心里有点儿烦躁，所以，我今天一大早就出门了，到乡下去兜了一大圈。这会儿刚进城。"

"早料到你会坐立不安的。我整天也是这种感觉……"

"我正在考虑要离开这个城市呢，"牛皮糖接着说，头脑依然还沉浸在他自己的万般思绪中，"一直想到北边儿的那个农场去，到那边帮邓恩叔叔干点农活儿，也好帮他分担一点儿压力。看来我已经游荡得太久啦。"

克拉克没吭声，于是，牛皮糖又接着往下说：

"我想，也许等玛米姑姑去世以后，我就可以把我名下的这笔钱投到那个农场去了，说不定还真能靠这笔钱发起来呢。我们家祖上所有的人原先都是在北边这样起家的。当时的家业可大呢。"

克拉克一脸疑惑地看着他。

"你这话可真逗，"他说，"这种——这种话对我好像也同样很有感染力呢。"

牛皮糖有些支支吾吾起来。

"我也说不清，"他慢吞吞地说着，"有件事儿——嗯，是这样，那姑娘昨天晚上跟我谈起了一位夫人，名叫戴安娜·曼纳斯——是一个英国女人，那姑娘的话还真弄得我有点儿浮想联翩呢！"他挺直腰板、昂起头来，神情怪异地望着克拉克，"我们家从前也是一个大户人家呢。"他骄傲地说。

克拉克点点头。

"我知道。"

"怎么说我也是这个家族的末代子孙呀，"牛皮糖接着说，声音也稍许高了起来，"可我现在分文不值了。人家居然还给我取了个诨名，叫我牛皮糖——真把我当成那种软弱无能、没有骨气的人了。我们家人很有钱的时候，那些人还什么都不是呢。现在倒好，在大街上迎面遇见我时，居然也敢对我嗤之以鼻了。"

克拉克又默不作声了。

"所以，我已经受够啦。我打算今天就走。等我以后再回到这个小镇上的时候，那就像一个有头有脸的绅士了。"

克拉克掏出手帕，擦了擦汗津津的额头。

"我估计，那件事一出，引起的震动不会小的，感到震惊的恐怕不会只有你一个人，"他神情沮丧地承认说，"这种局面，任由姑娘们像她们现在这样胡作非为地发展下去可不行，必须立即迅速加以制止。闹得也太不像话了，不过，要人人都得这样看才行啊。"

"你的意思是，"吉姆吃惊地问，"那件事全都给泄露出去了？"

"泄露出去了？如今这个世道，人家怎么可能守得住什么秘密呢？这件事今天晚上就会登上报纸啦。反正拉马尔医生非得保全他的一世英名不可了。"

吉姆拦在车前，两手撑在那辆车的两侧，长长的手指头紧紧按在车子的金属板上。

"你的意思是，泰勒已经去调查过那些支票了？"

这回该轮到克拉克感到吃惊啦。

"难道你到现在还没有听说过发生了什么事吗？"

吉姆惊讶的眼神足以说明他真的不知道究竟发生了什么事儿。

"哇哦，"克拉克就像在表演一出舞台剧似的绘声绘色地说，"那四个家伙后来不知从哪儿又搞来了一瓶玉米威士忌，结果一个个都喝得醉醺醺的，于是就铁了心要干出一些能让全城人都感到无比震惊的举动来——所以，南希就跟那个叫梅里特的家伙今天早晨七点钟在罗克维尔①结婚了。"

汽车的金属板上赫然出现了一道小小的凹痕，那是被牛皮糖的手指头硬生生地揿压出来的。

"结婚了？"

"那还用说嘛。南希酒醒之后，就一路哭喊着跑回城里，也吓得要死——口口声声说，这件事整个儿就是一场误会。起初，拉马尔医生简直都气疯了，扬言要去宰了梅里特呢，不过，他们后来不知用了

---

① 罗克维尔（Rockville），美国马里兰州蒙哥马利县境内的中心城市，也是巴尔的摩-华盛顿地区的中心城市之一，规模仅次于巴尔的摩市和弗雷德里克市。

什么办法又把这件事给摆平了,于是,南希就跟梅里特乘两点半钟的火车去萨凡纳了。"

吉姆闭上了眼睛,费劲儿地抑制着一阵突如其来涌上心头的厌恶感。

"这件事干得也实在太不像话了,"克拉克倒像挺想得开似的说,"我不是说这场婚礼——估计婚礼是不会有什么问题的,但是,我估计,南希恐怕一点儿也不喜欢他。不过,话说回来,像这样一个人见人爱的好姑娘,竟然用这种方法来伤害她的家人,这种做法简直就是一种犯罪啊。"

牛皮糖给车子让开道,然后转身就走。又有一种别样的情感在他心中油然而生,虽然难以名状,却简直像发生了化学变化一样。

"你要去哪儿?"克拉克问。

牛皮糖回过头来,闷闷不乐地朝身后扫了一眼。

"非走不可了,"他喃喃自语地说,"已经耽搁得太久啦。感觉忒恶心。"

大街上在午后三点钟的时候十分炎热,到了四点钟的时候竟热得越发厉害起来。四月天的尘埃似乎把太阳牢牢罩在了一张大网里,然后又把它释放出来,仿佛永远都在对古往今来的每一个午后开着这种亘古不变的玩笑。但是四点半一到,第一层暮光便不动声色地从天而降,遮阳篷下和枝叶繁茂的大树下的那些阴凉的地方也都纷纷越拉越长。在这暑气熏人的大热天里,没有什么事情会重要得让人放不下的。整个人生也好比这天气一样,只要天一热起来,无论什么重大事件都会变得无关紧要了,人人都在眼巴巴地等着熬过这大热天,盼望着凉爽天气的来临,像女人用她那温润娇嫩、充满爱意的手在抚摸着自己疲惫不堪的额头一样。在南边儿的佐治亚州,这就是人们所怀有的一种情感——也许是一种不便言说的情感吧——这也是南方人最高明的智慧所在呢——所以,过了一会儿,牛皮糖就转身走进了杰克逊大街上的一家台球房,在这种地方,他心里有数,肯定能找到一群趣味相投的人,这些人会开各种各样旧时的玩笑——那些玩笑都是他所熟悉的。

(吴建国 译)

骆驼的后背

一

倘若哪位疲劳得两眼发花的读者稍许留意一下上面这个篇名的话,那他准会想当然地认为,这个篇名无非就是一个隐喻而已。所有关于口杯、嘴唇、假便士、新扫帚之类的故事,几乎都跟口杯、嘴唇、便士、扫帚没有什么关联。但本篇故事却是一个例外。它讲述的倒真是一个实实在在、有目共睹、千真万确、与骆驼的后背密切相关的故事。

我们要从脖子开始讲起,一直讲到尾巴。我想请列位看官先来认识一下佩里·帕克赫斯特先生。他现年二十八岁,是一位律师,出生于托莱多[1]。佩里有一口整齐漂亮的牙齿,有一张哈佛大学的文凭,梳着二分头发型。你以前肯定碰见过他——在克利夫兰[2],在波特兰[3],在圣保罗[4],在印第安纳波利斯[5],

---

[1] 托莱多(Toledo),美国伊利湖畔的一座工业城市和港口,位于俄亥俄州的西北部。
[2] 克利夫兰(Cleveland),美国俄亥俄州一城市,摇滚乐的发源地,位于伊利湖的南岸。
[3] 波特兰(Portland),美国俄勒冈州一城市,位于哥伦比亚河畔,为美国人口最稠密的城市之一。
[4] 圣保罗(St. Paul),美国明尼苏达州的第二大城市,位于密西西比河东岸,毗邻首府明尼阿波利斯。
[5] 印第安纳波利斯(Indianapolis),美国印第安纳州的首府城市。

在堪萨斯城①,在等等等等地方。纽约的贝克兄弟公司②在其半年一度的横穿整个大西部的促销活动中,会专门停下来为他定制衣服;蒙特莫伦西公司③每隔三个月就会派一个年轻人火急火燎地赶过来,目的是要确保在他鞋子上打出的小孔的数量准确无误。他目前有一辆国产跑车,要是他活得时间够长的话,还会有一辆法国跑车,要是坦克能成为时尚的话,他无疑也会拥有一辆中国坦克的。他看上去很像广告上的那个在用护肤霜擦抹着自己被太阳晒得黧黑的胸脯的年轻人,而且每隔一年都要去东部参加他那个班级的同学聚会。

我想请列位看官再来认识一下他的那位恋人。她名叫贝蒂·梅迪尔,她要是演电影,也准能成为一个好演员。她父亲每月给她三百块钱,就是为了让她去好好打扮自己的。她的眼眸和头发都是茶褐色的,她还拥有五种不同颜色的羽毛扇子呢。我再来向各位介绍一下她的父亲,塞勒斯·梅迪尔。尽管他的形象无论从什么角度看,也是一个有血有肉的人,可是,说来也真奇怪,在托莱多,人们通常都称他为"铝人"。不过,一旦他坐在他经常光顾的那家俱乐部的窗前,同两三个"铁人"、"白松木人"、"黄铜人"待在一起时,他们的形象看上去几乎就跟你我一模一样了,而且只会有过之而无不及,但愿你明白我这话是什么意思。

且说眼下正值一九一九年的圣诞节假期,在这些日子里,在托莱多这个地方,单单只把那些在社会上有头有脸的人物算进来,就举行了四十一次晚宴、十六场舞会、六场有男士和女士共同来参加的午餐会、十二场茶话会、四场不带女伴儿的晚宴、两场婚礼,以及十三次专门打桥牌的聚会。也正是因为有了这一切活动所积累下来的效果,

---

① 堪萨斯城(Kansas City),美国密苏里州最大的城市。
② 贝克兄弟公司(Baker Brothers),美国著名服装公司,总部在纽约。
③ 蒙特莫伦西公司(Montmorency & Co.),美国著名皮具公司,总部在密歇根州。

才促使佩里·帕克赫斯特在十二月二十九日这一天做出了一项重大决定的。

　　这位梅迪尔小姐既想嫁给他,又不甘心就这样嫁给他。她此时正尽情享受着人生中如此快活的一段美好时光,哪里肯轻易迈出如此重要、决定她终身的这一步呢。然而,在此同时,他们之间早已秘密定下的婚约却变得越来越遥遥无期了,仿佛这一无法承受的婚姻之重总有一天会突然崩溃一样。有一个长得很猥琐的男人,名叫沃伯顿,得知了这一切隐情,就来劝说佩里,要他在她面前表现得像一个超人一样,先去把一张结婚证弄到手,然后就堂而皇之地到梅迪尔的府上去求亲,并且要直言不讳地告诉她,要么立即嫁给他,要么就永远取消这场婚约。于是,佩里便亲自跑上门来,捧出了他的那颗心,捧出了他已经弄到手的那张结婚证,也亮出了他的最后通牒,结果是,还不到五分钟,他们就凶巴巴地吵了起来,吵得可厉害了。那一顿纯属偶然爆发的双方都撕破了脸皮的争吵,真好比所有持续了很久的战争和所有持续了很久的婚约在快要结束时都会偶尔发生的那种恶斗一样。这场恶吵造成的后果是一种极其令人不快的感情上的隔阂,两个相爱的人儿突然间就变得生分起来,彼此都冷冷地望着对方,然而心里想的却是:这完全就是一场误会嘛。事过之后,他们在接吻时往往就表现得很审慎了,而且还会信誓旦旦地向对方说上一句,这一切全都是自己的过错。说这件事都怪我不好!说都怪我不好!我要亲耳听见你把这话再说一遍!

　　不料,当重新和好的话语还在空气中颤抖着,两个人都还在一定程度上想故意寻找托词来延缓这个时刻的降临,好让这一时刻果真到来时,他们能够更加放纵、更加动情地享受那种肉欲的快活呢,没想到就在这紧要关头,有一个非常饶舌的姑姑给贝蒂打来了一个长达二十分钟之久的电话,硬把他们本想重归于好的念头永久性地打断了。在那个电话持续到十八分钟时,佩里·帕克赫斯特终于忍不住了,在自豪、猜忌、受伤的尊严掺杂在一起的复杂心情的驱使下,他穿上了他那件毛皮长大衣,拿起他那顶浅棕色的软帽,高视阔步地走出了这扇门。

"这件事已经彻底结束了,"他一边伤心地喃喃自语着,一边费劲儿地想把车速变换成头挡,"这件事已经彻底结束啦——难道非要我把你呛得一小时说不出话来才行啊,真是活见鬼了!"最后这句话是针对他那辆车子说的,车子停在那里已经有一段时间了,显得非常寒冷。

他驱车朝闹市区开去——也就是说,他把车开进了一条在积雪中压出来的车辙,径直朝城里驶去。他萎靡不振地坐在驾驶座上,由于情绪十分低落,因此也就根本不在乎自己是在往哪儿开了。

汽车行驶到克拉伦登大酒店门前时,有人从旁边的人行道上朝他高声打了个招呼,喊他的人原来竟是那个名声很坏的家伙,名叫贝利。此人长着一口大龅牙,就住在这家酒店里,至今还从来没有正儿八经地谈过一次恋爱。

"佩里,"跑车缓缓开到他身前、靠路边停下来时,这坏蛋立即凑上去悄声说,"我手头有六夸脱最他妈的让人叫绝的香槟呢,是你从来没有尝过的那种。要是你愿意到楼上来,帮我和马丁·梅西一起喝掉它,这瓶酒的三分之一就归你了。"

"贝利,"佩里板着脸说,"你这瓶香槟酒我喝定了。我要把它喝得一滴不剩。哪怕喝死了,我也不在乎。"

"闭嘴,你这蠢货!"这坏蛋名声虽不好,说话的口气倒挺文雅的。"人家不会在香槟酒里掺甲醇的。香槟酒这玩意儿了不得啊,能证明这个世界有六千多年的历史呢。这瓶酒古老得简直连瓶塞都变成化石了。你得拿一根在岩石上钻孔的钢钎,才能把那瓶塞拔出来。"

"快带我上楼去吧,"佩里闷闷不乐地说,"假如那个瓶塞能看得见我的心,它也会因为我所受到的这种不折不扣的屈辱而自动掉出来的。"

楼上的这间房间里到处都贴着那种无伤大雅、酒店里常见的图片,图片上的那些小姑娘有的在啃苹果,有的在荡秋千,有的在跟狗狗说话。其余的饰物则全是些领带,有一个一身粉红色打扮的男子正在专心致志地读着一份粉红色的报纸,这份报纸是专门针对那些身穿粉红色紧身上衣的红粉佳人读者的。

"如果你们不得不走捷径、走偏僻的小路……"那个一身粉红色打扮的男子一边说,一边嗔怪地朝贝利和佩里瞥了一眼。

"喂,马丁·梅西,"佩里没好气地说,"那瓶石器时代的香槟酒在哪儿啊?"

"着什么急嘛,这又不是在谈买卖,你懂不懂。这是一场聚会。"

佩里郁郁寡欢地坐下来,很不以为然地望着那一条条领带。

贝利不慌不忙地拉开大衣橱的一扇门,从里面取出六只外观很漂亮的酒瓶。

"把那该死的毛皮大衣脱了吧!"马丁·梅西对佩里说,"否则,你说不定会逼着我们把所有窗户都打开的。"

"给我香槟。"佩里说。

"今晚去不去汤森家的马戏化装舞会?"

"我才不去呢!"

"接到邀请没有?"

"呃——嗯。"

"那你为什么不想去呢?"

"哦,我讨厌这些聚会,"佩里叫了起来,"我讨厌聚会。我参加过无数次聚会,已经腻歪得不想参加了。"

"也许你是想去参加霍华德·泰特家的那个舞会吧?"

"不想去,实话告诉你,我讨厌这些聚会。"

"不去也罢，"梅西宽慰地说，"反正泰特家举办的那个舞会也只是为了让那些大学生娃娃去玩玩的。"

"我实话告诉你……"

"我还以为你无论如何也会去参加其中的一个聚会呢。我从报纸上看到的，今年圣诞节期间，你哪一场聚会也没有错过。"

"哼。"佩里很窝火地闷哼了一声。

他永远也不想再去参加任何聚会了。他在脑海中反复玩味着某些很经典的文句——他人生中的这扇门已经被封死了，被封死了。不过，话说回来，倘若一个男人说出这种话来："这扇门已经被封死了，被封死了。"那一定是某个女人用双重大门把他给彻底封杀了，应该可以这样说吧。佩里脑子里也在思考着另一个同样也很经典的念头：自杀是多么懦弱的表现啊。这倒不失为一个很高尚的念头——既饱含温情，又鼓舞人心。你想想，倘若自杀不算什么懦弱的表现，我们就不知要失去多少优秀的男人呢！

再过一小时就是六点钟了，此时的佩里已经一点儿不像广告上老是在涂抹护肤霜的那个年轻人了。他看上去活像一幅为热闹非凡的卡通片粗制滥造地绘出的草稿。他们竟吟唱起来——那是贝利忽然诗兴大发、脱口而出的一首即兴之作：

　　有个大傻叫佩里，喜欢泡妞儿手段灵，
　　他喝茶的本领在全城也赫赫有名；
　　茶道玩得出神入化、应手得心，
　　香茗入口也无声音，
　　茶具在他训练有素的膝头上四平八稳，
　　膝头上还铺着一块餐巾——

"问题是,"佩里说,他刚刚用贝利的梳子把自己的头发梳成了冲天炮,此刻正在试着把一条橘黄色的领带往头发上扎,想把自己装扮成尤利乌斯·恺撒①的模样呢,"你们这两个家伙根本就不会唱歌,简直他妈的一点儿也不着调儿。我只要一换调门儿,改用男高音唱了,你们马上也跟着用男高音唱起来。"

"我天生就是一个男高音嘛,"梅西装着一本正经的样子说,"只不过嗓子没受过正规训练罢了。天生就有一副好嗓子,我姑姑常这样说。天生就是个优秀的歌唱家。"

"歌唱家,歌唱家,全都是优秀的歌唱家,"贝利像在作评判似的说,他正在打电话呢,"不,不要卡巴莱②;我要找一个值夜班的鸡巴蛋。我的意思是,要他妈的找一个服务生来,要他送些吃的东西来——送吃的来!我要……"

"尤利乌斯·恺撒,"佩里从镜子前转过身来,大声宣告说,"一个具有钢铁般的意志和坚强决心的男子汉大丈夫。"

"闭嘴!"贝利厉声喝道,"喂,我是贝利先生。我要一份大大的夜宵,送到楼上房间里来。你们自己看着办吧。尽快送上来。"

他有些吃力地把电话听筒挂好,然后便抿着嘴唇,眼睛里带着那种严肃而又热烈的神情,朝他挂衣橱下面的抽屉走去,把那抽屉拉开了。

"瞧这个!"他颐指气使地说。他手里拿着的是一套已经被改短了的用粉红色的方格布面料做成的衣服。

"是条裤子,"他一本正经地大声说,"看看这个!"

那其实是一件粉红色的女式衬衫,上面配着一条红色的领带,还

---

① 尤利乌斯·恺撒(Julius Caesar,100—44BC),古罗马将军、政治家。
② 卡巴莱(cabaret),餐馆或夜总会的一种有歌舞或滑稽短剧表演的夜间娱乐。

配有一条巴斯特·布朗牌的硬领。

"看看这个!"他又重复了一遍,"为汤森家的马戏化装舞会准备的服饰。我的角色是小男生,负责为那些大象送水。"

佩里深受感染,竟有些不由自主起来。

"我来扮演尤利乌斯·恺撒吧。"沉吟了片刻之后,他大声说。

"我还以为你不想去呢!"梅西说。

"你是在说我吗?没问题,我去就是了。从来不肯错过任何一个聚会嘛。对神经也有好处——像芹菜一样。"

"还恺撒呢!"贝利用嘲弄的口吻说,"怎么能扮演恺撒呢!恺撒跟这种闹着玩的事情一点儿关系也没有。恺撒是莎士比亚剧中的人物。还是扮演一个小丑为好。"

佩里摇摇头。

"不行,还是恺撒好。"

"恺撒?"

"当然啦。有马拉战车呢。"

贝利顿时醒悟过来。

"这就对了。好主意。"

佩里环顾四周,像在寻找什么东西。

"你借给我一件浴衣,把这条领带也借给我。"他终于说出口来。

贝利想了想。

"不好吧。"

"放心吧,我只需要这些。恺撒是一个残酷成性的人。假如我扮成恺撒,假如恺撒就是一个残酷成性的人,他们那些人就不能乱发牢骚了。"

"不行,"贝利一边说,一边不慌不忙地摇着头,"还是去哪家服装店弄一套服饰来吧。那边有一家诺拉克服装店。"

"早就关门打烊了。"

"去试试看呗。"

在电话里困惑不解地听了足足有五分钟之后,一个气若游丝、疲惫不堪的声音才终于让佩里勉强听出来,正在跟他通话的人就是诺拉克先生本人,才算听明白,因为汤森家的这场舞会,他们这家店铺要一直营业到八点钟才会关门。于是,佩里便放下心来,吃了一大堆嫩牛肉片,把最后那瓶香槟酒喝了三分之一。到八点十五分时,那个头上戴着那种很高的帽子、站在克拉伦顿酒店大门前值班的侍者,看见佩里正在那儿一个劲儿地试着发动他那辆跑车。

"冻住了,"佩里自作聪明地说,"冷空气把它冻住了。冷空气!"

"冻住了,呃?"

"是啊。冷空气把它冻住了。"

"没法发动了?"

"可不是嘛。干脆就让它停在这儿得了,等到了夏天再说。八月份的大热天总归会让它彻底解冻的。"

"想把车子停在这儿?"

"没错,就停在这儿算了。只有发高烧的小偷才能把它偷走。帮我叫辆出租车吧。"

那个戴着高帽子的侍者帮他招来了一辆出租车。

"去哪儿,先生?"

"去诺拉克——服装店,伙计。"

二

诺拉克太太个头不高,而且看上去也是一副碌碌无为的样子,本次世界大战即将停战那会儿,她一度曾属于某个新诞生的民族。由于欧洲的局势不太稳定,战争一结束,她从此也就说不清自己究竟属于哪个民族的人了。她和丈夫惨淡经营、赖以维持他们家省吃俭用的日常生活的这家店铺,显得很幽暗、阴沉沉的,到处都是穿着全套西装和中国式长袍马褂、与真人一般大小的成衣模特儿,天花板上悬挂着几只用制型纸板做成的硕大无朋的鸟儿。朦朦胧胧的后景深处竖立着一排排没有眼睛的面具,一个个都在虎视眈眈地盯着来客。屋子里还陈列着许多玻璃匣子,里面全都满满当当地装着皇冠和节杖、珠宝饰品和呈 V 字形的装饰肚兜①,还有各种胭脂、贴在绉纱上的毛发,以及形形色色的假发套。

当佩里迈着轻松的步子走进这家店铺时,诺拉克太太正忙着拾掇最后那一摊子麻烦事儿,辛苦了整整一天下来,她满以为不会再有客人来了,便把所有东西一股脑儿全都塞进了一只装满粉红色长筒丝袜的抽屉里。

"你看中什么啦?"她问道,一副愁眉苦脸的样子。

"要一套马车夫尤利乌斯·休②的服饰。"

诺拉克太太说了声对不起,她一针一线缝制出的那套马车夫服饰,很久以前就被人家租走了。"租这套服饰是为了去参加汤森家的马戏化装舞会吗?"

"正是。"

"实在对不起,"她说,"我估计,真正能在这场游戏中派得上用场的东西,我这儿恐怕一件也没有了。"

这下真的没辙了。

"嗯。"佩里说,他忽然灵机一动,计上心来,"要是你这儿有块

---

① V 字形装饰肚兜(stomacher),16 世纪时男女穿在胸腹前、呈 V 字形的装饰肚兜。
② 尤利乌斯·休(Julius Hue,?),据传是为恺撒大帝驾战车的贴身保镖。

123

帆布的话，我可以用它来做一顶帐篷。"

"对不起，这种东西我们这儿没有。想要这种东西，你得去五金商店看看。我们店里倒是有一些非常神气的南部邦联士兵的服饰。"

"不要。我不想当士兵。"

"我这儿还有一套很漂亮的国王服饰。"

他摇了摇头。

"有好几位先生来过了，"她满怀希望地接着说，"头上戴着缎面高筒大礼帽，身上穿着燕尾服，看样子是要去扮演马戏团指挥的——可是，我们的高帽子全都卖出去了。我可以给你一些贴在绉纱上的毛发，可以当小胡子用。"

"我要的是那种很有特色、与众不同的东西。"

"那种东西呀——让我想想。行，我们有狮子的脑袋，也有鹅，还有骆驼……"

"骆驼？——"这主意顿时让佩里来了兴趣，也牢牢抓住了他的想象力。

"对，不过，玩这个得有两个人才行。"

"骆驼。这主意不错，让我看看。"

那骆驼现身了，是从货架顶层它的栖身之处给搬下来的。乍一看，这骆驼似乎完全就是由一颗非常憔悴、形容枯槁的脑袋和一大块高高隆起的驼峰所构成的，展开来一看才知道，原来它还有一个深棕色的、看上去不太健康的身躯，是用非常厚实的棉布缝制而成的。

"你瞧，这家伙得有两个人才能玩得转，"诺拉克太太一边解释，一边用力把那骆驼抬起来，毫不掩饰地啧啧称赞着，"要是你能找个朋友来做帮手，他可以撑起另一半。你瞧，这就好比让两个人穿连裆的裤子。一条由前面的那个人穿着，一条由殿后的那个人穿着。前面的那个人负责从这两个眼睛里向外瞭望，殿后的那个人只管弯着腰跟着前面那个人的步子走动就行了。"

"戴上看看吧。"佩里吩咐道。

诺拉克太太顺从地把她那大花猫似的脸蛋伸进骆驼的脑袋里,然后顶着它大幅度地左右摇晃着。

佩里顿时就被深深地吸引住了。

"骆驼是怎么叫唤的?"

"什么?"诺拉克太太问,她的脸蛋从里面露出来时,已经弄得脏兮兮的了,"啊,怎么叫唤的?哎呀,骆驼叫起来的声音有点儿像驴叫。"

"让我拿到镜子前去看看。"

佩里来到一面宽大的镜子前,试着把那骆驼的脑袋顶在自己头上,然后左顾右盼地来回摆动了几下,想看看效果怎么样。在昏暗的灯光映衬下,那效果显得特别逗人。那骆驼的面孔仔细看起来未免让人扫兴,上面点缀着无数已被磨损的地方,然而你还不得不承认,它身上披着的那件外衣,总体上就是一副不修边幅的样儿,那正是骆驼所具有的典型特征——其实只需要把它刷干净、捋整齐就行了——不过,这个骆驼当然是别具一格的。它那模样显得很威严。要是再配上他那忧郁的表情,加上他那双暗藏在黑影里的眼睛中若隐若现地流露出的饥饿的眼神,那就更好了,随便在什么样的聚会上都能把众人的注意力吸引过来。

"你瞧,你得有两个人才行呢。"诺拉克太太又说了一遍。

佩里试探着将那骆驼的身躯和腿儿聚拢在一起,然后把它们一股脑儿全裹在自己身上,把那两条后腿当作腰带缠绕在自己的腰间。整体效果不好。这模样简直太不成体统了——活像中世纪时期的一幅漫画,画面中有一个修道士被撒旦用巫术变成了一头野兽。整体形象充其量也就像一头驼背的奶牛披着毛毯蹲伏在地上。

"简直就是个四不像嘛。"佩里很不高兴,神情沮丧地说。

"可不是嘛,"诺拉克太太说,"这下你明白了吧,你得有两个人才行啊。"

佩里心念一动,想到了一个解决这个问题的办法。

"你今晚有约会吗?"

"啊,我可能不行……"

"啊,来吧,"佩里怂恿地说,"你肯定没问题!快过来!好好表现一下嘛,快钻到这两条后腿里来吧。"

他费了好一番周折才把那两条后腿摆弄直,还讨好地在里面把那两条腿之间的裤裆大大地撑开来。不料,诺拉克太太却似乎不愿干这种事。她一反常态,被吓得连连往后退呢。

"啊,不……"

"来吧!你要是愿意,由你来充当前面这半截身子也行。要不然,我们就用掷硬币的方式来决定吧。"

"啊,不……"

"来体验一下嘛,也好证明你是一个很能干的人呀。"

诺拉克太太态度很坚决地抿紧了嘴唇。

"喂,你就别动这个念头啦,"她说,声音里已经听不出有一丝的腼腆了。"至今还没有碰到过哪位先生像你这样强人所难呢。我丈夫……"

"你有丈夫?"佩里急忙问道,"他现在人在哪儿?"

"他在家里。"

"电话号码是什么?"

经过好一番讨价还价之后,佩里总算拿到了诺拉克家的那个被珍藏得如同守护神般的电话号码,同他当天早些时候曾经听到过的那个有气无力、疲惫不堪的声音交谈起来。不料,那位诺拉克先生,尽管被佩里口若悬河、头头是道的精湛言论弄得一头雾水,丧失了警惕,但他仍旧坚定不移地固守着他原来的立场。他口气非常坚决,只不过带着庄重的口吻,断然拒绝了帕克赫斯特先生的请求,怎么也不肯出面帮他解决这个难题,去充当一个骆驼的后半段身躯。

挂断了电话,或者说,被对方挂断了电话之后,佩里在一张三条腿的高凳子上坐下来,想厘清思绪,把这件事从头至尾再仔细考虑一下。他在心里默默地把他可以打电话去邀请的那些朋友的名字全部历数了一遍,后来,当贝蒂·梅迪尔的名字恍恍惚惚、让人备感伤心地浮现出来时,他心中不禁咯噔了一下。他忽然想到了一个很有些感情用事的念头。他可以请她来呀。他们的爱情虽然已经结束了,但是她怎么也不能拒绝这个最后的请求呀。这个要求当然也不算过分——在一个短短晚上帮他善始善终地达到他要还清人情债的社交目的。如果她硬要坚持由她来担当骆驼的前半段身躯,那他也可以由着她的性子,他甘愿去扮演那骆驼的后半截身躯。他为自己有如此宽宏大度的心态而感到由衷的高兴。他的思绪甚至都转向了这样一些带着玫瑰色的梦想,在那骆驼的躯体内出现了一幕两人含情脉脉地要重归于好的场面——两人躲在那骆驼的肚子里,避开了世上所有人的目光……

"喂,你还是赶紧拿定主意为好。"

诺拉克太太那颇具个体职业者特点的庸俗的说话声冷不防地横插进来,打破了他甜蜜的幻想,也激发了他要立即采取行动的欲望。他拔脚朝那电话机走去,拨通了梅迪尔府上的电话。贝蒂小姐不在家,外出参加晚宴去了。

就在这时,就在一切希望看来全都落空的当口上,那骆驼的后背忽然徘徊不定地出现了,接着就探头探脑地走进了这家店铺。来者是一个破衣烂衫的人,脑子里像是受了风寒,浑身上下给人的总体形象就是一副下三烂的猥琐做派。此人头上戴着一顶便帽,帽檐拉得很低,下巴颏儿也耷拉在胸前,身上的那件长风衣一直拖到鞋面上,整个人显得萎靡不振,从头到脚都十分邋遢,而且——与救世军[①]截然相反——完全就是一副穷困潦倒的模样。他自报家门说,他就是这位先生在克拉伦顿大酒店雇来的那个出租车司机。他听从吩咐,一直在外面等着,可是他已经等了好大一会儿了,于是就渐渐起了疑心,觉得那位先生是想要滑头故意骗他的钱,早已从后门偷偷溜走了——那些道貌岸然的正人君子有时候也会干出这种事情来的——所以他才进门来的。说完他一屁股坐在那张三条腿的高凳子上。

"想不想去参加一个聚会?"佩里板着脸问道。

"我得上班呢,"那出租车司机故作悲哀地回答说,"我得保住我这份工作呀。"

"这是一场很不错的聚会呢。"

"我的这份工作也很不错呀。"

"快来吧!"佩里催促地说,"好人做到底嘛。你瞧——这玩意儿多漂亮!"他把那骆驼举了起来,可那出租车司机却一脸不屑地望着它。

"嚯!好家伙!"

佩里狂乱地在那布料的一个个褶层中摸索着。

"瞧!"他热情高涨地叫起来,手里托举着他选中的几个褶层,"你就来担当这个角色。你甚至都用不着开口说话。你只管跟着走就行了——偶尔还可以坐下来。凡是能坐下来的活儿都归你好了。你好好想想吧。我的两只脚得一直站着呢,可你呢,你偶尔还可以坐下来歇口气。我只有在我们躺下来的那会儿才能坐下来,而你却随时都可以

[①] 救世军(Salvation Army),准军事形式国际性基督教福音会教会组织,由英国宗教领袖威廉·布斯(William Booth, 1829—1921)创办,以其对穷人的救助和铜管乐队而闻名。

坐下来——哦,随时都行。明白吗?"

"那是个什么东西?"那人半信半疑地问道,"一块裹尸布?"

"根本不是,"佩里气愤地说,"这是一头骆驼。"

"哦?"

紧接着,佩里提起了要付给他一笔钱的事儿,于是,这场谈话就不再那样哼哼哈哈地不着边际了,而是带上了一种务实的色彩。随后,佩里便和那出租车司机在镜子前试着摆弄起那骆驼来。

"你是看不到外边的,"佩里一边讲解,一边焦急地透过那两只眼孔朝外窥望着,"不过,说实话,老兄,你这模样看上去简直太了不起啦!真的!"

驼峰里传出一声闷哼,算是回答了这句多少有些让人将信将疑的恭维话。

"说实话,你这模样看上去还真了不起呢!"佩里用非常热烈的口吻把这句话又重复了一遍,"稍微动一动嘛。"

那两条后腿朝前面挪了挪,造成的效果就像是一只巨大的猫-骆驼弓起了后背、作势要起跳似的一样。

"不对,要左右两边来回晃动。"

骆驼的髋部完全脱臼了,那模样连跳呼啦舞的舞蹈演员都会嫉妒得要浑身扭动。

"好啊,你说呢?"佩里一边说,一边扭头朝诺拉克太太望去,想博得她的赞许。

"看上去是挺可爱的。"诺拉克太太附和道。

"我们可要把它带走啦。"佩里说。

捆好包裹,由佩里把那捆东西夹在腋下,他们便离开了这家店铺。

"去舞会!"佩里在后排座位上刚坐稳,就吩咐道。

"什么舞会?"

"化装舞会。"

"在什么地方？"

这一问就问出了一个新的难题。佩里竭力回忆着，可是在这节日期间举办舞会的那些人家的名字全都乱成了一团，在他眼前胡乱跳动着。他其实可以向诺拉克太太打听一下的，岂料，当他透过车窗朝外望去时，却见那家商铺已是漆黑一片。诺拉克太太的身影已经越去越远，早已成了积雪皑皑的大街尽头的一小团黑乎乎的污迹。

"朝北边儿的那片住宅区开吧，"佩里信心十足地指挥着，"要是你看见哪儿在举办舞会，就停车。要不然，你就听我的吩咐，我让你在哪儿停，你就在哪儿停。"

他迷迷糊糊地做了一个白日梦，万般思绪最终又回到了贝蒂的身上——他朦朦胧胧地遐想着，他们之间曾经出现过一次分歧，因为她不肯去舞会上扮演骆驼的后半截。他刚要昏昏沉沉地撇开这个梦境，浑身冷飕飕地想打个瞌睡，不料却被那出租车司机给叫醒了。出租车司机已经打开了车门，正拽着他的一只胳膊使劲儿摇晃呢。

"我们大概已经到了吧。"

佩里睡眼惺忪地向外望去，只见一顶印有条纹的遮阳篷从路边一直延伸向一幢洋洋大观、用灰白色的岩石砌成的豪宅，从那豪宅里传来了奢华的爵士乐低音部敲击乐组击打出的"嘭嘭"的节奏声。他一眼就认出，那正是霍华德·泰特家。

"没错，"他特意加重了语气说，"就是这儿，泰特家今晚有聚会。肯定就是这儿，人家都在往里走呢。"

"我说，"那家伙好像不放心似的又朝那遮阳篷看了一眼，口气有些焦躁地说，"你能保证那些人不会捉弄我这个不请自来的人吗？"

佩里很要面子地直起身来。

"要是有什么人对你说那些不三不四的话，你就告诉他们，说你就是我这套服饰不可或缺的组成部分。"

这种形象化地把自己比作为一件道具而不是一个人的说法，总算让那家伙放下心来。

"好吧。"他意兴阑珊地说。

佩里下了车，站在遮阳篷下的暗影里，动手将那骆驼解开。

"我们开始吧。"他吩咐道。

几分钟过后，人们或许就会看到，有一头令人伤感、带着饥饿神色的骆驼会突然出现在他们眼前，它嘴里和它那高贵的驼峰顶端都在冒着一团团青烟，人们会目睹它跨过霍华德·泰特家这幢豪宅的门槛，迎面从那惊讶得目瞪口呆的男仆身边走过去时，它甚至连哼都没有哼一声，就径直朝通向楼上舞厅的那个主楼梯奔去。这头野兽在行走时迈着十分怪异的步伐，时而前后步子完全不连贯，时而又跌跌撞撞地向前猛地一冲——不过，还是用"步履蹒跚"这个词来形容为好。骆驼在步履蹒跚地走着——在行走的过程中，它的身躯一会儿拉伸得很长，一会儿又蜷缩成一团，活像一架巨大的六角形手风琴。

三

霍华德·泰特夫妇是本城最让人望而生畏的人了，但凡生活在托莱多的居民，人人都知道这一点。霍华德太太原先是芝加哥的托德家族的一员，后来才下嫁到托莱多这座小城，成为泰特家族的一名成员的，而且这户人家总的来说也在直接影响着那种故作姿态地表现淳朴的做派，这一点如今已渐渐演变为美国贵族阶层所特有的标记了，就好比打在牲畜耳朵上用来表示所有权的耳戳一样。泰特夫妇已经发展到了这种地步，要是他们谈论起猪呀、农活儿呀这类话题来，倘若你不觉得有趣，他们就会很不友好地朝你翻白眼儿。他们已经开始这样做了,宁愿把跟随他们多年的老用人、老雇员请来作为晚宴的座上宾,也不肯请朋友们来吃顿饭,他们不声不响地挥霍着大量的钱财,而且,由于丧失了一切竞争意识,如今已经变得越来越麻木不仁了。

今天晚上的这场舞会是专门为米莉森特·泰特那小丫头举办的,尽管各个年龄层次的人都有代表在场,但是那些在翩翩起舞的人却绝大多数都是中学生和大学生——那些新婚燕尔的小夫妻都聚集到塔里荷俱乐部里去了,在参加汤森家在那里举办的马戏化装舞会呢。泰特太太此时就站在舞厅的内侧,一双眼睛时刻不停地盯着米莉森特,只要一看见女儿的眼神,她脸上马上就会绽开惬意的微笑。站在她身边的是两个已经人到中年的马屁精,两个人都在一个劲儿地夸赞米莉森特这孩子长得多么如花似玉、多么有灵气。偏偏就在这时候,泰特太太的裙子不知被什么人用力拽了一下,她的小女儿埃米丽,才刚满十一岁,随着"嚆哟"一声惊叫,一头扎进了她妈妈的怀里。

"怎么啦,埃米丽,哪儿不舒服吗?"

"妈妈,"埃米丽说,一双眼睛虽然圆睁着,说起话来却还是伶牙俐齿的,"外面的楼梯上有个东西。"

"是什么东西?"

"外面的楼梯上忽然冒出一个东西来啦,妈妈。我觉得那是一条很大的狗狗,妈妈,可是它看上去又不像是狗狗。"

"你这话是什么意思嘛,埃米丽?"

那两个马屁精也在深表同情地连连摇着头。

"妈妈,那东西看上去很像——很像一头骆驼。"

泰特太太笑了起来。

"你看见的就是一个普普通通的人影儿吧,亲爱的,没什么大不了。"

"不对,我看见的不是人影儿。不是的,那好像是一样东西,妈妈——很大的。我刚才想到楼下去看看那里是不是还有人，没想到就看见这条狗狗了，要不然就是什么别的东西，它正在往楼上爬呢。看那样子挺滑稽的，妈妈，那东西好像是个跛子。后来，它看见我了，就大叫了一声，接着就在楼梯的平台上滑了一跤，我就趁机赶紧逃走了。"

泰特太太的笑容黯淡下来。

"这孩子肯定看见什么东西了。"她说。

两个马屁精也随即连声附和着，说这孩子准是看见什么东西了——突然，这三个女人全都本能地拔脚离开了门边，因为那突如其来的沉闷的脚步声分明就在门外。

紧接着，三个女人都被吓得连连倒抽冷气，只见一个黑乎乎的棕褐色的怪物已经绕过楼梯的转角了，于是，她们终于看清，那怪物竟然是一头巨兽，正面露饥色、居高临下地俯视着她们呢。

"哎哟！"泰特太太叫出声来。

"哎——哟——哟！"那两个女人也异口同声地叫着。

那骆驼突然拱起了后背，于是，那倒抽冷气的声音便不约而同地变成了一片尖叫声。

"啊——瞧！"

"那是什么呀？"

舞停了，那些原本在跳舞的人都纷纷朝这边奔来，不过，对于这个突然闯进来的不速之客，他们的看法却不尽相同；事实上，那些年轻人马上就猜想到，这不过是一个噱头、一个被请来在舞会上为众人助兴的表演者罢了。那些穿着长裤子的小伙子都不屑一顾地望着它，两手插在口袋里大摇大摆地走过来，只觉得他们的智力遭到了侮辱。但是姑娘们却都高兴得嘻嘻哈哈、大呼小叫起来。

"那是一头骆驼！"

"唔，你别说，它那模样还真逗！"

那骆驼有些把握不定地站在那儿，身子在轻轻左右摇摆着，与此同时，它似乎也在认真打量着这间屋子，用考量的目光在来回扫视着；接着，它像突然拿定了主意一样，扭过身子，迅速溜出了房门。

霍华德先生这时恰好刚从楼下那间书房里走出来，正站在过道里与一个年轻人聊着。突然间，他们听见楼上传来了一阵嘈杂的叫喊声，紧接着又是一连串笨重的踩踏声，随即便看见楼梯脚下赫然出现了一头身躯庞大的呈棕褐色的野兽，那野兽似乎正十分慌张地想夺路而逃呢。

"瞧，那是个什么鬼东西！"泰特先生嘴上这样说，心里不免也吃了一惊。

那野兽倒也不失体面地振作起来，接着又摆出一副若无其事的样子，像忽然想起了什么重要的约会似的，迈开前后很不协调的步子朝大门口走去。事实上，它的两条前腿已经毫不拘谨地开始跑动起来了。

"还愣在这儿干什么，"泰特先生厉声喝道，"快！抓住它，巴特菲尔德！抓住它！"

那小伙子赶忙伸出他那双强健有力的胳膊扑了上去，双臂合围牢牢抱住了那骆驼的臀部，这样一来，由于发觉再继续向前运动已经办不到了，那骆驼的前半部便只好就此作罢，乖乖地束手就擒，无可奈何地站在那儿，神情似乎还有些激动。这时，楼上的那些年轻人已如潮水般拥下楼来，而泰特先生呢，他正满腹狐疑地顾自在那儿猜想着，从足智多谋的盗贼，到逃出疯人院在外面逍遥的疯子，什么可能性都想到了，于是，他就果断地对那小伙子下了一道命令：

"逮住它，别让它跑了！把它带到这儿来，我们很快就会弄清它的真面目的。"

那骆驼倒也听话，顺从地让人把它领进了书房，于是，泰特先生便锁上房门，从一张桌子的抽屉里取出一支左轮手枪来，然后命令那小伙子揭开那家伙的脑袋。一见之下，他惊讶得倒抽了一口凉气，随即又把那左轮手枪放回原处藏好。

"哎哟，原来是佩里·帕克赫斯特先生呀！"他惊诧不已地叫出声来。

"走错舞会了，泰特先生，"佩里有些局促不安地说，"但愿没吓着你。"

"啊唷——你刚才这一手还真把我们吓得毛骨悚然呢，佩里，"他总算恍然大悟过来，"你肯定是去参加汤森家的马戏化装舞会的。"

"大体上就是这个想法。"

"我来介绍一下吧，这位是巴特菲尔德先生，这位是帕克赫斯特先生，"接着便转身对佩里说，"巴特菲尔德打算在我们这儿住几天呢。"

"是我自己一时糊涂，走错地方了，"佩里含混不清地说，"实在对不起。"

"绝对没关系，这是天下最正常不过的错误了。我这儿有一套演小丑的行头，待会儿我自己也要去那儿呢，"他转身对巴特菲尔德说，"你最好改变主意，跟我们一块儿去得了。"

那小伙子有些犹豫。他想上床睡觉去了。

"要不要喝一杯呀，佩里？"泰特先生提议说。

"多谢，那就来一杯吧。"

"哎，哇哦，"泰特急忙又补了一句，"我还没顾得上招呼你的——这位朋友呢。"他用手指了指那骆驼的后半身。"我可没有要慢待人家的意思。这位是不是我认识的哪位朋友啊？快让他出来吧。"

"这人不是我的朋友，"佩里连忙解释说，"他是我刚刚花钱雇

135

来的。"

"他喝不喝酒？"

"你要不要喝酒？"佩里问道，一边弯弯曲曲地扭动着身子。

里面传来一个微弱的声音，表示愿意喝点儿酒。

"他当然要喝啦！"泰特先生热心地说，"一头真正有能耐的骆驼，就应该有好酒量，这样才能让它连续三天保持旺盛的精力嘛。"

"实话告诉你吧，"佩里顾虑重重地说，"他整个儿就是一个衣衫不整的人，哪好出来见人呢。倒不如你把酒瓶递给我，我再往后面传给他，让他不妨就在里面喝吧。"

一听到这个提议，那块布料下顿时传来了一阵兴高采烈、连连咂嘴的啧啧声。一名负责管酒的男管家端来了几瓶酒、几只杯子，还带来了吸管，佩里便把其中的一瓶递给了他身后的那个家伙；打那以后，就听见他那个闷声不响的搭档躲在里面频频用吸管嗞溜嗞溜地大口喝着。

大家各得其乐，一个小时不知不觉就过去了。到了十点钟的时候，泰特先生毅然决然地说，大家该动身了。他穿起了他那套演小丑的服饰，佩里则重新套上了那骆驼的脑袋，他们肩并肩地走出来，穿过泰特家那幢房屋与塔里荷俱乐部之间仅有的那片街区。

他们到达时，马戏化装舞会正进行得热火朝天。舞厅里撑起了一顶巨大的帐篷，帐篷的门帘大开着，四周墙壁边搭起了一排排小隔间，表明马戏演出中还穿插着形形色色、引人入胜的节目，不过，这些小隔间里此时已经空无一人，而舞池里却熙熙攘攘，人声鼎沸，叫喊声和欢笑声乱成一团，洋溢着青春的活力和缤纷的色彩——有的在演小丑，有的在玩杂耍，有的在扮演骑在没有配马鞍的马背上的骑士，有的在扮演马戏团的指挥；有长胡子的女人，有浑身刺满文身的男人，也有的在扮演马拉战车的车夫。汤森夫妇早已下了决心，要确保这场舞会大获成功，于是就偷偷摸摸地从自己家里不知搬来了多少烈酒，此时大家正无拘无束地开怀畅饮呢。整个舞厅沿着墙壁环绕着一条绿色的绸带，绸带上悬挂着一个个指示性的箭头和标牌，告诉那些辨不清方向的人"顺着这条绿色线路走！"这条绿色的线路直通吧台，那里备有各种饮品，既有口味醇和的潘趣酒，也有烈性潘趣酒，还有一般性的酒瓶为深绿色的酒。

吧台后面的墙壁上另有一个箭头，是红色的，箭头下面是一条标语，字写得非常飘逸："现在顺着这个箭头走！"

不过，即便在这由各色戏装和兴高采烈的氛围所组成的极其奢华的场面中，骆驼的进场多少还是引起了一番骚动，于是，佩里立刻就被一群充满好奇、嘻嘻哈哈的人群团团包围住了，这些人个个都想探明这头巨兽究竟是什么来头，只见它伫立在宽大的门洞里，用它那面带饥色、充满感伤的神情乜斜着这些跳舞的人。

就在这时，佩里一眼看见了贝蒂，她就站在一个小隔间的门前，正在跟一个模样非常可笑的警察说话。她已是一身埃及驯蛇女的打扮：茶褐色的秀发已经扎成了许多小辫子，辫子上套着一个个黄铜做成的圆环，活像戴着一顶东方妇女缀满饰物、闪闪发亮的冕状头饰。她那白皙的脸蛋上涂了一层暖色调的橄榄色的油彩，两只胳膊和她那呈半月形裸露着的后背上都画着许多缠绕在一起、流露着绿莹莹的凶光的独眼毒蛇。她脚上穿着一双凉鞋，裙裾一直开到膝盖以上，因此，她只要一走动，人们一眼就能瞥见她那赤裸的脚踝和小腿上还画着一些苗条的小蛇。围在她脖子上的则是一条明晃晃的眼镜蛇。整个儿就是一身令人着迷的装束——她若是打扮成这样走在那些上了年纪的妇女当中，那些比较神经质的女人见了她，准会避之唯恐不及，那些比较难缠的女人见了她，则会大发起议论来，说什么"怎么能允许她这样呢"，或者"简直太丢人现眼了"。

可是佩里则不然，透过骆驼那毛毛糙糙的眼睛朝外望去，他起先看到的只是她的那张脸，容光焕发、生气勃勃，洋溢着兴奋的光芒，再看她的胳膊和肩膀，一举一动都在传递着特殊的韵味，她无论在什么样的人群中永远都是最出挑的人儿。他被迷得神魂颠倒了，然而这份痴迷似乎也在迫使他要保持一份清醒的头脑。白天里发生的那些事情又一幕幕清晰地复现在他的脑海中——怒火不禁在他胸中油然而生，使他朦朦胧胧地产生了想立即把她从这群人中带走的念头，于是，他便情不自禁地拔脚朝她走过去——没想到却只是稍许拉长了那骆驼的身躯，因为他全然没有意识到必须先发出准备移动的口令才行。

不过，就在这节骨眼儿上，那个一向水性杨花的基斯梅特，就是那个言语刻薄、冷嘲热讽地戏弄了他整整一天的基斯梅特，忽然觉得应该实实在在地奖赏他一下才是，因为他毕竟也给她带来了极大的乐趣。于是，基斯梅特便使了个眼色，将那驯蛇女的一双茶褐色的眼眸引向了那头骆驼。基斯梅特领着贝蒂朝她身边的那个男人欠了欠身子，然后说："那是谁呀？那头骆驼？"

"见鬼，我怎么知道。"

不料，这时又来了一个名叫沃伯顿的小个子男人，此人早已把一切都打探清楚了，觉得有必要胡乱发表一下自己的高见：

"它是跟泰特先生一块儿来的。依我看，它的搭档很可能是沃伦·巴特菲尔德，就是那个从纽约来的建筑师，此人是来看望泰特夫妇的。"

贝蒂·梅迪尔心中不禁咯噔了一下——自古以来乡下姑娘就对外来男子情有独钟嘛。

"哦。"她稍许停顿了一下，然后装着漫不经心的样子哼了一声。

在接下来的那支舞曲结束时，贝蒂和她的舞伴恰好就跳到距离那骆驼不足几英尺远的地方停了下来。由于向来无拘无束、胆大妄为，这也是本次晚会的基调，她便伸出手去，在那骆驼的鼻子上轻轻抚摸着。

"喂，老骆驼。"

那骆驼很不自在地哆嗦了一下。

"你怕我吗？"贝蒂说着，责备地把两条眉毛往上一扬，"别怕。你瞧，别看我是个驯蛇女，我驯骆驼也相当在行呢。"

那骆驼深深鞠了一躬，有人顿时就在一旁明目张胆地开起了美女与野兽的玩笑。

汤森太太款款朝这群人走来。

"哎哟，是巴特菲尔德先生呀，"她解围似的说，"我居然没看出来，原来是你呀。"

佩里又鞠了一躬，躲在面具后面喜不自胜地笑了。

"跟你在一起的这位是谁呀？"她问道。

"哦，"佩里说，他的说话声被那厚厚的布料捂住了，别人根本听不出是谁在说话，"他谁也不是，汤森太太。他就是我这套戏服的一部分。"

汤森太太哈哈一笑，然后就走开了。佩里重新转过身来面对着贝蒂。

"哼，"他暗暗思忖着，"这就是她对待感情的态度啊！在我们刚刚断绝关系的当天，她就开始跟另一个男人调情了——而且还是一个绝对素不相识的男人。"

一阵冲动之下，他用肩膀轻轻顶了她一记，然后又意味深长地朝那边的过道摆了摆头，故意把这个富有挑逗性的动作做得很明显，好让她知道，他迫切希望她赶快离开她那个舞伴，到那边去陪伴他。

"拜——拜喽，鲁斯，"她朝那个舞伴喊了一声，"这个老骆驼缠住我啦。我们去哪儿呢，野兽王子？"

这头尊贵的动物并没有立即回答她，而是威风凛凛、高视阔步地径直朝刚才他所示意的那个方向走去，那边有一个非常隐蔽的去处，就在侧面楼梯的边上。

到了那里，她自己找了个合适的位子坐下来，可是那骆驼呢，竟然有好几秒钟都处于十分慌乱的状态，只听见它肚子里在叽里咕噜地发着一连串态度生硬的指令，还传出了一阵激烈的争吵声，然后才安安稳稳地在她身边坐下来——两条后腿很不舒服地伸了出去，横搭在两级楼梯上。

"喂，伙计，"贝蒂兴致勃勃地说，"你觉得我们这个欢乐的聚会怎么样？"

那伙计喜出望外地连连摇晃着脑袋，还伸出脚蹄子快活地踢腾着，借此来表示他很喜欢这个聚会。

"私下里跟一个形影不离地带着贴身男用人的男人面对面地促膝交谈，我有生以来还是头一回呢，"她指了指那两条后腿，"要不就随便给他一个什么称呼吧。"

"哦，"佩里含糊不清地说，"他既是个聋子，又是个瞎子。"

"我倒是觉得，你会感到很不方便的——即使你想出来溜达一下，也没法好好溜达呀。"

骆驼故作悲哀地把脑袋耷拉下来。

"但愿你能开口说句话，"贝蒂用她那甜蜜悦耳的嗓音接着说，"就说你喜欢我吧，骆驼。说我就是你心目中的大美人吧。说你很想拥有一个漂亮的驯蛇女吧。"

骆驼很想这样说。

"你愿意陪我跳舞吗，骆驼？"

骆驼很想试试。

贝蒂心无旁骛地在这头骆驼的身上耗费了半个钟头。她对所有外来男子都会心无旁骛地耗费至少半个钟头的。往往有半个钟头也就足够了。每当她款款走向一个新的男人时,在场的那些初入社交界的女孩子都会习惯地立即向左右两边散开,就像一支组织严密的纵队面对着一挺机关枪在展开其部署一样。所以,佩里·帕克赫斯特便获得了这种独一无二的特权,别人在看她,而他则在看着自己的心上人。他正在欣然领受她那十分放肆的调情呢!

四

这个人间天堂的基础原本就很脆弱,因而一下子被一大群蜂拥而至的人拥入舞厅时的喧闹声给冲乱了;热闹的沙龙舞[1]即将开始了。贝蒂和那骆驼也汇入了这群人,她把一只棕色的手轻轻搭在骆驼的肩膀上,这个动作很有象征意义,她像在挑衅似的公然向众人表明,她已经全盘接受他了。

等他们进入场内时,那些成双成对的舞伴已经纷纷找好各自的位子,在沿着四周墙壁摆放开来的桌子旁坐下来了,而汤森太太则是一身珠光宝气,灿烂得犹如一个骑在没有配马鞍的马背上的超级大骑士,只可惜两个腿肚子未免也太粗短了些,她此时正伫立在屋子的正中央,陪着她的是那位负责安排一应事务的马戏总管。给乐队的信号一发出,人们就纷纷站立起来,接着就开始跳起舞来。

"这不是显得太华而不实了嘛!"贝蒂叹了口气,"你觉得你这样子还能跳舞吗?"

---

[1] 沙龙舞(cotillion),19世纪盛行于法国的一种穿插有各种花样的舞蹈,常为四对舞伴在一起跳花步舞。

佩里热情奔放地连连点头。他感到自己突然变得精力旺盛起来了。不管怎么说，他此时此刻毕竟是在隐姓埋名地跟自己心爱的人面对面地说话呀——他完全可以睥睨天下、朝世人挤眉弄眼啦。

于是，佩里就跳起了沙龙舞。我虽然用的是"跳舞"这个词，但是这个词所具有的引申意义，甚至连那些最爱跳爵士乐舞的舞林高手发挥其最狂放不羁的幻想也想象不出来的。他任凭他的舞伴把她的两只手放在他那没法随意动弹的双肩上，任凭她在舞池里把他拉过来、拽过去，相比之下，他却只能顺从地把他那硕大无比的脑袋耷拉在她的肩膀上，拖着双脚做出一个个徒有虚名的假动作。那两条后腿则完全是在自行其是地按自己的章法在跳舞，采用的主要方式是，先抬起一只脚来往前一跳，然后再抬起另一只脚往前一跳。由于压根儿就闹不清别人究竟是否在跳舞，那两条后腿为了稳妥起见，只要一听到音乐声响起，就赶紧跟着节奏走上几步。因此，频频呈现在众人眼前的景象是，那骆驼的前半身明明正镇定自若地站立着，可那臀部却还在非常起劲儿地扭摆着，那情景足以让任何一个心肠软的旁观者忍俊不禁，流出同情的汗水来。

他频频受到别人的青睐。率先来请他跳舞的是一个身材高挑、身披稻草的女人，她快活地宣称自己是一捆干稻草，还扭扭捏捏地央求他别把她吃了。

"我倒真想这么做呢，你太可爱了。"骆驼大献殷勤地说。

每当那位马戏总管高喊出他那句名言"男士们，上啊！"他就会立即拖着沉重的步伐奋力奔向贝蒂，全然不顾手里还拿着用薄纸板做成的维也纳香肠，或者那个长胡子的女人的照片，或者碰巧顺手拿到的随便某样东西。有时候他是第一个赶到她身边的人，不过，他那些手忙脚乱的行动往往并不奏效，而且还会招致激烈的内部争吵。

"看在老天爷的分上，"佩里咬牙切齿、声嘶力竭地号叫着，"你使点儿力气行不行！要是你刚才两脚往前一蹦，我就能抢先一步赶到她身边了。"

"得了，那你提醒我一下嘛！"

"我提醒过你呀，你这该死的。"

"我待在这里面，他妈的什么也看不见啊。"

"你只要跟着我的步子走就行了。跟你走在一起真费劲儿，简直就像拖着一个沉甸甸的大沙袋。"

"莫非你想来尝尝这后面的滋味。"

"你给我闭嘴！要是这帮人发现你在这屋里，他们准会揍得你鼻青脸肿，让你吃足苦头的。他们会没收你的出租车营业执照的！"

佩里自己也很惊讶，这么恶狠狠的威胁性的话，他居然也能脱口而出，不过，这番话看来对他的那个同伴还是有震慑作用的，因为他发出一声"噢，好家伙"，然后就老老实实地缩在后面闷声不响了。

马戏总管爬上钢琴，站在钢琴的琴盖上，挥手让大家安静下来。

"开奖啦！"他高喊着，"大家都过来吧！"

"咿呀！开奖喽！"

圈子里的人都装模作样地拥上前来。那个模样相当俊俏的姑娘，就是那个一鼓作气把自己装扮成长胡子的女人的姑娘，激动得浑身发抖，满以为自己这回肯定能得奖，因为她整整一个晚上都在扮演着最丑陋的角色。那个花费了整整一个下午把自己身上刺满了花纹的男子，羞于见人似的躲在那群人的外围，只要有人告诉他，说他一定能得奖，他就会兴奋得满面通红。

"在本次马戏晚会上扮演各种角色的女士们、先生们，"马戏总管喜气洋洋地宣布说，"我相信，大家的看法是一致的，在这欢乐的时光中，人人都玩得很尽兴。现在，我们要通过颁奖的方式，将荣誉颁发给应该获得荣誉的人。我是应汤森太太的邀请来颁奖的。好吧，各位演出人员，我宣布，获得一等奖的是这样一位女士，她在今天这场晚会上表现得最引人瞩目、最受人欢迎"——话说到这儿，那个长胡子的女人甘拜下风地叹了一口气——"服饰也最具原创性。"听了这话，那捆稻草立刻竖起了耳朵。"现在，我相信，在场的所有人会一致同意我们经过认真商讨后所做出的这项决定的。获得一等奖的是，贝蒂·梅迪尔小姐，就是那位风情万种的埃及驯蛇女。"

全场爆发出一阵欢呼声，主要来自男性。于是，贝蒂·梅迪尔小姐便在众目睽睽之下前来领奖了，她此时兴奋得满脸绯红，虽然涂着橄榄色的油彩，却遮不住她那娇美的容颜。那马戏总管温情脉脉地望了她一眼，然后弯下腰来，把一大束兰花递给了她。

"各位，"他环顾四周，又接着说，"获得下一个奖项的是这样一位男士，他的服饰最有娱乐性、也最有原创性。这个奖项毫无争议地应当属于我们当中的一位客人，一位来此地访问的绅士。不过，我们都希望他这次能在此地多住些时日、玩得开心——长话短说吧，我们要把这个奖项颁发给那头尊贵的骆驼，因为他在整个晚会上一直都在用他那饥饿的表情和精彩的舞姿为我们大家助兴。"

他话音刚落，全场立即响起了一片热烈的拍掌声和叫好声，因为这是一个皆大欢喜的抉择嘛。奖品是一大盒雪茄，被摆在骆驼的身边了，因为从解剖学角度上说，他是没法亲自登台领奖的。

"各位，"那马戏总管又接着说，"让我们把'欢乐女神'嫁给'愚蠢之神'，用他们的婚礼来结束今天的沙龙舞吧！"

"大家要排成一支浩浩荡荡的送亲队伍，请美丽的驯蛇女和尊贵的骆驼站到队伍的最前列来吧！"

贝蒂立即弯起一只涂成了橄榄色的胳膊搂住那骆驼的脖子，兴高采烈、连蹦带跳地朝人群前奔去。人们在他们身后迅速排起了一条长龙，队伍中有小男孩、小女孩、乡巴佬、胖女人、瘦男人、表演吞剑的人、婆罗洲①的野蛮人、无臂怪物，等等。其中有不少人因为贪杯，早已喝得醉醺醺的了，但是人人都很兴奋，个个都很快乐，大家都被周围的灯光和色彩弄得眼花缭乱，原本彼此都很熟悉的一张张面孔，在无数稀奇古怪的假发套和肆无忌惮地乱涂乱抹的油彩的作用下，全都莫名其妙地变得互不相识了。婚礼进行曲那令人心旌摇荡的曼妙乐声骤然响起，其间还混杂着亵渎神明的切分音，那是几支长号和萨克斯管齐声鸣奏出的让人极度兴奋的混响音——于是，这支送亲的队伍开始行进起来。

"你高兴吗，骆驼？"贝蒂娇声问道，他们这时已经脱离了人群。"我们就要结婚啦，从今往后，这个漂亮的驯蛇女就是你的人啦，你高兴吗？"

骆驼的两条前腿高兴得直踢腾，表示着他喜出望外的心情。

"牧师！牧师！牧师跑哪儿去啦？"喧闹的人群中有好几个人在大喊大叫，"谁来当主事的牧师？"

姜波的脑袋忽然从虚掩着的餐具室门里探了出来，姜波就是那个一身胖肉的黑人，已经在塔里荷俱乐部当了多年的侍应生了。

"啊，是姜波！"

"让老姜波上吧。他是最合适不过的人选了！"

"快来呀，姜波。就由你来给我们主持一对新人的婚礼吧，怎么样？"

"好啊！"

四个小丑立即冲上去逮住姜波，扒下他身上的围裙，然后簇拥着

---

① 婆罗洲（Borneo），加里曼丹岛的旧称。

145

他来到舞厅尽头临时搭起的一个高台上。一到台上，他的衣领就被扯了下来，再把后领变作前领，重新给他戴上去，这样就马马虎虎像一个神职人员了。浩浩荡荡的送亲队伍分成了两排，为新娘和新郎让出了一条甬道。

"老天爷啊，好家伙，"姜波狂呼乱叫着，"我得弄本《圣经》在手里才行，得把样样东西都弄齐全了才行，要确保万无一失嘛。"

他从自己的内衣口袋里掏出一本破破烂烂的《圣经》。

"行啦，姜波有《圣经》了。"

"他还有剃须刀呢，我敢打赌。"

驯蛇女和那骆驼肩并肩地在欢呼雀跃的两排人群中款款走上前来，站在姜波的面前。

"你的结婚证呢，骆驼？"

旁边有个人捅了一下佩里。

"给他一张纸。随便什么样的纸都行。"

佩里连忙在自己口袋里胡乱摸索了一通，总算找到了一张仍然折叠着的纸头，便从骆驼的嘴里把那纸头塞了出去。姜波倒拿着那张纸头，装作很认真的样子把它浏览了一遍。

"这就对了，这就是一份具有特殊意义的骆驼的结婚证书啦，"他说，"准备好你的戒指吧，骆驼。"

佩里在骆驼的躯体里转过身来，对他那位境况比他更加糟糕的另一半说：

"给我一枚戒指吧，看在老天爷的分上。"

"我哪有什么戒指啊。"一个萎靡不振的声音埋怨道。

"你有。我见过那枚戒指。"

"我不想把它从我手上摘下来。"

"要是你不肯，我就宰了你。"

那人在里面倒抽了一口冷气,但佩里随即便感到,有一枚硕大的用莱茵石①和黄铜做成的玩意儿被塞进了他的手里。

外面又有人轻轻推了他一下。

"说话呀!"

"我准备好了!"佩里急忙喊了一声。

他听见了贝蒂的回答,而且是一种活泼快乐的声调,即便置身在这荒唐可笑的闹剧中,那声音也让他激动不已。

接着,他发现覆盖在骆驼身上的那块布料有一道被撕破了的口子,便把那枚莱茵石从那道口子里塞了出来,将它戴在贝蒂的手指上,同时嘴里也在含混不清地跟着姜波念叨着那些千古不变、却具有历史意义的话。他永远也不想让任何人知道这一幕。他现在只有一个念头,得赶紧抽身溜走,免得泄露了自己的身份,因为泰特先生到目前为止依然还没有道破他的秘密。佩里这人可是个很要面子的年轻人啊——这个秘密要是被点破了,难免会损害他刚刚起步的律师业务的。

"快拥抱新娘啊!"

"揭开面具呀,骆驼,快吻她呀。"

出于本能,他的心跳骤然加快了,因为贝蒂正笑盈盈地朝他转过身来,居然还动手在他那用硬纸板做成的口鼻部位抚摸着。他感到自己的自控能力在急剧下降,他恨不得能立刻张开自己的双臂把她拥在怀里,开诚布公地亮明自己的身份,亲吻那两片在嫣然微笑着、离他仅有一英尺之遥的嘴唇——不料,就在这时,周围的欢笑声和掌声竟意想不到地消失得无影无踪了,整个舞厅陡然间竟莫名其妙地变得鸦雀无声了。佩里和贝蒂都惊讶得抬起头来。只听姜波冷不防地大喝

---

① 莱茵石(rhinestone),一种无色透明的仿制钻石。

147

了一声"喂!"那声音听上去十分吓人,惊得众人纷纷都把目光转向了他。

"喂!"他又吆喝了一声。他已经把骆驼递给他的那张结婚证书掉转过来,刚才一直是倒着拿的,而且把眼镜也掏了出来,这时正一脸痛苦状地仔细审读着它呢。

"哇哦,"他惊呼了一声,在全场一片静默的氛围中,他的话屋子里的每个人都听得清清楚楚,"这可是一张货真价实的结婚证书啊!"

"什么?"

"啊?"

"你再说一遍,姜波!"

"没问题,你可以念给大伙儿听听!"

姜波挥挥手要大家安静下来,但是佩里的满腔热血却腾地一下燃烧起来,因为他已经意识到自己一手造成的这个重大失误了。

"是,先生们!"姜波又说了一遍,"这就是一张货真价实的结婚证书啊,结婚证书上的双方当事人,一方就是这位年轻的女士,贝蒂·梅迪尔小姐,另一方是佩里·帕克赫斯特先生。"

人人都惊讶得目瞪口呆,全场顿时响起了一片窃窃私语声,与此同时,众人的目光都一齐落在了骆驼的身上。贝蒂身子一缩,飞快地从他身边躲开了,那双茶褐色的眼睛里放射着怒不可遏的火花。

"你是帕克赫斯特先生吗,你这骆驼?"

佩里没作回答。人群越挤越紧地逼上来,人人都瞪大眼睛望着他。他浑身僵直地伫立在那儿,显得十分狼狈,但他那硬纸板做成的面孔上依旧挂着那副饥饿、嘲讽的神情,两眼在望着那满脸都是不祥之兆的姜波。

"你们两个最好都表个态!"姜波一字一顿地说,"这可是一桩非常严肃的事情。除了在这家俱乐部上班之外,我恰好也是第一浸礼派教会①里的一名货真价实的牧师。在我看来,你们好像已经办妥了一切手续,已经结过婚了。"

五

随后出现的那一幕情景将会永远载入塔里荷俱乐部的史册的。那些体格壮硕的已婚妇女全都晕过去了;百分之百的美国人都在破口大骂;那些惊诧得双目圆睁的刚刚步入社交界的女孩子在喋喋不休地说着蠢话,她们时而闪电般地抱成一团,时而又闪电般地作鸟兽散;混乱不堪的舞厅里到处是喊喊喳喳的窃窃私语声,话说得都很恶毒,却又不敢大声说出口,只听见一片嗡嗡声。那些气得发狂的年轻人则在破口大骂,扬言要去宰了佩里,或者是姜波,或者是他们自己,或者是随便哪个人;那个浸礼会的牧师已经被狂风暴雨般拥上来的一群吵吵嚷嚷的业余律师团团围在了中间,他们口口声声追问着,说着狠话,要求提供先例,呼吁要废除这个婚约,尤其想刨根究底地打探清楚,刚才发生的这一切是不是事先就已编排好的。

在那边的角落里,泰特太太正趴在泰特先生的肩膀上嘤嘤地哭泣呢,泰特先生在竭力安慰她,却又无济于事。夫妇俩彼此都在连声说着"都怪我不好",你一句我一句的,没完没了地只重复着这一句话。在屋外的一条积雪皑皑的人行道上,塞勒斯·梅迪尔先生,就是那位"铝人",由两个肌肉发达的车夫搀扶着,在来来回回地踱着方步,他一会儿突然骂出一长串不堪入耳的脏话,一会儿又发疯似的央求他们干脆让他去狠狠揍一顿姜波。为了今天这场晚会,他竟然也滑稽地把

---

① 浸礼派教会(Baptist Church),浸礼派教会是最大的新教团体之一,提倡只让成年信徒接受浸没洗礼,其分支遍布全世界,在美国最为盛行。

自己装扮成了一个婆罗洲的野蛮人,就连那位最挑剔的舞台监督都不得不承认,他扮演的这个角色简直到了登峰造极、无可挑剔的地步。

话说回来,那两个主角儿这回倒真成了众人瞩目的焦点。贝蒂·梅迪尔——要不就用贝蒂·帕克赫斯特这个称呼?——正在大发雷霆,身边围绕着几个姿色稍差些的姑娘——那些个模样稍许俊俏些的姑娘都在忙着交头接耳地议论她呢,哪儿有闲工夫来理会她——远远地站在舞厅另一边的那头骆驼,依然还算完好无损,只是脑袋那部分有点儿变了形,惨不忍睹地耷拉在胸前晃悠着。佩里正在忙不迭地向围绕在他身边的一群既义愤填膺、又大惑不解的男人发表声明,说自己是多么的清白无辜。每隔几分钟,他刚把情况交代清楚,偏偏就有人会故意重新提起那张结婚证的事儿,于是,追根究底式的盘问又会从头再来一遍。

有一个名叫玛丽昂·克劳德的姑娘,也就是那个在托莱多人所公认的二号大美女,对贝蒂说了句话,这才从根本上改变了整个局面。

"得了,"她幸灾乐祸地说,"亲爱的,这一切都会像过眼云烟一样被人们淡忘的。毫无疑问,法庭肯定会取缔这个婚姻的。"

贝蒂噙在眼中的愤怒的泪水顿时就奇迹般地干了,于是,她抿紧了两片嘴唇,冷冰冰地朝玛丽昂瞥了一眼。接着,她站起身来,把围在她身边的那几个假惺惺的同情者朝左右两边拨开,径直朝站在对面的佩里走去,佩里眼巴巴地瞅着她一步步朝他走来,惊慌得不知所措。寂静再一次悄然降临,弥漫着整个屋子。

"你能不能正经点儿,跟我好好说上五分钟的话,行不行?——刚才这一切是不是你蓄谋已久的?"

佩里点点头,却张口结舌地说不出话来。

贝蒂冷冷地做了个手势,要他跟她出来一趟,然后便把头一昂,傲然走出舞厅,来到外面的过道里,接着又径直朝一间私密的小棋牌室走去。

佩里拔脚就走,想追上她,不料却被拽得打了个趔趄,只好停了下来,因为他那两条后腿一时还没有反应过来。

"你留在这儿!"他粗野地命令道。

"不行啊,"驼峰里传来一个埋怨的声音,"除非你先出去,然后再放我出去,只有这样才行。"

佩里犹豫起来,不过,由于他再也没法容忍周围这群充满好奇的人紧盯着他的那种目光了,他便吞吞吐吐地下达了一道指令,于是,这头骆驼就四脚着地、小心翼翼地移动起来,从房间里走了出去。

贝蒂正在那儿等着他呢。

"行了,"她十分恼怒地张口便说,"你看看你干的都是些什么事啊!你,还有那张荒诞不经的结婚证!我早就对你说过,你根本就不该去弄这张结婚证!"

"我亲爱的姑娘,我……"

"别对我说'亲爱的姑娘'!这话留着对你真正的老婆说吧,经过这次出尽了洋相的表现之后,假如你还能找得着老婆的话。也别想假装无辜,说这一切并不是你事先预谋好的。你自己心里有数,你给那个黑人服务生塞过钱!你自己心里有数,这事儿你的确干过!你是不是想说,你这样做的目的并不是为了要娶我为妻?"

"是的——当然——"

"没错,你还是老老实实地承认为好!这种勾当你以前就干过,现在你还想干什么?你知不知道,我父亲简直都要气疯了?假如他想宰了你,那也是你咎由自取。他会掏出枪来,用一颗冰冷的子弹崩了你的。即使这个婚——即使这件事能够被取缔,它也是我的一块心病,会影响我一辈子的!"

佩里不由自主地轻声搬出那句话来:"啊,骆驼,难道你不想一

151

辈子拥有你眼前的这位漂亮的驯蛇女——"

"闭嘴！"贝蒂喊出声来。

大家都愣住了，一时无语。

"贝蒂，"佩里终于说，"现在只有一个办法能让我们真正摆脱困境。那就是，你答应嫁给我。"

"嫁给你！"

"对。真的，这是唯一的……"

"你闭嘴！我不会嫁给你的，除非……除非……"

"我知道。除非这世上只剩下我一个男人了。可是，假如你还顾及你的名誉……"

"名誉！"她叫道，"你现在倒来假充好人，想到我的名誉了！你在雇用那个极其讨厌的姜波之前，怎么就没有想到我的名誉呢，让他……让他……"

佩里无望地举起双手挥了挥。

"算啦，就这样吧。我就悉听尊便好了。上帝作证，我郑重声明，放弃一切权利！"

"不行，"忽然冒出了一个新的声音在说，"我不放弃。"

佩里和贝蒂都吓了一跳，贝蒂抬起一只手来捂着自己的胸口。

"看在老天爷的分上，那是什么东西呀？"

"是我呀。"那骆驼的后背开口说话了。

佩里急忙一把掀开骆驼的皮毛，紧接着，一个面目可憎、委顿不已的怪物赫然现出身来，衣服全都湿淋淋地沾在身上，手里紧紧地握着一只差不多已经喝空了的酒瓶，无所顾忌地站在他俩面前。

"啊，"贝蒂大叫起来，"你居然带着这么个怪物跑到这儿来吓唬我！你刚才还对我说，他就是个聋子——原来是一个这么面目狰狞的人啊！"

那骆驼的后背在一张椅子上坐了下来,心满意足地舒了一口气。

"不要用这种口气说我嘛,太太。我可不是没有身份的人。我是你丈夫呢。"

"丈夫!"

这声惊呼同时出自贝蒂和佩里两人之口。

"哇哦,当然啦。我也是你的丈夫呀,跟这个家伙的身份是一样的。那个黑胖子并没有把你嫁给这骆驼的前半部呀。他是把你嫁给整头骆驼的。怎么啦,你手指头上还戴着我的戒指呢!"

贝蒂尖叫一声,将那枚戒指从手指头上一把撸了下来,气急败坏地随手把它扔在了地板上。

"这到底是怎么回事啊?"佩里一脸茫然地问道。

"是这样,你现在最好先把我搞定,把我照顾得舒舒服服的。要是你不干,那我就要行使与你同等的权利啦,我也有权娶她为妻呀!"

"这可是重婚罪啊。"佩里说罢,非常严肃地扭头望着贝蒂。

随后,处于穷途末路上的佩里迎来了一个具有决定性意义的绝好时机,这个能让他绝处逢生的最后一个机遇,他必须孤注一掷地抓住它,用它来试试自己的运气。他站起身来,先朝贝蒂看了看,只见她正可怜巴巴地坐在那儿,已经被这个新出现的复杂问题吓坏了。于是,他又转眼看了看那个家伙,只见他正扭来扭去地坐在那张椅子上,既有些心神不定,又有些作势要吓唬人的样子。

"那好吧,"佩里一字一顿地对那人说,"你可以拥有她了。贝蒂,我要当面向你表明,就我个人而言,我们的婚姻完全就是在逢场作戏。我要郑重声明,我彻底放弃娶你为妻的权利,把你交给——交给这个男人,你已经戴着他的戒指了。他就是你的合法丈夫了。"

大家都愣怔住了,四只被吓呆了的眼睛一齐都转向了他。

"再见啦,贝蒂,"他断断续续地说,"一旦你找到新的幸福了,请别忘了我。我要动身离开此地了,乘早晨那趟火车去大西部。别把我想得那么坏,贝蒂。"

他最后望了他们一眼,然后便转过身去,脑袋埋在胸前,伸手扶着门把手。

"再见啦。"他又说了一遍。他在扭动门把手了。

不过,一听到这个声音,那些蛇呀、丝绸服饰呀、茶褐色的秀发呀,等等,全都不顾一切地急忙朝他猛扑过来。

"啊,佩里,别离开我!佩里,佩里,带着我跟你一起走!"

她的泪水湿漉漉地流淌在他的脖颈上。他平静地收紧双臂抱着她。

"我不计较了,"她哭着说,"我爱你,要是你能在这个时候叫醒一个牧师,把这婚礼重新再举行一次,我就陪你一起去大西部。"

隔着她的肩膀,骆驼的前半身朝骆驼的后半身望了望——他们相互交换了一个眼神,那是一种特别微妙、特别玄奥的眼神,只有真正的骆驼才懂得这其中的奥秘。

(吴建国 译)

返老还童
（又名：本杰明·巴顿奇事）

一

早在一八六〇年，在家生孩子是件合情合理的事。而如今，据说医学界高高在上的众神早已定下规约，新生儿的第一声啼哭应该在空气中飘荡着麻醉剂气味的医院里发出，最好是在一家时髦的医院。因此，当年轻的罗杰·巴顿先生和他的妻子在一八六〇年的一个夏日决定让他们的第一个孩子在医院出生时，他们已经领先当时的潮流整整五十年。而这件在当时不合潮流的事与我下面要讲述的惊人历史是否有任何相关，就永远不得而知了。

让我把事情的原委一一道来，你来判断一下到底是怎么回事。

罗杰·巴顿夫妇在南北战争前的巴尔的摩①拥有显赫的社会地位和雄厚财力。他们与许多名门望族都沾亲带故，因此，每个南方人都知道，他们也拥有了成为南部联盟的庞大贵族俱乐部会员的资格。这是他们第

---

① 美国马里兰州最大的城市，也是美国最大的独立城市和主要海港之一。巴尔的摩市被巴尔的摩县环绕，但不属于巴尔的摩县，是马里兰州唯一的一个独立市，因此经常被称为巴尔的摩市。

155

一次体验生孩子这个古老而迷人的习俗——巴顿先生自然有几分紧张。他期盼生个男孩,这样将来就可以送他去读康涅狄格州的耶鲁学院①——巴顿先生自己曾在那儿度过了四年时光,其间一直顶着一个一看便知道来历的雅号——"袖口"②。

在那个因为此等大事而变得神圣的九月的清晨,巴顿先生六点就忐忑不安地起了床,将自己的穿戴打理得无懈可击,然后匆匆穿过巴尔的摩的大街小巷,直奔医院。他急于知道在夜色的怀抱中,一个新生命是否已经诞生。

在离马里兰这家专为名媛绅士服务的私人医院大约一百码远的时候,巴顿先生看见了他的家庭医生基恩正从医院前门的台阶上走下来,边走边像洗手似的搓着手——仿佛这是这个职业不成文的职业规范一样。

罗杰·巴顿先生,这位罗杰·巴顿五金批发公司的老板,顾不上当时南方绅士应有的风度,开始向基恩医生跑去。"基恩医生!"他喊道,"哎,基恩医生!"

听到了喊声,医生回过头来,站着等他,他脸色严肃,带着一丝奇怪的表情。

"怎么样?"巴顿先生气喘吁吁地冲上前问道,"是男孩还是女孩?我太太怎么样?是男孩吗?是什么?什么……"

"说清楚点!"基恩医生厉声说道,似乎有些恼怒。

"孩子出生了吗?"巴顿先生带着恳求的语气问道。

医生皱了皱眉头:"咳,是的,我想是的——应该算是吧。"他又

---

① 耶鲁大学(Yale University)在 1718—1887 年期间被称为耶鲁学院(Yale College)。
② 英文中"袖口"(cuff)与"纽扣"(button)合在一起 "cuff button" 指衬衫的袖扣,巴顿的姓氏 Button 正有纽扣之意,往往说到 cuff 人们就会想到 button,所以他被冠以"袖口"(cuff)这一雅号,在英美国家的人看来个中缘由是显而易见的。

好奇地看了看巴顿先生。

"我太太还好吗？"

"很好。"

"是男孩还是女孩？"

"好了！"基恩医生气急败坏地喊道，"你自己去看吧。荒唐！"他几乎只用一个音节就把最后一个词厉声喊了出来，然后转过身，一边还嘟哝着，"你以为这样的产例可以提高我的职业声誉吗？再有一例的话会毁了我——毁了任何人！"

"怎么啦？"巴顿先生大吃一惊，"是三胞胎？"

"不，不是三胞胎！"医生刻薄地说，"到底怎么回事，你还是自己去看吧。还有，我建议你另请高明吧。年轻人，我把你带到这个世界上，给你们家做了四十年的家庭医生，但从今往后，我与你们家没有任何关系了！我再也不想见到你或你们家的任何人，再见！"

然后他突然转过身，一言不发地登上停在路边的敞篷马车，绝尘而去。

巴顿先生站在人行道上，目瞪口呆，浑身颤抖。到底出了什么可怕的事故？他突然失去了迈入专为名媛绅士服务的马里兰私人医院的勇气——过了一会儿，他才好不容易强迫自己踏上台阶，走进了医院的前门。

光线幽暗的大厅里，一名护士坐在一张桌子后面。巴顿先生咽下自己的难堪，向她走去。

"早上好！"她抬起头，高兴地看着他。

"早上好！我……我是巴顿先生。"

听到这个名字，女孩的脸上立刻笼罩了一种极为恐惧的神情。她站了起来，似乎要从大厅里拔腿飞奔出去，但显然费了好大的劲才控制住自己。

157

"我想看看我的孩子。"巴顿先生说。

护士轻轻尖叫了一声:"噢——当然可以!"然后她有点歇斯底里地大声说道,"在楼上,就在楼上,上去吧!"

她指了指上楼的方向。巴顿先生冒着冷汗,颤颤巍巍地转过身,开始往二楼爬。在二楼的大厅里,他看到另一名护士手里端着脸盆向他走来,于是说道:"我是巴顿先生,"他试着让自己发音清晰,"我想看看我的……"

哐啷!盆子摔到了地上,朝着楼梯滚下去,然后沿着楼梯一路哐啷哐啷地往下滚,仿佛也感受到了巴顿先生引起的恐慌。

"我要看我的孩子!"巴顿先生几乎尖叫起来。他快要崩溃了。

哐啷!脸盆滚到了一楼。那名护士重新控制住自己,满是鄙视地瞥了巴顿先生一眼。

"好吧!巴顿先生,"她低声答应道,"很好!但你不知道他让我们今天早上怎样乱作一团的!简直是荒唐透顶!医院再也无法挽回声誉了,出了这种……"

"快点!"巴顿声音嘶哑地喊道,"我受不了了!"

"那么,从这边走吧,巴顿先生。"

他拖着步子疲惫地走在护士身后。在长长走廊的尽头是一间传出各种号哭声的房间——用时兴的说法叫作"啼哭室"。他们走了进去,靠墙放着六张白色漆瓷摇篮床,每张床头贴着一张标签。

"那么,"巴顿先生喘着气问道,"哪个是我的孩子?"

"在那里!"护士说。

巴顿先生顺着她手指的方向,看到了如下场景:用宽大的白色毛毯包裹着、被勉强塞在一个摇篮里的,是一个显然已有近七十岁的老头;他稀稀疏疏的头发几乎全白了,从下巴上垂下的一缕长长的烟灰色胡须,在窗外吹来的微风中飘荡着,显得十分荒谬可笑。他用黯淡无光的眼神看着巴顿先生,眼中深藏疑惑。

"我是不是疯了?"巴顿先生大喊道,他的恐惧完全变成了愤怒,"医院是在开什么恐怖玩笑吗?"

"我们觉得这一点也不像玩笑,"护士严肃地答道,"我不知道您是否疯了——但这确实是您的孩子。"

巴顿先生的额头上冒出了更多的冷汗。他闭上双眼,又睁开,再次打量眼前的景象。没错——他正盯着一个七十岁的男人——一个七十岁的婴儿,双脚悬挂在他本应安睡的摇篮的两边。

老人一脸平静,挨个将他俩打量了一番,然后突然用老年人沙哑的声音说起话来:"你是我父亲吗?"他问道。

巴顿先生和护士大吃一惊,差点跳了起来。

"因为如果你是的话,"他继续满腹牢骚地说,"我希望你带我离开这里——或者,至少让他们在这儿放一张舒服点的摇椅。"

"以上帝的名义,你从哪里来?你到底是谁?"巴顿先生发疯似的喊了起来。

"我无法准确地告诉你我是谁,"那个不满的声音答道,"因为我才出生了几个小时——但我一定姓巴顿。"

"你说谎!你这个骗子!"

老人疲倦地转向护士。"这可真是一种欢迎新生儿的好方式啊,"他用虚弱的声音抱怨道,"你为什么不对他说他错了呢?"

"你错了,巴顿先生,"护士严肃地说,"这是你的孩子,你必须面对这个现实。我们要求你尽快把他带回家——就今天。"

"回家?"巴顿先生简直难以置信。

"是的,我们不能把他留在这儿。真的不行,你明白吗?"

"我倒是很乐意回家,"老人咕哝道,"如果待在这里的孩子都安安静静的,这个地方倒也不赖。可他们一直都大哭大号,我几乎就没能合上过眼！我要吃点东西，"——讲到这里，他提高声音表示抗议——"他们竟只给我一瓶牛奶！"

巴顿先生一屁股跌坐在他儿子近旁的一张椅子上，双手掩面。"天哪！"他极为恐惧地喃喃自语，"人们会怎么议论啊？我该怎么办？"

"你必须把他带回家，"护士坚持着，"马上！"

一幅荒诞的画面浮现在这个备受折磨的男人眼前，清晰得令他感到害怕——他穿行于拥挤的街道，而旁边亦步亦趋的正是这个骇人的怪物！"不行，我办不到！"他痛苦地呻吟道。

路人会停下来跟他说话，他将说什么呢？他不得不介绍这个——这个七十几岁的老者："这是我儿子，今天一大早刚出生。"然后，这个老人会拉拢裹着自己的毛毯，他们将继续迈着沉重的步伐，经过熙熙攘攘的商店，经过黑奴贸易市场——在绝望的一瞬间，巴顿先生真恨不得自己的儿子是个黑人——经过住宅区豪华的宅邸，经过养老院……

"好了！振作起来吧。"护士命令道。

"看看我，"老人突然说，"你不会以为我会愿意裹着这条毯子走回家吧？"

"婴儿都是裹在毯子里的。"

老人举起一件小小的白色婴儿服，恨恨地一抖。"你瞧！"他的声音颤抖着，"这就是他们为我准备的。"

"婴儿就穿这样的衣服。"护士一本正经地答道。

"那好，"老人说，"再过两分钟本婴儿只好一丝不挂了。毛毯弄得我发痒，他们至少该给我一张床单。"

"裹着它！裹着它！"巴顿先生急忙说，他转向护士，"我该怎么办？"

"去市区给你儿子买些衣服。"

巴顿先生走到大厅,身后传来儿子的声音:"父亲,还要一根拐杖。我想要一根拐杖……"

"砰"的一声,巴顿先生狠狠地关上了大门……

二

"早上好,"巴顿先生带着几分紧张,对切萨皮克服装公司的店员说,"我想给我的孩子买几件衣服。"

"先生,您的孩子几岁了?"

"大约六小时。"巴顿先生不假思索地说。

"婴儿用品部在后面。"

"呃,我不觉得……我拿不准是不是该买婴儿装。他……他是一个块头不是一般的大的孩子。是特别地……呃……大。"

"他们有最大号的婴儿装。"

"男童部在哪里?"巴顿先生近乎绝望地改了口,他觉得店员一定发觉了他那丢人的秘密。

"就这儿。"

"呃——"他犹豫着。一想到得给儿子穿上成年人的衣服他就很反感。要是能找到一套特大号的男童装,他或许能剪掉儿子那又长又丑的胡须,把儿子的白发染成褐色,这样可以设法掩盖住儿子最丑陋的样子。而且也能给他自己留点自尊——至于他在巴尔的摩的社会地位,那就别提了。

但巴顿先生在男童部拼命找了个遍,也没发现一套适合新生儿巴顿的衣服。他抱怨着这家服装店,当然——在这种情况下就应该责怪这家店。

"您刚刚说您的孩子有多大?"店员难以理解地问道。

"他——十六岁。"

"哦,请原谅,我以为您说的是六个小时。在下一个走道,您就可以看见青年装专区。"巴顿先生痛苦地转过身去,然后突然停住脚步,面色开朗起来,指着橱窗里的一个人像模特,喊道:"就那套了!我要那套衣服,模特身上的那套!"

店员盯着那套衣服。"哎呀,"他反对道,"那可不是一套童装。就算是的话,也是化装舞会上穿的。你自己都可以穿了!"

"把它包起来,"他的顾客烦躁不安地坚持道,"那就是我想要的。"

店员十分震惊,但还是照办了。

回到医院,巴顿先生走进婴儿室,几乎把包裹扔在他儿子身上,"你的衣服!"他嚷道。

老人解开包裹,用困惑的眼神打量着里面的东西。

"它们看起来有点滑稽,"他抱怨道,"我可不想出这种丑……"

"你已经让我出尽丑了!"巴顿先生愤怒地反驳道,"别管你自己看起来有多滑稽。穿上它们,不然我就——不然我就打你屁股。"他说完最后一句话,局促不安地咽了口口水,尽管他觉得这样说也没什么不妥。

"好吧,父亲,"老人装出一副孝敬的口吻,怪声怪气地说,"您比我年长,您懂得最多,我按您说的做。"

像之前一样,这一声"父亲"叫得巴顿先生浑身起鸡皮疙瘩。

"快点。"

"我已经尽快了,父亲。"

当儿子穿好衣服,巴顿先生心灰意冷地打量着他:一双缀满小点的短袜、一条粉色的长裤和一件有着宽大白色衣领的束腰短上衣;灰白的胡须在上衣上荡悠,几乎垂到腰际。效果并不理想。

"等一下!"

巴顿先生抓起一把医院的大剪刀,"咔嚓""咔嚓""咔嚓"三下,快速地剪去了他一大截胡须。但即使这样修理之后,整体效果还是不尽如人意。刷子般蓬乱的头发、泪汪汪的眼睛和疏松的牙齿,都显得与这身打扮极不协调。然而,巴顿先生主意已定——他伸出手,坚定地说:"过来!"

儿子信赖地牵住他的手。"爸爸,您打算怎么称呼我呢?"从婴儿室走出来时,他用颤抖的声音说,"在您想出更好的名字之前,是不是暂时就叫'宝贝'呢?"

巴顿先生嘟哝了一声。"我不知道,"他冷冷地回答道,"我觉得我们可以叫你'玛士撒拉①'。"

三

即便巴顿家的这位新丁剪短了头发,那稀疏的头发染成了不自然的黑色,胡子也刮得干干净净,脸蛋几乎闪闪发亮,穿上裁缝为其量身定做的小男孩样式的衣服(裁缝见到他时可吃惊不小),巴顿先生还是无法忽视这样一个事实:他的第一个孩子实在长得不太像样。尽管佝偻着背,本杰明·巴顿——他们给他起了这个名字,而不是恶毒地叫他玛士撒拉,虽然玛士撒拉很贴切——仍有五英尺八英寸高。他的衣服掩藏不了这一点。他的眉毛即使修理并染过色也无法掩盖下面那双眼睛——黯无光色、泪水汪汪、无精打采。事实上,产前预约的保姆只瞥了他一眼,就相当气愤地离开了。

但巴顿先生还是坚持认为,本杰明是个婴儿,就该像个婴儿的样

---

① 《圣经·旧约·创世记》中人物,据传享年 965 岁,现指非常高寿的人。

子。起初,他声称,如果本杰明不肯喝热牛奶,那就什么东西也别吃了;但最终他还是让了步,同意让儿子吃面包、黄油,甚至燕麦片。一天,他带回家一个拨浪鼓给本杰明,明确吩咐他要"好好玩"。老人只好一脸厌倦地接过来,那一整天,时不时地可以听到他顺从地咚咚摇两下。

毫无疑问,虽然本杰明对拨浪鼓感到厌烦,可一个人待着的时候,他找到了更有趣的消遣。比如,一天,巴顿先生发觉自己前一周抽的雪茄比以往任何时候都要多——这一现象几天后就得到了解释:他偶然走进育儿室,发现屋子里弥漫着淡淡的蓝色烟雾,本杰明一脸内疚,正企图将黑色哈瓦那牌雪茄的烟蒂藏起来。出了这种事,本杰明当然该被狠狠地打一顿屁股,但巴顿先生觉得自己下不了手。他只是警告儿子抽烟会"影响他发育"。

尽管如此,巴顿先生还是固执地坚持着自己的态度。他买回来一大堆铅制玩具士兵、玩具火车、又大又可爱的填充了棉花的动物玩偶。甚至,为了使他创造出的幻象更加完美——至少是为了他自己——他在玩具店一个劲地问店员"如果宝宝把粉色小鸭放入口中,玩具上的颜料会不会脱落"。但是,尽管这个做父亲的费尽了心思,本杰明还是对这些东西提不起任何兴趣。他偷偷地从后楼梯跑下去,回到育儿室,抱着一卷《大英百科全书》,认认真真地读一个下午,而把奶牛玩偶和诺亚方舟扔在地板上置之不理。有这么一个倔强的儿子,巴顿先生的努力基本上无济于事。

刚开始,巴顿先生家的这件事在巴尔的摩引起了巨大轰动。不过,这件不幸之事到底会给巴顿先生及其家族的社会地位带来多大损害还很难说,因为随着内战爆发,市民们的注意力被其他事所吸引。有几个始终彬彬有礼的人绞尽脑汁想给这对父母说一些溢美之词——最终灵机一动,说这宝宝长得像他祖父。这倒是个不争的事实,鉴于衰老是所有七十岁的人的常态。但这种说法并没能取悦罗杰·巴顿夫妇，而本杰明的祖父则觉得受到了极大的侮辱。

本杰明从出院的那一刻起，就逆来顺受地接受了他的生活。一天，几个小男孩过来看他。那天下午，他拖着僵硬的关节，努力激起自己对陀螺和弹子的兴趣——他甚至碰巧用弹弓成功击碎了厨房的一扇窗户。这一"壮举"竟让他父亲暗自高兴了一番。

从此以后，本杰明每天都设法打破点什么东西，但他这么做不仅是因为父亲对他有这样的期待，而且因为他天性顺从。

当祖父对本杰明最初的敌对情绪逐渐消散后，本杰明与那位老人在彼此相伴中得到了莫大的乐趣。尽管两人的年龄和阅历相差悬殊，他们常在一起一坐几个小时，像一对亲密的老朋友，不知疲倦地谈论着白天发生的平淡无奇的事件。本杰明在祖父面前比在父母面前感到更自在——他的父母似乎总有点怕他；而且，尽管他们对他有着绝对的权威，还是常常对他以"先生"相称。

对于自己一出生就明显年迈的身体和明显早熟的心智，本杰明和所有人一样感到迷惑不解。他读了许多医学杂志，却未发现任何先例。在父亲的催促下，他老老实实地试着和其他男孩一起玩耍，但通常参加一些温和的运动——橄榄球让他心惊肉跳，而且他怕万一骨折，他的一把老骨头从此无法愈合。

五岁时，他被送去上幼儿园。幼儿园老师开始初步教他如何将绿色纸张黏贴到橙色纸张上去，如何拼组彩色地图，以及如何制作可长期保存的纸板项链。但在完成这些任务的过程中，本杰明往往打起瞌睡。他的这一行为让年轻的老师既恼怒又害怕。她将此状告到本杰明父母那去，随后本杰明退了学——这件事倒让本杰明松了口气。罗杰·巴顿夫妇对朋友们说，他们觉得他还太小。

到本杰明十二岁时，他的父母已经习惯了他。确实，习惯的力量如此强大，他们已不觉得他和其他孩子有什么不一样——除了有时出现的一些反常的事会提醒他们事情的真相。然而，在本杰明过完十二岁生日几周后，一天他照着镜子，有了——或者说他自认为有了——一个惊人的发现。是他的眼睛欺骗了他，还是在十二年的生活中，他的头发在染料的掩盖下真的从白色变成了铁灰色？他脸上如网络般密布的皱纹是不是正变得不那么明显？他的皮肤是不是变得更加健康紧致，甚至有一抹冬日的红润之色？他说不准。但他知道他的背已不再佝偻，而且他的身体状况比出生时好多了。

"这会不会意味着……"他思忖着，更确切地说，他几乎不敢想。

他去见父亲。"我长大了，"他坚定地说，"我想穿长裤。"

父亲迟疑着。"嗯，"父亲最终说道，"我不知道。十四岁是穿长裤的合适年龄——可你才十二岁。"

"但你不得不承认，"本杰明抗议道，"我个头比我的实际年龄要大。"

父亲看着他，陷入沉思。"这一点我看倒不一定，"他说，"我十二岁时个头和你现在一样大。"

这并非事实——罗杰·巴顿之所以会这么想，完全是为了说服自己，儿子与常人无异。

最终两人达成妥协：本杰明得继续染发，更努力地与同龄男孩们玩耍，并且在大街上不准戴眼镜或者拄拐杖；作为这些让步的回报，本杰明被允许穿上他的第一条长裤。

四

关于本杰明·巴顿十二至二十四岁之间的生活，我不打算赘述。只需说他这些年几乎没怎么长就够了。十八岁时，他像一位五十岁的人一样挺拔；他的步伐稳重；他的头发比以前稠密，而且变成了深灰色；他的声音不再沙哑颤抖，而是变成了一种健康的男中音。于是，他父亲把他送到康涅狄格州去参加耶鲁学院的入学考试。本杰明通过了考试，成为大一新生中的一员。

在被录取后的第三天，本杰明收到学院教务主任哈特先生的通知，通知他去办公室制定学习计划。本杰明照了下镜子，发现头发得用棕色染发剂重新染一下。他焦急地在抽屉里找着，却发现瓶子不在那儿。突然他想起来——昨天他用完了，瓶子也扔了。

他陷入了进退两难的境地：五分钟之后，他得赶到主任的办公室。看来没什么法子可想了——他必须就这么去了。他真的就这样去了。

"早上好，"主任礼貌地对他说，"您来打听儿子的情况吗？"

"呃，其实我的名字就叫巴顿……"本杰明刚开口，哈特先生就打断他。

"很高兴见到您，巴顿先生。我正在等您儿子，他随时都会来。"

"我就是！"本杰明脱口而出说，"我是新生。"

"什么！"

"我是新生。"

"您肯定在开玩笑。"

"绝对没有。"

教务主任皱起了眉头，扫了一眼面前的卡片："怎么回事，我这里登记的本杰明·巴顿明明是十八岁嘛。"

"我就是十八岁。"本杰明肯定地说，脸微微发红。

主任不耐烦地看着他："巴顿先生，您不会指望我相信您说的话吧？"

本杰明勉强地笑了笑，重复道："我是十八岁。"

主任脸色严峻地指着门。"出去，"他喊道，"滚出我们学校，滚出这座城市。你这个危险的疯子！"

"我是十八岁。"

哈特先生打开门。"真可笑！"他吼道，"您这么大把年纪的人跑到这里来做新生。十八岁，是吗？那好，我给你十八分钟滚出城去。"

本杰明·巴顿不卑不亢地走出了办公室，五六个在大厅里等候的学生一直好奇地看着他。才走出几步，他便转过身，面对着仍站在门口怒不可遏的教务主任，用坚定的语气重复道："我是十八岁。"

在那群大学生们的窃笑声中，本杰明离开了。

但是，命中注定他无法如此轻易逃离。在郁郁寡欢地走向火车站的路上，他发现有几个大学生尾随着自己。然后跟着他的人越来越多，先是一小群，然后是一大群，最后竟变成密密麻麻的一大片。流言四溢，说一个疯子通过了耶鲁学院的入学考试，并企图假装成是十八岁入学。整个学院炸开了锅。男生们帽子也不戴就冲出了教室；橄榄球队队员放弃了训练，加入了人潮；教授夫人们的帽子也被挤歪了、裙衬也没穿正，还跟在队伍后面边跑边喊。队伍里闲言碎语不断，句句直指本杰明·巴顿脆弱敏感的心。

"他一定是个永世流浪的犹太人[①]！"

"像他这个年龄，应该去读预科！"

"来看这个神童！"

"他以为这里是养老院。"

"上哈佛去吧！"

本杰明加快了脚步，然后索性跑了起来。他会证明给他们看！他

[①] 永世流浪的犹太人（The Wandering Jew），中世纪传说中，犹太人阿哈斯佛卢斯因在基督受到灾难时冷笑基督而被罚永世流浪，直至世界灭亡的日子。

一定会去读哈佛,让他们后悔说过这些不负责任的嘲讽!

安全登上回巴尔的摩的火车后,他将脑袋伸出窗外。"你们会为此后悔的!"他大喊道。"哈,哈!"学生们大笑起来,"哈,哈,哈!"这是耶鲁学院有史以来犯下的最大错误……

五

一八八〇年,本杰明·巴顿二十岁。他去了父亲的罗杰·巴顿五金批发公司上班,以此庆祝自己的二十岁生日。同年,他开始进入社交界——父亲坚持带他参加了几场上流社会的舞会。罗杰·巴顿已经五十岁,他和儿子之间越来越亲密——事实上,自从本杰明不再染头发(头发仍然是浅灰色的),他们看起来差不多大,说是兄弟俩别人也会相信。

八月的一个夜晚,穿上正式的晚礼服,父子俩登上敞篷马车,驱车前往巴尔的摩近郊谢夫林别墅举行的一场舞会。那是一个美妙的夜晚。一轮满月将乡间小路洒满柔和的银光,秋季迟开的花朵在静谧的夜空中散发出阵阵芬芳,宛如隐约可辨的轻雅笑声。广阔的田野覆盖着如地毯般亮闪闪的麦子,天空像白天一样清澈。这极美的夜空,几乎不可能不让人为之陶醉——的确如此。

"这里的干货行业很有前景啊。"罗杰·巴顿说道。他是个俗人——他的审美意识还停留在初级阶段。

"像我这样的老家伙已经学不会什么新技艺了,"他意味深长地说,"你们充满生机活力的年轻人才拥有美好的前程。"

在路的尽头,谢夫林别墅的灯光映入他们的眼帘,同时,一种叹息般的声音不断地传入他们的耳中——不知是小提琴的哀叹,还是月光下银色麦浪沙沙作响的声音。

他们在一辆漂亮的马车后停了下来，车上的乘客正在下车。先是一位妇人，然后是一位老先生，接着是一位年轻姑娘，美若天仙。本杰明一惊，一种化学变化似乎溶解又重组了他身体的每一部分。他浑身颤抖、热血上涌、两颊绯红、心跳加速、两耳轰鸣。他第一次坠入了爱河！

这姑娘身材苗条纤弱，一头秀发在月光的映照下呈灰白色，在走廊噼啪作响的煤气灯光下又变成了蜂蜜黄。她披着一件嫩黄色的西班牙薄纱披巾，上面点缀着黑色蝴蝶；在她撑开的裙摆的褶边下，一双玉脚像两排闪闪发光的纽扣。

罗杰·巴顿倾向儿子。"那个女孩，"他说道，"是希尔德加德·蒙克里夫，蒙克里夫将军的女儿。"

本杰明冷淡地点点头。"小美人。"他若无其事地说。但当黑仆将马车牵走后，他又补充道："爸爸，你或许可以把我介绍给她。"

他们来到以蒙克里夫小姐为中心的一群人中。按照传统，她在本杰明面前深深地行了一个屈膝礼。是的，本杰明本可邀请她跳一支舞，但他只是向她道了声谢便走开了——犹犹豫豫地走开了。

等待与她共舞的时间似乎没有尽头。他站在墙边，一言不发，一副高深莫测的样子，恶狠狠地盯着这帮年轻的巴尔的摩纨绔子弟。他们像旋涡一样围着希尔德加德·蒙克里夫，脸上流露出无比仰慕的神情。在本杰明看来他们多么可憎啊！脸色红润得叫人受不了！而他们脸颊上卷曲的棕色胡须简直让本杰明感到恶心。

但轮到他时，本杰明与她一起伴随着巴黎最时髦的华尔兹舞曲，翩翩舞入不停变幻的舞池，他的嫉妒和焦虑像一层薄雪一样融化了。目眩神迷，他感到生活仿佛刚刚开始。

"你和你哥哥刚好与我们同时到达，是不是？"希尔德加德问道，抬起一双如鲜蓝色珐琅般的眼睛看着他。

本杰明犹豫了。如果她把自己当作父亲的弟弟，是不是最好向她挑明真相？想起自己在耶鲁的经历，本杰明决定还是保持缄默。反驳一位女士是不礼貌的，而让自己那荒唐的身世破坏这样美好的夜晚简直是一种罪过。或许以后吧。于是，他点点头，微笑着，倾听她说话，感到十分愉快。

"我喜欢你这个年纪的男人，"希尔德加德对他说，"年轻的男孩们太傻了。他们告诉我他们在学校里喝了多少香槟，打牌输了多少钱。而像你这样年龄的男人才懂得怎样欣赏女人。"

本杰明觉得自己几乎要向她求婚了——他费了好大劲才克制住这种冲动。"你是浪漫正当年啊，"她继续说道，"五十岁。二十五岁太精明世俗；三十岁总是因过度操劳而脸色苍白；四十岁有太多冗长的故事，每个要花上抽完一整支雪茄的时间才讲得完；六十岁——噢，六十岁太接近七十岁了；但五十岁是个成熟的年龄。我喜欢五十岁。"

本杰明似乎也觉得五十岁是个荣耀的年龄。他热切地希望自己马上就是五十岁。

"我常说，"希尔德加德接着说，"与其嫁个三十岁的男人来照顾他，不如嫁个五十岁的男人让他照顾我。"

那晚剩下的时光，本杰明一直沉浸在蜜色的薄雾中。希尔德加德又和他跳了两支舞，然后他们发现，他俩对当晚的任何问题见解都惊人的一致。下一个周日，希尔德加德将和本杰明一起开车出去兜风，这样就可以进一步探讨这些问题。

黎明将至，本杰明和父亲坐在回家的马车里时，第一群蜜蜂正嗡嗡飞出蜂窝，逐渐隐没的月亮在清凉的露珠上闪着微光。本杰明依稀知道父亲在谈论着五金批发的事。

"⋯⋯你觉得除了榔头和钉子之外，什么最值得我们关注？"老巴顿问道。

"爱情。"本杰明心不在焉地回答。

"把手？①"罗杰·巴顿提高了嗓门，"啊，我刚才已经说过把手了。"

本杰明眼神恍惚地看着他。此时，东方的天空突然露出一缕曙光，正在苏醒的树丛中，一只黄鹂打了个哈欠叫起来，声音极具穿透力……

六

六个月后，当希尔德加德·蒙克里夫小姐与本杰明·巴顿先生订婚的消息被公开（我之所以说"被公开"，是因为蒙克里夫将军声称他宁愿把自己刺死也不愿意公布这个消息），巴尔的摩的上流社会一片哗然，闹得沸沸扬扬。本杰明那几乎快被遗忘的身世又被人们翻了出来，被当作不可思议的传奇故事，添油加醋地到处传播。有人说本杰明实际上是罗杰·巴顿的父亲，也有人说他是罗杰·巴顿在监狱里待了四十年的哥哥，还有人说他是乔装打扮的约翰·威尔克斯·布斯②——甚至还有人说他的头上长着一对小犄角。

纽约报纸的星期日增刊刊登了一些有趣的漫画，对这件事大肆渲染。漫画里，本杰明的头有时长在鱼身上，有时长在蛇身上，最后长在一尊铜铸躯体之上。新闻界把他称作"马里兰州的神秘人"。但像

---

① 本杰明说的是 love（爱情），而父亲错听成 lugs（把手）。
② 约翰·威尔克斯·布斯（John Wilkes Booth, 1838—1865），美国演员，刺杀林肯总统的凶手。他积极支持南部各州，公开主张实行奴隶制，毫不隐讳他对林肯的憎恨。他开始密谋劫持林肯总统，并找到几名同谋者。几次尝试失败后，他决定不惜任何代价刺杀林肯总统。1865 年 4 月 14 日晚，他在首都福特剧院将来此看表演的林肯总统刺杀后，从包厢跳下，虽然折断左腿骨，但仍夺门而出，骑马逃到弗吉尼亚州的一个农庄。被追踪到后，他拒绝投降，后被击毙。

通常一样,真实情况却鲜为人知。

然而,每个人都赞同蒙克里夫将军的看法:一个本来可以嫁给巴尔的摩上流社会任何一位青年才俊的可爱姑娘,却投入这个年届五十的男人怀里,简直是一种"犯罪"。尽管罗杰·巴顿先生把儿子的出生证用大号字刊登在《巴尔的摩火焰》报上,但只是徒劳。没有人相信他——你只消看一眼本杰明就知道了。

两位当事人却毫不动摇。关于未婚夫的失实传闻如此之多,以至于希尔德加德连事情的真相也不相信了。蒙克里夫将军对她说什么都无济于事,不论是向她指出五十岁——或至少看起来五十岁的男人死亡率很高,还是五金批发业的极不稳定。希尔德加德选择嫁给成熟的男人,她就真这么做了……

七

至少在一点上,希尔德加德·蒙克里夫的朋友们错了。本杰明的五金批发生意极为兴隆。从本杰明一八八〇年结婚到一八九五年他父亲退休的这十五年里,他们家的财产翻了一番——而这主要归功于这位公司的年轻成员。

不用说,巴尔的摩最终敞开胸怀接纳了这对夫妇。甚至连老蒙克里夫将军,当本杰明出资出版了他那被九家知名出版社拒绝的二十卷《美国内战史》时,他也和女婿和解了。

十五年内,本杰明本人也发生了不少变化。他似乎觉得全身流淌的血液充满了新的活力。他开始觉得一大清早起床,然后迈着欢快的步伐走在熙熙攘攘、洒满阳光的街道上,接着为榔头发货、钉子装载上船而不知疲倦地忙碌,是相当愉快的事。一八九〇年,他实现了一条著名的商业妙计:他提议"所有用来钉装钉箱的钉子归收货人所有"。这一建议经审判长福西莱批准,成为一条成文法,每年为罗杰·巴顿五金批发公司节约六百多枚钉子。

此外,本杰明发现自己越来越被生活愉快的一面所吸引。由于他日益增强的享乐之欲,他成了巴尔的摩首位拥有并且驾驶汽车的人。同龄人在街上遇到他,都会嫉妒地盯着他那健康且富有活力的身影。

"他似乎一年比一年年轻了。"人们谈论道。如果说现年六十五岁的老罗杰·巴顿,当初没能以恰当的方式欢迎儿子出生,现在他对儿子的弥补几乎达到巴结的地步。

现在,我们遇到一个不愉快的话题,最好一笔带过。只有一件事让本杰明·巴顿苦恼不已:他的妻子不再对他有吸引力了。

当时希尔德加德已经三十五岁,有个十四岁的儿子,叫罗斯科。刚结婚的那几年,本杰明很崇拜她。但随着时光流逝,她那蜜色的秀发变成了令人乏味的棕色,珐琅般的碧眼变得像廉价的陶器——而且最重要的是,她变得太拘泥于固定的生活习惯,太平淡、太知足、太缺乏激情,她的品位也过于老成持重。刚结婚的时候,都是她"拖着"本杰明去参加舞会和晚宴——现在情况正好相反。她跟着本杰明一起参加社交活动,却没有一丝热情,她的热情已经被惰性消耗殆尽。这种惰性每个人都会染上,且一旦染上便永无脱身之日。

本杰明的不满越来越强烈。一八九八年美西战争爆发之际,鉴于家庭对他的吸引力已微乎其微,他决定从军。由于他在商界的影响,他先是被任命为上尉,然后因工作出色被升为少校,最后被提拔为中校,刚好赶上著名的圣·胡安山[①]战役。他在战役中受了点轻伤,并获一枚奖章。

本杰明相当沉迷于活跃而刺激的军旅生活,对于要退役他感到无

---

① 圣·胡安山(San Juan Hill),古巴圣地亚哥附近小山,1898年美西战争激战地。

比遗憾。但是生意需要照料,于是,他辞去军职回了家。在车站,有一支管乐队在迎接他,并一直把他护送到家。

八

希尔德加德在门口挥着一面大锦旗迎候他。亲吻她时,他觉得心在下沉——三年的离别让他们付出了很大的代价。她现在已经是四十岁的女人,头上隐约夹杂着白发。这一景象让他十分沮丧。

回到楼上的房间,他在熟悉的镜子中看见了自己——他凑近了些,焦虑地仔细审视着自己的脸,过了一会儿,又拿着战前穿着制服的一张照片比了比。

"天哪!"他大叫起来。这个过程还在继续着。毫无疑问——他现在看起来更像一个三十岁的人。但他并未因此感到高兴,反而不安起来——他正越变越年轻。本杰明至今一直希望一旦他的外表看起来和实际年龄相符,这种与生俱来的荒唐变化就可以就此打住。他不禁打了个寒噤。自己的命运是如此可怕,令人难以置信!

下楼时,希尔德加德正在等他。她看起来有点生气,本杰明想,她是不是终于发现有什么不对劲的地方。为了努力缓解两人之间的紧张气氛,晚餐时,他用自以为妥帖的方式谈起了这个话题。

"你看,"他若无其事地说,"人人都说我比以前看起来更年轻了呢。"

希尔德加德不屑地打量了他一眼,对此嗤之以鼻:"你以为这是件值得炫耀的事吗?"

"我没有在炫耀。"他坚持道,感到有点不安。她再次嗤之以鼻。"这种想法,"她说,顿了一下又说,"我竟以为你会有足够的自尊摒弃它。"

"我能怎么办?"他问道。

"我不想跟你争,"她反驳道,"但凡事都有对错之分。如果你铁了心要与众不同,我也拿你没办法,但我觉得这么做真的很不体贴。"

"哎,希尔德加德,我真的没办法。"

"你当然有办法。你只不过很固执罢了。你只想跟别人不一样。你向来就这样,也改不了了。但你想想,要是每个人都像你这样看问题——这个世界会变成什么样子?"

这个假设没有意义也无法回答,于是,本杰明闭口不言。从此,两人之间的鸿沟越来越大。他纳闷她曾经是怎么把自己迷得神魂颠倒的。

使他们的关系雪上加霜的是,本杰明发现,随着新世纪的临近,他对寻欢作乐的欲望越来越强烈。巴尔的摩的任何一个派对都少不了他的身影。他和最漂亮的少妇跳舞,和最受欢迎的初入社交圈的少女聊天,并且觉得和她们在一起十分愉快;而他的妻子,一位面露不吉之兆的中年贵妇,坐在一群年长的女伴中,时而傲慢地表示不满,时而用严肃、不解、责备的眼神紧盯着他。

"瞧!"人们议论道,"多可惜啊!那么年轻的一个小伙子跟一个四十五岁的女人拴在了一起。他肯定比他老婆小二十岁。"人们忘记了——因为人们总是健忘——早在一八八〇年,他们的父母也对这对不般配的夫妻评头论足过。

本杰明的许多新爱好弥补了他在家中与日俱增的不快。他开始打高尔夫球,并且成绩斐然。他热衷于舞会:一九〇六年,他是跳波士顿舞的专家;一九〇八年,他又精通玛嬉喜舞;到一九〇九年,他跳的城堡舞成了城里每个年轻人羡慕的对象。

当然,他的社交活动多少妨碍了他的生意,但届时他已经在五金批发行苦心经营了二十五年,他觉得很快可以把生意交给儿子罗斯科接手了。罗斯科刚从哈佛毕业。

事实上，人们经常把他和他的儿子弄混。这让本杰明感到高兴——他很快忘记了刚从美西战争回来时曾有过的恐惧，并因自己的外貌感到一种天真的快乐。唯一美中不足的是——他讨厌和妻子一起出现在公共场合。希尔德加德已经将近五十岁，一看到她，他就觉得很荒唐……

九

一九一○年九月的一天，也就是罗杰·巴顿五金批发公司转交给年轻的罗斯科·巴顿经营几年后，一个看起来二十岁左右的男子，申请成为剑桥①哈佛大学大一新生。他没有犯傻说自己已经年过半百，也没有提及他儿子十年前就从这所大学毕业的事。

他被录取了，并且很快成了班上的风云人物，一定程度上得益于他比那些年均十八岁的新生看起来成熟一点。

但他的成功主要还是归功于他在与耶鲁大学对抗的橄榄球赛中极为出色的表现。在球场上，他异常勇猛、冷漠无情，为哈佛队赢得七次触地得分、十四次射门得分，有一次还使耶鲁队整队十一位球员逐一不省人事地被抬出球场。他成了大学里最著名的人物。

奇怪的是，到大三时，他差点没能再度入选橄榄球队。教练说他变瘦了，而且在一些观察仔细的队员看来，他显然没有以前高了。他再也没得过触地得分——事实上，他被留在队里的主要原因是希望他的盛名能威慑住耶鲁队，以打乱他们的阵脚。

到大四时，他完全不能再加入橄榄球队了。他看起来又瘦又弱，

---

① 剑桥（Cambridge），美国马萨诸塞州城市，哈佛大学所在地。

有一次竟被几个大二学生当成新生——这件事让他觉得是一种莫大的侮辱。人们把他当作神童——一个绝对不超过十六岁的孩子在读大四——而他也常为一些同学的世俗感到震惊。学业似乎变难了——他觉得内容太高深。他听到他的同学谈及著名的预备学校——圣·弥达斯学校,并且他们中很多人都是在那儿上的预科,于是决定等毕业了,他也去申请就读圣·弥达斯学校。躲在一群和他身高差不多的男孩中对他来说应该更合适。

一九一四年,本杰明毕业了。口袋里揣着哈佛大学的毕业证书,他回到了巴尔的摩的家中。希尔德加德现在住在意大利,于是,本杰明和儿子罗斯科住在一起。虽然他基本还受欢迎,但显然罗斯科对他并不热情——当本杰明带着青春期的恍惚神情在屋里闷闷不乐地闲荡时,甚至可以明显看出罗斯科觉得他有点妨碍自己的生活了。罗斯科现已结婚,是巴尔的摩社会中的杰出人物,他可不想家里出什么丑闻。

本杰明不再受初入社交圈的少女和大学生们的欢迎了,除了和邻里三四个十五岁的男孩往来,他发觉自己更孤独了。他再次想起去圣·弥达斯学校读书的事。

"嘿,"一天他对罗斯科说,"我已经跟你说过好几次,我想去读预备学校。"

"行啊,那就去吧。"罗斯科不耐烦地回答道。他很讨厌这件事,企图避免谈论下去。

"我没法自己去,"本杰明说,感到十分无能为力,"你得帮我递交申请,并把我送过去。"

"我没空。"罗斯科生硬地说。他眯起眼睛,不自在地看着父亲。"事实上,"他补充道,"你最好别再想这件事了,你最好就此打住。你最好……你最好……"他停了下来,搜肠刮肚想找个合适的词,脸憋得通红,"你最好放弃这个念头,做你该做的事。这个玩笑开过头了，一点都不好笑。你——你给我规矩点！"

本杰明瞅着他，差点要哭出来。

"还有，"罗斯科继续说，"家里来客人的时候，我希望你叫我'叔叔'——不是'罗斯科'，而是'叔叔'，明白吗？一个十五岁的小孩对我直呼其名，看起来太荒唐了。或许你该一直喊我'叔叔'，这样你就会习惯。"

罗斯科严厉地看了他父亲一眼，转身离开了……

十

这场谈话结束后，本杰明一脸沮丧，漫无目的地上了楼。他凝视着镜中的自己：他已经三个月没刮胡子了，但脸上除了一层隐约可见的白绒毛外什么也没有，根本不需要打理。刚从哈佛回来的时候，罗斯科曾建议他戴上眼镜，并在两颊粘上假胡须。似乎他早年的闹剧又要重演了。可是胡须弄得他皮肤发痒，也使他感到羞耻。他哭了起来，罗斯科只好不情愿地做出让步。

本杰明打开一本儿童故事书——《比米尼湾的童子军》——读起来。但他发现自己老想着战争。美国上个月已经加入了协约国，本杰明想入伍，但是，唉，至少要年满十六岁，而他现在看起来还不到十六岁。无论如何，他的真实年龄——五十七岁——也使他没有资格入伍了。

有人敲他的房门，管家拿着一封信，信角上印着一个大的官方标志，写着本杰明·巴顿先生收。本杰明迫不及待地撕开信，欣喜地读起来。信中写道，许多参加过美西战争的后备军官正被再度召回，以担任更高的军衔。随信附寄了他的美国陆军准将委任书，并命令他马上去报到。

本杰明激动地跳起来。这正是他想要的。他一把抓起帽子，十分钟之后，走进了查尔斯街上的一家大型制衣店，用尖细带着犹豫的声音要求量身定做一套制服。

"想要扮演士兵吗，小家伙？"一位店员随口问道。

本杰明脸唰地红了。"听着！别管我要干什么！"他生气地回嘴道，"我姓巴顿，住在弗农山，所以你要知道我付得起钱。"

"嗯，"店员犹豫地承认了，"即使你付不起，我想你爸爸付得起，好吧。"

店员给本杰明量了尺寸，一周后，制服做好了。但他在索要匹配的将军徽章时遇到了困难，因为店主坚持认为，一枚漂亮的基督教青年会徽章看起来一样好，而且更好玩。

一天晚上，背着罗斯科，本杰明离家乘火车去了南卡罗来纳州的莫斯比军营。他将在那里指挥一个步兵旅。在四月闷热的一天，他来到了营地门口，付完钱给从火车站送他到这里的出租车司机后，转向正在站岗的哨兵。

"找个人来帮我提行李！"他轻快地说道。

哨兵用责备的目光看着他。"嘿，小弟弟，"他说，"你穿着这套将军的行头是要去哪里呀？"

本杰明，这位美西战争的老兵，眼中充满怒火，气得头发晕，但是，唉，发出的还是变了调的童声。

"立正！"他竭力大吼一声，然后停下喘口气——突然他看见哨兵迅速把脚跟一并，把步枪握在胸前。本杰明试着掩盖自己满意的微笑，但当他向周围扫视了一眼，笑容便消失了。让哨兵服从命令的并不是他，而是一位正骑着马向他们走来的威风凛凛的炮兵上校。

"上校！"本杰明尖声喊道。

上校驱马走过来，收缰勒住马，眼中闪着愉悦的神情朝下看着他。"你是谁家的孩子呀？"他亲切地问道。

"我马上就会让你知道我是谁家的孩子!"本杰明恶狠狠地回道,"给我从马上下来!"

上校哈哈大笑。

"你要这匹马,呃,将军?"

"看!"本杰明绝望地喊道,"读读这个。"他一把将委任书塞给上校。上校看了,眼珠都要掉出来。"你从哪儿拿到的这个?"他质问道,一边将委任书悄悄塞入自己的口袋。

"政府给我的,你马上就会知道了!"

"你跟我来,"上校带着古怪的神情说,"我们去总部好好谈谈这件事。过来。"

上校转过身,牵着马朝总部走去。本杰明别无他法,只好跟着他,尽可能表现出威严的样子——同时暗下决心到时要好好报复他一下。但这场报复落空了。两天后,他的儿子罗斯科怒气冲天地从巴尔的摩急匆匆赶来,将这位哭哭啼啼、没了制服的将军护送回家。

十一

一九二〇年,罗斯科·巴顿的第一个孩子出生了。然而在随后的庆祝中,没有人提及这件"事":那个看起来大约十岁,在房子周围玩铅制士兵和迷你马戏团的脏兮兮的小男孩,是这个新生儿的祖父。

没有人不喜欢这个有着稚嫩、讨人欢喜的小脸蛋并且还带着一丝忧伤的小男孩,但对于罗斯科·巴顿来说,他的存在是烦恼的来源。按罗斯科这代人的作风,他认为这种情况不"称职"。他似乎觉得,由于拒绝使自己看起来像六十岁,父亲一点也不配算是个"血气方刚的男子汉"——这是罗斯科最喜欢的说法——而像是个古怪反常的人。确实,把这件事想上差不多半个小时就让他近乎疯狂。罗斯科觉得"精力充沛的人"确实应该保持年轻,但做到这个份上就有点——有点——有点不称职。然后他就不愿意再想下去了。

五年后,罗斯科的小男孩已经长大,足以和小本杰明在同一个保姆的照看下一起玩儿童游戏了。罗斯科在同一天将他们送进幼儿园。本杰明发现,玩彩色的小纸条,用它们来制作垫子、项圈以及奇特而美丽的图案,是世界上最让人着迷的游戏了。一旦他不听话,就会被罚站到角落——然后他就号啕大哭——但大多数时光都是美好的,在那令人愉快的屋子里,明媚的阳光透过窗户照射进来,贝莉小姐的手时不时和蔼地搭在他那乱蓬蓬的头发上。

一年后,罗斯科的儿子升入小学一年级,但本杰明还是留在幼儿园里。他很快乐。有时,当其他孩子谈到长大后要做什么时,他的小脸上会掠过一丝阴影,仿佛在迷迷糊糊中,凭着一股孩子气,他意识到他将永远无法分享那些事了。

日子就这样一成不变地流逝。本杰明已是第三年回到幼儿园,但他现在太小了,不能明白那些亮闪闪的纸条有何用途。他常常哭,因为其他男孩个头都比他大,他害怕他们。老师跟他讲话时,尽管他努力地想去理解,但完全听不懂。

他被接回了家。穿着硬浆方格裙的保姆娜娜,成了他的小小世界的中心。在阳光灿烂的日子里,他们会在公园里散步,娜娜会指着一头灰色的庞然大物说:"大象。"然后本杰明就会跟着她念。到晚上睡觉时,娜娜帮本杰明脱衣服,他就会对着她一遍又一遍地大声说:"大象,大象,大象。"有时娜娜让他在床上蹦蹦跳跳,这是件很有趣的事,因为跳过之后如果正好一屁股坐下去,小床会再次把他又弹得站起来,而且如果跳的时候他一直喊"啊",就会听到令人愉快的断断续续的声音效果。

他喜欢从衣帽架上抽下一根大手杖,拿着它到处溜达,敲敲椅子打打凳子，嘴里还念念有词："打，打，打。"有人在时，老太太们会用舌头发出咯咯声逗他玩，他觉得很有趣；而年轻的姑娘们会试图亲吻他，他只好有点厌烦地忍受。到下午五点，漫长的白天即将结束时，娜娜会带着他一起上楼，用勺子喂他燕麦粥和柔软的糊糊。

在他孩童般的睡梦中没有任何烦恼的记忆；那些大学里的美好时光，那些他曾让许多姑娘心旌摇曳的光辉岁月，都没有给他留下任何印象。现在他的世界里只有白色摇篮的安全围栏、娜娜，以及一个时不时来看他的男人，还有一个大大的橙色球。在他入睡前的黄昏时分，娜娜会指着球，叫它"太阳"。太阳落山，他也睡眼迷离——没有梦，没有梦再萦绕着他。

关于过去的记忆——带领部下对圣·胡安山的激烈冲锋；刚结婚头几年里，为了心爱的希尔德加德在繁忙的都市里工作到傍晚；在此之前，和祖父一起坐在巴顿家门罗街上昏暗的老房子里抽烟到深夜——这所有的一切都像虚幻的梦一样从他的头脑中逐渐淡去，仿佛从未发生过。

他不记得了。他记不清最后一次喂给他的牛奶是冷的还是热的，也记不清每天是怎样度过的——他只看到他的摇篮和娜娜熟悉的面孔。然后什么也不记得了。饿了就号啕大哭——仅此而已。从中午到晚上，他呼吸着。上方传来他几乎听不见的喃喃细语，以及隐约可辨的气味、光线和黑暗。

然后就是一片漆黑。他的白色摇篮，在他上方晃动的模糊面孔，以及温热牛奶的香甜气味，一起从他的脑海中渐渐淡去。

（陈欣　译　耿强　校）

阔少爷

一

如果从某一个具体的人开始写起,还没有等你来得及弄明白是怎么一回事儿,你就会发觉,你居然已经创作出了一个典型;倘若你从某一个典型开始写起,结果却发觉,你创作出来的居然是个——什么也算不上的东西。这是因为,我们大家都是精神很不正常的怪物,在我们的面孔和声音的背后,我们更是古怪到了不想让任何人了解、自己也不想了解的地步。每当我听到有人标榜自己是一个"平凡、诚实、开朗的人"的时候,我就会非常自信地认为,此人身上肯定有某种确凿无疑的、说不定还是特别吓人的反常之处,这一点他自己也心知肚明,因而想把它隐藏起来——而他之所以坚称自己是一个平凡、诚实、开朗的人,不过是他时刻在提醒自己要把自身所存在的重大问题遮掩好的一种方法罢了。

这里可没有什么典型,也没有多少人物。这里只有这样一位阔少爷,而且这篇小说描写的就是他的生平故事,并不是他那几个兄弟的生平故事。我这辈子就生活在他这几个兄弟的圈子里,然而这位阔少爷却一直是我的朋友。此外，倘若我真要描写他这几个兄弟的话，那我从一开始就应该对所有的谎言逐一加以驳斥，这些谎言有些是穷人在议论富人时说出来的，有些则是那些富人在讲述他们自己的事情时讲出来的——他们营造出的是这样一套荒诞不经的结构，每当我们随手拿起一本描写富人的作品时，总有某种直觉会让我们做好心理准备：你就等着看不真实的东西吧。甚至连那些头脑聪明、充满激情、专门报道现实生活的人，也已把这个属于富人的国家描写得像仙境一样不真实了。

还是让我来讲讲那些大富豪们的情况吧。他们跟你我不一样。他们从小就拥有财富，而且坐享其成，但是这一点或多或少也影响了他们，造成了在我们态度强硬的地方，他们却心肠软弱，在我们深信不疑的地方，他们却冷嘲热讽，从某种程度上说，你如果不是生来就很富有的话，这一点是非常难以理解的。在他们的内心深处，他们总认为他们比我们强，因为我们不得不为自己的生计去四处奔波，去寻找生活的补偿和避难所。即便他们深入到我们这个世界里来，或者沦落到比我们还不如的地步，他们也照样会认为他们比我们强。他们这些人就是不一样。我能描写安森·亨特这位青年的唯一办法，就是努力去接近他，把他当作一个外国人，而且还要顽固地坚持我自己的观点。万一我接受了他的观点，哪怕只有那么一小会儿，我都会感到一派迷惘的——我唯一能拿得出手的不过是一部有悖常理的电影而已。

二

安森在六个子女中排行老大，有朝一日，这六个子女将会分割一笔数额达一千五百万美元的财产，况且他也到了开始懂事的年龄了——人应该在七岁就开始懂事了吧？——那时候正好是二十世纪之初，那些爱出风头的年轻女郎已经坐在电动"汽车"里招摇过市地行

185

驶在第五大道上了。在那些日子里，他和他弟弟有一名英国籍的家庭女教师，这位家庭女教师说得一口非常清晰、干净利落也很好听的英语，于是，这兄弟俩说起话来渐渐也跟她一模一样了——他们字字句句都说得清脆利落、字正腔圆，绝不像我们这样呜哩哇啦、口齿不清地说话。他们说起话来虽然并不完全像英国人的孩子，却已经学到了一种惟妙惟肖的口音，那是纽约市的时髦人士所特有的腔调。

这年夏天，他们把这六个孩子从坐落在第七十一号大街上的那幢别墅转移到位于康涅狄格州北部的一座大庄园里去了。那里可不是一个时髦的去处——安森的父亲想让他的儿女们尽可能晚一点儿知道人生的这一面。他这个人反正要比他那个阶层的人高明一些，而构成纽约上流社会的也就是他这个阶层的人，也比他所处的那个时代要高出一筹，他所处的那个时代就是以特别讲究派头和已经规约化了的庸俗之风为特色的"镀金时代"。因此，他要让他的儿子们逐步养成凡事都要专心致志的习惯，让他们练就一副健全的体魄，好让他们长大后能成为身心健康、事业有成的人。他和他太太总是尽其所能地时刻留意着他们的一举一动，直到那两个年龄大一些的男孩子离家去外地上学为止。不过，在规模如此庞大的庄园里，要想做到这一点也很困难——要是在那些面积小一些的，或者中等面积的屋子里，这种事情就简单多了，我自己的年轻时代就是在这样的环境里度过的——我从来没有远远超出过能听得见我母亲的呼唤声的范围，时时都能感觉到她就在身边，知道她是赞成抑或不赞成我的做法。

安森第一次切身体会到那种高人一等的优越感，是在他初到康涅狄格州的这个村落的时候，因为他发觉人们对他表示出的是那种半含着嫉妒的美国式的敬意。跟他一起玩耍的那些男孩子的家长们老是向他爸爸和妈妈问好，每当他们自己的孩子被邀请到亨特家的豪宅里来做客时，他们都会隐隐约约地有些激动。他把这种情形当作是理所当然的事情了，因此，每当他在哪一群人里没有成为众人瞩目的中心——不论在金钱方面、在地位方面，或是在威信方面，他就会变得有些不耐烦——在他后来的人生中，这种脾性一直都伴随着他。他不屑于跟别的孩子去争夺地位的高低、排名的先后——他指望着别人会把这种优先权拱手相让给他呢，一旦得不到，他便会缩回自己的家中。他家富裕得应有尽有，因为在东部地区，金钱多少还是一种带有封建色彩的东西，一种形成氏族集团的东西。在势利的西部地区，金钱则会使家族四分五裂，从而形成一个个"小群体"。

安森十八岁那年去纽黑文[①]的时候，就已经出落得身材高挑、体格健壮了，由于一向在学校里过着井然有序的生活，人显得眉清目秀的，气色也非常好。他的头发是黄色的，而且还颇有些滑稽地长在他的脑袋上，他的鼻子是鹰钩形的——这两样东西合在一起，就使他够不上英俊了——但是他具有一种充满自信的魅力，再加上他在一定程度上又有些桀骜不驯的做派，那些上流社会的人若是在大街上从他身边经过时，用不着向别人打听也会知道，他就是一个阔少爷，而且还在某一所最好的学校里就读过。不过，他那极度的优越感却也妨碍了他在念大学的时候成为一名品学兼优的好学生——他那天马行空、独来独往的性格被人家误解为自恃清高、目中无人了，他不肯怀着应有的敬畏之心去遵从耶鲁大学的校规的表现，似乎就是对所有那些已经在这样做的人的一种蔑视。所以，在离毕业之日还遥遥无期的时候，他就开始把生活的中心转移到纽约来了。

到了纽约，他就感到如鱼得水了——这里有他自己家的房子，有"你今后恐怕再也寻觅不到的那种用人"，还有他自己的家人——因为

---

① 纽黑文（New Haven），美国康涅狄格州第二大城市，美国"常青藤院校"耶鲁大学的所在地。

他脾气好，又有一定的办事能力，很快就成了这个家庭的中心。除此之外，还有那些为刚刚步入社交界的青年男女举行的各种舞会，形形色色的男性夜总会里的那种充满阳刚之气的男性世界，以及偶尔跟那些风流成性的姑娘们在一起时放浪形骸的狂欢作乐，那种女孩子在纽黑文只有从第五排座位里才能找得到。他的种种抱负全都普通得很——甚至包括他遐想着有朝一日会结婚的那种无可指责的幻影，不过，他的那些抱负倒是跟大多数青年男子的抱负大不相同的，因为他的那些抱负并没有笼罩在迷雾之中，根本没有那种时而被称之为"理想主义"、时而被称之为"幻想"的特点。对于这个到处都充斥着高度聚财和高度挥霍、离婚和放荡、势利和特权的世界，安森都毫无保留地照单全收了。我们这些人的大部分人生都是以某种妥协而告终的——他的人生却是以妥协开始的。

  我和他初次见面是在一九一七年的晚夏，那时恰逢他从耶鲁大学毕业，于是，跟我们这些人一样，他也被卷入了这场战争系统化的歇斯底里大发作中。他穿上了那身海军航空兵的蓝绿色军装，南下到了彭萨科拉[①]，在那儿，宾馆的管弦乐队在演奏着《很抱歉，亲爱的》，而我们这些年轻军官则在搂着姑娘们跳舞。人人都喜欢他，尽管他总是与那些酒徒为伍，也算不上一名特别出色的飞行员，甚至连那些教官们都对他另眼相看呢。他常常跟他们泡在一块儿漫无边际地侃大山，说起话来既充满自信，又很有条理——说来说去，最终总免不了要说他自己，或者，更多的时候，说另外某个军官，说他是如何摆脱某个迫在眉睫的麻烦事儿的。他爱吃喝交际，爱说淫猥下流的话，劲头十足地渴望着到处去寻欢作乐，所以，当他后来爱上了一个思想保守、举止相当规矩的女孩子时，我们都感到十分惊讶。

[①] 彭萨科拉（Pensacola），美国佛罗里达州西北部城市、军港，临墨西哥湾。

那姑娘名叫葆拉·勒让德尔，是个浅黑色皮肤、表情严肃端庄的美人儿，出生于加利福尼亚州的某个地方。她家在此地一直保留着一幢过冬用的别墅，就在城外不远的地方，她虽说总是一本正经的样子，却极其讨人喜欢；世上有不少唯我独尊的男人，这等男人是受不了女人的脾气的。不过，安森却不是这号人，然而我没法理解的是，对于他那思维敏捷，而且多少还有些玩世不恭的头脑来说，她的"真诚"到底有多大的吸引力——用"真诚"这个词语来形容她最恰如其分了。

不管怎么说，反正他们相爱了——而且是按照她提出的条件相爱的。他再也不来参加在德·索塔酒吧里举行的暮色时分的聚会了，无论什么时候，人们只要看见他俩在一起，就会觉得他俩一直在进行着一场漫长而又严肃的对话，这场对话一定已经持续好几个星期了。过了很久以后，他才告诉我说，那场对话其实并没有涉及任何实质性的话题，不过是双方在各抒己见地聊着一些很不成熟，甚至是毫无意义的话罢了——后来，有关情感方面的内容终于渐渐增多了，却并不是从言谈中滋生出来的，而是从谈话时的那种十分严肃的气氛中滋生出来的。这简直就像在施行某种催眠术嘛。他们的谈话时常会受到干扰，让位给那种已经失去阳刚之气的幽默，全然没有我们所说的那种乐趣了；等到他们单独在一起时，这场对话又会再度进行下去，既庄重，又低调，而且还用装腔作势的声音说话，目的就是想让彼此都能在感情和思想上有一种和谐融洽的感觉。他们渐渐开始讨厌一切干扰了，对于那些拿生活当笑料的插科打诨也毫无反应，甚至对同龄人的那些还算温和的挖苦也一概不予理会。只要这种对话在继续进行着，他们就感到快乐，而且还沉浸在那种一本正经的气氛中，就像沐浴在琥珀色的篝火的亮光中一样。到快要结束的时候，有一种忽然冒出来的干扰他们却一点儿也不讨厌——谈话开始被情欲所干扰了。

说来还真奇怪，安森居然也跟她一样完全沉浸在这种对话之中了，而且也同样被这种对话深深打动了，然而，与此同时，他也很清楚，他这边的许多话都不是真心实意的，而她那边的许多话则纯然就是些简单、肤浅的谈吐而已。起初，他也瞧不起她在感情上过于简单直白的言谈，不过，因为有了他的爱情，她的性格竟也变得深沉、成熟起来，于是，他也就不能再瞧不起她那些简单直白的言谈了。他的感觉是，如果他能走进葆拉那温馨而又安稳的生活，他一定会很幸福的。经过这么长时间的交谈，他们彼此也有了思想准备，什么拘谨也都消除了——他便把自己从那些更加喜欢冒险猎奇的女人身上学来的招数教给了她一些，她也怀着一种痴迷的、神圣的强烈感情欣然做出了响应。有一天晚上，在一场舞会结束之后，他们在谈婚论嫁这件事上达成了一致意见，于是，他便给他母亲写了一封很长的信，告诉了母亲有关她的情况。第二天，葆拉便告诉他说，她其实是很有钱的，她拥有一笔将近一百万美元的个人财产呢。

三

那种情形倒还真像他们有可能说过"我们俩都一无所有，我们将在一起过穷日子"这样的话——结果却发现他们居然很富有，那种喜出望外的高兴劲儿一点儿也不亚于这种情形。这也使他们在思想和情感上有了相同的经历过风险的体会。然而，当安森在四月里休假，葆拉和她母亲陪伴他一起来到北方的时候，他家在纽约的显赫地位和他们的生活水准，却在她脑海中留下了深刻的印象。等到她第一次单独和安森一起待在他少年时期曾经嬉戏玩耍过的那些房间里时，她心中便充满了一种舒适安逸的感情，仿佛她已经提前领略到了无与伦比的安全感，提前享受到了无与伦比的呵护似的。那些琳琅满目的照片，有安森第一次上学时头戴一顶无檐便帽的照片，有安森在某个神秘的已经被遗忘了的夏天带着那个小甜心骑在马背上的照片，有安森在一次婚礼上与一群快乐的迎宾员和女傧相的合影，这些照片使她不由得嫉妒起他过去的那段没有她在其中的生活来，他这个说一不二的人看来确实已经把他曾经拥有过的这一切都彻底收拢起来了，彻底把它们典型化了，使她萌生出了要立即嫁给他，并以他妻子的身份返回彭萨科拉去的念头。

可是，立即结婚这件事他们并没有商议过——甚至连订婚这件事也还得保密呢，要等到战争结束之后才能向外界宣布。当她忽然意识到他的休假已经只剩下了两天时，她的不满便渐渐凝结成了一个明确的意向，要设法让他像她自己一样不愿再等下去。他们正要驱车去乡下吃晚饭，她决定当晚就强行采取措施，好让这件事有个结果。

且说葆拉有一个表姐，此时就跟他们一起住在里茨大酒店里，她是个不苟言笑、说话尖酸刻薄的姑娘，她很喜欢葆拉，但是对葆拉的那场洋洋大观的订婚仪式也多少有些嫉妒。由于葆拉正在忙着梳妆打扮，迟迟没有出来，这位不打算去参加此次聚会的表姐，便在这套豪华套房的客厅里接待了安森。

安森五点钟的时候跟几个朋友相聚在一起，大家毫无节制地开怀畅饮了足足一个小时的酒。他适时离开了耶鲁俱乐部，是他母亲的司机开车送他到里茨大酒店来的，可是他平日的风采却已不见了踪影，再加上有暖气的客厅里的热浪的冲击，他顿时感到头晕目眩起来。他知道自己有些失态，因而觉得既好笑又有些难为情。

葆拉的这位表姐虽说已经二十五岁了，却依然特别的天真幼稚，起初还没有看出来究竟是怎么一回事儿。她以前从没见过安森，因此，看见他在那儿嘟嘟囔囔地说着一些莫名其妙的话，还差点儿从座椅上摔下来，便感到十分惊讶，要不是葆拉出来了，她怎么也想不到,她本以为是干洗过的军装所发出的那种气味,竟然是地道的威士忌的气味。但是葆拉一出来就明白了。她心里只有一个念头,要趁她母亲还没有看见安森,赶紧先把他打发走,她表姐看了看她的眼神,也明白是怎么回事儿了。

葆拉和安森下楼来到那辆豪华型大轿车前,却发现车里还有两个人,都在呼呼大睡,他俩就是先前跟安森在耶鲁俱乐部里一起喝酒的人,也是来参加这次聚会的。他已经完全不记得他俩还在车子里。在去亨普斯特德①的途中,他们醒了,接着便唱起歌来。其中有几首歌的歌词十分粗俗,尽管葆拉在竭力隐忍着,因为安森倒没有口无遮拦地说出什么不该说的粗话来,但是由于难堪和嫌恶,她把嘴唇抿得紧紧的。

留在旅馆里的那位表姐,仍然还是一头雾水,又有些焦躁,把刚才发生的事儿思来想去,最后还是忍不住走进了勒让德尔太太的卧室,对她说:"他是不是很滑稽呀?"

"谁很滑稽啊?"

"哎呀——亨特先生呗。他好像挺滑稽的。"

勒让德尔太太警惕地朝她看了看。

"他怎么会很滑稽呢?"

"哎呀,他说他是法国人。我还真不知道他是法国人呢。"

"简直是荒唐。一定是你搞错了吧,"她微笑着说,"那是他在开玩笑呢。"

表姐执拗地摇着头。

"不会吧。他说他是在法国长大的。他说他一句英语也不会说,所以他没法跟我交谈。而且他也真的开不了口呢!"

---

① 亨普斯特德(Hempstead),美国纽约州拿骚县三大镇之一。

勒让德尔太太不耐烦地扭过脸去望着别处，偏巧那位表姐又若有所思地补了一句："大概是因为他酒喝多了的缘故吧。"说完便走出了屋子。

这位表姐出于好奇的告密说的全都是实情。安森是因为发觉自己说话口齿不清，连舌头也不听使唤，才迫不得已地找了这个非同寻常的借口，声称自己不会说英语的。过了若干年以后，他还时常向人讲起这段往事，而且一说到此事就忍不住要捧腹大笑，因为这段回忆总是让他暗自觉得好笑。

在接下来的那一个小时里，勒让德尔太太先后朝亨普斯特德那边打了五次电话。等到她终于接通了，那边又拖延了十分钟，这才听见了葆拉在电话里的声音。

"乔表姐刚才告诉我说，安森喝醉了。"

"啊，没有……"

"啊，没错。乔表姐是这么说的，他喝醉了。他居然对她说他是法国人，还从椅子上摔了下来，举止也有失体统，看样子他确实醉得很厉害。我希望你不要把他带到家里来。"

"妈妈，他没事儿！请你不要操心……"

"可是，我实在放心不下呀。我觉得这事儿太让人担忧了。我要你答应我，别把他带到家里来。"

"这事儿我来处理吧，妈妈……"

"我希望你不要把他带到家里来。"

"行啦，妈妈。再见吧。"

"现在就要把话说定，葆拉。你就另找人送你回来吧。"

葆拉心事重重地从耳边取下电话听筒，随手把它挂好。她的一张脸涨得通红，心里感到既无奈又恼火。安森正七仰八叉地熟睡在楼上的一间卧室里呢，而楼下的宴会也乱糟糟地快要收场了。

那一个小时的驱车赶路,多少使他清醒了点儿——他的到来只是引起了众人的一阵哄堂大笑——而葆拉满心希望的则是,不管怎么样,只要今天晚上别让大伙儿扫兴就行,没想到,他晚宴前又冒冒失失地喝下了两杯鸡尾酒,这就雪上加霜地使这场灾难变得无法挽回了。他吵吵嚷嚷,甚至还有些令人生厌地冲着参加这次聚会的所有人吼叫了足足有十五分钟,然后便不声不响地哧溜一下滑到桌子底下去了,活像一幅旧版画上的某个人物——非但如此,还不如一幅旧版画好看呢,因为那场面着实相当糟糕,却没有一点儿雅趣可言。在场的那些年轻姑娘谁也没有对这件事大发议论——对这种事情看来也只有保持沉默为妙。他叔叔和另外两个男人架着他上楼去了,葆拉也就是在这一幕发生之后被人叫去接电话的。

一个小时之后,安森醒了过来,眼前是一片战战兢兢的痛苦的迷雾,过了一会儿,他才透过这层迷雾,看见他叔叔罗伯特的人影儿伫立在门口。

"我是说,你现在好些了吗?"

"什么?"

"你感觉好点儿了吗,老伙计?"

"很难受。"安森说。

"我再给你拿一瓶含溴矿泉水试试吧。你要是能喝下去不吐出来,它就会起点儿作用,能让你好好睡上一觉。"

安森费劲儿地把两条腿从床上挪下来,直挺挺地站在地上。

"我没事儿。"他有气无力地说。

"悠着点儿。"

"我倒是觉得,你还不如给我来一杯白兰地呢,那样的话,我就可以下楼去啦。"

"啊,不行……"

"怎么不行，只有这玩意儿管用。我现在没事儿啦……我估计，我即使到了楼下也没人理睬我了。"

"他们知道你有点儿不舒服，"他叔叔不以为然地说，"不过，这一点你就别担心啦。斯凯勒甚至都没上这儿来呢。他还待在高尔夫球场那边的更衣室里醉得不省人事呢。"

除了葆拉的看法之外，安森对谁的看法都毫不在乎，不过，他还是决定去补救一下晚会的残局，不料，等他洗了个冷水澡之后再堂而皇之地露面时，参加本次聚会的大多数人都已经走了。葆拉立即站起身来要回家。

在那辆豪华型的大轿车里，老一套的严肃对话又开始了。她知道他喝酒，她承认说，可是她万万没料到居然会闹出这样的事情来——在她看来，也许他俩彼此并不般配，毕竟是人生大事啊。他们的人生观相差太大了，她还说了许多诸如此类的话。等她讲完之后，安森就接着讲，头脑非常清醒。之后，葆拉说，她不得不把这件事从头至尾仔细想一想；她今晚不会做出决定的；她并不生气，她只是感到非常难过。她也不会让他陪她一起进旅馆的，不过，在下车前的那一刻，她还是探过身来，很不高兴地在他的脸颊上吻了一下。

第二天午后，安森跟勒让德尔太太长谈了一次，葆拉默默无语地坐在一旁听着。最后，他们达成了一致意见，让葆拉把这件事再好好考虑一段时候，到那个时候，要是母亲和女儿都认为这是最佳选择，她们会跟随安森去彭萨科拉的。在他这一方呢，他诚恳而又不失尊严地道了歉——也就仅此而已；勒让德尔太太虽然胜券在握，却一点儿也占不了他的上风。他没有作任何承诺，也没有表现得低声下气，只不过发表了几句对人生的严肃的看法，这几句话到头来反而使他带着一种精神上的优越感摆脱了困境。等到她们三个星期之后来南方时，无论是对这次团聚感到心满意足的安森，还是感到如释重负的葆拉，两人都没有意识到，那种心理上的最佳时机已经永远逝去了。

四

他牢牢左右着她、深深吸引着她，然而与此同时，却也让她内心充满了焦虑。令她困惑不解的是，他这人既稳健踏实、又自我放纵，既多情善感、又玩世不恭——这些互为矛盾的性格特点是她那颗温柔的心所无法理解的——葆拉后来终于意识到，他就是一个双重性格在不断交替变换着的人。每当她看到他单独一个人，或是在某个正式宴会上，或是跟他的那些偶尔相识但远远比不上他的人在一起时，她便觉得他身上具有一种强烈、迷人的感染力，具有那种如父兄般的、通情达理的精神境界，一种无与伦比的自豪感便会油然而生。一旦他同另外那帮人搅和在一起时，她就会变得惴惴不安起来，这时候，他连起码的一点儿斯文也没有了，纯然是一副对什么都无动于衷的样子，露出了另一副面孔。这另一副面孔竟然如此粗俗不堪、滑稽可笑，只顾寻欢作乐，对别的一切都满不在乎。这副面孔吓得她一时都不敢再把心思放在他身上了，甚至还使她偷偷地试着同过去的一个情郎短暂来往了几次，但还是无济于事——在安森那遮天蔽日的旺盛活力的笼罩下过了四个月之后，别的男人统统都像得了贫血症一样黯然失色了。

七月里，他接到了要开赴外国前线的命令，他们的柔情蜜意和欲望也达到了高潮。葆拉也考虑过要在这生离死别的最后时刻举办一个婚礼——最后决定不这样做，完全是因为他现在的呼吸中总是有股子鸡尾酒的气味，不过，离别本身也使她悲伤得真的生病了。在他出发之后，她给他写了好几封缠绵悱恻的信，信中对他们因为等待而白白错过的那些情深意切的大好时光深表惋惜。八月里，安森驾驶的飞机一头栽进了北海。他在海水里浸泡了整整一夜之后被拖上了一艘驱逐舰，后来因为得了肺炎又被送进了医院，就在他最终要被遣送回国的前夕，停战协定签订了。

此后，虽然各种机会又再次接踵而来，虽然已经没有什么实质性的障碍需要去克服，可是他们特别喜欢在暗中较劲儿的那种气质特点却偏偏横亘在两人中间，耗干了他们的亲吻，耗干了他们的热泪，连说话的声音在彼此听来也不那么动听了，连推心置腹的缠绵絮语也哑然失声了，到后来，连从前的那种交流方式也只能在偶尔相隔遥远时通过写信来维系了。有一天下午，一位专门报道社会新闻的记者在亨特家中等了足足两个小时，就为了想确认他们是否订过婚。安森矢口否认了这一点，岂料，在随后的那一期刊物上却把这样一段报道作为头条新闻给登了出来，说——人们经常"看见他们出入成双地出现在南安普敦、温泉城、塔克西多·帕克[1]等地"。可是，原来的那种严肃的对话已经拐了弯，变成了一种漫无止境、持续不断的争吵，这场恋爱眼看就要告吹了。安森时常明目张胆地喝得醉醺醺的，有一次居然还错过了与她的约会，葆拉因此向他提出了若干条行为主义者[2]的要求。面对他的自尊心和他对自己的了解，他的绝望之情已经发展到了无可救药的地步：这个婚约是必破无疑了。

"最亲爱的，"这是他们如今在信中的称呼，"最亲爱的，最亲爱的，每当我在夜半时分醒来，意识到事情终究不是这么回事儿的时候，我就有一种想死的感觉。我没法再活下去啦。也许等我们今年夏

---

[1] 南安普敦（Southampton），此处指美国纽约州萨福克县境内的南安普敦村，为纽约长岛地区的商业中心；温泉城（Hot Springs），此处指纽约长岛附近的一处休闲度假胜地；塔克西多·帕克（Tuxedo Park），此处指纽约州奥兰治县境内的一处村落。这三处均为富人区，是上流社会时尚人士经常光顾的去处。

[2] 美国现代心理学主要流派之一。产生于20世纪初的美国，认为心理学不应该研究意识，而应该研究行为。此处指葆拉要安森拿出实际行动来。

天见面时，我们可以把情况再好好谈一谈，做出不同的决定——那天我们太激动，也太伤感了，可是我觉得，要是没有你，我这辈子就没法活下去。你老是谈起别人如何如何。难道你不知道，我心里没有别的人，唯独只有你……"

不过，葆拉在东部随波逐流地混日子的时候，有时也会提到一些她在那边狂欢作乐的事情，让他去煞费苦心地猜疑。安森精明得很，根本不去瞎猜。当他看到她的来信中有一个男人的名字时，反倒觉得对她更有把握了，而且还有那么点儿鄙视呢——他在这类事情上向来是高出一筹的。不过，他仍然希望他们有朝一日能够缔结良缘。

在这期间，他精力旺盛地一头扎进了战后纽约的各种活动频繁、令人眼花缭乱的生活中，进了一家经纪人事务所，加入了五六个俱乐部，常常跳舞跳到深夜，而且分别在三个不同的社交圈子里活动着——他自己的圈子、由耶鲁大学的那些年轻毕业生们所组成的圈子，以及一头连着百老汇半个世界的那片天地。不过，他总是雷打不动地把完完整整的八个小时奉献给他在华尔街的工作，在那里，他那些势力强大的家族关系网，加上他那过人的聪明才智，再加上他浑身上下总有使不完的力气，使他几乎一下子就脱颖而出了。他就是有那种难能可贵的头脑，思考起问题来条分缕析、丝毫不乱；有时候，还不到一个小时的睡眠之后，他就能面貌焕然一新地出现在他的办公室里了，但是这种情况很少发生。所以，早在一九二○年，他的薪资加佣金的收入就已大大超过了一万二千美元。

当耶鲁大学的传统悄无声息地渐渐成为历史时，他却在纽约他那帮同学中成了越来越红的人物，甚至比他在念大学那会儿还要有名气。他住在一幢非常豪华的别墅里，而且还有办法把那些年轻人介绍到别的豪华别墅里去住。更重要的是，他的人生似乎已经有了保障，而那些年轻人的人生，从总体上说，则又一次走到了一个很不稳定的开始阶段。他们纷纷前来向他求助,目的是为了消遣和逃避现实,安森倒也有求必应,愿意帮人家解决问题、安排事务,以此为乐。

现在,葆拉的来信中已经不再提那些男人了,反而通篇都洋溢着一种温馨缠绵的情调,这倒是以前从来不曾有过的事情。他从好几个渠道得知,她已经有了"一个膀大腰圆的情人",名叫洛厄尔·塞耶,是个又有钱、又有地位的波士顿人,虽说他坚信她依然在爱着自己,可是一想到他毕竟有可能失去她,便不禁感到有些惴惴不安。除了那不能令人满意的一天之外,她已经有将近五个月没到纽约来了,随着诸如此类的传言越来越多,他也越来越急于见到她。二月里,他利用休假之便,南下去了佛罗里达。

棕榈滩雍容华贵,婀娜多姿地横卧在波光粼粼、闪烁着蓝宝石般晶莹光泽的沃思湖与大西洋延伸过来的那条黛绿色的巨大水带之间,美中不足的是,这里那里都停泊着一些水上船屋。"浪花"和"凤凰木"这两座雄伟的建筑物拔地而起,宛如一对大腹便便的孪生子,高高耸立在明媚、平坦的沙滩上,而环绕在它们周围的则是"格莱德舞厅"、"布拉德利赌场",以及十来家专门设计与制售时尚女装的商店和专门设计与制售时尚女帽的商店,这些商品的价格是纽约的三倍呢。在浪花大酒店的花格凉亭式的游廊上,有两百来个女人在向右踏步、向左踏步、身段回旋、向前滑步,这就是当年广受追捧的健美操,叫作"双滑步舞",与此同时,在二分之一节拍的音乐声中,有两千来只手镯在两百来条胳膊上咔嗒咔嗒、上上下下地晃动着。

天黑以后,在埃弗格莱茨夜总会里,葆拉、洛厄尔·塞耶、安森,以及因为三缺一才被临时拉来的一个朋友正在打桥牌,用的是那种画面热辣的扑克牌。在安森看来,她那张善良、严肃的脸庞似乎显得有些苍白,而且带着倦容——她周游各地已经有四五年了。他认识她也有三年了。

"两张黑桃。"

"有烟卷吗?……哦,请原谅。我过。"

"过。"

"出三张黑桃,我就加倍。"

这间屋子里有十二张桥牌桌,因为张张牌桌都快坐满了,到处都烟雾腾腾的。安森的目光遇上了葆拉的目光,便目不转睛地久久盯着她,即便有塞耶的眼神在他俩之间来回扫视着,他也全然不顾……

"叫的是什么牌?"他心不在焉地问了一声。

华盛顿广场的玫瑰啊

是坐在角落里的那几个年轻人在歌唱呢,

我正在那儿渐渐枯萎

迎着地下室里的寒风——

烟气愈积愈浓,形成了如同浓雾般的屏障,有一扇门被推开了,屋子里顿时布满被风儿吹得直打转的灵的外质[1]。"一双明亮的小眼睛"飞快地掠过一张张桌子,在那帮英国人当中寻找着柯南·道尔[2]先生,他们其实是假冒的英国人,正在大厅里四处溜达呢。

"你可以拿把刀把它割断。"

---

[1] 灵的外质(ectoplasm),据说是神在恍惚状态中溢出的一种超自然的黏性体外物质,成为显灵的物质证明。

[2] 阿瑟·柯南·道尔(Arthur Conan Doyle, 1859—1930),英国作家,著名侦探小说《福尔摩斯探案》的作者。"一双明亮的小眼睛"是柯南·道尔一篇恐怖小说中的一个傻姑娘,她被灵媒散发出的体外物质所包围,在烟雾弥漫的房间里识别假冒的英国人。此处指葆拉与安森神秘的心灵感应。

"……拿把刀把它割断。"

"……拿把刀。"

这一局桥牌刚打完,葆拉便出人意料地站起身来,用一种急切、低沉的声音对安森说了句什么。他们几乎都没顾得上朝洛厄尔·塞耶看上一眼,就走出了大门,顺着长长的一溜石砌台阶走下来——转眼间,他们便手挽着手漫步在洒满月光的海滩上了。

"亲爱的,亲爱的……"在一处暗影里,他们不顾一切、充满激情地拥抱在一起……激情过后,葆拉仰起脸来退让着,好让他的双唇吐露出她渴望听到的话来——当他们再度热吻在一起时,她能感觉到,那些话就在他的嘴边……她又一次挣脱开来,侧耳倾听着,可是,当他再一次把她揽过来紧贴着他时,她明白了,他其实什么也没说——只有那一声声"亲爱的!亲爱的!"那深沉、伤感的喃喃低语,总是让她忍不住要哭出声来。她羞涩、温顺、百般柔情地曲意逢迎着他,泪水在止不住地顺着她的脸颊流淌着,然而她的心却在一声声地呼唤着:"快向我求婚吧——啊,安森,最最亲爱的,快向我求婚吧!"

"葆拉……葆拉!"

这声声呼唤犹如一双手在绞着她的心,而此时的安森,因为感觉到了她在战栗,心里顿时也明白了,有她这份情意就足够啦。他无需再说什么了,无需再把他们的命运交付给那些毫无实际意义的暧昧不明的话了。既然可以如此这般地拥抱着她,那他又何必要拿自己的青春年华做赌注,再拖上一年——甚至要永远拖下去呢?他是在为他们两个人着想,更多的是在为她着想呢。过了一会儿,她突然说,她得回到她下榻的宾馆去了,他犹豫了一下,心里首先想到的是:"不管怎么样,这也算一次难得的机遇呀。"转而又想:"不行,这事儿还是等等再说吧——反正她是我的人……"

他已经忘了，葆拉已被三年来的精神重负折磨得心灰意冷了。她的激情早在那天夜里就已永远成为历史了。

第二天早晨，他怀着烦躁不安、大为不满的心情动身回纽约去了。四月下旬，在事先毫无征兆的情况下，他接到了一封从巴尔港拍来的电报，葆拉在电报中告诉他说，她已经跟洛厄尔·塞耶订了婚，他们即将在波士顿结婚。他从来没有真正相信过有可能会发生的事情，现在终于发生了。

那天早上，安森自斟自饮地喝了一肚子威士忌，然后便去了办公室，继续履行着自己的职责，甚至连中间的休息时间也免了——唯恐一停下来就会发生什么。到了晚上，他照样还像往常一样外出，闭口不谈已经发生的事情；他还是那样热情友好、富有幽默感，并没有表现出心不在焉的样子。不过，有一点他却实在没法子——连续三天，不管在什么场合，也不管跟什么人在一起，他都会突然低下头去，双手掩面，哭得像个孩子似的。

五

一九二二年，安森陪同一位资历较浅的合伙人去了一趟外国，目的是要去调查伦敦的几笔贷款，这趟差事表明，他将要受聘进入这家商号了。如今他已经二十七岁，稍许有点儿发胖，但绝对不显得臃肿，而且举止也比他的实际年龄显得老成一些。无论是老年人还是小青年，大家都喜欢他、信任他，连那些做母亲的看到自己的女儿得到了他的照顾，心里都很有安全感，因为他自有他的一套办法，只要一进屋，他总有办法让自己跟在场的那些年事最高的人或思想最保守的人打成一片。"你们和我，"他好像在说，"都是靠得住的人。我们都是明白人。"

对于男人和女人的弱点，他有一种出自本能的而且颇为宽宏大度的了解，于是，如同牧师一样，这就使他更加注重于保持那种外在的仪容仪表了。最为典型的例子是，他每个星期天上午都要在一所时髦人士喜欢光顾的圣公会主日学校里讲课——哪怕只是冲了个冷水澡，匆匆换上了一身燕尾服，也能使他判若两人，绝不会显露出昨天一夜狂欢的痕迹。

他父亲去世后，他便成了一家人实实在在的主心骨，而且，从实际情况来看，他也确实主宰着他那几个弟弟妹妹的命运。出于某种错综复杂的原因，他的威信尚且没有扩展到他父亲的产业范围，这方面的事务是由他叔叔罗伯特管理的。罗伯特叔叔是这个家族中最喜爱赛马的人，一个性情温厚、嗜酒如命的人，是那帮以惠特利山区为中心的人当中的一员。

罗伯特叔叔连同他的妻子埃德娜，都曾经是安森小时候最要好的朋友，可是这位做叔叔的却感到很失望，他的这位侄儿竟然因为自己地位优越，坚决不肯加入一家赛马组织。他支持侄儿加入了一家城市俱乐部，那可是全美国最难进入的一家俱乐部呢——只有那些曾经"为建设纽约出过力"的家族（或者，换句话说，早在一八八〇年以前就很富有的家族）的后人，才有可能加入这家城市俱乐部——而安森倒好，参加了选举之后，却压根儿没把这家俱乐部当回事儿，反而去加入了耶鲁俱乐部，罗伯特叔叔在这件事情上对他是颇有微词的。但是，最要命的是，安森居然还拒不肯加入罗伯特·亨特自己开的那家因循守旧、多少也有些疏于管理的经纪人事务所，他叔叔的态度便由此而日渐冷淡起来。好比一个小学老师把他所知道的全都教完了那样，他叔叔终于悄悄淡出了安森的生活。

安森这辈子有过许许多多的朋友——朋友圈里几乎没有一个人没有得到过他的一些非同寻常的热心帮助，也几乎没有一个人没有被他时不时地弄得非常窘迫难堪，无非是他的那些没来由地突然爆出的满口粗话所引起的，或者是他那动不动就要喝得酩酊大醉的恶习所造成的，他这人喜欢我行我素，从来不分时间和场合。要是别人在这方面出了差错，他就会很恼火——对于他自己的过失，他却总是诙谐地一笑了之。倘若碰到什么稀奇古怪的事情，他也会笑呵呵地讲给他那些朋友们听，他那爽朗的笑声还是很有感染力的。

这年的春天，我恰好也在纽约工作，便时常到耶鲁俱乐部来同他一起吃午饭，因为我们那所大学自己的俱乐部还没有建成，暂且还在和他们合用一家俱乐部。我在报上看到过葆拉结婚的消息，于是，有一天午后，当我向他问起有关葆拉的情况时，大概是有所触动的缘故吧，他便告诉了我这段往事。打那以后，他隔三岔五地就会邀请我去他的寓所里享用家宴，而且表现得也很亲密，仿佛我们之间已经有了一种很特殊的关系一样，仿佛随着他向我敞开了心扉，那段令人心碎的回忆也有点儿感染了我一样。

我发觉，尽管那些做母亲的都对他很放心，但他在对待那些女孩子的态度上，却并不是不加区别地一概予以呵护的。这就要看那女孩子自己的表现了——如果她天生就有那种轻浮放浪的倾向，即使是跟他在一起，她也只能管好她自己为妙了。

"生活，"他有时候会这样自我解嘲地说，"已经把我改造成了一个玩世不恭的人。"

他所说的生活，是针对葆拉有感而发的。有时候，尤其是在他借酒浇愁的时候，这种念头会使他变得有点儿乱了方寸，因为他认为，是她冷酷无情地抛弃了他。

正是这种"玩世不恭"的态度，或者更确切地说，是他总算认识到，那些天性放荡的女孩子是不值得宽恕的，这才促成了他与多莉·卡尔格的这段风流韵事。在那几年里，这也不是他绝无仅有的一段恋爱风波,不过,这一次来得最直接,深深地触动了他,而且对他的人生观也产生了深远的影响。

多莉是一位名声不大好的"国际法学家"的女儿,这位"国际法学家"是靠着裙带关系才混上这个头衔进入上流社会的。多莉本人长大以后加入了"青年女子联盟"①,频频在"广场大酒店"②抛头露面,而且还进了州众议院。只有为数不多的几家像亨特家族这样有着悠久历史的名门望族,才会对她是否"实至名归"提出质疑,因为她的照片经常出现在各大报纸上,而且她所受到的令人羡慕的关注,甚至比许多真正出身于名门望族的姑娘所受到的关注还要多。她有一头深色的秀发,嘴唇红润得像涂了胭脂一般,脸蛋上是一种妩媚可爱的樱红色,在初入社交界的头一年里,她每次外出都要施上淡粉色的香粉加以掩饰,因为樱红色的脸蛋已经不时兴了——维多利亚式的白皙才是当时大势所趋的流行色。她穿着简洁朴素的黑色套装,亭亭玉立地站在那儿,两手插在裤兜里,身子微微向前倾着,脸上带着幽默、矜持的表情。她的舞艺十分精湛——她就喜欢跳舞,别的一切她都可以全然不顾——除了做爱,跳舞就是她的最爱。她从十岁以来就一直在谈恋爱,而且,在通常情况下,她爱上的男生偏偏又对她毫无反应。那些对她确有反应的男生——为数倒也不少——只要经过一次短暂的接触之后,就让她感到厌倦了,尽管在情场上屡屡失意,她还是把恋爱中最温馨的一面都珍藏在心间。每当她遇见这些令她怦然心动的人时,她总要再做一次尝试——有时候她也能得手,但多数都是以失败而告终的。

---

① 青年女子联盟(Junior League),美国一个由上流社会有闲青年女子所组成的从事社会福利事业的组织。
② 广场大酒店(Plaza Hotel),位于纽约曼哈顿第五大道东侧的五星级豪华大酒店,是纽约标志性的建筑物。

这位难以遂愿的吉卜赛女郎从来就没有想到过,那些不肯钟情于她的人,骨子里其实都有一定的相似之处——他们的共同点是,他们都有一种不容怀疑的直觉,仅凭直觉就能一眼看透她的弱点,倒也不是情感方面的弱点,而是一种指导思想方面的弱点。安森第一次同她见面时就察觉到了这一点,那是在葆拉结婚之后还不到一个月的时候。他那段时间正好老是在没命地喝酒,于是,他便借机假装了一个星期,好像他当真已经爱上了她似的。随后,他便出其不意地撇下了她,把这事儿全忘了——这样一来,他竟立即占据了她心中的制高点。

像那个时代的许多姑娘一样,多莉也十分任性,言谈举止散漫而又浮躁。年龄稍大些的那一代人的不肯沿袭传统习俗的行为,仅仅只是从一个侧面反映了战后流行着的对一切过时的陈规旧习表示怀疑的一种趋势——多莉不遵从传统习俗的行为,却表现得更加守旧、更加媚俗,她看到安森身上也存在着这样两种极端,时而沉湎于纵情享乐,时而又变得很有保护力,这正是一个在感情上走投无路的女人所追求的。从他的性格中,她既感受到了他骄奢淫逸的一面,又感受到了他稳如磐石的一面,而这两方面都满足了她天性中的所有需求。

她察觉到这件事办起来势必会很难,然而她却把其中的原因理会错了——她以为安森和他的家人希望攀上的是一门更加显赫的亲事,不过,她很快就吃准了,她完全可以利用他那嗜酒如命的癖好。

他们频频相聚在那些规模盛大的专门为初入社交界的女孩子举办的舞会上,不过,随着她对他的迷恋程度与日俱增,他们便想方设法地要越来越多地待在一起了。像大多数做母亲的一样,卡尔格太太也认为安森是个格外靠得住的人,因此,她准许多莉跟着他一起到路途很远的乡村俱乐部和地处郊外的别墅去,即使他们回来得很晚,她也从不仔细盘问他们都干了些什么,或对女儿的解释提出质疑。起初,多莉的那些解释或许还都是实话，但是，多莉一心想俘获安森的那些俗不可耐的愿望，很快就被她那愈来愈高涨的情感狂潮吞没了。在出租车和汽车后座上的热吻已经远远满足不了他们的欲念，他们干了一件荒唐的事：

他们暂时脱离了他们原来的那个天地，另外开辟了一个档次稍低些的新的天地，在这个天地里，安森的酗酒、多莉神出鬼没的贪夜不归，都不大会引起别人的注意和议论。这个天地可不一般，它是由各色各样的人物所构成的——有几个是安森在耶鲁大学时的朋友和他们的妻子，有两三个年纪轻轻的股票经纪人，有国债推销员，还有少数几个是刚从大学毕业、既有钱又喜欢挥霍、暂时还无牵无挂的单身汉。这个天地，就其活动范围和规模而言，还是存在一定缺憾的，但是在另一方面却得到了弥补，因为他们得到了一种其本身就弥足珍贵的自由。更重要的是，这个天地是以他们自己为中心的，这就使多莉获得了一种略微有点儿居高临下、屈尊俯就的快感——对于这种快感，安森是没法感同身受的，因为他的整个人生，从少年时代起就确有其事了，一直是带着一种居高临下、屈尊俯就的态度与人相处的。

他并不是在跟她谈恋爱，在那个漫长的、他们的风流韵事已经闹得沸沸扬扬的冬季里，他曾经多次对她说过这样的话。到了春天，他感到厌倦了——他要重新调整自己的生活、另寻新欢了——此外，他也看明白了，他要么现在就必须跟她断绝来往，要么就得对一起确凿无疑的诱奸行为承担责任。她家人竭力想撮合此事的怂恿态度，反而促使他当机立断地下了决心——有一天晚上，卡尔格先生小心翼翼地敲了敲那间书房的门，告知他们说，他在餐室里留了一瓶陈年白兰地，安森当即就感到，生活正在一步步地禁锢着他。当天晚上，他就给她写了一封很简短的信，告诉她说，他马上就要去度假了，信中还说，考虑到目前的种种情况，他们还是不要再见面为好。

转眼就是六月。他家人已经把那幢别墅贴上了封条，全家人都到乡下去了，所以，他只好暂时蛰居在耶鲁俱乐部里。有关他跟多莉之间的这段风流韵事的进展情况，我随时都可以听到——都被他添油加醋地描绘得妙趣横生，因为他压根儿就瞧不起那些水性杨花的女人，也不会在他所信仰的那座上流社会精心打造出的大厦里给她们以一席之地的——所以，当他那天晚上对我说，他肯定会跟她一刀两断的，我还暗自替他感到高兴呢。我时常在各种场合见到多莉，每次见到她在那儿作完全无望的挣扎时，都不免心生怜悯，也为自己知道了她那么多我本不该知道的事情而感到羞愧。她就是人们常说的那种"天生丽质的小尤物"，不过，她身上倒也有某种令我颇有些着迷的勇往直前的闯劲儿。她要是不那么精神百倍地投入的话，她那种崇尚绝代美女就该及时行乐的献身行为也许就不会表现得那么明显了——她极有可能会主动献身的，不过，当我得知她的这种牺牲行为不会在我的眼皮底下完成时，我还是感到很庆幸。

安森打算第二天早晨就把那封诀别的信留在她家里。在第五大道上的这片住宅区里，这个季节只剩下少数几幢别墅里还住着人，她家的那幢别墅便是其中之一，而且他也知道，卡尔格夫妇由于听从了多莉所提供的错误信息，已经预先出国旅行去了，好给他们的女儿创造机会呀。当他刚刚踱出耶鲁俱乐部的大门，正要迈步走向麦迪逊大道时，忽然看见那名邮递员从他身边走了过去，于是，他便跟在后面返回到俱乐部里。他一眼瞥见的头一封信上就是多莉的手迹。

他知道那封信里写的都是些什么内容——无非就是一大通孤独、悲切的自我表白而已，通篇都是他所熟知的那些带有指责性的怨言、勾起的种种回忆、"我真不知道是否"等等之类的言辞——也包括如今已经无法追忆起来的、他曾经对葆拉·勒让德尔表达过的那些亲密无间的话语，那一切现在看来都恍若隔世了。他先翻看了那几张账单,接着再把那封信拿到最上面,然后才把它拆开。令他惊诧的是,信很简短,颇有点儿像那种礼节性的便条,信中说,多莉不能陪他一起去乡下度周末了,因为佩里·赫尔出人意料地从芝加哥来到了纽约。信中还说,安森这是在咎由自取:"要是我真能感受到你是爱我的,就像我爱你那样,那么,无论什么时候,无论什么地方,我都会陪你一起去的,可是,佩里是那样的忠厚老实,而且他又是那样迫切地想要我嫁给他……"

安森不屑一顾地笑了笑——对于这种设圈套诱人上当的书信,他早就领教过了。再说,他也知道多莉是怎样挖空心思才想出这个计策来的,说不定还是派人前去把那个对她一片忠心的佩里请到这儿来的呢,而且还计算好了他抵达的时间——甚至还挖空心思地炮制了这张便条,这样一来,她就能既让他感到嫉妒,又不至于把他轰走了。好比大多数折中的办法一样,这封短信既没有确切意义、又缺乏应有的活力,有的只是一种怯生生的绝望之情。

突然间,他气恼起来。他在大厅里坐了下来,把那封信又看了一遍。随后,他走到电话机前,拨通了多莉的电话,用他那清晰、有力的嗓音告诉她说,他已经收到她那张便条了,他会按照他们原先安排好的计划在五点钟的时候前去拜访她的。几乎没容她来得及说完那句假装还不能确定的话:"也许我能够抽出一个小时来见你吧。"他就挂上了听筒,径直到他的办公室去了。走到半路上,他把自己写的那封信撕成了碎片,随手把它扔在了大街上。

他不是嫉妒——对他来说,她根本算不得什么——不过,面对她那可怜兮兮的小计谋,他内心的一切倔强和自我放纵的性格全都一股脑儿浮现到表层上来了。这是一个在心智上不如他的人所采取的自行其是的行为,是容不得忽视的。如果她想知道自己属于谁,那就让她等着瞧吧。

五点一刻,他站在她家的门槛外。多莉一身上街的打扮,他默默地听她讲完了那句话:"我只能抽出一个小时来见你。"这句话她刚才在电话里只说了个开头。

"戴上帽子,多莉,"他说,"我们去散散步吧。"

他们悠闲地沿着麦迪逊大街漫步向前走去,一直走到第五大道上,由于置身在闷热难当的暑气中,安森的衬衣已经汗津津地贴在他伟岸的身躯上。他言语不多,只是责备了她几句,也没有对她说什么调情的话,可是,还没等他们走完六个街区,她就又成了他的人了,因为她一路上都在为那封短信道歉,主动表示决不再跟佩里见面了,权当是一种赎罪吧,还主动表示愿意向他献出一切。她满以为,他之所以能来,是因为他已经开始真心爱她了。

"我热了。"他说,这时他们已经走到第七十一号街了。"这是一件冬装。路过那幢别墅时,如果我顺便进屋去换身衣服,你能不能在楼下等等我?我只要一分钟就行了。"

她很高兴;总算让她知道他热了,总算让她知道有关他身体那方面的事情了,这种私底下才会说的亲昵的话儿,使她激动得心儿怦怦直跳。当他们走向那道装着铁栅栏的大门前、安森掏出他的钥匙时,她体验到了一种异样的喜悦。

楼下黑乎乎的,等他乘电梯上楼之后,多莉撩起一扇窗帘,隔着不透光的蕾丝窗纱眺望着路对面的一栋栋别墅。她听见电梯的机械声停了下来,便怀着要捉弄他一下的念头,顺手撳了一下那只按钮,让电梯降了下来。随后,反正绝不是出于一时的冲动,她走进了电梯,让电梯上升到了她估计是他此刻所在的那层楼面。

"安森。"她喊道,还轻轻地笑了几声。

"再等一分钟就好,"他在卧室里应答着……转眼又耽搁了一小会儿之后,他说,"现在你可以进来了。"

他已经换好衣服,正在扣那件背心的纽扣。"这就是我的房间,"他轻声说,"你觉得怎么样?"

她猛然看到有葆拉的照片挂在墙壁上,便出神地凝望着那张照片,那神情恰如葆拉五年前凝望着安森少年时代的那些小情人的照片一样。她对葆拉的情况略知一二——也正因为知道这段往事中的一些支离破碎的片段,她才时常自寻烦恼的。

突然间,她张开双臂,朝安森直扑过来。他们拥抱在一起了。在那孔天窗外,一派柔和的亦真亦幻的人造灯光已经在摇曳不定地闪烁着了,尽管太阳依然还亮晃晃地照耀在马路对面的一个后屋顶上。不出半个小时,这间屋子里就会变得十分幽暗。这个事先根本就没有想到的、自然而然出现的机会,弄得他们兴奋得不知如何是好,弄得两人都激动得喘不过气来,于是,他们搂抱得更紧了。这事儿看来是明摆着的、不可避免的了。他们抬起头来,彼此依然紧紧相拥着——他们的目光一齐落在了葆拉的那张照片上,葆拉正在墙壁上目不转睛地俯视着他们呢。

突然间,安森垂下了双臂,在他的写字台前坐下,拿出一大串钥匙在试着开抽屉。

"要来杯酒吗?"他声音粗哑地问道。

"不要,安森。"

他用一只平底玻璃酒杯给自己斟了半杯威士忌,一口全倒进了肚里,然后打开了通向大厅的那扇门。

"来吧。"他说。

多莉犹豫了一下。

"安森——不管怎么样,我打算今晚陪你到乡下去。那种事情你是明白的,对不对?"

"当然明白。"他粗暴地回答说。

211

他们开着多莉的车朝长岛驶去,两人在感情上比以往任何时候都贴近了。他们心里明白将会发生什么样的事情——不会再有葆拉的面孔来提醒他们眼下还缺少点儿什么了,不过,等他们两人单独在一起度过那静悄悄、热辣辣的长岛之夜时,他们就无所顾忌了。

华盛顿港那边有一座庄园,他们打算去那儿度过这个周末,那座庄园的产权属于安森的一位表姐,那位表姐后来嫁给了蒙大拿州的一位铜材经营商。一条长得一望不到头的私家车道,从看门人的那间小屋开始,蜿蜒曲折地掩映在外国进口的小白杨树下,一直通向一座规模宏大、呈粉红色的西班牙风格的别墅。安森以前是这儿的常客。

吃罢晚饭后,他们都到林克斯俱乐部跳舞去了。到了将近午夜的时候,安森暗自认定,他表姐一家两点钟之前是不会离开的——于是,他便解释说,多莉感到累了;他得送她回家,晚些时候再回到舞会上来。两人都激动得微微有些发抖,一起钻进了一辆借来的小轿车,然后便径直朝华盛顿港驶去。他们开到看门人的那间小屋门前时,安森停下车来,跟那位值夜班的看门人聊了几句。

"你什么时候开始巡夜啊,卡尔?"

"这就去。"

"巡完夜之后,你会一直守在这儿等大家都进来吗?"

"是的,先生。"

"不错。你听着:如果有哪辆汽车,不管是谁的车,拐进了这道大门,我要你立刻打电话到别墅里去。"他把一张面额为五元的钞票塞进了卡尔的手里。"听清楚了没有?"

"听清楚了,安森先生。"由于是老派的欧洲人,他既没有眨一下眼睛,也没有报以微笑。然而,坐在一旁的多莉却看不过去,把脸微微扭开了。

安森有一把钥匙。一进屋,他就给两人都斟了一杯酒——多莉由他把自己的那杯酒放在那儿,动也没去动它——随后,他特意去查看了一下,想确切地弄清那部电话的具体位置,却发觉那部电话就在他们房间附近,很容易听到,他俩的房间都在一楼。

五分钟之后,他在多莉那间房间的门上敲了敲。

"是安森吗?"他昂然直入,随即把房门反锁上了。她已经上床了,正焦急万分地斜倚在那儿,胳膊肘支在枕头上;他坐到她身边,把她拥进自己的怀抱里。

"安森,亲爱的。"

他没有回答。

"安森。……安森!我爱你。……快说你也爱我呀。现在就说——这句话难道你现在还说不出口吗?即使你并不是真心的?"

他根本没听她在说什么。在她的头顶上方,他分明看见葆拉的照片就近在咫尺地悬挂在眼前这堵墙上。

他站起身来,上前朝那张照片凑过去。那只镜框上淡淡地闪烁着微光,映衬着呈三棱形折射过来的月光——镜框里是一张模模糊糊的人脸,他看出来了,这张脸他并不认识。他差点儿忍不住要哭起来,便急忙转过身去,带着厌恶的神情瞪着床上那个娇小的身影。

"这纯粹是在干蠢事,"他嗓音沙哑地说,"我真不知道我刚才在动什么脑筋。我不爱你,所以,你最好还是等别人来爱你吧。我一点儿也不爱你,难道你不明白吗?"

他说话的声音都变了,说完便急匆匆地走了出去。回到客厅后,他想给自己倒上一杯酒,却连手指头都不听使唤了,就在这时,大门突然开了,他表姐走了进来。

"怎么啦,安森,我听说多莉病了,"她开口便关切地说,"我听说她病了……"

"没什么大不了的,"他打断了她的话,嗓门抬得很高,好让声音能传进多莉的房间,"她只是有点儿累。她已经上床睡了。"

事过之后,有好长一段时间,安森一直都相信有一个保护神在时不时地插手人间的事情。可是,多莉·卡尔格呢,她却眼睁睁地躺在床上,两眼直愣愣地望着天花板,从此对什么都不再相信了。

六

多莉在接下来的那个秋天里结婚的时候,安森正好在伦敦出差。如同葆拉的婚事一样,这件事来得也很突然,但是对他产生的影响却大不一样。起初,他还觉得这事儿很可笑呢,而且只要一想起这件事,他就忍不住要放声大笑。后来,这件事终于让他沮丧起来——他感到自己已经老了。

这件事似乎颇有点儿重演历史的味道——怎么说,葆拉和多莉也是截然不同的两代人呀。他提前品尝到了一个四十岁男人在得知某个旧情人的女儿已经出嫁了的消息时的那种滋味。他拍去了一份表示祝贺的电报,而且,跟葆拉的情形不同的是,电报的贺词都是真心诚意的——他可从来没有真心希望葆拉会有幸福美满的婚姻。

返回纽约后,他被擢升为那家公司的一名合伙人,于是,随着他担负的职责在不断增多,能够由他自己支配的时间越来越少了。有一家人寿保险公司居然拒绝给他签发保险单,这件事对他的触动实在太深,这才迫使他戒了一年的酒,为此,他逢人就说,他感觉身体好多了,尽管我认为,他还是怀念那些可供在纵酒宴乐时当作谈资的切利尼[①]式的猎艳经历的,在他二十岁刚出头的那几年,那些猎艳经历是

[①] 本韦努托·切利尼(Benvenuto Cellini, 1500—1571),意大利文艺复兴时期的雕塑家、作家、音乐家、美术理论家、当时最著名的金匠。

他生活中如此重要的一个组成部分呢。不过，他从来没有放弃耶鲁俱乐部的那些聚会。他在那里也算得上一个人物呀，是一个有头有脸的大人物呢，因此，他的那些同班同学，那些离开大学到如今已经有七年之久的人，都倾向于要漂往别的地方去了，到那些更符合实际、令他们心驰神往的地方去了，这种倾向却因为他的存在而被遏制住了。

他从不把每天的工作安排得过于满登，也从不让自己的头脑过于疲劳，所以，不管什么人来找他帮什么样的忙，他都有求必应。原先只是出于自鸣得意和优越感才那样做的一些事情，后来竟演变成了一种习惯，一种强烈的爱好。再说，他也总是事情不断的——譬如说，有个弟弟在纽黑文惹上了麻烦啦，有个朋友夫妻之间吵了一架需要他去和解啦，要为这个人找个职位、要给那个人一笔投资呀，如此种种，不一而足。不过，他的专长还是为那些已婚的年轻人解决各种难题。那些结了婚的年轻人强烈地吸引着他，他们居住的公寓在他看来也近乎是一片圣地——他了解他们的恋爱经过，建议他们该住在什么地方、该怎样生活，而且还记得他们的孩子的名字。面对那些年轻貌美的妻子们，他采取的是谨小慎微的态度：他从不滥用她们的丈夫对他的信任——就他那从不加以掩饰的风流放荡的行为而言，能够做到这一点倒真让人觉得很不可思议了——那些做丈夫的倒也能做到始终如一地信任他。

从别人的幸福美满的婚姻中，他渐渐领略到了一种如同身临其境般的愉悦，对于那些误入歧途的婚姻，他也能从中有所感悟，产生出一种近乎幸灾乐祸的伤感。没有哪一个季节过去时，他不亲眼看到一桩爱情的土崩瓦解，而且那桩爱情说不定还是他亲自从无到有撮合起来的呢。当葆拉离了婚、随即又嫁给了另一个波士顿人时，他跟我谈起了她的情况，谈了整整一个下午。他绝不会像当初爱葆拉那样爱任何人的，可是他一再说，他不会再对这件事耿耿于怀了。

"我永远也不会结婚的，"他幡然醒悟似的说，"这种事情我看得太多啦，而且我也知道，幸福美满的婚姻是十分罕见的。再说，我也太老啦。"

不过，他对婚姻的确是抱有信心的。如同所有那些从幸福、美满的婚姻中诞生出来的人一样，他对婚姻的信念也是情有独钟的——无论他亲眼看到了什么样的现象，都改变不了他的这个信念，他的玩世不恭只要一遇到这一点，就会像空气一样消散得无影无踪。不过，他倒是真的觉得自己已经太老了。到了二十八岁那年，他怀着一颗平常心，开始接受那种毫无浪漫爱情可言、但大有可能成为他结婚对象的人了。他果断地选择了一位属于他自己那个阶层的纽约姑娘，那姑娘不但人长得漂亮，而且天资聪慧，跟他志趣相投，各方面都无可指责——于是，他就着手准备跟她谈恋爱了。他以前怀着真挚的感情对葆拉说过的那些话、怀着恩赐的态度对别的女孩子说过的那些话，现在却再也说不出口了，而且只要一开口，就总是带着微笑，或者带着那种说出来就要让对方不由得不信的感染力。

"等我到了四十岁的时候，"他对他的朋友们说，"我就会真正成熟起来了。我也会像其他人那样，爱上某个歌舞合唱团的姑娘的。"

话虽这么说，他仍旧在执迷不悟地尝试着。他母亲希望能看到他结婚，何况他现在也完全有这个经济能力结婚了——他在纽约证券交易所里有一个席位，而且挣得的收入可达一年两万五千美元呢。这个主意他也欣然赞同：他的那些朋友——他和多莉一起结交的那帮人，曾经耗去了他大部分时光的那帮人——如今一到晚上居然都把自己关在家里，躲在各自的安乐窝里不肯出门了，他不再为自己拥有那份自由而感到高兴了。他甚至还有些纳闷，不知自己是否当初就应该跟多莉结婚。甚至连葆拉都没有像她那样对自己一往情深啊，他现在也渐渐懂得了，在一个单身汉的生活中，要是能遇到真情，那是多么的难能可贵。

就在这种情绪开始悄然袭上他心头的时候,一条让人心神不宁的奇闻传到了他的耳边。他婶婶埃德娜,一个快到四十岁的女人,竟然在跟一个生活放荡、嗜酒如命、名叫卡里·斯隆的年轻人大搞不正当的男女关系,已经发展到了公然私通的地步。这件事早已闹得尽人皆知了,唯独安森的叔叔罗伯特还蒙在鼓里,他叔叔十五年来只顾在各大俱乐部里高谈阔论,想当然地认为自己的妻子是不会出轨的。

安森一次又一次地听到了这条奇闻,心里感到越来越窝火。他对他叔叔的那份旧情似乎又死灰复燃了,那是一种超出了个人恩怨的感情,一种要重新促使家族成员团结一致的感情,他的自尊就是建立在这种感情基础之上的。他的直觉使他一眼就看清了这场风流韵事中的至关重要的一点,那就是,绝不能让他叔叔受到伤害。这是他的第一次实验,不请自到地主动插手别人的私事。不过,凭他对埃德娜性格的了解,他觉得这件事由他来处理,可能要比让一名地方法官或者他叔叔来处理更好。

他叔叔在温泉城。安森是顺藤摸瓜地循着这桩丑闻的消息来源进行追查的,这样就不大可能会出差错,查清之后,他便打电话给埃德娜,约请她第二天在广场大酒店一起吃午饭。他说话时似乎话中有话的那种腔调,肯定把她吓坏了,因为她就是推三阻四地不愿来,但是他一再坚持要她来,而且还推迟了见面的日期,直到她终于找不到借口回绝。

她按照约定的时间在广场大酒店的大厅里和他见了面,好一个模样俊俏、韶华已逝、灰色眼眸的金发美人啊,身上穿的是一件俄罗斯黑貂皮大衣。五枚硕大的戒指,冷冰冰地镶着钻石和祖母绿的戒指,在她纤细的手指上光华夺目地闪耀着。安森忽然想到,正是靠着他父亲的聪明才智,而不是靠他叔叔的,才挣下了这些皮货和宝石的,也正是靠着这些富丽堂皇、璀璨耀眼的东西，才把她那日渐逝去的美貌衬托出来的。

尽管埃德娜已经嗅出了他的敌意，但是对他那种单刀直入的说话方式，她还是没有任何思想准备。

"埃德娜，我对你近来的所作所为感到十分震惊啊，"他口气强硬、直言不讳地说，"起初，我简直都不敢相信这种事情。"

"相信什么事情？"她厉声问道。

"你用不着在我面前装糊涂，埃德娜。我说的是卡里·斯隆这件事。撇开别的问题暂且不说，我认为，你不能这样对待罗伯特叔叔……"

"喂，你听着，安森……"她气呼呼地刚开了个头，就被他那不容置辩的声音截断了：

"也不能这样对待你的孩子们。你们结婚已经有十八年了，而且你都是这么大岁数的人了，应该更懂道理才对。"

"你还没有资格用这种口气对我说话！你……"

"有，我当然有。罗伯特叔叔一直是我最要好的朋友。"他显得十分激动。他是真的在为他叔叔、为他的那三个堂弟堂妹感到担忧呢。

埃德娜站起身来，她那杯沙果片鸡尾酒连碰也没碰。

"简直是荒唐透顶……"

"得了吧，要是你不愿意听我说，那我就去找罗伯特叔叔，把这件事原原本本地告诉他——反正他迟早必定也会听到的。接下来，我就去找那个老摩西·斯隆。"

埃德娜摇摇晃晃地又坐回到椅子里。

"说话别那么大声嘛，"她恳求他，两眼已经噙满了泪水，"你不知道你的声音传得有多远。你要真想说这些没头没脑地指责人的疯话，不妨找一个人少一些的地方嘛。"

他没搭理她这句话。

"唉，你从来就没有喜欢过我，我知道，"她接着往下说，"你只不过是在利用某些荒唐可笑、道听途说来的闲言碎语，试图破坏我迄今为止唯一觉得有意思的友谊罢了。我到底做了什么事儿，让你这样恨我？"

安森依然在等待时机。她必定会先来恳求他拿出他的骑士精神，然后会来央求他的同情，最后会企求他高超的老于世故的处世经验——等他按自己一贯的做法顶住这一切之后，她就会如实招认了，他也就能牢牢地把她捏在自己的手心儿里了。他沉默不语，不为所动，并且连续不断地反复使用着他的杀手锏，这也是他自己的真实感情，随着午餐时间在不知不觉地流逝，他终于把她逼迫得陷入了狂乱的绝望之中。挨到两点钟的时候，她拿出一面镜子和一块手绢，拭去泪痕，用粉拍在泪水留下的一道道浅浅的凹痕处补了妆。她已经同意五点钟在她自己家里同他见面。

他到达时，她正躺在一张睡椅上，椅子上铺着夏天用的印花装饰布，他在午餐时招惹出来的那些泪珠似乎仍旧充盈在她的眼睛里。紧接着，他发觉卡里·斯隆就靠在冷冰冰的壁炉旁，阴沉着脸，一副焦虑不安的样子。

"你动这个歪点子到底是什么目的？"斯隆立即吼叫起来，"我明白你的用意，你请埃德娜去吃午饭，却又根据某些低级趣味的恶意诽谤来威胁她。"

安森坐了下来。

"我可没有理由认为那只是恶意诽谤。"

"我听说，你还要去罗伯特·亨特那儿告状，还想去我父亲那儿告状。"

安森点了点头。

"要么你们马上一刀两断——要么我就去告诉他们。"

"这他妈的关你什么屁事啊,亨特?"

"别发火,卡里,"埃德娜神情紧张地说,"这只不过是一个要不要向他挑明的问题,要不要向他挑明这事儿有多荒诞……"

"首当其冲的是,老是被人家指指戳戳、传来传去的是我的姓氏,"安森打断了她的话,"这一点全都是你一手造成的,卡里。"

"埃德娜并不是你们那个家族的人。"

"她当然是!"他怒气冲天地说,"你瞧瞧——她住的这幢别墅,她手上戴的那些戒指,哪一样都是靠我父亲绞尽脑汁挣来的。罗伯特叔叔娶她的时候,她还穷得身无分文呢。"

他们齐刷刷地都望着那些戒指,仿佛那些戒指在这种场合被赋予了重大意义似的。埃德娜作势要把那些戒指从手上摘下来。

"我估计它们不是这世界上唯一的戒指吧。"斯隆说。

"啊,这事儿简直太荒诞不经了,"埃德娜叫了起来,"安森,你能不能听我说两句?我已经弄清这个荒唐可笑的传闻是怎么产生的了。是一个被我解雇掉的女用人捣的鬼,她被解雇后就直接去了齐里谢夫家——这些个俄国佬就喜欢从他们的用人那里打探情况,然后再添油加醋地按上凭空想象出来的内容。"她气愤得一拳砸下来,拳头落在桌面上。"去年冬天我们都在南方的时候,汤姆把那辆豪华大轿车借给他们用了整整一个月,打那以后……"

"你明白了吗?"斯隆急切地问道,"这个女用人完全错误地理解了这件事。她知道我和埃德娜是朋友关系,于是就跟齐里谢夫夫妇说了。在俄国,人们会认为,如果一个男人和一个女人……"

他大肆扩展着说话的主题,使之变成了专题讨论高加索人的社会关系的一场演讲。

"如果情况果真是这样的话,那你们最好还是向罗伯特叔叔去解释一下,"安森冷冷地说,"这样一来,等这些谣言传到他那里的时候,他就会知道这些都是谣言,并不是事实。"

他采取的还是他跟埃德娜一起吃午饭时所采用的那种手段,由他们一路解释下去。他知道他们做贼心虚,也知道他们要不了多久就会越过心理防线,从解释走向寻找理由为自己洗刷罪名,进而证明他们自己确实有罪,这个办法比他所能采用的任何别的办法肯定要更加奏效。快到七点钟的时候,他们终于迈出了孤注一掷的一步,把事实真相告诉了他——罗伯特·亨特的疏于问津、埃德娜独守空房的空虚生活、偶尔逢场作戏的调情转变成了欲火中烧的激情——不过,像许多真实的故事一样,这个故事不幸也流于老套,故事中的那个已经变得软弱无力的主体,面对安森盔甲般的意志,在无可奈何地抗争着。安森扬言要去找斯隆的父亲告状的那句狠话,也注定了他们无可奈何的处境,因为斯隆的父亲,一个出生于亚拉巴马州的已经退了休的棉花经纪人,是一位远近皆知的基要主义者①,他是通过一笔控制得非常严格的生活费来管束他这个儿子的,而且已经发出话来,如果他再有胡作非为之举,就永远断绝给他的这笔生活费。

他们在一家法式小餐馆吃晚饭,席间,这场辩论仍在继续进行着——有一度,斯隆试图要以武力相威胁,可是没过一会儿,他俩就一起来苦苦哀求他再宽限他们一点时间了。不料,安森就是顽固不化。他看得出,埃德娜已经快要崩溃了,也完全明白,绝不能让他们的激情再死灰复燃,让她重新振作起来。

到了深夜两点钟的时候,在第五十三号大街上的一家小型夜总会里,埃德娜的神经终于支撑不住,在突然间垮了下来,她哭喊着要回

---

① 基要主义者(fundamentalist),近现代基督教新教中的一个教派,坚持《圣经》中耶稣基督的基本要义,恪守其中的叙述、教义、预言和道德法则。

家。斯隆整个晚上都在拼命喝酒，他已经淡淡的有了些醉酒后的伤感，人斜靠在桌子上，接着又以双手掩面抽泣了一会儿。安森见时机已到，立即给他们开出了他的条件。斯隆必须离开这座城市六个月，而且必须在四十八小时之内走人。倘若他日后回来了，也不许再旧情复燃，不过，等过满一年之后，埃德娜可以，如果她愿意的话，向罗伯特·亨特提出她想离婚的要求，而且要按照正常途径来办理离婚手续。

他停顿了一下，看了看他们的面部表情，对自己最后要说的那句话更有信心了。

"要不然，你们还可以采取另一个办法，"他慢条斯理地说，"如果埃德娜舍得抛开她那几个孩子的话，我也没有办法能阻止你们一起去私奔。"

"我要回家！"埃德娜再一次哭喊起来，"啊，你折磨了我们一整天，难道你还没有折磨够吗？"

屋外，天色依然黑沉沉的，只有从第六大道那边透过来的一抹朦朦胧胧的灯光映照着这片街面。在那抹灯光下，那两个曾经相爱过的人儿最后一次深情地望着对方那悲切的面容，心里都明白，他们彼此都没有足够的青春和力量能阻挡得了这永久的分离。斯隆猛然转过身，顺着那条大街走去，于是，安森轻轻拍了拍一个正在打盹儿的出租车司机的胳膊。

此时已是将近四点钟了，在第五大道那阴森森的人行道上，有一股冲洗路面的水流在不紧不慢地流淌着，还有两个夜女郎的身影，轻盈地从圣·托马斯教堂那黑魆魆的大门前走了过去。接下来是中央公园的那片杳无人迹的灌木地带，那是安森儿时常来玩耍的地方，随后是数字越来越大的街名，它们和以姓氏命名的街名一样意义深远，这一条条从眼前飞掠而过的大街啊。这就是他的城市，他暗暗思忖着，在这座城市里，他的姓氏已经繁荣兴旺五代人了。没有任何变革能够撼动它在这里永恒不变的地位，因为变革本身就是要变革其最为重要的社会根基嘛，而他以及和他同一姓氏的那些人，正是在这种最为重要的社会根基上将自己与纽约精神维系在一起的。取之不竭的资源，再加上强大的意志——因为他的那些威胁性的话语，倘若换了手段比较软弱的人来说，也许还不如什么也不说为好呢——终于拂去了积压在他叔叔姓氏上的灰尘，拂去了积压在他的家族姓氏上的灰尘，甚至也拂去了在这辆车里坐在他身边的这个抖抖索索的女人身上的灰尘。

卡里·斯隆的尸体是第二天早上被人发现的，就躺在昆斯鲍罗大桥一个桥墩下的那片地势低洼的沙洲上。由于是在黑夜里，也由于他心情太激动，他还以为那是河水黑乎乎地流淌在他的身下呢，可是，还不到一秒钟，是不是水就没什么两样了——除非他还打算再最后一次想一想埃德娜，一边在水中无力地挣扎着，一边呼唤着她的名字。

七

安森从来没有因为他在这场恋爱风波中所扮演的角色而自责过——事情最终呈现出的这种局面并不是他造成的。但是，有理的一方往往会陪着无理的一方一起遭殃，他发觉他那份最长久、在某种程度上也是他最珍贵的友谊，竟不复存在了。他根本不知道埃德娜到底编造了什么样的歪曲事实真相的故事，反正他在他叔叔家里再也不受欢迎了。

就在圣诞节的前夕，亨特太太辞别了人世，魂归把关很严的圣公会的天国去了。于是，安森便成了名副其实的一家之主。有一位至今尚未出嫁、和他们一起生活了多年的姑姑负责操持家务，力不从心、勉为其难地陪护和监督着那几个年龄小一些的女孩子。这几个孩子个个都不及安森那样有主见,无论是优点还是缺点,都表现得更加趋于传统。亨特太太的撒手人寰,既耽搁了一个女儿初次在社交界登台亮相的机会,又延误了另一个女儿的婚礼。除此之外,她似乎还带走了他们所有人早已习以为常的物质上的某种东西,因为,随着她的亡故,亨特家的那种既不张扬、又极其奢华的优越生活便从此宣告结束了。

首先,这笔不动产,由于被征收了双份的遗产税,已经大幅度地缩了水,而且很快就要在六个子女中进行分割,再也谈不上是一笔洋洋大观的财富了。安森发觉,他那几个年龄最小的妹妹中竟出现了一种苗头,只要一提到那几户人家,就带着相当敬重的口气,而那几户人家二十年前是根本不"存在"的。他自己的优越感在她们身上一点儿也引不起共鸣——有时候,她们居然也不可免俗地表现得有些势利了,这倒也算不得什么。其次,这将是他们在康涅狄格州的那座庄园里度过的最后一个夏天了;反对去那儿的吵闹声响得不绝于耳:"谁愿意把自己封闭在那个死气沉沉的老镇子里,白白浪费一年中最美好的几个月?"虽说很不情愿,他还是做出了让步——那幢别墅将在秋天拿到市场上去变卖,来年夏天,他们将在维斯特切斯特县租一个稍微小一点儿的住处。这种做法等于是在走下坡路,背离了他父亲一贯主张的要表面简朴、实则奢华的思想,因此,他既能体谅这种叛逆行为,同时也对此深感恼火;他母亲在世的时候,他至少每隔一个星期都要北上去那边过周末的——即便在最欢乐的夏天也不例外。

然而,他自己也亲身参与了这场变革,何况他那出于本能的对生活的强烈愿望,也使他在二十几岁时就从那个已经夭折的有闲阶级的虚假葬礼中脱胎换骨,完全变了个人。他并没有清楚地看到这一点——他依然觉得,这世上还是存在某种规范、存在某种衡量社会等级的标准的。可是,这世上哪儿有什么规范呢,就连纽约这种地方究竟是否存在过某种真正意义上的规范，都还令人怀疑呢。只有为数很少的那些人仍然在不惜付出代价、奋力拼搏，想跻身于某一特定的社会阶层，岂料，到头来却发现，作为一个社会阶层，它几乎发挥不了多大作用了——或者，令人更加吃惊的是，他们曾经避之犹恐不及的那些在生活上放浪不羁的文化人，反而倒坐在他们的上首了。

到了二十九岁时，安森最大的忧虑，就是自己越来越严重的孤独感。如今他已铁了心，永远不结婚。他多次在别人的婚礼上担任过男傧相或迎宾员，次数多得数也数不清——他家里有一个抽屉，里面满满当当装的全都是他在这次或那次婚礼上司职时戴过的领带，这些领带既代表着某些连一年时间都撑持不了的浪漫爱情，也代表着某些已经从他的生活中完全消失的一对对夫妇。什么领带夹呀、金铅笔呀、衬衫的袖钉呀等等，由整整一个世代的新郎们赠送的那些礼物，只不过从他的珠宝箱里经过了一下，随后就不知去向了。随着每一场婚礼仪式的举行，他变得越来越不能想象换了自己当新郎会是什么滋味了。尽管他对所有这些婚事都怀着由衷的良好祝愿，可对他自己的婚事却只有绝望。

到了年近三十岁的时候，由于看到婚姻已经严重影响到了他和朋友们之间的友好关系，尤其是最近，他变得愈发消沉起来。曾经抱成一团、结为死党的人们，如今都有一种让人心慌意乱、四分五裂、各奔东西的倾向。来自他自己母校的那些人——也正是在这帮人身上他花去的时间最多、倾注的感情最深——偏偏就数这帮人溜得最快。他们中的绝大多数人都深陷在各自小家庭的樊篱里，有两个人已经去世，有一个生活在国外，有一人在好莱坞写电影分镜头剧本，这些电影安森都忠实地去看了。

不管怎么说，反正他们中的大多数人都是长年不变地乘坐公共交通往返于城郊之间的上班族，过着一种纠缠不清的家庭生活，只能以

225

某个郊区俱乐部为中心,他十分强烈地感到自己在日渐疏远的也就是这些人。

在他们刚开始过上已婚生活的那段日子里,他们都还需要他:他为他们出谋划策,告诉他们该怎么合理使用他们那点儿微薄的经济收入;他为他们消除疑虑,告诉他们带着一个小宝宝住进一个两居室外加一间浴室的屋子也不失为明智之举,尤其是,他代表着外面那个广阔的天地呢。可是,现在倒好,他们的经济困难已经成了历史,那个担惊受怕地盼来的孩子也已进入了一家人其乐融融的生活中。见到老安森,他们总是很高兴的,可是,他们却为了见他而刻意把自己穿戴得整整齐齐,竭力想给他留下这样的印象——他们现在也出人头地了,却把他们的烦恼都埋藏在心里。他们再也不需要他了。

在他三十岁生日到来之前的几个星期,他早年的也是他最亲密的那些朋友中的最后一位也结婚了。安森一如既往地扮演着他男傧相的角色,一如既往地送上了他的一套银茶具,而且也一如既往地赶到荷马号游轮上向新婚夫妇道了别。那是五月里的一个炎热的星期五的午后,当他漫步从码头边走开时,他忽然意识到,星期六已经近在眼前,到下个星期一的早晨之前,他都无事可做。

"去哪儿呢?"他自言自语地问。

去耶鲁俱乐部呗,当然是去那儿啦。打桥牌,一直打到吃晚饭为止,然后再到某个人的房间去喝上四五杯不兑水的鸡尾酒,度过一个惬意而又糊里糊涂的夜晚。他很遗憾,今天下午的这个新郎官不能来陪伴他了——想当初,他们总有办法把那么多内容塞进如此美妙的夜晚:他们知道怎样去勾搭女人以及怎样摆脱她们,也知道按照他们明智的享乐主义原则该付给哪个姑娘多少报酬。参加某个舞会只不过是一件用来调整一下心情的事情罢了——你带上某些女孩子到某些地方去,花上不多不少的钱让她们高兴;你喝一点儿酒,但绝不喝过量,只是比你应该喝的量稍多一点儿；然后，到了早晨某个时候，你站起身来，说你要回家了。你躲开了那些乳臭未干的大学生，躲开了那些依赖他人生活的寄生虫，避开了未来的约会，避免了打架斗殴，也避免了感情用事，以及言行失检。这就是处事之道。其余的则统统都是瞎胡闹。

到了早晨，你绝对不会感到特别遗憾的——你并没有下过任何决心呀，不过，如果你把事情做过了头，心里稍稍感到有些忐忑不安了，那你就连着戒几天酒，闭口不谈那件事得了，等到紧张、无聊的心情积蓄到一定程度，再把你抛进另一场舞会为止。

耶鲁俱乐部的大厅里还没有什么人。酒吧间里，三个年纪很轻的校友抬眼朝他看了看，只扫了他一眼就没了兴趣。

"喂，我说，奥斯卡，"他对那名酒吧服务生说，"卡希尔先生今天下午来过这儿吗？"

"卡希尔先生去纽黑文了。"

"哦……是吗？"

"看棒球赛去了。好多人都去了。"

安森再次朝大厅里看了一眼，略微思考了一下，然后便走了出去，径直上了第五大道。透过那扇宽阔的窗户，那是他曾经加入过的一家俱乐部——这家俱乐部他五年来几乎就没怎么光顾过——只见有一个头发灰白、泪眼汪汪的老男人在低头俯视着他。安森急忙扭过脸去望着别处——那人就端坐在那儿，清闲中透着无可奈何，傲慢中透着孤寂落寞，使他感到很压抑。他停下脚步，顺原路返回，穿过第四十七号大街，朝蒂克·沃登家的那幢公寓走去。蒂克和他妻子一度都是他最熟不拘礼的朋友——这户人家曾经是他和多莉·卡尔格在谈恋爱的那些日子里常去拜访的地方。但是，蒂克后来染上了酒癖，而且他妻子还公开散布说，那都是被安森给带坏的，安森才是真正的罪魁祸首。这话被人家经过一番添油加醋的传播之后,传到了安森的耳朵里——等到事情最终得以澄清时,那种微妙的、令人神往的亲密关系却破裂了,永远也别想修复了。

"沃登先生在家吗?"他问道。

"他们都到乡下去了。"

这话虽然是实情,却完全出乎他的意料,因而深深刺痛了他。他们都去了乡下,而他竟然一无所知。若是在两年以前,他肯定会知道他们动身的日期和具体时刻的,他会在最后一刻赶来,喝一杯送行的酒,并且约定好在他们回来后的第一次拜访。现在倒好,他们竟一声不响地走了。

安森看了看他的手表,寻思着要不要陪家人在一起过一个周末,但是,唯一可乘的列车只有一趟区间车,那将意味着要在热得人透不过气来的酷暑中整整颠簸三个小时。而且明天也得待在乡下,还有星期天——他可没有那份闲情雅致陪那几个文质彬彬的还在念大学的本科生在游廊上打桥牌,吃完晚饭后再到一家乡村路边小旅馆去跳舞,这种小小的娱乐曾经得到过他父亲好得过了头的评价呢。

"啊,不行,"他自言自语地说,"不行。"

他可是一位受人尊敬、令人印象深刻的青年啊,现在多少有些发胖了,除此之外,一点儿也看不出有生活放荡的痕迹。他也许生来就是要做某个方面的栋梁之材的——有时候,你会很有把握地认为,他决计成不了社会的栋梁;有时候,你又会认为,他也许在别的方面也成不了什么栋梁——譬如在法律界,在宗教界。在第四十七号大街上的一幢公寓楼前的人行道上,他一动不动地伫立了好几分钟,他有生以来几乎还是头一回感到这样无所事事呢。

片刻后,他迈开大步沿着第五大道匆匆走去,仿佛忽然想起了那边还有一个重要约会在等着他似的。需要掩饰,这是我们人类和狗类所共有的为数很少的几个特点之一,所以,我认为,安森那天的表现也算得上一个具有良好教养的家伙了,他在一扇他所熟悉的后门口吃了闭门羹呢。他现在打算去见尼克了,尼克曾经是一名备受上流社会时髦人士青睐的酒吧服务生,哪里举办私家舞会都要请他去,如今他已受雇于广场大酒店,专门负责在那迷宫般的地下酒窖里冰镇不含酒精的香槟酒。

"尼克,"他说,"一切都还好吗?"

"憋闷死了。"

"给我弄一杯酸味儿威士忌吧。"安森把一只一品脱的酒瓶递进柜台。"尼克,那些姑娘们如今都今非昔比啦。我在布鲁克林有过一个小姑娘,可是,她上星期居然都没让我知道就结婚了。"

"真有此事?哈——哈——哈,"尼克圆滑地应答着,"居然把你给骗了。"

"绝对是真的,"安森说,"她结婚前的那天晚上,我还带她出去过夜了呢。"

"哈——哈——哈,"尼克说,"哈——哈——哈!"

"你还记得那场婚礼吗?尼克,在温泉城的那场,我当时让服务生和乐手们一起唱《上帝拯救国王》。"

"哎呀,那是在哪儿啊,亨特先生?"尼克一脸疑惑地使劲儿想着,"我倒觉得,那好像是在……"

"他们又一次跑来还想要赏钱的时候,我就开始纳闷了,搞不清自己到底已经付了他们多少钱。"安森接着说。

"我觉得,那好像是在特伦霍姆先生的婚礼上嘛。"

"我不认识他。"安森斩钉截铁地说。在他回忆往事的时候,一个陌生的名字竟然擅自闯了进来,他感到有些不快。尼克察觉到了这一点。

"这个——哎呀——"他承认搞错了,说道,"这事儿我应该知道的。就是你那帮人当中的一个——布拉金斯……贝克……"

"比克·贝克!"安森立刻应道,"事情办完之后,他们把我放进了一辆灵车,在我身上撒满鲜花,然后就把我拉走了。"

"哈——哈——哈,"尼克笑道,"哈——哈——哈。"

尼克装得像老家仆一样的滑稽模仿,不一会儿就显得索然无趣了,于是,安森便走上楼来,到了酒店的大堂里。他环顾四周——目光所到之处,先碰上的是前台的一个他不熟悉的店员朝他投来的一瞥,接着又落在了一枝花上,那枝花是当天上午的那场婚礼留下的,此刻就摇摇欲坠地耷拉在一只黄铜痰盂的沿口上。他走了出去,迎着血红的太阳慢腾腾地走上了哥伦布圆形广场。突然,他又迅速转过身来,顺原路回到广场大酒店,把自己关在一间公用电话亭里。

后来,他告诉我说,那天下午他给我打过三次电话,他给有可能还留在纽约的每一个熟人都打过电话——他已经多年没见过面的那些男人和姑娘,有一个还是他大学时代的一位艺术家的人体模特儿呢,她的那个已经褪了色的电话号码依然还存留在他的通讯簿里——总机接线生告诉他说,甚至连原来的那个电话交换台都已不复存在了。万般无奈之下,他愤然要求把电话接到了那边的乡下,于是,他在电话里同那几个管家和女佣简短交谈了几句,他们都回答得振振有词,内容却令人大失所望。某某人出去了,某某人骑马去了、游泳去了、打高尔夫球去了,某某人上星期就乘船到欧洲旅行去了,如此等等,反正个个都不在家。活该,谁让你打这些电话呢?

要他独自一人形影相吊地度过这个晚上,那简直是不能容忍的事情——向隅静思,那只是一个人为了排遣片刻的空闲时间而采取的权宜之策,一旦孤独感强行袭来,也就失去了其应有的魅力。虽说有一类女人总是存在的,但是他所熟悉的那些女人一时间竟然都消失得无影无踪了,再说,他也从来没有动过那种念头,花钱找一个不认识的女人来陪伴他度过一个纽约之夜——他大概认为那种事情多少有些可耻和不可告人吧,那是一个四处奔波的推销员到了一个陌生的城市里才会需要的消遣方式。

安森付了电话费——那个收钱的姑娘本想拿他交了这么大一笔电话费开个玩笑,却没敢说出口——于是,那天下午,他第二次拔脚离开了广场大酒店,却不知到底该去哪儿是好。靠近旋转门的地方有一个女人的身影,显然已是身怀六甲,正迎着光侧身站在那儿——旋转门一转动,她肩头的一件纯米色的披肩就会忽闪忽闪地飘动起来,而且门每转动一次,她都要急不可耐地朝门口张望一下,仿佛她已经等得很不耐烦了似的。乍一看见她,他便有一种熟悉的感觉,一阵强烈的神经质般的战栗猛然袭上心来,不过,直到他走到离她不足五英尺的地方时,他才认出,那人竟是葆拉。

"哇,是安森·亨特呀!"

他的心翻腾起来。

"哇,是葆拉呀!"

"哇,这回倒真是巧了。我简直都不敢相信这是真的啦,安森!"

她拉着他的两只手,从她那无拘无束的动作中,他顿时就明白了,她对他怀有的那份感情已经不再强烈得令她心碎了。可是,他却不是那样的——他感到她在他心中唤起的那份旧情正在悄然袭来,占据了他的头脑,他过去总是用那种很斯文的举止对待她的乐观态度的,好像生怕会毁了她那浮在表面上的乐观精神似的。

"我们是来拉伊①避暑的。皮特因为生意上的事情才不得不到东

---

① 拉伊(Rye),美国纽约州维斯特切斯特县境内一滨海历史文化名城。美国游艇俱乐部即在此城。

部来的——你当然知道,我现在是皮特·哈格蒂太太啦——所以,我们把孩子们也带来了,还租了一套房子。你得过来看看我们才对呀。"

"我可以来吗?"他直截了当地问道,"什么时候?"

"你愿意什么时候来就什么时候来呗。瞧,皮特来了。"旋转门在转动,放出一个相貌英俊、身材高挑的男人,三十来岁,一张晒得黑黑的脸,蓄着修剪得整整齐齐的小胡髭。他那无可挑剔的健康身材,与安森日渐发福的体态形成了鲜明的反差,再加上安森穿的又是那件略微紧身的燕尾服,就更显富态了。

"你不该老是站着呀,"哈格蒂先生对妻子说,"我们在这儿坐下来吧。"他指了指大堂里的椅子,可是葆拉却有些犹豫不决。

"我得马上回家了,"她说,"安森,你为什么不……你为什么不今晚就过来和我们一起吃晚饭呢?我们刚刚安顿下来,不过,要是你能受得了……"

哈格蒂也热情地附和着妻子的邀请。

"今晚就过来吧。"

他们的汽车等在旅馆的正门前,葆拉带着一副劳累的倦容,仰靠在汽车角落里的一堆丝质靠垫上。

"我有太多的话想对你说,"她说,"看来怎么也讲不完了。"

"我想听听有关你的事情。"

"好吧,"她朝哈格蒂微微一笑,"那也要花很长时间呢。我有三个孩子——是我第一次婚姻带来的。最大的一个五岁,下面一个四岁,最小的三岁。"她又笑了笑。"在生孩子这件事上我可没有浪费时间哦,对不对?"

"都是男孩吗?"

"一个男孩,两个女孩。后来——哦,发生了好多事情,我是一年前在巴黎离婚的,接着就嫁给了皮特。就说这些吧——还有一点,我现在非常幸福。"

到了拉伊,他们把车开到了靠近海滨俱乐部的一所规模很大的别墅前,不一会儿就看见三个肤色黝黑、身子纤瘦的孩子从那幢屋子里出来了,他们纷纷从一名英国家庭女教师的管束中挣脱出来,嘴里发出只有他们自己才听得懂的叫喊声,鱼贯朝他们这边跑过来。葆拉自顾不暇而又非常吃力地把孩子们一个个搂进怀里,孩子们在接受她的爱抚时都有些不太自然,他们显然已经事先得到过吩咐,切不可碰撞妈妈。即使衬托着孩子们那一张张鲜嫩的脸蛋,葆拉的皮肤也一点儿不显老——尽管她身体上有些柔弱无力,可她看上去竟似乎比他七年前在棕榈滩最后一次见到她时还要显得年轻。

在吃晚饭的时候,她显得心事重重的样子,吃罢晚饭后,在诚惶诚恐地听收音机的时候,她又两眼紧闭地躺在沙发上,弄得安森心里七上八下的,不知自己在这种时候还待在这儿是否会打扰人家的生活。不过,到了九点钟的时候,哈格蒂站起身来,知趣地说,他想让他们在这儿单独待一会儿,直到这时,她才开了口,慢慢讲起她自己的经历和一些往事来。

"我的第一个孩子,"她说,"我们管她叫'达林'的那个,是最大的小姑娘——当我知道已经怀上了她的时候,我真想去死,因为洛厄尔跟我的关系已经形同陌路了。那情形就好像她不可能是我的亲骨肉似的。我给你写了一封信,却又把它撕了。啊,你那时对我简直太恶劣了,安森。"

又是那种对话,时而高潮迭起、时而一落千丈的对话。安森感到记忆突然活跃起来。

"你是不是有过一次订婚啊?"她问,"跟一个名叫多莉什么的姑娘?"

"我从来就没有订过婚。我倒是很想订婚呢,可是,除了你之外,我从来就没有爱上过任何别的女人，葆拉。"

"啊，"过了一会儿，她才继续说，"这个孩子才是第一个我真正想要的。你瞧，我现在已经有了爱情——终于有了。"

他没有答话，对她在追忆往事时居然说出这种背信弃义的话来感到十分震惊。她一定看出来了，"终于"这两个字眼儿伤害了他的感情，因为她又接着说：

"想当初，我可是十分迷恋你的，安森——你可以随心所欲地要我做什么就做什么。但是我们不会有幸福的。我不够精明，比不上你。我不喜欢像你那样把事情搞得很复杂。"她停顿了一下。"你永远也不会定下心来的。"她说。

这番话犹如在背后给了他一记重击——在所有对他的谴责中，这是他最不该领受的一项谴责。

"假如女人们能换一种活法，我就能定下心来了，"他说，"假如我不是那样太了解女人的话，假如女人不是因为别的女人的缘故而把你宠坏了的话，假如她们哪怕只有那么一丁点儿自尊的话。假如我能够安安稳稳地睡上一觉，而且醒来时是在一个真正属于我自己的家里的话——唉，这就是我一心想要的东西啊，葆拉，这也是女人们会看中我、喜欢我的原因。只不过我没法再从头开始罢了。"

快到十一点的时候，哈格蒂走进屋来。喝了一杯威士忌之后，葆拉站起身来宣布说，她要睡觉去了。她走过去，站在丈夫身边。

"你刚才去哪儿啦，最亲爱的？"她关切地问道。

"我陪埃德·桑德斯喝了一杯。"

"我不放心啊。我还以为你说不定跟什么人私奔去了呢。"

她把脑袋靠在他的大衣上。

"他很讨人喜欢的，对不对，安森？"她问道。

"那还用说嘛。"安森笑着说。

她仰起脸来望着丈夫。

"哎,我已经准备好啦。"她说。她转过脸来对安森说:

"你想不想观赏一下我们的家庭体操特技表演?"

"想啊。"他用颇感兴趣的口吻说。

"好吧。我们这就开始。"

哈格蒂舒开双臂,轻松自如地把她抱了起来。

"这就叫家庭特技,"葆拉说,"由他抱着我上楼。这是不是他的可爱之处?"

"是的。"他说。

哈格蒂略微低下头来,把脸贴在葆拉的脸上。

"我爱他,"她说,"我刚才还一直在对你说这话呢,对不对,安森?"

"对。"他说。

"他就是我在这个世界上最最亲爱的人儿,你是吗,亲爱的?……好啦,晚安,我们这就走。他是不是很健壮?"

"是的。"安森说。

"特意为你准备了一套皮特的睡衣,已经放在那儿了,你会看见的。做个好梦吧——早餐时再见。"

"好的。"安森说。

八

公司里几个老一辈的同事都坚持要安森到国外去避避暑。他们说,他七年来几乎没有休过一次假。他已经疲惫不堪,需要调整一下了。安森回绝了他们的好意。

"我要是真走了,"他声称,"我就再也不会回来了。"

"这话说得太没道理啦,老兄。三个月之后,你还会回来的,所有这些萎靡不振的状态也会统统一扫而光的。照样一切都好。"

"不行,"他固执地摇着头,"只要我放下工作,我就不会再回来上班了。只要我放下工作,那就意味着我已经放弃——我已经完蛋了。"

"我们不妨来试一试嘛。只要你愿意,哪怕休六个月都行——我们不怕你会离开我们。怎么,不工作你就感到难受啊。"

他们把他的行程都安排好了。他们喜欢安森——每个人都喜欢安森——然而他身上近来发生的那种变化,却使办公室的气氛变得有些沉闷起来。他一贯以推进事业发展为重的那种热情,他对同僚和下属的那种体贴入微的关心,他生龙活虎地一出场就显示出的那种高昂的姿态——在过去的四个月里,上述这些品质都被他那惶惶不可终日的表现统统化解掉了,化成了一个四十岁男人常为琐事而烦恼的悲观主义。在他插手的每一笔交易上,他的介入都是一种累赘,一种负担。

"我要是真走了,我就永远不回来了。"他说。

就在他即将乘船旅行之前的那三天里,葆拉·勒让德尔·哈格蒂在分娩中死了。那时候,我有很多时间是和他待在一起的,因为我们当时正准备结伴去漂洋过海呢,但是,在我们的友谊史上,他还是第一次对我只字不提他是什么感受,我也没看到哪怕是最细微的一丝感情流露。他念念不忘的首要事情是,他已经三十岁了——他会时不时地把谈话转到这一点上来,以此来提醒你注意这个事实,然后就又默不作声了,仿佛他认为,他这句话本身就能足以引起一连串的思考似的。与他的那些同事一样,我对他的这种变化也感到十分诧异,不过,我感到庆幸的是,巴黎号游轮此时已经启航,驶进了把两个世界分隔开来的茫茫水域,也把他的那个天地抛在了身后。

"去喝一杯怎么样?"他建议说。

我们走进酒吧间,带着启程之日所特有的那种不畏一切艰难险阻的心情,要了四杯马蒂尼鸡尾酒。一杯鸡尾酒下肚后,变化来了——他突然探过身来,拍拍我的膝头,那副喜形于色的快活样儿是我好几个月以来第一次看到的。

"你看见那个戴红帽子的姑娘没有?"他问道,"就是那个樱红色的脸蛋、有两个警察带着警犬赶来为她送行的姑娘。"

"她很漂亮。"我附和道。

"我在游轮事务长的办公室里查过她的登记,而且也打听清楚了,她是单身一个人出来旅行的。再过几分钟,我就下去找那个乘务员。今晚我们要和她共进晚餐。"

过了一会儿,他离开了我,随后,还没到一个小时,他就带着她在甲板上来来回回地散步了,用他那铿锵有力、清晰动听的声音同她交谈着。在墨绿色的大海的映衬下,她那顶红帽子成了一个色彩鲜艳的亮点,她时不时地仰起脸来望着他,捋一捋她那头闪光的短发,带着欢愉、好奇、期待的神情微笑着。晚餐时,我们喝了香槟酒,大家都非常开心——晚饭后,安森怀着他那富有感染力的热情打起了弹子球,有几个人看到我和他在一起,便来向我打听他的名字。我去睡觉时,他和那个姑娘还坐在酒吧间里的一张长沙发上有说有笑呢。

在此次旅途中,我和他见面的时间并没有我原先所希望的那么多。他本想组织起一种四人玩的游戏的,可惜人怎么也凑不齐,所以我只有在就餐时才能见到他。不过,有时候,他也会到酒吧间里来喝一杯鸡尾酒,跟我说说那个戴红帽子的姑娘,讲他和她在一起时的种种大胆举动,把这些事情描绘得既荒诞离奇又妙趣横生,好像他在这方面很有一手似的,而我感到庆幸的是,他又恢复了他的本性,或者说,至少恢复到我所了解的那种状态了,因此,我也感到放心了。我想,除非有人爱上了他,像铁屑遇到磁铁那样顺应着他,帮助他表白

237

自己，给他以某种许诺，否则他永远也不会快乐的。至于那是一种什么样的许诺，我就不得而知了。也许人家给他的许诺是：世上总有这样一些女人，她们会拿出她们最灿烂、最鲜嫩、最珍贵的时光来培育和呵护他珍藏在心底里的那种优越感吧。

（张鋆 译 吴建国 校）

冬之春梦

一

  有些孩子到高尔夫球场当球童，因为家里穷得叮当响，住的房舍只有一间屋子，不得不把一头病恹恹的母牛拴在前院里。德克斯特·格林也来捡球，不过他是来赚零花钱的——他家里可不穷，父亲在黑熊湖镇开的杂货店虽不是最赚钱的，也仅次于名气最大的"购物中心"——那可是雪莉岛的有钱人经常光顾的地方。

  入秋后，如若连日寒风料峭、阴霾不散，说明明尼苏达的长冬已不期而至。旋即大地像罩上了白色的盖子，积雪把高尔夫球场的球道掩得严严实实的，德克斯特便踩着滑雪板在雪上穿行。每逢如此季节，乡间景象让他格外怅惘——球场被迫歇业，漫长的冬日里，除了些皮毛蓬乱的麻雀经常光顾，空无一人；发球区夏日里彩旗飘扬，而今只剩下一个个孤零零的沙箱①，半埋在硬结的冰雪里，球场显得益发荒凉。德克斯特翻越小山头时，寒风刺骨；若赶上太阳露脸，他边艰难跋涉边眯斜着眼睛，以免受那无边无际的

---

① 沙箱（sand box），高尔夫球场装沙的容器，打高尔夫时开球处要铺上细沙。

强光刺激。

四月里冬季戛然而止。积雪已融成冰水流进黑熊湖,快得连那些早早赶来的打球人也无缘得见,也就没机会在雪地里击打着红红黑黑的圆球挑战严冬了。严寒尚未发威,连场像样的降雨也没有,冬天就一去不返了。

北国之春的萧瑟沉闷,北国之秋的美不胜收,德克斯特都同样深有体会。每当秋季降临,他禁不住双拳紧握,兴奋得浑身战栗,像白痴般念念有词;眼前仿佛有无数听众和军队,他突然奋力挥手,似在发号施令。金秋十月,他开始憧憬;十一月,他已沉醉于胜利的狂喜中了,喜悦中在雪莉岛消夏的情景浮现眼前——一闪而过但辉煌壮观。幻景中那个夏天,他成了高尔夫赛冠军,在一场精彩绝伦的比赛中击败了 T.A. 赫德里克先生。他已在心里预演了上百次这场比赛,每次都不厌其烦地变换细节设计——有时他赢得太轻松了,轻松得可笑;有时他也落后于对手,于是从容追赶,结果后来居上。然后,学着莫蒂默·琼斯先生的样,他从一辆利箭牌①轿车里走出来,踱着方步朝雪莉岛高尔夫俱乐部的贵宾休息室走去;如若被粉丝们围住,他就到俱乐部浮动码头的跳板上纵身一跃,表演花式跳水动作……观众看得瞠目结舌,尤其是莫蒂默·琼斯先生。

后来某一天,的确有这么一天,琼斯先生——的确是琼斯先生而不是他的魂魄——泪眼婆婆地找到德克斯特,说他是——绝对是——俱乐部里最好的球童,而其他人——其他球童——通常每负责一个球洞都会丢一个球。他问德克斯特,如果给他涨工资,可否留在球场?

"不会,先生,"德克斯特斩钉截铁地说,"我不想再捡球了。"停了片刻,他又说:"我年纪太大了。"

---

① 利箭牌(Pierce-Arrow),1901—1938 年的美国汽车品牌,以昂贵的豪华轿车闻名。

"你还不到十四岁呢!再说怎么早不走晚不走,偏偏今天早上想走?真见鬼!你答应过下周和我去州锦标赛的。"

"我还是觉得年龄大了。"

德克斯特把印有"A级"字样的袖标交出,从球童领队那里领了工钱,然后朝黑熊湖村的家里走去。

"最好的……最好的球童,"那天下午,莫蒂默·琼斯先生喝了几口酒就嚷开了,"从不丢球啊!还任劳任怨、聪明、不多嘴、老实、知好歹。"

造成如此结局的是一个小姑娘,才十一岁。这姑娘,哎,真是天使加魔鬼。这样的小姑娘们,经过岁月的淬炼,总是可爱得无以言表,同时也会给无数男人带去无尽的痛苦。不过嘛,这一切其实是有迹可循的。她浑身透着桀骜不驯——微笑时,嘴唇向嘴角扭;还有,她那双眼睛——天哪!——顾盼间激情流泻。这样的女人从小活力四射,此刻光线照射着她瘦削的身板,更显得精干十足。

才九点钟她就迫不及待地从家里来到球场,还带着一个穿白亚麻布的老妈子,老妈子背着一个白帆布袋子,里面装着五支小小的新球杆。德克斯特首次看到她时,她站在球童房边,显得有些不自在,但她竭力掩饰这一点,和老妈子不着边际地搭着话,还不时扮些令人惊讶但不合时宜的怪相。

"哟,今天天气肯定不错,是吗,希尔达?"德克斯特听见她这么对老妈子说。然后她嘴角往下撇,笑了笑,偷偷地向四周瞟,游移的目光在德克斯特身上停了一瞬。

然后她又对老妈子说:"哎呀,我想今天早上不会有很多人来这里,对吧?"

接着她又笑了——明显是装的——但还是那么迷人。

"我不知道我们该干啥。"老妈子一边搭讪,一边四下张望。

"哦，没关系，我来安排。"

德克斯特站在那里一动不动，嘴巴微微张开。他明白只要前进一步，自己的目光就会落在她的视野里，如果退后一步，就会完全看不见她的脸庞。刚才那会儿他没看出她到底年纪多小。这时他突然想起来去年曾见过她几次，当时她穿小灯笼裤呢。

突然，他不由自主地笑起来，又倏然而停——他被自己的笑声吓着了，转身疾步离开。

"伙计。"

德克斯特驻足而听。

"伙——计。"

不错，是有人在叫他。是她，不仅叫他，还赏他一笑，笑得那么诡异，那么不可理喻——至少有一打男人直到中年还忘不了这笑容。

"伙计，知道高尔夫球教练在哪里吗？"

"在授课。"

"哦，那球童领队在哪里？"

"今天他还没到。"

"哦！"听他这么说她好一阵无所适从，不断地变换双脚调整站姿。

"我们想找个球童，"老妈子接上话，"莫蒂默·琼斯夫人叫我们来打球，可是我们没有球童怎么玩。"

话音未落，琼斯小姐狠狠地盯了她一眼示意她闭嘴，又立即换上一副笑容。

"这里除了我没有其他球童，"德克斯特对老妈子说道，"领队到之前我在这里负责。"

"噢！"

随即琼斯小姐和她的跟班就走开了，离开德克斯特适当距离后，两人开始叽叽咕咕说个不停,结果琼斯小姐拿出一根球杆,使劲敲击地面。这好像还不足以达意,她又举起球杆,要向老妈子胸膛砸去。老妈子一把抓住球杆,扭到一边去。

"你这个可恶的老杂毛。"只听见琼斯小姐声嘶力竭地叫嚷着。

接着又是一通争吵。德克斯特看到两人的吵架充满喜剧色彩,好几次忍不住发笑,但每次他都压着笑声不让人听见。他还压不住一个邪恶的念头——那小姑娘杖击老妈子,老妈子罪有应得。

幸好领队及时出现才解了围,老妈子立刻大倒苦水。

"琼斯小姐要找个小球童,可这孩子说他不干。"

德克斯特连忙说:"麦克纳先生说你来了我就可以走了。"

"好啦!他不是来了嘛。"言毕,琼斯小姐朝领队欢快地一笑,把球杆袋往地上一扔,得意扬扬地迈着碎步朝第一个发球座走去。

"怎么啦?"球童领队转身对德克斯特说,"你怎么站在那里像个木桩?快去把那位年轻女士的球杆拾起来。"

"我今天……不想干。"

"你不想……"

"我想我会辞工。"

这个想法之大胆把自己都吓了一跳。这里人人喜欢他,而且整个夏季每月三十美元的报酬在黑熊湖周边也是绝无仅有的。可是他已方寸大乱,躁动不安的情绪需要立即痛快释放。

当然,事情也不止释放情绪那么简单,正如他未来人生中经常出现的情形一般,德克斯特常常不知不觉中听命于他的冬之梦。

二

当然,如今那些梦想已不复当年,内容与时机均已变化,不过梦还继续做着。数年后，为了圆梦，他放弃了到州立大学学商科的机会——他父亲已很有钱，本要资助他学这个——去了东部一所历史更悠久、名气也更大的学校。至于到东部学校有什么好处，很难说，能确定的是他在这里常为钱发愁。但不要因为他圆梦的第一步就为钱财费心劳神而觉得这孩子满身铜臭。他不想和光鲜亮丽的人和事沾边——他想自己直接变得光鲜亮丽。他常常想要最好的东西却不知道要来干吗，有时候他也会莫名其妙地拒绝这些常人难以放弃之物。这里要讲的不是他整个事业，而是他某次拒绝的故事。

他发财了，快得令人相当意外。大学毕业后，他来到一个城市，那里的阔人们常去黑熊湖消遣。他二十三岁时，到该地还不满两年，当地已经有人喜欢夸他说："这小伙子真不赖……"他身边的富家公子们，有的在投机债券，有的在盘算家产，有的在啃二十四卷本《乔治·华盛顿商业教程》，而德克斯特凭他的学位和三寸不烂之舌借到一千美元，与人合开了一家洗衣店。

德克斯特投资洗衣店时该店规模很小，不过他学到了一种英国人的特别本领，即如何洗高级羊毛高尔夫长筒袜不致缩水。不到一年，他已牢牢抓住了那些穿灯笼裤[①]的玩家们，他们坚持要把谢特兰牌长筒袜和毛衣送到德克斯特的洗衣店去洗，如同他们坚持要不会丢球的球童一样。又过了不久，这些玩球汉子们的老婆也把内衣拿到这里来洗了。洗衣店在本城又开了五家分店，不到二十七岁，德克斯特已经成为本地区洗衣行业的龙头老大了。就在此时他却卖掉洗衣店去了纽约。不过，与本故事相关的部分还要回溯到他获得第一桶金的日子。

德克斯特二十三岁那年，哈特先生——也就是那个头发花白、经

[①] 灯笼裤（Knickerbockers）是一种男人穿的上体宽松、脚踝至膝盖束紧的裤子，20世纪初美国特别流行这种款式，打高尔夫的人和滑雪者特别喜欢穿。

常说"这小伙子真不赖"的人——给了德克斯特一张请柬,请他去雪莉岛高尔夫俱乐部度周末。某日德克斯特在俱乐部的登记簿上签了名,当天下午还和哈特先生、山武德先生以及T.A.赫德里克先生来了场双打比赛。就在这同一个球场里,他曾为哈特先生扛过球袋,闭上眼睛也知道这里的每一道沟沟坎坎——可他觉得没必要向球友们重提旧事。可不知为何他禁不住扫了几眼跟在身后的四个球童,努力想从孩子们身上捕捉自己当年的眼神和动作,以冲淡今昔之比的巨大反差。那真是奇妙的一天,熟悉的过往突如其来,又倏然而去。此一刻他觉得自己像是一个非法越境者,彼一刻看着T.A.赫德里克又觉得自己高高在上——赫德里克不仅令人讨厌,甚至球技也不复当年了。

后来,哈特先生的球在第十五洞果岭①处丢失了,结果发生了一件大事。他们正在深草区找球,突然从背后附近小山包传来一声大叫"躲开"。就在他们齐刷刷地转身站起来的瞬间,一粒簇新的高尔夫球从小山包上飞旋而至,"嗖"地砸在T.A.赫德里克先生的肚皮上。

"哎哟!"赫德里克一声惨叫,"他们怎么不把这些疯婆娘赶出去?真是无法无天了!"

"咱俩来比试比试咋样?"一个脑袋从小山后冒出来,同时冒出这么一句话。

"你打中我肚子了。"赫德里克先生气势汹汹地回敬了一句。

"是吗?"一位姑娘朝这帮男人走过来,"对不起啦!可是我叫了'躲开'。"

她随意地扫了每个男人一眼,然后目光转向平坦球道搜寻球踪,还念叨着:"是不是弹到深草区了?"

---

① 果岭即Green,高尔夫用语,即球穴区,即球洞周围平整的浅草区域,下文的"深草区"(rough)也是高尔夫球场用语,指设在平坦球道和球穴区周围的深草区。

她是真的在发问还是在挖苦人?这真不好说,不过不一会儿就清楚了。她的同伴出现在小山包上时,她欢快地招呼道:"找到了!要不是我的球'拐弯儿'了,这一杆就进洞了。"

她摆好姿势,准备用五号铁头球杆打个短球,德克斯特趁机仔细打量了她一番。她穿着蓝花格上衣,颈部和肩部镶着白边,把皮肤衬托得真黑。她十一岁时,夸张的表情和瘦削的身板衬着那双顾盼生情的双眸和向下撇着的嘴巴,显得何其别扭,如今别扭全无,美得摄人心魄。双颊红晕点染,恰似绘画着色——不是常见的那种"红润",而是介于运动发热和发热症之间那种色调,时强时弱仿佛随时会褪色甚至消失。如此脸色加上灵动的嘴唇,一切让人觉得她永远闲不住,生机勃勃,激情四射,不过她忧郁充溢的双眸又让这种感觉不那么肯定。

她抡起球杆,急不可耐又心有旁骛的样子,"啪"的一声,球飞向果岭另一侧的沙坑里。她脸上挤出一丝笑意又马上收起,漫不经心地咕哝了句"谢谢啦!"然后就朝打飞的球走去。

"这个叫朱迪·琼斯的,"站在另一发球区的赫德里克先生——他本来和另外几位正等着,看她还有什么要表演——此时开始大发宏论了,"这娘们儿欠揍,该把她屁股翻起来,用大巴掌伺候她半年,再把她嫁给老派骑兵头儿去折腾。"

"可她长得那么好看哩!"山武德先生发话了,他刚三十出头。

"好看?"赫德里克先生大声嚷道,"看她那骚劲儿,老像在求别人亲她嘴儿;母牛样的大眼珠子不停地转啊转,把镇上每头小公牛都瞅了个遍。"

赫德里克先生是否在谈论雌性的本能,很难断定。

"她要是再试试,肯定球会打得很漂亮。"山武德先生接着说。

"她要身材没身材。"赫德里克先生严肃地说。

"她身材特棒。"山武德抗议道。

"谢天谢地,幸好她那粒球飞得不够快。"哈特先生一边插话,一边朝德克斯特眨眼。

天色已晚,夕阳西下,天际云蒸霞蔚,不断变换色彩,一会儿金光灿灿,一会儿又蓝莹莹红闪闪的。晚上空气干燥,夜风塞窣,真是典型的西部夏日。德克斯特站在俱乐部的露台上极目四望,微风轻拂,湖水漾起微波,后浪缓缓地盖过前浪,秋分前的满月照射在湖面上,仿佛蜜糖上泛出的银光。后来月亮似乎示意万物安静,一泓清水,波澜不惊,水光熹微,静谧无声。德克斯特穿上泳衣,游向最远处的浮码头,爬上码头,舒展四肢躺在跳水板上的帆布上,浑身湿漉漉的。

鱼儿在水里跳跃,星光洒落湖面,黑熊湖周围的灯光影影绰绰。远处黑乎乎的半岛上传来一阵钢琴声,弹奏的曲子有去年夏天流行的,还有之前数个夏季流行的——如《中国蜜月》[①]《卢森堡伯爵》[②]《巧克力士兵》[③]这类歌剧里的选曲。琴声悠扬,湖光潋滟,德克斯特一向认为这样的意境很美,所以十分安详地躺着,静静谛听。

此刻钢琴曲的旋律,德克斯特五年前曾听过,当时觉得这曲子又欢快又新鲜。那时他尚在读大学二年级,一次某个班级举办期末舞会,就奏过这曲子,可他当时囊中羞涩,买不起门票,只能站在体育馆外听听。这旋律激发了他内心某种欣悦感,就是这欣悦让他看清了

[①]《中国蜜月》(*Chin-Chin*,又名 *a Chinese Honeymoon*)是 1914 年上演的一出三幕音乐剧,剧名中的 Chin-Chin 指两个姓 Chin 的中国奴隶,曾施魔法保护阿拉丁神灯,并为男主人公赢得心仪的爱人;19 世纪末 20 世纪初,英文中 Chin 可以泛指中国人,也可以表示中国人的礼貌语,即"请";这出音乐剧中两个华人 Chin Hop Hi 和 Chin Hop Lo 实际是当时英美文化中的中国文化符号,西方中心主义的色彩一目了然。
[②]《卢森堡伯爵》(*The Count of Luxemburg*)是一出两幕剧,改编自一出德语三幕剧,1911年 5 月 20 日在伦敦首演,大受欢迎,连续演出 300 多场。
[③]《巧克力士兵》(*The Chocolate Soldier*)是德国作曲家 1908 年根据英国剧作家萧伯纳的一个剧本改编的音乐剧。

自己此刻内心的变化——感激之情充盈心间,这种感觉曾驱使他全身心投入生活,使他觉得身边一切都那么色彩斑斓、魅力无穷——以后恐怕再不会有的一种感觉。

突然,一个低矮的、灰暗的长方形物体从湖岛的黑暗中窜出来,发出的声音是比赛中的汽艇才有的回环往复的轰鸣。那东西奔驰处,水面立刻被划破,屁股后涌起两道水痕,恰似两条白飘带。瞬间那东西就窜到德克斯特身边了,的确是条船,它喷洒水雾的嗡嗡声立即湮没了钢琴声。德克斯特撑着双臂,抬眼望去,有个人影站立着在驾驶,一双黑眼睛越过长长的水道在注视他。然后船开走了,在湖心毫无目标地绕圈,掀起一圈圈巨大的环形水花;同样出乎意料,某一个水圈突然变直,朝浮动码头而来。

"谁在那里?"她喊道,把汽艇熄了火。她已离得那么近,德克斯特已看得见她的泳衣,清清楚楚的,是粉红色的连体泳衣。

汽艇艇头撞上浮动码头一侧,浮动码头剧烈地倾斜,德克斯特朝她的方向翻滚过去。他们都认出了对方,不过各怀心事。

"你不是下午和我们打球的那拨人里的吗?"她叫道。

他就是。

"喂,你会开汽艇吗?要是会就开这个,我跟在后边就可以玩冲浪板了。我叫朱迪·琼斯。"她主动朝他一笑,笑得有点莫名其妙,一副意满志得的样子,毋宁说,她试图用一笑来传达自信自满——这是明摆着的,她使劲地扭着嘴唇,不过那样儿一点也不难看,简直美极了——"还有,我住在对面岛上的一座房子里,有个男人在那里等着我。他开车刚到,我就开船走了,谁让他老说我是他的意中人!"

鱼儿依然在水里跳跃,星光依旧洒落湖面,黑熊湖周围的灯光还是一样影影绰绰。德克斯特挨着朱迪·琼斯坐着,听她讲如何驾驶汽艇。然后她跳入湖中,游向漂在水面的冲浪板,自由式泳姿舒展自如，身段柔软。看她游泳，眼睛一点也不累，仿佛在看微波起伏或海鸥翱翔，晒成胡桃灰的双臂在银灰色的波浪间出没，摇曳多姿，只见肘部一抬，前臂随回波下落，如此有规律地反复起落，在水中劈开一条路。

他们离开湖岸来到湖中。德克斯特转身一看，她正跪在向上翘着的冲浪板尾部。

"开快点，"她叫道，"能开多快就开多快。"

他顺从地把操纵杆向前一推，艇头立刻腾起白色的水花。他再向后看时，她已站在冲浪板上，双臂大张，举目向月。

"冷死了！"她大声嚷着，"你叫什么名字？"

他说了名字。

"喂，明天——晚上来我家吃饭，咋样？"

闻听此言，他的心跳顿时加速，就像汽艇上飞转的轮子；她随口一句话再次改变了他的生活目标。

三

次日傍晚，德克斯特来到朱迪家，在楼下房间等她下楼。夏日夕照洒下一抹微光，屋子里幽明交汇，恍然间他感到这屋子和连着屋子的门廊里挤满了人，都是朱迪以前的追求者。他深知这些都是什么样的人——就是那些在他刚上大学时从预备中学[①]升上来的那些家伙，他们衣着光鲜，皮肤透着夏日阳光留下的健康的深棕色。他曾以为在某某方面这些家伙不如他，比如他比他们更有朝气、更有魄力。可

[①] prep school 是北美的一种中学，又叫 University-preparatory school，即专为升入大学而教学的中学，往往是私立学校，收费昂贵，实际是一种教育水平很高的贵族中学。

是他又不得不承认自己也希望自己的孩子将来能和他们一样,这无异于说自己不过是粗鄙莽夫之流,而那些家伙生来就已脱胎换骨,高人一等。

德克斯特有机会穿锦绣华服时,他已到了知悉谁是美国最佳裁缝的年纪,而且今天傍晚的外套就是美国最佳裁缝为他缝制的。他在大学里学会了谨言慎行,这正是该大学的特质,与别的大学迥然有别。他深知如此言行举止的价值并付诸实践,他明白做到衣着打扮和言行举止上的随意洒脱比刻意为之更难,那需要更多自信,不过随意潇洒的风度要靠孩子们去实现了。他自己的母亲本姓克里姆斯列契,是属于农民阶级的波希米亚①人,直到终老也讲不出流利的英语。母亲是这个样子,儿子想摆脱这一切谈何容易。

七点多一点,朱迪终于下楼了,身着蓝色丝质便服。德克斯特看到她的第一眼便有些失望,他本以为她会穿得更精致些;更让他郁闷的是,她向他简短招呼后,径直走向传菜间,推开门喊道:"玛莎,可以开饭了。"他原本预想会有一个男管家来邀请入席,饭前会端上鸡尾酒开胃。直到他和她并排坐在长沙发上,互相打量,才把刚才的不快暂时抛开。

"我父母都不会来这儿。"她若有所思地说道。

德克斯特还记得最后一次看见她父亲的情形,心里窃喜老两口今晚不会在此现身——否则,他们会问:这小子是谁呀?他出生在基

---

① 波希米亚(Bohemia)本是中欧一个古老帝国,位置大致相当于今天的捷克共和国。在英语中,Bohemian 有数种含义。在"捷克人/语"(Czech)这个词流行之前,Bohemian 主要指波希米亚人或波希米亚语;后来,这个词也用来指那些在艺术上不拘传统、善于标新立异者,由此该词在流行文化中逐渐又获得放荡、妖冶但格调不高等负面含义。文中特别提到主人公德克斯特母亲的姓氏 Krimslich,其实这是一个典型的捷克人姓氏,作者似乎在暗示德克斯特出身于移民家庭,而且社会地位很低,而他的梦想就是摆脱自己的阶级地位和社会地位。

勃，一个比此地更偏北的明尼苏达的乡村，离此地五十英里，但他总是对人说他的故乡是基勃而非眼前的黑熊湖村。基勃那样的乡村小镇除了不那么显眼、没有漂亮湖泊吸引如织的游人外，做自己的家乡一点也不丢份。

他们谈起了他所上的大学，她说过去两年里她曾去过多次；他们还谈及附近一个城市，雪莉岛的很多游客都来自该城，德克斯特的事业也在此处，于是顺便讨论了他第二天是否应该回去料理正兴隆的洗衣生意。

席间女主人情绪不高，德克斯特因此有些惴惴不安。她沙哑的嗓子里冒出的任何愠怒之辞都让他担惊受怕，而她的每一次微笑——不管是冲他，还是对着饭桌上的鸡肝，或者毫无来由——都让他心慌意乱，因为她的笑容里毫无欢乐，连逗乐也没有，令人难以捉摸。她那猩红的嘴角往下一牵，与其说她在笑，不如说在招人亲她的嘴。

晚餐结束后，她引着德克斯特来到没有亮灯的玻璃顶游廊上，有意改变一下气氛。

"我有点难过，你不怪我吧？"她说。

"恐怕是我让你生厌了吧。"他迅速回答道。

"你没有啊。我喜欢你，可是今天下午我过得糟糕极了。有个我挺有好感的男人，今天他突然告诉我他一贫如洗，他以前从没透过口风，我也毫无思想准备。你不觉得这事很无聊吗？"

"或许他害怕告诉你真相。"

"就算是这样，"她接口道，"他一开始就不应该隐瞒。要知道，要是我早知道他是个穷光蛋——唉！其实我喜欢过的穷光蛋多着呢，也曾真心实意打算嫁这样的人。可是这次不一样，我一点思想准备也没有，对他的迷恋程度还不足以承受如此突然的打击。就像一个女子平静地告诉未婚夫，说自己是一个寡妇。未婚夫倒不一定觉得寡妇本身有什么不妥，只是……"

"咱们开门见山吧，"她猝不及防地打住，转换了话题，"请问，你是什么样的人？"

"无名之辈，"他大声说，"我的事业很大程度上是一种期货。"

"你也是穷光蛋吗？"

"不是，"他很诚实地回答说，"在西北地区，我挣的钱可能比同龄人都多。这样说可能招人反感，但是你说要我开门见山说实话的。"

她犹疑了片刻，然后笑了，嘴角下坠，身体难以觉察地一倾，与德克斯特靠得更近了，抬头盯着他的眼睛。德克斯特的心提到了嗓子眼，呼吸困难，静待那实验——嘴唇作为元素互相混合，会产生什么不可预知的化合物呢？很快他就知道结果了，她一遍遍地亲吻他，把她兴奋之情慷慨地、毫无保留地传递给他。但这些吻不是某种承诺而是一种履约，对他而言这不是雪中送炭，而是锦上添花，恰如慈善行为一样，产生需求的原因在于施舍者不求任何回报。

没过多久，他已认定朱迪·琼斯就是他想要的伴侣，这个想法由来已久，始自他刚刚懂得自尊、有明确欲望的少年时代。

四

爱情戏就这样开场了，其间热乎劲儿自有起伏跌宕，但双方的关系始终维持在这样的基调上，直至终场。德克斯特还是首次碰到她这样毫不掩饰而且不遵守游戏规则的人，只好委屈自己迁就她。朱迪想要什么，就极力施展魅力，必欲得之而后快。她从不讲究什么方法，也不玩弄手段，甚至不考虑后果——无论跟谁相好，动脑筋的事儿她是不会干的。她看上某个男人，就直接展现曼妙身姿吸引对方。德克斯特无意改变她——她有缺点，但更有充溢四射的激情，往往后者盖过前者，缺点也不那么重要了。

就在他们约会的第一个夜晚，朱迪将头枕在他肩头的当儿，她对他耳语道："我也不知道自己怎么了，昨天晚上我以为我爱上了某个人，而今天晚上又觉得我爱的是你……"这话德克斯特听起来很受用，感觉很美妙、很浪漫，心头顿时热流奔涌，好不容易才按捺住，埋在心底。可是才过了一个星期他就不得不重新审视她这种做派了。一天她开着自己的跑车，载着他去参加野餐聚会，晚餐后她却不见踪影了，同样是开着跑车走的，只不过载着另一个男人。德克斯特发现后恼怒至极，尽管当时有很多人在场，他气得差点儿连起码的风度都顾不上了。事后朱迪信誓旦旦地保证她没有亲吻那个家伙，他知道她在撒谎，但他还是很欣慰，至少她还愿意费劲儿地遮掩。

那年夏天结束之前，他发现围绕朱迪转的男人已不下一打了，自己不过是其中之一。某一段时间内只有一个男人特别受宠，另外约有半打还在她偶尔复现的亲昵中自我慰藉。不过，某一位追求者因为长期得不到眷顾而准备打退堂鼓时，她会特意亲近他一时半刻，软语温存一番，这家伙又会坚持那么一年半载。朱迪对这群可怜的情场失意者时冷时热，这样做倒不是出于什么恶意，事实上她的行为有无不妥，她自己也是懵懵懂懂的。

一有新欢登场，旧爱自然靠边，跟他们的约会也就自动作废了。试图掌控类似事件是徒劳的，因为一切主动权掌握在朱迪手中。她可不是那种靠情场周旋就能"征服"的姑娘——巧妙的手段骗不了她，迷人的风度也不会打动她；如果这些手段让她招架不住，她会干脆直接和对方上床；无论对方多么强悍、迷人，面对她那曼妙肉体的巨大魔力，都得拜倒在她的石榴裙下，这注定是一场由她而非他们掌控的游戏。只有她的欲望得到满足，她的风姿表现得直接而充分，她才觉得快乐。或许是因为年纪轻轻她就经历过太多恋爱，遇到过各色情人，出于自卫，慢慢地完全把自我封闭起来以求慰藉。

德克斯特第一次从爱恋中尝到甜头后，等待他的却是无尽的烦恼和不安。迷上她，他感到一种无法自拔的狂喜，但这种快乐更像是吸食鸦片而非兴奋剂的感觉。幸好在接下来那个冬季，这种狂喜感只是偶尔浮上心头，没有影响工作。他们交往初期，有一阵似乎双方彼此吸引，很自然，也很深沉。比如第一年八月间，连续三天，两人在她家幽暗的游廊上消磨漫长黄昏，墙壁凹陷里、花园藤架的围栏后，他们相拥而吻，从后晌吻到傍晚，不过那些亲吻有些奇怪，像病人似的绵软乏力；一到早上，她又显得容光焕发、娇艳欲滴了，大白天同他见面时，竟有几分娇羞模样。德克斯特感受到了只有订了婚的人才有的快乐，而当他意识到自己还没有订婚时，快乐顿时倍增。就是在这三天里，他首次请求朱迪嫁给他；她呢，顾左右而言他，一会儿敷衍说"将来再说吧，有可能"，一会儿说"吻我"，一会儿说"我其实想嫁给你"，一会儿说"我爱你"——凡此种种，等于什么也没说。

三天相处带给德克斯特的快乐沉醉因为一个纽约男人的到来倏然而止，九月里那个家伙在朱迪家盘桓了半个月。围绕他俩的谣言不胫而走，德克斯特痛苦万分。那个家伙的父亲是一家大型信托公司的老板。但一个月后，据说他俩在一起时朱迪哈欠连连。某天晚上两人参加一个舞会，结果她整晚都和本地一个旧爱待在摩托艇里，而那位纽约客却在舞厅里发疯似的找她。她告诉本地旧爱自己已厌倦了这位纽约新欢，两天后纽约客只好打道回府了。有人看见她到车站送他，据说他看上去神情哀怨。

那个夏季就在如此氛围中结束了。德克斯特已步入二十四岁，愈发觉得自己有能力做到心想事成了。他加入了本市两家俱乐部，并住在其中一家。虽然他绝不似那般专在舞厅猎艳的光棍汉，但他还是尽力参加每一场朱迪·琼斯可能现身的舞会。其实，只要他愿意，本可以出席各种社交聚会——如今，在生意圈里有待嫁女儿的父亲们眼里，他俨然是个有为青年，人缘好得很呢。他对朱迪溢于言表的执着进一步加深了人们对他的好感。然而，他并没有在社交场上一展身手的打算，而且很瞧不起那些热衷社交场合的男单身汉们——他们整日混迹于舞池，在晚宴上喜欢和已婚年轻夫妇挤在一桌，无聊得很。他已决意去东部的纽约发展，想带着朱迪一起走。尽管由于她的成长环境决定了他们关系的无望，但这并不妨碍他对她的无限渴求。

记住这一点——只有明白这一点，才能理解他为她所做的一切。

德克斯特邂逅朱迪十八个月后，与另一位姑娘订了婚。姑娘芳名艾琳·舍雷尔，其父是那些一向看好他前程者中的一位。艾琳头发颜色不深，长相甜美，品行端正，不过稍显臃肿；此前有两位男士追她，可德克斯特一正式向她求婚，她便毫无歉疚地抛弃了那两位。

春夏秋冬，循环往复，光阴荏苒。德克斯特为了朱迪那两片撩人的嘴唇已虚掷了无数青春。她变着花样儿折磨他，时而挑逗，时而揶揄，时而恶作剧，时而冷眼以对，时而鄙夷不屑；她让他受够了恋人间能够容忍的无数轻慢之举——仿佛她在乎过他，就应该这样报复他一下似的。她一会儿招手唤他，一会儿对着他打哈欠，一会儿又召唤他，而他呢，为了应付她，苦不堪言，时常眉头紧蹙。她曾让他销魂失魄，也带给他无法忍受的精神折磨；她给他添了无数麻烦、苦恼；她羞辱他，欺负他，利用他对自己的热情使其懈怠工作，这样做纯粹是为了好玩。她什么招数都对他使过，但没有批评过他，一次也没有。在他看来，她之所以如此是因为批评他可能会让人觉得她很在乎他，有损她冷美人的形象。

秋来秋又去，日月确如梭，德克斯特猛然觉得他得不到朱迪·琼斯了。他必须把这想法埋在心底，这谈何容易，但他最终还是说服了自己。漫漫长夜，辗转难寐，一忽儿想到她给他带来的麻烦和痛苦，

255

她当老婆的缺陷一条一条地明摆在那儿；一忽儿他又觉得自己毕竟是爱她的。他心里这样斗争了一阵，不知不觉遁入了梦乡。接连一个星期，为了避免自己老想她电话里沙哑的声音和午餐时盯着他的双眼，他拼命地工作，很晚才停歇，夜里又去办公室，规划未来的发展。

他这样干了一个星期，然后去参加了一次舞会，从别人手里把朱迪拉过来跳了一曲。跳完舞他并没有邀请她出去坐坐，或者恭维她长得如何漂亮之类，自他俩交往以来这大概还是头一回吧！她对他的反常举动并不诧异，反而让他有些失落——也仅仅是失落而已。看到她今晚的新欢，他也不觉得嫉妒了。时间磨砺了一切，包括他的嫉妒心。

他在舞会待到很晚。他陪艾琳·舍雷尔聊了一个钟头，谈论读书和音乐。其实这两样他都所知不多，但毕竟他终于可以支配自己的时间了，而且由此产生了一个踌躇满志的念头——我是少年得志的德克斯特·格林呀——自己应该多了解此类知识了。

这还是十月份的事，那时他已经二十五岁了。次年一月，他就和艾琳订了婚。他们决定六月正式宣布喜讯，再过三个月，就举行婚礼。

这一年明尼苏达的冬天格外漫长，快到五月了，风才变得柔和，积雪终于融化，流进了黑熊湖。一年多来，德克斯特第一次体会到心灵宁静的妙处。朱迪·琼斯先去佛罗里达住过一段，后来搬到温泉城，在某处和别人订过婚，又在某处解除了婚约。起初，德克斯特决定彻底忘掉朱迪，但人们老喜欢把他俩相提并论并向他打听朱迪的消息，这让他很不快活。可到了他在宴会上常常被安排坐在艾琳旁边的时候，人们不再问他关于朱迪的消息了——他们反而主动告诉他关于她的信息，他再也不是发布朱迪消息的权威人士了。

终于到五月了。一天晚上，天黑漆漆的，空气湿润得能拧出水来。德克斯特独自徜徉在街上，心生无限感喟，欢娱既短，又一事无成。回想去年五月，正是朱迪搅得自己方寸大乱的时候，想起她就觉得满腹辛酸、不可原谅，虽然最终还是原谅了她——这也正是他难得在心里抱个幻想的时候，幻想着她能慢慢爱上自己。他原来憧憬的巨大幸福，到头来竟化为泡影。他明白，艾琳不过是悬在他身后的一方帘幕，是在闪光的杯碟间挪移的一双手，是呼儿唤女的一个声音……烈火般的激情和妖娆可爱的面孔已一去不返，从此再也无心领略夜色的奇幻、四时及晨昏无穷变化的美妙了……再也没有薄薄的两片嘴唇往下一努，凑到他嘴边，四目相对，让他如登仙境了……此情此景深印心间，他又是多情善感之人，这种印象岂能轻易消退。

五月中旬，还有几天就真正入夏了，天气乍暖还寒。一天夜晚，他来到艾琳家，当然不会有人对此大惊小怪——还有一周，他们订婚的消息就要公布了。今天晚上他们准备去大学俱乐部，在长沙发上坐上个把钟头，看看别人跳舞。和艾琳在一起——她人缘特好，"名气"特大——他感到踏实。

他几步登上她家豪宅前的石阶，径直走进去。

"艾琳。"他叫了一声。

舍雷尔太太从客厅里迎上来。

"德克斯特，"她招呼道，"艾琳头痛得厉害，上楼去了。她本想和你同去，是我让她卧床休息的。"

"不要紧吧？我……"

"呃，不要紧的。明天上午她会和你去打高尔夫，就让她歇一个晚上，好吗，德克斯特？"

她的笑容很和善，他们彼此对对方的印象都不错。德克斯特和她在客厅里聊了一会儿，才起身告辞。

回到他寄居的大学俱乐部，他在门口站了会儿，看别人跳舞。他靠在门柱上,看到一两个熟人,只点头致意——后来竟打起哈欠来。

"哈啰,亲爱的。"

身旁响起一个熟悉的声音,他吃了一惊。循声望去,只见朱迪·琼斯撇下一个男人,穿过舞厅向他走来——好个朱迪·琼斯,装扮得金光闪闪,像个细腰瓷娃娃:头戴金箍,裙摆下露出金色鞋尖。她朝他微微一笑,脸颊上原本淡淡的光芒乍如鲜花绽放,顿时一股熏风袭来,舞池里划过一道光芒。插在晚礼服口袋里的双手突然抽紧,心头立刻热流奔涌。

"什么时候回来的?"他故作淡漠地问道。

"跟我来,我全告诉你。"

她转身而走,他不由自主地跟了上去。她本已从他的生活中消失——如今她意外归来,他几乎不能自持,激动得快要哭了。她仿佛去过魔法城,学过魔法,浑身散发着迷魂曲般摄人心魄的魔力。所有神秘的体验、新生或复生的希望本已随她的离去而消逝,如今又随着她的回归而再现了。

到了门口,她转身问道:"你开车了吗?如果没有,我有。"

"有辆小轿车。"

金光闪闪的衣裙一阵窸窣,她钻进了小轿车,他"砰"地关上车门。她曾钻进过多少小轿车啊——各种型号、品牌的都有——背靠皮座,胳膊肘放在车门上,就像现在这样——等着开车。这个女人,除了她自己,外来的腐蚀从来都不能湮灭她的光彩,不过这是她本性的流露。

他费了很大劲才使自己镇定下来,然后发动汽车,开回街上。别把她当回事,他告诫自己必须这样想。她以前也这样过,而且他早已在心里把她放下了,就如同把一笔坏账从账簿上划掉一样。

他慢悠悠地驾着车,一副无精打采的样子。汽车慢吞吞地行驶在市区，穿过商业区一些空荡荡的街道，经过电影院旁，才看见三三两两的人群；赌场门前也有好些青年人在游荡，不是萎靡得像痨病汉，就是兴奋得像拳击手；酒吧里传来玻璃杯碰撞的叮当声和手砸吧台的啪啪声，但光溜溜的玻璃窗遮掩了一切，只透出一抹昏黄的光线。

她目不转睛地盯着他，两人都不说话，气氛有些尴尬。这可是紧要关头，可德克斯特偏偏想不出一句得体的话来打破沉默。到了一个方便转弯的地方，他掉转车头向大学俱乐部驶去。

"你想我吗？"她突然问道。

"大家都想念你。"

他暗自猜想着她是否已经知道艾琳·舍雷尔的事了。她回来才一天——她离开的时候，差不多正是他订婚的时候。

"说得真好听！"朱迪苦笑了一下——并没有伤感。她逼视着他，他却紧盯着仪表盘。

"你比以前更帅了，"她沉吟道，"德克斯特，你的眼睛最令人难忘。"

这话让他差点笑出来，但没有笑。这种话说给大二的热血青年还行，不过他的心还是禁不住为之一动。

"亲爱的，我对一切都厌倦了。"她把谁都叫"亲爱的"，而且让每个被叫的人都觉得她的亲昵是那么随意，是志同道合者间才独有的。"我希望你娶我。"

话说得如此直白，德克斯特有些摸不着头脑。既然他已经准备和另外一个姑娘结婚了，就应该原原本本告诉她，可是他怎么也说不出口。要是让他对她发誓说他根本不爱另一个姑娘，可能容易多了。

"我相信我俩合得来，"她继续用先前的口吻说道，"除非你可能已经忘了我，或者已经爱上别的姑娘。"

很明显她信心十足。实际上，她已经说了他移情别恋是不可能的，即使有这样的事，那也是他在耍小孩子脾气——或者是显摆什么的。她会原谅他，这种事没什么大不了，过去了就过去了。

"当然，除了我你也不会爱上别人，"她接着说，"我喜欢你爱我的样儿。去年的事你忘了吗，德克斯特？"

"没有，哪能忘。"

"我也没忘。"

她是动了真感情呢——还是在演戏，并被自己的表演感动了呢？

"我们要是还像去年那样，该多好啊！"她说。闻听此言，他硬着头皮回答道："我想不太可能了。"

"我想，是不可能了……听说你正在狂追艾琳·舍雷尔。"

她提到那个名字时丝毫没加重语气，而德克斯特突然窘迫得无地自容。

"喂，送我回家，"朱迪忽然嚷了起来，"我再也不想回去跳那白痴舞了——都是些什么人呀，尽是些幼稚的家伙。"

于是，他把车子一拐，驶向通往住宅去的街道。朱迪开始独自啜泣，他以前还从未见过她哭泣。

黑黢黢的街道一下子亮起来，一幢幢富人住宅次第展现，小轿车停在莫蒂默·琼斯宅院前。这是一座占地颇广、宏伟的白色建筑，笼罩着如水的月华，静谧而壮丽。这房子多结实呀，他不觉吃了一惊。那坚固的墙体、牢固的钢梁、雄浑的气势和耀眼的光芒，好像特意要跟他身旁的年轻美人做个对照似的。房屋之雄伟反衬出她格外纤弱——这反差似乎要证明，蝴蝶再怎么振翅，也只能扇起一丝微风。

德克斯特虽然坐在那里一动不动，心却紧张得怦怦直跳，生怕他一动，她就会顺势倒在他怀里，让他无法抗拒。这时，又有两行清泪顺着泪痕未干的脸庞滑落，吊在上唇边，摇摇欲坠。

她抽抽噎噎地说道："我长得比任何人都漂亮，为什么我却得不到幸福呢?"眸子里的点点泪光瞬间瓦解了他的坚守。她的头慢慢耷拉下去,神情哀怨而凄美:"德克斯特,如果你要我,我就嫁给你。也许你会想我不值得你娶,但我一定会努力让你满意,德克斯特。"

愤怒、自尊、激情、愤恨、柔情,万千思绪齐上心头,但他又不知从何说起。随即一股情感巨浪席卷而来,残存的一点理智、俗套、疑虑和自尊被冲刷殆尽。这个倾诉衷肠的姑娘可是自己的女人啊,是自己的心上人,是自己的美娇娘,是自己的骄傲。

"进来坐会儿好吗?"德克斯特听见她呼吸急促起来。

他犹豫了一下。

"好吧,"他的声音有些颤抖,"我来。"

五

说来也怪,无论是此事刚结束还是很久以后,德克斯特一点也不为那晚的事感到悔恨。朱迪对他的激情之火仅仅燃烧了一个月,这事在十年后再进行审视,他仍然觉得是无关紧要的。由于自己对朱迪的迁就使自己陷入更大的痛苦,也给艾琳和她善良的父母带来了极大的伤害,他同样也觉得这算不了什么。艾琳伤心难过的样子并没有深深印在他脑海里。

德克斯特骨子里是个有主见、意志坚强的人。他根本不在乎本市居民对他的行为有何看法,倒不是因为他打算离开本市,而是他觉得任何局外人的看法都流于表面。什么群众舆论、公众看法他完全不管不顾。他一旦看清事情无望,自己没有能力彻底打动或留住朱迪,对她也就不再怨恨了。他爱她,直至地老天荒——可是他无法占有她。这使他尝尽了只有意志坚强的人才能领会的极度痛苦,恰如他也曾领略过虽短犹炽的巨大幸福。

朱迪以不愿"夺人之爱"为借口终结了与德克斯特的婚约——就是这个曾声称非他不嫁的朱迪——即使这么荒谬透顶的行为也没有让他反感。他如今已超脱得"不以物喜、不以己悲"了。

二月,他去了趟东部,原打算卖掉洗衣店,移居纽约,可一切安排都落了空——三月份战争阴云已密布美国上空。①他又回到西部,把生意交给合伙人去打理,自己于四月下旬进入第一期军官训练营接受军训。参军打仗也许能使他从"欲说还休"的情感漩涡中抽身,得到一定程度的解脱,当时许多参军的年轻人都有这样的动机。

六

读者朋友请注意,本文无意全面叙述主人公的生平故事,但结果还是把许多与他青春梦想无关的闲事扯了进来。闲事快讲完了,他的故事也要结束了。末了还有件小事要交代交代——算来那又是七年以后的事了。

事情发生在纽约,当时他在这里的事业可谓顺风顺水——简直可谓所向彼靡、无往不利。那时他已三十有二,除了一战刚结束时飞回去过一次,七年来一直还没回过西部。一次,一个名叫德夫林的底特律人来他办公室谈生意,那件事就这样毫无预料地发生了,而他的人生,可以说就此改变,至少某个侧面发生了变化。

"原来你也来自中西部啊。"那个叫德夫林的家伙似是无心地打听道。

"有点意思——我原以为像您这样的成功人士大概都是在华尔街

---

① 这里的战争指第一次世界大战(1914—1918)。原本保持中立的美国于1917年4月6日正式对德国宣战,但战争准备早已开始。1917年3月,美国政府借口德国宣布恢复"无限制潜艇战"和德国密电墨西哥企图结成德墨联盟反美,在国内掀起反德浪潮。

出生、长大的。要知道——对了，我在底特律有个最好的朋友，他老婆就来自你原来居住的城市，他们结婚时我还当过迎宾员呢。"

德克斯特不知道他到底想说什么，没有搭腔，等着听下文。

"他老婆叫朱迪·西蒙斯，"德夫林提到这个名字时并未表现出特别的兴趣，"她结婚前叫朱迪·琼斯。"

"好了，我认识她。"德克斯特隐隐有些不耐烦了。他当然听说过她结婚了——也许他刻意没有仔细打听，以后的事情也就不清楚了。

"上哪里去找这么好的姑娘啊，"德夫林的脸色莫名其妙地沉下来，"我真有点为她难过呢。"

"怎么啦？"德克斯特内心某根弦一下子被拨动了，迫不及待想了解详情。

"唉，卢德·西蒙斯大概疯了。哦，我不是说他虐待她，可是他成天酗酒，在外面厮混不着家……"

"她没在外面厮混吗？"

"没有啊，整天在家里带孩子。"

"是吗？"

"她有点儿太老气了。"德夫林说。

"什么？太老？"德克斯特嚷道，"不对呀，伙计，她才二十七岁呢。"

此刻他满脑子就一个疯狂的念头，恨不得立刻冲出去，跳上火车去底特律。这样想着，身子不由自主地、摇摇晃晃地站立起来。

"你有事要忙吧，"德夫林识趣地道歉说，"我真不知道……"

"不，我不忙，"德克斯特边说边清了清嗓子，"我真不忙，一点都不忙。是你说她——二十七岁了？哎，对了，是我说的，她才二十七岁。"

"对，是你说的。"德夫林机械地附和道。

"说下去，再说说。"

"说什么？"

"说说朱迪·琼斯呀。"

德夫林望着他，显得有些无可奈何。

"好吧，就是——我不都告诉你了嘛！她丈夫对她像个恶魔。哎！不过他们也不至于离婚什么的。有时她丈夫特别粗暴，她却原谅了他。老实说，我觉得是因为她真爱他。她才来底特律时，真是个漂亮姑娘。"

漂亮姑娘！这话德克斯特听起来是那么滑稽可笑。

"难道她——现在不漂亮了？"

"嗯，还行吧。"

"你听听，"德克斯特说着说着，一屁股坐下去，"我搞不懂，你刚才说她是个'漂亮姑娘'，现在又说'还行吧'，你到底是什么意思？——告诉你，朱迪·琼斯不是'漂亮'，而是'漂亮极了'。为什么？我认识她，我早就认识她，她……"

德夫林乐得直笑。

"我不是来和你吵架的，"他说，"我个人觉得朱迪人很好，我也喜欢她。可我不明白卢德·西蒙斯这样的人怎么会如此疯狂地爱上她，但事实就是这样。"然后他又补了句："女人不就那么回事儿嘛。"

德克斯特两眼紧盯着德夫林，脑筋飞快地转动着：这里面肯定有原因——是这个人感觉迟钝，还是在泄私愤？

"女人都是这样，说老就老了，"德夫林边说边甩了个响指，"这种情况你肯定见得多了。大概我记性不好，已想不起她结婚时有多漂亮。你知道的，从那以后，我经常看到她。眼睛倒是一直蛮漂亮。"

德克斯特只觉得一阵困意袭来，昏昏欲睡。他生平第一次未饮酒而有酒酣脑热的感觉。他还记得德夫林说了什么他就放声大笑，至于说的什么和为何想笑，他却忘了。几分钟后，德夫林一走，他就躺在长沙发上，望着窗外纽约的天际线，夕阳渐渐沉到一座座高楼后，投射出时浓时淡、或粉或金的霞光，一片朦胧氤氲，煞是优美。

他曾以为，他已经没有什么可失去的，因此什么也不怕了——但现在终于明白，他刚刚又失去了点什么。那种疼彻心扉的感觉，就如同他娶了朱迪·琼斯而眼睁睁看着她一天天衰老枯萎一样。

春梦已逝，把他的心也掏得空落落的。他发狂似的用手掌蒙住双眼，想竭力把过去的一幕幕拼成一幅图画：拍打着雪莉岛的湖波，月华笼罩的露台，高尔夫球场的格纹布伞，明晃晃的太阳，还有她脖子上黄茸茸的汗毛。特别是她亲吻时温润的双唇，布满忧伤的眼神，如同清晨崭新、精细的亚麻布般的清新姿质。为什么所有一切不见了？它们曾经都那么真真切切地存在过，可是如今已空空如也。

多少年来，他还是第一次忍不住泪如泉涌。不过这次流泪不是为别人，而是暗自神伤。他在乎的不是亲吻的嘴唇、含情脉脉的眼神和爱抚的双手。他想珍爱一些东西，可是他已无法珍爱。因为早已物是人非，回到当初已不可能了。门已关了，太阳西下，只剩下灰蒙蒙的钢筋水泥建筑在那儿了。即使有过什么心酸，即使曾年少轻狂，即使生活多姿多彩，也都如梦幻般随风而逝了，尽管这个冬之春梦曾那么五彩斑斓。

"很久以前，"他喃喃自语道，"很久，很久以前，我还有这么股心劲儿，可是如今一切皆空了。一切皆无，万事皆空了。我不能哭，我不能牵挂，那股劲儿再也找不回来了。"

（何绍斌 译）

绯闻侦探

一

时值五月里的一个炎热的午后,巴克纳太太心里在暗暗寻思,不知道一大罐果汁汽水能不能稳住那两个少年,免得他们跑到那家兼卖冷饮的杂货店去吃下一肚子的冰淇淋。自从退休以后,她就属于这样一代人了,美国家庭生活中的这场大革命迟早会不期而遇地落到他们这一代人的身上;不过,她这时依然还认为,她的几个子女与她的关系一点儿不逊色于她从前与她自己父母的关系,因为那毕竟是二十多年以前的情形呀。

有几代人与继承了他们衣钵的下一代人的关系相处得很密切;也有几代人与他们的后人之间存在着很大,甚至根本无法沟通的代沟。巴克纳太太——这可是一位具有高贵品质的女人,还是美国中西部一座大城市公谊会①里的一名会员呢——此时她正提着一大罐果汁汽水,穿过自家那宽敞的后院,款款行走在这座已有百年历史的庄园里。她自己的思想与她曾祖母的思想也许是一脉相承的;然而,在那马厩阁楼顶上的一间小房间

---

① 公谊会(Society of Friends),基督教新教的一派,提倡和平主义。

里正在发生着的事情,却是令这两代人都完全没法理解的。在那间一度用作马车夫的临时歇脚地的房间里,她儿子和他的一个朋友可不是在那儿循规蹈矩地干正经事儿,而是在,不妨这样说吧,在挖空心思地进行着一项前所未有的实验呢。他们想把他们头脑里已经形成的一些想法与他们手头已经掌握的材料糅合在一起,然后再加以判断推理,得出一些初步性的结论——这些结论注定会成为在未来几年里,人们起初会津津乐道、继而会大惊失色、最终又会觉得不足为怪的事情的。巴克纳太太仰起头来朝他们喊话的那会儿,他们正毫无戒备地坐在那儿,面对着一堆材料,在苦思冥想地酝酿着人们即便孵化到二十世纪中叶也未必能孵出壳的阴谋呢。

里普利·巴克纳顺着梯子爬下来,接过那罐果汁汽水。巴兹尔·杜克·李则心不在焉地探头朝下面瞥了一眼递过来的东西,然后说:"非常感谢你,巴克纳太太。"

"你们待在那上面不嫌太热吗?"

"不热,巴克纳太太。那里好着呢。"

那上面其实又热又闷,简直让人透不过气来;可是他们根本就没有意识到那儿究竟有多热,也不知道自己到底有多渴,反正每人都喝下了两大杯果汁汽水。藏匿在一块锯下来的活板下面,他们此刻正抽出来攥在手里的是一本作文簿,外面套着红色的仿皮护封,目前他们在全神贯注地研究着的就是这本东西。如果你想刺探他们用柠檬汁当墨水记载下来的都是些什么秘密的话,那你就会看到,在这本作文簿的扉页上铭记着:《绯闻集》,作者:绯闻侦探,小里普利·巴克纳和巴兹尔·杜克·李合著。"

在这本簿子里,他们把平时道听途说来的有关他们身边的那些公民的大逆不道的出轨行为全都详细记载下来。这些有伤风化的失足行为,有的甚至还涉及了那些头发已经花白了的老男人,也有一些故事原本就是在本市已经流传了很久的丑闻，由于人们在饭桌上一不留神说漏了嘴，又把它们从坟墓里给重新挖了出来，于是也被他们做了添油加醋的处理，香艳无比地永远记载在这本作文簿里了。有一些则属于更加令人发指的罪孽行径，其中有一部分内容是经过核实的，有一些则纯属谣传，记的都是关于他们自己这个年纪的少男少女们的风流韵事。在他们收录进来的这些绯闻中，有一些是令大人们读来感到困惑不解的，有一些很可能会引起愤怒，还有三四篇是有关当下世情的报道，没准会让那些牵涉到自己子女的家长看得心惊肉跳、悲痛欲绝。

其中有一条属于罪行最为轻微的丑闻，那是一件令他们迟疑了很久要不要把它记录在案的事情，尽管这件事仅仅在去年还让他们感到震惊不已，这条丑闻是："埃尔伍德·李明背地里去看过三四次滑稽歌舞杂剧表演[①]，都是在明星俱乐部里看的。"

还有一条，也许是他们最喜欢的一条，因为这是一条性质最为独特的丑闻，他们是这样记载的："H.P.克拉姆纳曾经在东部犯下过足以让他去坐牢的盗窃罪，他是因为这件事才逃到此地来的。"——这位 H.P.克拉姆纳如今已成了本市辈分最高、也是"最德高望重"的一位公民了。

这本簿子只有一个美中不足，那就是，他们只有在想象力的辅助下，才能欣赏里面的内容，因为那些秘密必须用隐形墨水来记载，而且要一直保持到下次再拿出来看的那一天，到时候，只要拿着写满了字的那几页凑到炉火前，记载的那些内容自然会显现出来。他们必须仔细加以甄别，才能确认哪几页是已经用过的——已经有一起相当严重的指控某一对夫妇的事件被他们重复记载过了，出现了叠印，而且

[①] 滑稽歌舞杂剧表演（Burlesque Show），一种低级趣味的歌舞表演，其中包括滑稽短剧、脱衣舞等。

记载的还是这样一些令人忧郁的事实：R.B.卡里太太得了肺结核病，她的儿子瓦尔特·卡里居然因为这件事被波陵中学开除了。从总体上说，记载这些绯闻的目的并不是为了日后好去敲诈勒索。这是一笔珍贵的财富，等到该拿出来的时候，这些绯闻的主角只要向巴兹尔和里普利"稍微表示一下心意"就行了。占有这些材料能给他们带来一种权威感。比方说吧，巴兹尔就从没见过H.P.克拉姆纳先生朝他巴兹尔做过一次带有威胁性的手势，却只是让他给他一个暗示，告诉他该什么时候向巴兹尔"表示一下心意"，因为巴兹尔手头牢牢掌握着对他不利的有关他过去的犯罪记录呢。

眼下只能说句公道话了，因为现在再来讲这本作文簿，已经完全超出了本篇故事的范畴。若干年以后，有一个看门人在那块活板下面意外地发现了这本作文簿，乍一看，觉得这本簿子里什么字也没有，便把它送给他那年幼的女儿了；所以，埃尔伍德·李明和H.P.克拉姆纳的那些有失检点的行为，终于被彻底埋进了坟墓，取而代之的是一篇抄写得工工整整的林肯的《葛底斯堡演说》。

炮制这本《绯闻集》当初是巴兹尔的主意。就这两个少年而言，巴兹尔要更富有想象力，而且在大多数情况下，也更加强势一些。他是一个目光炯炯有神、有一头棕褐色头发的少年，年方十四岁，当年个头还很小，在学校里念书时表现得很聪颖，人也很懒散。他最喜欢的人物是小说书中的亚森·罗平①，就是那个很有绅士风度的侠盗，那是刚刚从欧洲引入的一个颇具浪漫色彩的社会现象，在本世纪单调乏味的头几十年里很受追捧。

---

① 亚森·罗平（Arsene Lupin），是法国侦探小说家莫里斯·勒布朗（Maurice Marie Emile Leblanc，1864—1941）系列侦探小说中的一个见义勇为、智慧超群、能逢凶化吉的侠盗，在20世纪初叶风行一时，素有"法国的福尔摩斯"之称，莫里斯·勒布朗也被誉为"法国的亚瑟·柯南道尔"。

里普利·巴克纳也穿着短裤，在他们两个人的合作中，他只负责一个个扣人心弦的具体实例。他的智慧得仰仗巴兹尔的想象力，好比是一个一触即发的微力扳机，因此，凡是巴兹尔想出的计谋，在他眼里没有哪一件是荒唐得没法实施的，他都会立即喊一声"我们干吧！"他们都是校第三棒球队里的主力队员，一个担任投球手，一个担任接球手，由于在四月份的赛季中运气不佳，这支球队被解散了，他们便把许多个下午用来苦思冥想，想演绎出一种新的生活方式，这种生活方式应当与燃烧在他们体内的那股不可思议的精力相适应。在那块活板下面的密窖里藏着一些"没精打采"的帽子和班丹纳印花大手绢①，几只灌过铅的骰子，半副手铐，一条绳梯（那是一种很细的用钩针编织而成的绳梯，供他们在遇到紧急情况时从后窗逃往楼下那条小巷子用），还有一个化妆盒，里面装着两个旧的演戏用的假发套，以及五颜六色的人造毛发——等他们拿定主意要去干一些为非作歹的大事情时，这些东西都会派上用场。

喝完那罐果汁汽水之后，他们轻松地谈起了全垒打②，接着又海阔天空地闲聊起来，谈到了犯罪问题，谈到了职业棒球赛，谈到了性爱问题，还谈到了本地那家证券公司的业绩。刚说到这里就戛然而止了，因为他们忽然听到附近那条小巷子里传来了一阵脚步声，还有听上去非常熟悉的说话声。

他们站在窗口窥望着，接着便仔细打量起来。那几个在叽叽喳喳说话的人原来是玛格丽特·托伦斯、艾默琴·比斯尔和康妮·戴维斯，她们是抄近路走进这条小巷里的，好像刚从艾默琴家的后花园里出来，正准备到坐落在本街区尽头的康妮家去。这三个窈窕淑女的年

---

① 班丹纳印花大手绢（bandanna handkerchief），用产自印度的印花绸或印花布做的手绢。
② 全垒打（Home Run），棒球比赛中，打出一球后，可安全地跑完一圈，再回到本垒的打法。

龄分别是十三岁、十二岁、十三岁,她们自以为没人看见她们,因为她们在一边走,一边踏着节拍唱着一支被她们稍微大胆地改编了歌词的小调,似乎还在交头接耳地咯咯笑着,唱到最后一句时,那声音变得高亢清亮起来:"啊,我亲——爱的人儿克莱门——汀。"

巴兹尔和里普利一齐从窗口探出身去,却又忽然想起,他们的内衣被钩在窗台后面滑脱下来了。

"我们听见你们唱的歌了!"他俩一齐大喊起来。

几个姑娘顿时停下脚步,哈哈大笑起来。玛格丽特·托伦斯在很夸张地咀嚼着,表明她在嚼口香糖,而嚼口香糖一定是有用意的。巴兹尔心里马上就明白了。

"去哪儿呢?"他问道。

"去那边的艾默琴家呀。"

她们刚才一定是在偷着抽比斯尔太太的香烟。她们那种含苞欲放、对什么都满不在乎的快乐心情,着实让这两个少年很感兴趣,也很受鼓舞,于是,他们便没话找话地闲聊起来。康妮·戴维斯在舞蹈班学跳舞的那个学期里本来就是里普利的女伴;玛格丽特·托伦斯在最近那一期的舞蹈班上也是巴兹尔的搭档;艾默琴·比斯尔在欧洲待了一年,最近刚回来。上个月,巴兹尔和里普利两人都忙得顾不上把心思放在追女孩子的事情上,现在又重新振作起来了,于是,两人都猛然意识到,世界的中心已经陡然间从这间密室转移到室外这群小姑娘身上去啦。

"上来吧。"他俩建议说。

"你们出来嘛。下来吧,一起到华顿家的后花园去玩玩。"

"好哇。"

两个少年兴奋得差点儿忘了该把那本《绯闻集》和那个装满了伪装物的化妆盒藏起来,等把这些都收拾好之后,两人便急匆匆地夺门而出，跳上自行车，骑着车子沿着这条小巷绝尘而去了。

华顿夫妇自己的子女早已长大成人，可是他们家的那个后花园却依然是上苍早已安排好的一个最理想的去处，是年轻人钟情的午后聚集之地。这个庭园拥有许多深得年轻人喜爱的优点。院子很大，左右两边都是敞开的，直通其他人家的庭院，还可以穿着溜冰鞋或者骑着自行车直接从大街上闯进来。花园里有一架老式跷跷板，有一个秋千，还有一对吊环；不过，还没等这些游乐设施安装完毕，这里就已是大家常来幽会的地点了，因为它具有儿童乐园的特点嘛——这种特有的环境，可以让那些年轻人坐在很不舒服的阶梯上缠缠绵绵地搂在一起，完全抛开他们那些朋友的房屋，在"谁都不认识的陌生人家"的隐蔽场地内亲亲热热地抱成一团。华顿家的这个后花园长期以来一直就是个很适合于谈情说爱的欢乐窝儿；院子里从早到晚都有浓密幽深的树荫，一年四季都有不知名的花儿盛开着，周围还有温顺听话的狗儿在为他们站岗放哨，不过，有不少地方已经变成了光秃秃的棕黄色，那是被无数自行车轮子和拖地行走的脚步碾压、踩踏出来的。在两百英尺开外的悬崖下，在满目疮痍、极其贫穷的环境中，居住着那些可怜巴巴的爱尔兰佬①——他们仅仅只继承了这个名分，因为现如今，他们中的大多数人都是斯堪的纳维亚人的后裔了——倘若别的消遣方式都玩腻了，只要大喊大叫地骂上几声，就能引得他们中的一帮子人争先恐后地爬上山来，要是人数绝对占优势的话，就能和他们对峙一下，要是情况不妙，那就得赶紧脱身，逃进附近随便哪幢屋子里去。

此时恰好是五点钟，后花园里已经有一小群人聚集在那儿了，因为大家都想充分利用晚饭前的这段温馨而又浪漫的大好时光——这段

---

① 此处原文为"the micks"，是对爱尔兰人的蔑称，故译为"爱尔兰佬"。

时光仅次于随后而来的夏日的黄昏。巴兹尔和里普利心不在焉地蹬着自行车在花园里转了一圈，在小树林里进进出出，时而把手搭在对方的肩膀上，时而用手挡着眼睛，躲开夕阳那耀眼的光芒。夕阳的光芒，如同青春的活力一样，强烈得让人无法直接面对，因此必须加以遏制，使其保持低调，直到它渐渐平息下来。

巴兹尔蹬起自行车径直朝艾默琴驶去，然后懒洋洋地刹住车，人稳稳地骑在车上站在她面前。他脸上当时一定有某种异样的表情引起了她的注意，因为她仰起脸来望着他，真的在定定地注视着他，接着又慢慢露出了笑容。几年以后，她肯定会成为大学里无数个班级舞会上的大美女，而且还是头号大美女。而现在呢，她那双大大的棕褐色的眼睛，她那张轮廓分明、天生就很漂亮的大嘴巴，再加上洋溢在她那瘦削的颧骨上的神采飞扬的两片红晕，使她的那张脸活脱脱就像神话故事中的小矮人的脸，足以让那些希望孩子就应该长得像孩子的人见了生气。她这副模样一时间竟使巴兹尔心头不禁忽然冒出了对未来人生的感悟，于是，她那散发着勃勃生机的少女的诱惑力顿时便让他不由自主地怦然心动起来。他生平第一次意识到，女孩子似乎完全就是既与他对立、又与他互补的异性，一股交织着快意和痛苦的暖融融的寒流竟让他无法自制了。这是一种非常确切的体验，他立即就意识到了这一点。夏日的午后顿时变得黯然失色，全都化成了她的倩影：那轻柔的风儿，那影影绰绰的树篱和鲜花盛开的堤岸，那橘红色的阳光，那些欢声笑语，那远处传来的一架钢琴弹奏出的悦耳的叮咚声——所有这些事物统统都失去了其原有的韵味，统统都化成了艾默琴的那张脸，她此刻就坐在那儿，正在仰着脸面含微笑地注视着他呢。

这种感觉实在太强烈了，让他一时还承受不了。他得等到没人的时候独自去慢慢消化它，才能激发起浓厚的兴趣来，眼下只好就由它

273

去了。他骑上自行车飞快地兜起圈子来，但每次骑到艾默琴身边时，却连看也不看她一眼。过了一会儿，他又骑了回来，这时，他问她是否可以陪她一起走回家，可她竟然忘了刚才那一幕了，全然不记得那一幕究竟是否真的存在过，因而好像显得有些惊讶。随后，巴兹尔便推着自行车走在她身边了，两人一起沿着那条马路款款走去。

"你今晚能出来吗？"他迫切地问，"华顿家的后花园里大概会有不少人来的。"

"我得请示妈妈。"

"我会给你打电话的。要是你不去，我也就不想去了。"

"为什么呢？"她又笑吟吟地望着他，使他很受鼓舞。

"因为我本来就不想去。"

"那你为什么不想去呢？"

"听我说，"他急忙说，"除了我，还有哪些男生是你最喜欢的？"

"一个也没有。我最喜欢的就是你和休伯特·布莱尔。"

巴兹尔并没有因为听到那个名字竟然跟他的名字相提并论而感到嫉妒。关于这个休伯特·布莱尔，也实在没有什么可值得嫉妒的，只要达观大度地听着就行了，就像在听别的男孩子在剖析别的女孩子的心一样。

"我最喜欢你，别的人我一个也不喜欢。"他极度兴奋地说。

他头顶上方的那片粉红色的斑斑驳驳的天空刹那间变成了无法承受的生命之重。他全身心地投入在这无法用言语来表达的无限美好的氛围中，满腔激情犹如喷薄而出的热泉奔流在他的血液里，他心潮澎湃地一股脑儿将自己滚烫的感情，连同他的整个人生，都滔滔不绝地倾注在眼前这个女孩子的身上了。

他们走到停在她家屋子旁边的那辆马车的门边。

"你能不能进来，巴兹尔？"

"不能。"他立即意识到自己说错话了,可是现在话已经说出口了。这份无形的礼物已经逃走了。但他依然还想依依不舍地抓住它。"你愿意接受我的学校戒指吗?"

"愿意呀,如果你肯把它送给我的话。"

"那我今天晚上就把它送给你吧。"他又补了一句,但声音微微有些发抖。"是这样,我想用它作为交换。"

"换什么呢?"

"换你一样东西。"

"什么东西呢?"她的脸腾地一下红了;她心里明白着呢。

"你知道的。你愿意交换吗?"

艾默琴惶惶不安地朝四周看了看。在前廊下,在四下里一片甜蜜、静谧的氛围中,巴兹尔激动得屏住了呼吸。"你真坏,"她说,"也许吧……再见。"

二

此刻正是一天中最美好的良辰吉时,巴兹尔感到开心得不得了。今年夏天,他和他妈妈还有他妹妹准备一起到湖区去旅游一次,明年秋天,他就要去外地求学了。到那时,他就要去耶鲁大学读书了,还要成为一名非常出色的运动健将,再然后——假如他的这两个梦想能够在时间上相互照应、能够一前一后地得以实现,而不是彼此独立地同时并存的话——他还要成为一名风度翩翩的侠盗。一切都很美好。他有许多令他心驰神往的事情要考虑,常常弄得夜里很难入眠。

他现在已经发疯似的迷恋上艾默琴·比斯尔了,这倒并不是一件令他意乱情迷的坏事,而是另一桩美好的事情。虽然在感情上暂时还没有发展到非常强烈难忍的地步,目前还只是一种阳光灿烂、有动态上升趋势的兴奋,他就是怀着这样的心情,身披五月的暮光,一步步走向华顿家的后花园的。

他穿的是他最喜欢的那套衣服——白色的帆布灯笼裤、黑白相间条纹的诺福克上衣①、贝尔蒙特衣领②,再配上一条灰色的针织领带。乌黑的头发抹了生发油,梳得油光锃亮,他就是以这样一个英俊少年的形象飘然走进这座后花园里的。他踏上了这片他非常熟悉、此时已经变得令人十分陶醉的草坪,在夜色渐浓的黑暗中,加入了那些欢声笑语的行列。有三四个家就住在附近的女孩子已经来了,而男孩子却多得几乎是平时的两倍;有一群年纪稍大些的人已经把侧面的游廊给占据了,在屋子里透出的灯光的映衬下,他们看上去就像一群既温馨又遥远的核心人物,间或发出的神神秘秘、极其轻微的浪笑声,使这原本就已经过于凝重的夜色又平添了几分扑朔迷离的色彩。

巴兹尔在影影绰绰的人群中走来走去,最后总算弄清了,艾默琴还没有来。一看到眼前站着的人是玛格丽特·托伦斯,他便轻轻地把她拉到一边,小声对她说:

"你依然还保存着我以前送给你的那枚戒指吗?"

玛格丽特做了他整整一年的女朋友,那是在上舞蹈训练班的时候,最值得夸耀的是,在那一季训练班结业之际,他曾带着她去参加了那场跳法国花步舞的正式舞会。这场恋爱后来渐渐冷淡下来,终于走到头了;但是他问她话的时候依然还是那样不讲究辞令。

"我还留着呢,就是不知放在哪儿了,"玛格丽特漫不经心地说,"怎么啦?你想把它要回去吗?"

"有这个意思。"

---

① 诺福克上衣(Norfork Jacket),一种有腰带和箱形褶裥的单排纽男式休闲上衣。
② 贝尔蒙特衣领(Belmont collar),一种领座较高、领边较窄、领尖为圆形的衣领。

"行啊。我当初根本就不想要。那是你硬逼着我收下的,巴兹尔。我明天就把它还给你好了。"

"你今晚就把它还给我吧,行吗?"他的心猛然狂跳起来,因为他看见后门口有个瘦小的身影进来了。"我的意思是,我想今晚就把它拿到手。"

"啊,好吧,巴兹尔。"

她拔脚就走,朝马路对面她家那幢房屋奔去,巴兹尔急忙追了上去。托伦斯先生和托伦斯太太都在前廊上,玛格丽特径直上楼找那枚戒指去了,他只好克制住自己兴奋的心情和不耐烦的情绪,回答了几个诸如问他父母身体好不好之类的问题,这些问题在年轻的一代人看来全都是毫无意义的废话。就在这当儿,一股突如其来的紧张感涌上心来,他说话的声音霎时便低了下去,他那双呆滞的眼睛盯上了远处突然闪现出的一幕情景。

从远处的街头上,从沉沉的暮色中,有一个身手敏捷、简直是在飞奔着的人影突然冒了出来,随即便飘进了华顿家屋前的那片灯光中。那人影在不停地钻来钻去,构成了一系列不同花样的几何图形,只见他时而闪身离去,溜冰鞋在人行道上滑出了一长串火花,时而又神奇地滑了回来,划出了一道奇异的曲线,还以优雅的姿势把一只脚翘在半空中,直到那些年轻人纷纷三五成群地从黑暗中奔上前来,挤在人行道旁驻足观望。巴兹尔忍不住轻轻哼了一声:休伯特·布莱尔哪天晚上出来不行,偏偏挑了今天晚上跑来大出风头。

"你说你们今年夏天准备到湖区去旅游一趟,是吧,巴兹尔。你们已经预订下一间小别墅了吗?"

巴兹尔愣了一下,这才意识到,托伦斯先生已经是第三次问这句话了。

"哦,是的,先生,"他回答说——"我的意思是,还没有呢。我们打算住在那家俱乐部里。"

"那样恐怕不太好吧?"托伦斯太太说。

隔着马路,他看见了艾默琴,就站在那个灯柱下,而她面前的那个人正是休伯特·布莱尔,只见他把那顶时髦的帽子歪戴在脑袋边上,正在围成了一个小圈子的人群中玩特技呢。巴兹尔听到了他那嘿嘿的笑声,不禁浑身哆嗦了一下。他丝毫也没有察觉到玛格丽特已经下楼来了,直到她走到他身边,把他的那枚戒指塞进了他的手里,就像扔掉一枚不值钱的硬币一样。他勉强张了张嘴,含混不清地对她父母说了声再见,怀着惴惴不安的心情,委靡不振地又跟在她身后朝马路对面走去。

他没有移步上前,而是躲在一片幽影里。他目不转睛地一直在盯着看的人并不是艾默琴,而是休伯特·布莱尔。毫无疑问,休伯特身上肯定具有某种常人所没有的特点。在年龄还不到十五岁的孩子们的眼里,鼻子长得好看不好看是区分一个人长得美不美的重要标志。做父母的也许会向人家夸耀自己的孩子有一双长得非常好看的眼睛,或者有一头乌黑发亮的头发,或者肤色特别漂亮,不过,鼻子以及鼻子在脸上与五官搭配得怎么样,才是这些少男少女最为看重的特征。这个休伯特·布莱尔,虽然有一副柔软灵活、匀称漂亮、像运动员一样健壮的躯干,可惜安装在这副躯干上的却是一张普普通通的胖乎乎的圆脸,更加好笑的是,长在这张脸上的竟是一个犹如用錾子凿出来、看上去非常有趣的翘鼻子,很像哈里森·费什[①]笔下少女的鼻子。

他这人很有自信;他也很有个性,从不为别人的种种猜疑或喜怒哀乐所动。他没有参加过舞蹈训练班——他的父母不过是在一年前才

[①] 哈里森·费什(Harrison Fisher, 1877—1934),美国著名插图画家,出身于艺术世家,作品多为美少女,素有"查尔斯·吉布森的后继者"之称。

搬到本城来的——不过，他已经算得上一个很有传奇色彩的人物了。尽管绝大多数男生都不喜欢他，但他们又很崇拜他那行家里手般的在体育运动方面表现出来的特质，对于那些女孩子来说，他的每一个动作、他那些轻松幽默的插科打诨、对什么都满不在乎的态度，简直具有无法估量的迷人的魅力。以前，在好几个不同的场合，巴兹尔就已领教过这一点；现在，这种令人沮丧的滑稽场面又一次展现在他眼前了。

休伯特脱下溜冰鞋，胳膊一抬，用低手抛球的动作把一只溜冰鞋抛了出去，没等那只溜冰鞋滚到人行道边，又抓住鞋带把它拽了回来；他猛然一把扯下了艾默琴扎头发的彩带，拿起来就跑，艾默琴张开双臂追过去时，他又巧妙地一闪身从她胳膊底下溜开了，一边哈哈大笑着，一边装着魂不守舍的样子，绕着这后花园跑动起来。他把一只脚翘起来放在另一只脚的后面，佯装要探过身去，用一只胳膊肘撑着一棵大树，却又故意一个趔趄没靠着那棵树，动作优雅地收住脚，没让自己跌倒在地。男孩子们起初都是不置可否地望着他的。后来，他们也一哄而上，投入到这个活动中来了，而且各显神通地玩起了他们所能想得出的形形色色的绝招和惊险动作，直到前廊上的那些人一个个都好奇地抻长了脖子，眺望着花园里突然爆发出的这个热闹的场面。但是休伯特又冷冷地别过脸去，对他自己的得意之作全然不予理会了。他抢过艾默琴的帽子，摆出各种怪模怪样的动作把那顶帽子扣在自己头上。艾默琴和其他几个姑娘都满心欢喜地注视着他。

眼前这种令人作呕的情景，巴兹尔再也看不下去了，他快步冲上前来，走到这伙人面前说："啊哈，你好啊，休伯特。"他努力克制住自己，尽量用很随便的口吻说。

休伯特回答说："啊哈，你好呀，老——老巴兹尔，你这啤酒

279

桶。"说罢,又变着法儿把他头上的那顶帽子换了个戴法,终于弄得巴兹尔也忍俊不禁,很不情愿地咯咯笑起来。

"巴兹尔是啤酒桶!喂,巴兹尔是啤酒桶!"嘻嘻哈哈的叫嚷声响成一片,在花园里回荡着。他听得出,里普利居然也在跟着别人一齐乱喊,心里便充满了责备。

"休伯特是大笨蛋!"巴兹尔立即开始反击;可是他的喊声缺乏幽默感,效果也就因此而大打折扣了,尽管也有几个男生很欣赏地跟在后面附和着。

巴兹尔渐渐郁闷起来,透过这沉沉暮色,艾默琴的身影开始呈现出一派新奇而又让人无法企及的魅力。他是个风流少年,而且他已经将他的浪漫幻想庄重地寄托在这个女孩子身上了。此时,他因为她那无动于衷的态度而恨起她来,但是他必须违背自己的心愿,死抱着那几近无望的希望,把今天下午如此这般地挖空心思才培养出来的那么点儿强烈的欲念重新恢复起来。

他怀着不可告人的兴奋心情想跟玛格丽特套近乎,可是玛格丽特却毫无反应。黑暗中已经传来了家长在呼唤孩子回家的声音。他顿时感到恐慌起来:夏日黄昏后的这个老天爷赐给有福之人的时辰行将结束了。趁着这伙人散开来给行人让道的当儿,他借机挤到艾默琴身边,很不情愿地把她拉到一边。

"我把它带来了,"他小声说,"送给你吧。我能送你回家吗?"

她心神不定地望着他。她那只手无意识地把那枚戒指攥在手心里。

"你说什么?哦,我已经答应过休伯特了,他可以送我回家,"一看到他那副嘴脸,她顿时就从神情恍惚的状态中回过神来,随即就摆出了一脸愠怒的样子,"我看见你带着玛格丽特·托伦斯走开的,我一走进这后花园里就看见这一幕了。"

"我没有。我只是去要这枚戒指。"

"没错,你就是带着她走的!是我亲眼看见的!"

她又转眼去望着休伯特·布莱尔了。只见他已经重新换上了他那双带轮子的溜冰鞋,正踮着脚尖起落有致地做着各种弹跳和旋转动作,活像一个巫医在对一个非洲部落缓缓施行催眠术一样。巴兹尔还在一个劲儿地说着,又是解释,又是争辩,可是艾默琴却转身走开了。他一筹莫展,只好在后面跟着。黑暗中这时又有不少家长在呼唤孩子的声音,四下里也传来了此起彼伏、很不情愿的应答声。

"来啦,妈妈!"

"我一会儿就来,妈妈。"

"妈妈,求你再让我待五分钟吧,行不行?"

"我得走了,"艾默琴叫了一声,"已经快到九点钟啦。"

她朝巴兹尔扬了扬手,心不在焉地朝他笑了笑,然后就离开了,沿着马路扬长而去。

休伯特趾高气扬地在她身边旋转着,表演着一个个惊险的绝技,围绕她跳来跳去地欢闹着,两个令人神志恍惚的人影渐渐远去。

仅仅只过了一小会儿,巴兹尔便忽然发觉,还有另一个小姑娘在跟他说话。

"你说什么?"他心猿意马地问道。

"休伯特·布莱尔才是全城最潇洒的男生,而你却是全城最自高自大的男生。"是玛格丽特·托伦斯,她带着深深的自信,把这句话又重复了一遍。

他痛苦而又惊讶地瞪大眼睛望着她。玛格丽特朝他皱了皱鼻子,此时,马路对面传来的呼唤声已是一阵比一阵紧了,她直着嗓门应了一声,也拔脚走了。巴兹尔傻愣愣地凝望着她离去的身影,接着又去注视着艾默琴和休伯特两人的身影,直到他们也消失在那个拐弯的地方。就在这时,阴沉沉的天空中忽然响起了一阵隆隆的闷雷声,片刻之后,一大滴孤独的雨点冲破了头顶上方路灯照耀着的树叶,"噼啪"一声摔落在人行道上,在他脚边飞溅开来。这一天就这样在雨中宣告结束了。

三

这场大雨来得太突然,他一路狂奔着,然而还没等他跑到八个街区开外的家里,浑身就已被浇得透湿。不过,这风云突变的天气倒是把他心中的阴霾一扫而空,他每跑几步就会跳跃一下,一边跑一边大口吞咽着雨水,嘴里不停地嗷嗷叫着"哟——噢——噢!"仿佛他自己已经成了这空气清新、疾风骤雨之夜的一个组成部分。艾默琴已经走了,被雨水冲刷得无影无踪了,就像白天里这人行道上的灰尘一样。等到云开日出、天气晴好时,她那美丽的容貌兴许还会走进他的脑海里,然而,此时此刻,在这暴风雨中,他心里唯独只有他自己。一股分外强大的意识在源源不断地涌上他的心田,即便此刻腾空一跃就会永远离开地面,他也不会感到惊讶的。他是一匹孤独的狼,行动诡秘,而且桀骜不驯;一匹潜行在夜间的狼,凶神恶煞,而且不受任何羁绊。只有在到了自己家里时,他的情绪才开始渐渐平息下来,带着疑问,却充满激情地转而去揣摩该怎么对付休伯特·布莱尔了。

他换下衣服,穿上睡衣,又裹了件晨衣,然后下楼来到厨房,恰好看见厨房里有一块新鲜巧克力蛋糕。他把蛋糕吃了四分之一,喝下了差不多整整一瓶牛奶。他那意气风发的激情总算化为乌有了,于是,他走到电话机旁,给里普利·巴克纳打了个电话。

"我想好计策了。"他说。

"什么计策?"

"怎样用 S.D.① 来对付 H.B.②。"

里普利立刻就明白了他的用意。休伯特未免也太有失检点了,他今晚不仅迷惑了比斯尔小姐,而且还想勾引别的女孩子。

"我们必须把比尔·坎普菲也拉进来。"巴兹尔说。

"对。"

"明天课间休息时见面谈……晚安!"

四

四天以后,在乔治·P.布莱尔夫妇快要吃完晚饭的时候,休伯特去接了个电话。布莱尔太太趁他不在,赶紧对丈夫说起了已经纠结了她一整天的心事。

"乔治,那些男孩子,也不知道他们究竟是些什么人,昨天晚上又来闹腾了。"

他皱起了眉头。

"你看见他们了吗?"

"希尔达看见了。她差点儿就抓住了其中的一个。你知道吧,我把他们上星期二留下那张便条的事儿告诉她了,那张便条上写的是:'第一次警告,S.D.。'所以,她有思想准备,可以随时捉住他们。他们这回是按后门铃的,她正好在洗碗,就直接去开门了。要不是她两手都涂着肥皂,她肯定能抓住其中的一个,因为他把一张便条递给她时,她一把拽住了他,可是她两手都涂满了肥皂,结果还是让他给溜走了。"

---

① S.D.,即 Scandal Detectives 的缩写,意为"绯闻侦探"。
② H.B.,即休伯特·布莱尔(Hubert Blair)名字的首字母缩写。

"他长得什么样？"

"她说，他也许是一个身材很矮小的男人，但是她觉得那就是个戴着假面具的男孩子。他闪身逃走的姿势分明就是个男孩子，她说，她还认为，他当时穿的是短裤。那张便条同前面那张一样。便条上写的是：'第二次警告，S.D.。'"

"要是你还留着这张便条的话，我倒想吃完晚饭之后拿来看看。"

休伯特打完电话回来了。"是艾默琴·比斯尔的电话，"他说，"她要我到她家去一趟。有一伙人准备今晚到她家去。"

"休伯特，"他父亲说，"你知不知道哪个男孩子的名字首字母是S.D.？"

"不知道，先生。"

"你有没有动脑子想过呀？"

"想过呀，我想过。我认识一个名叫山姆·戴维斯的男孩子，不过，我已经有一年没见过他了。"

"他是谁？"

"哦，有点儿像小流氓。我在第四十四中学读书时，他也在这所学校。"

"他有没有跟你结下什么仇呢？"

"我想没有吧。"

"你认为谁才会干这种事情？在你认识的人当中，有没有什么人跟你结下过仇？"

"我不知道，爸爸，我想不至于吧。"

"我不喜欢看到这种事情，"布莱尔先生若有所思地说，"当然，这也许只是几个男孩子的恶作剧，可是，也有可能是……"

他不作声了。后来，他把那张便条拿来仔细研究了一番。便条是用红墨水写的，下角有一个骷髅加交叉股骨的图形，可是，由于那便条是打印出来的,他什么线索也没有得到。

与此同时,休伯特吻别了他妈妈,把他那顶鸭舌帽潇洒地歪戴在脑门上,然后穿过厨房,踱出了他家的后门廊,打算像平时一样抄近路沿着那条小巷走过去。这是一个明月当空的夜晚,为了系好鞋带,他在门廊前的台阶上停留了一下。要是他知道他刚才接的那个电话只不过是人家设下的一个圈套,要是他知道那个电话根本就不是从艾默琴·比斯尔家打来的,电话里的那个声音也根本不是女孩子的声音,要是他知道有几个影影绰绰、奇形怪状的身形此刻就鬼鬼祟祟地潜伏在他家大门外的那条小巷里,他就不会如此潇洒地冲出门来,两手插在口袋里,迈着轻盈的脚步走下这些台阶了,也不会对着这看似友好的夜空吹着口哨了,他吹的是灰熊舞①第一小节的曲调。

他的口哨声在这条小巷里激起了万般感情。巴兹尔大胆而且成功地用假嗓子模仿姑娘的声音打出的这个电话,未免打得过于匆忙了点儿,因为,尽管这几个"绯闻侦探"已经火急火燎地忙活了一阵子,他们的准备工作却依然不是那么井然有序。巴兹尔,打扮得活像个老派的南方种植园主,此刻已经守候在布莱尔家的大门外;比尔·坎普菲,嘴唇上贴着巴尔干人的那种长长的胡髭,那是他将就着用一根电线吊在他鼻梁下的软骨上的,他此时正在悄悄移向栅栏边的那片阴影;可是里普利·巴克纳呢,虽然已经贴上了拉比②式的大胡子,却因为想把一截绳子绕起来而一时无法脱身,这时候人还在一百英尺以外的地方呢。那根绳子是他们此项计划中不可或缺的一个组成部分;因为,经过非常慎重的再三考虑之后,他们终于拿定主意该怎么来惩罚休伯特·布莱尔了。他们打算先把他捆起来,堵住他的嘴巴,然后

---

① 灰熊舞(The Grizzly Bear),20世纪初期在美国出现并流行的一种民间舞蹈。
② 拉比(rabbi),犹太教中负责执行教规、律法并主持宗教仪式的神职人员。

把他扔进他自己家的那个垃圾箱里。

起初，这个主意着实让他们感到很害怕——这样干会把他那件西服给毁了的，垃圾箱里也实在太龌龊了，还有，他很可能会被活活闷死在里面。事实上，这个垃圾箱，在一切令人恶心的事物中就数它最具有象征意义了，最终这个办法还是占了上风，无非是因为，有了这个办法，其他办法一个个都显得不够味儿了。他们把反对意见都逐一排除掉了——他那套西服还是可以再洗干净的，不管怎么说，反正垃圾箱就是他最合适的去处，如果他们把垃圾箱的盖子揭开，他就不大可能会活活闷死。为了确保万无一失，他们又专程去检查了一下巴克纳家的那个垃圾箱，一个个都瞪大眼睛朝里面窥望着，都觉得很好玩，都在想象着休伯特被埋在那些果皮烂菜和鸡蛋壳中会是个什么模样。随后，他们中有两个人，终于毅然决然地把这种担忧抛在了脑后，集中精力探讨起该怎样把他引诱到这条小巷子里来，怎样让他在这垃圾箱里大吃苦头。

休伯特兴高采烈的口哨声让他们猝不及防，三个人顿时都愣住了，一个个呆若木鸡地站在那儿，彼此间连沟通一下也办不到。巴兹尔脑子里忽然闪现出一个念头，假如没有里普利在他身边做帮手，按照事先谋划好的做法，把休伯特的嘴给堵上，那么当他冲上去抓住休伯特时，休伯特的叫嚷声肯定会惊动厨房里那个高大威猛的厨师，此人昨天夜里差点儿就把他给活捉了。就在这千钧一发之际，只见休伯特拉开了大门，从门里出来了，走进了这条小巷。

两个人此刻相距仅有五英尺，彼此都在吃惊地瞪大眼睛注视着对方，就在这一刹那间，巴兹尔心中突然有了一个惊人的发现。他发现自己竟然是喜欢休伯特·布莱尔的——而且喜欢他的程度一点儿也不亚于他所认识的任何一个男生。他顿时就没了要对休伯特·布莱尔下毒手的意图，也没有要把他塞进垃圾箱里的意图了。瞧他那顶漂亮的鸭舌帽，还有眼前的这一切。他会想尽一切办法来阻止这场意外事件的发生。他脑子里的那根弦忽然被他眼前的这一幕情景解开了，让位给了这个不合情理的想法，于是，他猛一转身，飞快地冲出了这条小巷，顺着马路向北奔去。

在这一瞬间，这个突然出现的鬼怪真把休伯特吓了一大跳，不过，当这个鬼怪转身逃走时，他又振作起来，发狠地追了上去。他被远远落在了后面，追了五十码以后，他觉得已经很不错了，无须再多管闲事了；于是，他又折返到这条小巷里来，迈开相当急促的步伐朝小巷的另一头奔去——不料，又面对面地撞见了另一个身材矮小、浑身是毛的怪物。

比尔·坎普菲，由于头脑要比巴兹尔简单得多，并没有任何要顾忌的事情。既然已经决定了要把休伯特塞进垃圾箱里去，那就干呗，尽管他本人跟休伯特并没有任何冤仇，但是这个主意已经在他脑子里定型了，所以他还是打算按计划行事。他是一个很正常的人——也就是说，是一个很喜欢猎奇的人——只要一看见某个动物呈现出了可以成为猎物的那一面，他就会不顾死活、穷追猛打地扑上去，直到那猎物不再挣扎为止。

不过，他刚才目睹了巴兹尔莫名其妙地落荒而逃的那一幕，满以为是休伯特的父亲出现了，此刻就直截了当地跟在他儿子的身后呢，于是，他也只好面对现实，顺着小巷逃之夭夭了。不一会儿，他遇见了里普利·巴克纳，里普利也等不及询问他逃跑的原因，就热烈地跟着他跑动起来。

休伯特又吃了一惊，随即又跟在后面追出了一小段路。追了一会儿之后，他拿定主意再也不去追了，省得没事找事，于是又折返回来，一路没命地奔跑着逃回他自己家去了。

话说回来，巴兹尔发觉已经没人在追赶他了，便隐身在一个个阴影里，又悄悄溜回到这条小巷里来了。他并不害怕——他只是没法采取行动罢了。这条小巷已经空无一人：既不见比尔，也不见里普利的踪影。他看见布莱尔先生来到了后门口，打开了门，向四周张望了一番，又返身进屋去了。他移步向前靠近了些。只听那厨房里有人在大声嚷嚷——是休伯特的声音，正在大肆吹嘘呢，还有布莱尔太太的声音，听上去有些惊恐，接着是那两个瑞典家仆的声音，在装模作样地发出一阵阵狂喜的笑声。接着，透过一扇敞开的窗户，他听见布莱尔先生在打电话的声音：

"我要找警长说话……是警长吗？我是乔治·P. 布莱尔……警长，这一带有一帮小流氓在寻衅滋事，他们……"

巴兹尔快如闪电般地逃走了，他一边跑，一边撕下了他那南方邦联时代的络腮胡子。

五.

艾默琴·比斯尔，因为刚过十三岁，还不习惯夜间有人来访。她正在消磨着一个枯燥乏味、孤寂落寞的夜晚，在百无聊赖地翻看着这个月的账单，把这些账单一张张地铺在她妈妈的梳妆台上，就在这时，她忽然听到休伯特·布莱尔和他父亲被让进了前厅。

"我只是觉得，我应当亲自把他送过来，"布莱尔先生在对她妈妈说，"今儿晚上好像有一帮小流氓在我们附近这条小巷子里四处转悠呢。"

比斯尔太太迄今还没有去拜访过布莱尔太太，因此这一意想不到的来访者实让她大为吃惊。她甚至还抱着这样一种得理不饶人的想法，认为这是一种不加掩饰的故作姿态，布莱尔先生是代表他太太来做说客的。"真的！"她惊呼了一声，"艾默琴见了休伯特会很高兴的，我相信……艾默琴!"

"这些个小流氓显然是埋伏在那儿准备出其不意地袭击休伯特的,"布莱尔先生接着说,"不过,他倒是个很有胆量的小伙子,居然鼓起勇气把他们都赶跑了。不管怎么说,反正我不想让他孤身一人到这边来。"

"当然不行啦。"她附和着说。可是,她怎么也想象不出休伯特到底为什么要上这儿来。他确实是个还算不错的男生,可是,毫无疑问,艾默琴最近这三天下午跟他见面的时间确实也算够多的啦。事实上,比斯尔太太心里是不大高兴的,因此,她在请布莱尔先生进门时,话音中并没有太多的热情。

他们还在客厅里,布莱尔先生刚刚才开始有所察觉,事情好像根本就不是那么回事儿,没想到门口又有人在按门铃了。门一打开,来者竟是巴兹尔·李,满脸通红、气喘吁吁的样子,赫然站在门槛边。

"你好吗,比斯尔太太?哎,艾默琴!"他用热诚有余的声音叫道,"舞会在哪儿呀?"

对一个冷眼旁观的人来说,这声招呼听上去显得很刺耳,也很不自然,但是,对于这几个已经仓皇失措的人来说,却听得很分明。

"哪儿有什么舞会呀。"艾默琴一脸疑惑地说。

"什么?"巴兹尔的嘴巴张了张,摆出一副很夸张的错愕表情,他的声音也微微有些发抖,"你的意思是说,你没有给我打过电话,叫我到这里来参加舞会?"

"哎哟,当然没有啊,巴兹尔!"

艾默琴因为休伯特的意外到来正暗自兴奋着呢,因此,她马上想到的是,这是巴兹尔故意编造出的一个借口,目的是想来搅黄他们的会面。在场的那些人里,只有她一个人最接近事实真相;但是她却低估了巴兹尔的动机的迫切性,那并不是出于嫉妒,而是出于极度的恐慌。

"你给我打过电话呀,对不对,艾默琴?"休伯特信心十足地问道。

"哎呀,没有哇,休伯特!我根本就没有给任何人打过电话。"

在一片惊愕、嘈杂的声明和抗议声中,门铃又一次响了起来,这孕育着无限生机的黑夜又结出了沉甸甸的硕果,来人是小里普利·巴克纳,还有威廉·S.坎普菲[①]。像巴兹尔一样,这两个人不知何故也是一副慌里慌张、气喘吁吁的样子,他们二话不说,一上来就非常直率、不容置喙地问哪儿在举办舞会,带着奇怪而又热烈的表情坚持说,是艾默琴刚刚打电话邀请他们过来的。

休伯特哈哈大笑起来,其余的人也都跟着笑了起来,紧张的气氛松弛下来了。艾默琴因为相信休伯特,此时也开始相信大家的话都是真的了。由于有这伙不速之客在场当听众,休伯特再也把持不住自己了,便滔滔不绝地吹嘘起他那令人惊羡的冒险经历来。

"我估计,是有一帮人埋伏在那儿想伺机袭击我们大家呢!"他得意扬扬地说,"我出门的时候,有几个家伙就埋伏在我们这条小巷里,想趁机袭击我呢。有个大个子,蓄着灰白色的络腮胡子,可是他一看见我就吓得落荒而逃了。后来,我就沿着这条小巷一路走下去,没想到又迎面碰到了另一伙人,好像是几个外国人,都长得怪怪的,于是我拔脚就追,可惜还是让他们逃走了。我当时真想抓住他们,不过,我估计他们也都吓坏了,因为他们跑得太快了,我怎么也追不上。"

休伯特和他父亲都兴致勃勃地沉浸在这个故事里,根本就察觉不到,他的三个听客脸都快要憋得发紫了,或者差点儿就要以捧腹大笑来迎接比斯尔先生客客气气的建议了,比斯尔先生说,我们不妨就举办一个舞会吧。

[①] 此处原文如此,即指比尔·坎普菲,比尔是威廉的昵称。

"你再说说有关那些警告的事儿吧,休伯特,"布莱尔先生怂恿地说,"你们知道吗?休伯特接到过这样一些警告呢。你们这几个小伙子有没有接到过什么警告?"

"我接到过,"巴兹尔冷不丁儿地说,"我好像收到过类似的警告,是写在一张纸上头的,大约就在一个星期之前。"

有一小会儿,布莱尔先生那充满忧虑的目光一落在巴兹尔身上,心头便会掠过一种很强烈的感觉,确切地说,那种感觉倒并不是怀疑,而是一种说不出的疑虑。在他的潜意识中,巴兹尔那副眉头紧蹙的奇怪模样(他额角边依然还挂着一缕缕假发呢),说不定就与今晚发生的这些看似蹊跷的事件有着脱不了的干系。他摇摇头,颇有些困惑。随后,他又放下了满腹心事,怡然自得地回到休伯特的英勇气概和现在的心境上来了。

而休伯特呢,由于把他的事实都讲完了,此时正跃跃欲试地进入他想象的王国呢。

"我就说,'如此看来,你就是那个老是送这些警告的家伙喽。'话音没落,他就挥起左手一拳朝我打来,我一闪身躲开了,随即也挥起右手回敬了他一拳。我估计,我那一拳肯定打中他了,因为他尖叫了一声,就逃走了。上帝啊,他可真能跑啊!你要是看到他那落荒而逃的样子就好了,比尔——他跑得跟你一样快呢。"

"他是个大高个子吗?"巴兹尔问道,一边很响地擤了擤鼻子。

"当然啦!大概跟我父亲一样高呢。"

"其他几个人也都是大高个子吗?"

"当然啦!他们都长得非常高大。我没有来得及看清楚,我只是大喝了一声,'你们马上从这儿滚出去,你们这帮小流氓,否则我就要对你们不客气了!'他们一开始好像还想打架呢,可是我挥起右拳,一拳击倒了他们当中的一个,他们也就没再等着吃我的拳头了。"

"休伯特说,他认为,他们几个都是意大利人,"布莱尔先生插进来说,"你是不是这么说的,休伯特?"

"他们好像都是一副很滑稽的模样,"休伯特说,"其中有一个家伙看上去像是个意大利人。"

比斯尔太太领着大伙儿来到餐厅,她已经让人准备好了一些蛋糕和葡萄汁,权当夜宵,都摆放在桌子上。艾默琴搬来一把椅子坐在休伯特的身边。

"现在把全部经过再说一遍吧,休伯特。"她开口道,一边专心地扣紧双手。

休伯特眉飞色舞地把他的冒险经历又从头到尾吹嘘了一遍。现在已经有一把刀子出现在其中一个阴谋者的腰带上了;休伯特与他们的对峙和谈判这一节也拉长了,故事的内容也越来越丰富、越来越具有致命性了。他对他们说,要是他们胆敢捉弄他,就会有他们的好果子吃。他们开始拔刀子了,但是他们转念一想,还是别动刀子为好,于是就赶紧逃走了。

在这个独角戏表演到一半时,饭桌对面忽然传来一阵怪里怪气的哼哼声,可是,等到艾默琴抬眼看过去时,却见巴兹尔正在朝一块咖啡蛋糕上抹果酱,他那双眼睛明亮得很,完全是一副天真无邪的样子。然而,一分钟以后,那个声音又响了起来,这回她总算拦截到了,浮现在他脸上的分明是一种不怀好意的表情。

"我不知道换作是你又会怎么做,巴兹尔,"她尖刻地说,"我敢打赌,当时你会立马溜之大吉!"

巴兹尔刚把那块咖啡蛋糕塞进嘴里,一听这话当即就噎住了——这一幕偏巧又被比尔·坎普菲和里普利·巴克纳看在眼里,两人顿时一阵狂喜,开心得差点儿要笑出声来。饭桌上有许许多多临时出现的情节都让他俩觉得很好笑,他俩的乐趣似乎也在随着休伯特的故事的不断深入而与时俱增。这条小巷现在已经布满作恶多端的坏蛋了,尽管有极大的困难,休伯特仍在坚持不懈地奋斗着,可是艾默琴却发觉自己越来越感到忐忑不安了——丝毫也没有意识到这个故事让她越来越感到乏味了。相反的是,每当休伯特回想起了新的情节,又开始滔滔不绝地讲起来时,她就怨恨地抬眼朝巴兹尔望去,对他的厌恶之情也越来越深了。

后来,他们都走进了书房,艾默琴走向了那架钢琴,她独自一人坐在钢琴边,而那几个小子却都聚集在休伯特身边,围着他坐在那张长沙发上。让她感到懊恼的是,他们似乎都非常满足于没完没了地听着。他们还时不时地发出几声轻微的怪叫,但是,每当讲故事的节奏慢下来了,他们就会央求他继续说下去。

"接着说呀,休伯特。你刚才说哪个人跑得跟比尔·坎普菲一样快?"

半个小时之后,他们都站起身来准备走了,这时她才高兴起来。

"这真是一桩彻头彻尾的咄咄怪事,"布莱尔先生说,"我不喜欢发生这种事情。我明天就去请一位侦探来调查这件事。他们究竟想从休伯特身上得到什么呢?他们到底想拿他怎么样?"

谁也说不出一个所以然来。甚至连休伯特也默不作声了,带着让人敬而远之的神情,自顾在那儿沉思冥想着他可能会遭到什么样的不测。在他时断时续地讲故事的空隙时间里,他们的话题也会转到诸如谋杀和鬼魂这类附带着说说而已的问题上来,结果,这几个少年竟把自己说得心惊胆战起来。事实上,他们每个人都信以为真了,只不过在程度上各不相同罢了,都觉得附近这一带是有一伙绑匪在四处活动。

"我不喜欢发生这种事情,"布莱尔先生又重复了一遍,"事实上,我正打算护送你们这些孩子各回各的家呢。"

巴兹尔如释重负般地接受了他的这番好意。今晚这一手的确玩得很成功,可是性子暴烈之人一旦被惹恼了,往往会失去控制的。他今晚可不想独自一人走在大街上。

到了客厅里，艾默琴趁着她母亲有些体力不支地向布莱尔先生告别之际，偷偷朝休伯特做了个手势，示意他回到书房里去。巴兹尔立即被这一反常的举动吸引住了，便侧耳细听起来。书房里传来了一阵窃窃私语声和短促的拖地行走的脚步声，随后便是一阵很不正经、却绝不会让人听错的声音。巴兹尔嘴角往下一沉，走出了大门。他已经机关算尽地洗好了牌，可是上帝却在最后关头冷不防从衣袖里打出了一张王牌。

过了一会儿，他们都动身离开了，抱成团走在一起，但凡走到拐弯的地方，都要小心翼翼地前看看、后看看。巴兹尔、里普利、比尔无一不高度警惕地窥视着一个个凶险莫测的巷口，窥视着一棵棵黑魆魆的大树的周围，窥视着一道道隐蔽的篱笆墙的背后，只要走到不熟悉的地方，他们都要瞻前顾后地先窥视一番，他们满以为他们会看到——十有八九会看到，那些浑身是毛、模样怪诞的亡命之徒，跟这天夜里设下埋伏准备袭击休伯特·布莱尔的这伙人长得一模一样。

六

一个星期以后，巴兹尔和里普利听说休伯特和他母亲到海滨度暑假去了。巴兹尔感到有些遗憾。他本来还打算向休伯特学习，想把他那套优雅的做派学到手呢，与他同龄的那些伙伴都觉得那套做派很迷人，等到明年秋天去上大学的时候，他说不定也能玩得驾轻就熟了。因为很赞赏休伯特的那套手段，他便刻意模仿起他来，也把身子靠向一棵大树，却又没站稳趔趄了一下，也用低手抛球的动作把一只带轮子的溜冰鞋抛出去，他甚至连戴帽子也学着休伯特的样儿，潇洒地把帽子歪戴在脑门边。

这一切仅仅只持续了一小段时间。他终于察觉到,虽然那些男生和女生也会津津有味地听他讲故事,嘴巴也会随着他的故事做出相应的反应,但是他们从来也没有像看休伯特那样看他。所以,他再也不嘿嘿地笑得很响了,再说,他妈妈也非常反感他那嘿嘿的笑声,又重新把帽子端端正正地戴在头上了。

然而,他内心深处所发生的变化却要比这深刻得多。他再也不敢肯定自己到底还想不想成为一名风度翩翩的侠盗了,尽管他仍旧怀着无限钦佩的心情在读着他们的英雄事迹。在休伯特家的大门外,他有一度曾感到自己在道德上已处于孤立无助的境地;如今他已经意识到,无论他对生活中的种种素材做出什么样的编排,都必须牢牢限定在法律允许的范围之内。又过了一个星期之后,他忽然发觉,他已经不再为失去了艾默琴而备感伤心了。见到她的时候,他也只是把她当作他向来所认识的那个很熟悉的小女孩而已。那天下午所感受到的心醉神迷的那一刻不过是一个早产儿,是早已飞逝的春天遗留下来的一种情感罢了。

他不知道布莱尔太太已经被他的恶作剧吓得逃出了城,也不知道正是因为他的缘故,才有一名特警在这样一个太平无事的街区巡逻了好多个晚上。他只知道,在这为期三个月的漫长的春天里,那种朦朦胧胧、焦躁不安的思慕之情反正已经得到满足了。那种思慕之情在最后那个星期里竟达到了激情燃烧的程度——燃烧出了冲天大火,轰然爆炸开来,最终又燃尽熄灭了。他无怨无悔地转过脸来,向着前程不可限量的夏天。

(吴建国 译)

一个祥和、宁静的地方

一

在整整那一个星期里,她简直都说不清自己究竟是一支棒棒糖,还是一支罗马焰火筒①。在无数个梦境中,在那些原本可以不受干扰、安安心心睡个懒觉的假期里的许多个清晨,每当她从梦境中醒来时,她数不清有多少次都在情不自禁、气若游丝地喃喃自语着,扑哧——扑哧、断断续续地念叨着:"我爱你——我爱你。"一遍又一遍地重复着这句话。到了晚上,她提笔写了一封信,信中写道:

> 亲爱的里奇②:一想到今年六月份不能和你一起参加新生舞会,我就想躺下去死掉算了,但是,妈妈好像在某些方面有点儿思想狭隘,再说,她也觉得十六岁还嫌太小,不能参加大学生们的班级舞会;莉儿③·哈梅尔的妈妈也这样想。当我脑海中浮现出你在和**另外某个**

---

① 罗马焰火筒(Roman Candle),能喷发彩色火球、火花的焰火。
② 指里奇韦,里奇是里奇韦的昵称。
③ 指莉莲,莉儿是莉莲的昵称。

女生翩翩起舞，得知你在甜言蜜语地讨好她，就像你对待所有人那样，我就想躺在地上**大嚷大叫一场**。噢，我**知道**——因为我复活节离开温泉城的时候，学校里有个女生认识了你。不管怎么说，假如今年夏天你来参加艾德·贝蒙特的家庭聚会时带着别的女孩子，我就割断**她的喉咙**，或者割断我自己的喉咙，或者干出铤而走险的事情来。也许没有人会因为我死了而感到难过的。哈哈——

夏天，夏天，夏天——温和的内陆地区的太阳和宜人的绵绵细雨。森林湖①，有上千个迷人的走廊，在俱乐部的户外平台上举行的舞会，还有那些总是开着崭新的轿车前来参加舞会的男生，那些半人半马的怪物。她妈妈专程赶到东部来接她，当她们一同走出纽约中央车站时，原先答应过的事情像交响乐一样响了起来，约瑟芬不由得噘起嘴唇，做了个鬼脸，仿佛像受不了那强烈的阳光似的。

"我们的计划再好不过了。"她妈妈说。

"啊，什么？什么呀，妈妈？"

"一次真正的改变。等我们到宾馆了，我再详详细细地告诉你。"

这不啻是一个突如其来的很不和谐的噪音嘛；一道阴影骤然从天而降，笼罩在约瑟芬的心头。

"你这话是什么意思？难道我们不打算去森林湖了吗？"

"去一个更好的地方，"她妈妈说话的口气竟是那样的欢快，不由得让人警觉起来，"这件事我现在还不想告诉你，等我们到了宾馆再说吧。"

根据他们自己的观察，再加上他们的大女儿康斯坦丝三番五次的

---

① 森林湖（Lake Forest），美国伊利诺伊州境内一城市，位于密西根湖畔，为芝加哥的卫星城，风景秀丽，是南下去芝加哥的必经之地。美国闻名遐迩的森林湖大学即坐落于此。

297

揭发,早在佩里太太动身离开芝加哥之前,她和约瑟芬的爸爸就已经看出了名堂,约瑟芬对森林湖这一带的情况十分熟悉、无所不知。二十年来,这个地方已经发生了很大变化,已然成为芝加哥上流社会时髦人士夏季约会的钟情之地了;出身于新兴阶层的人家的孩子一般受约束较少,这是显而易见的,就是跟别人家的孩子不一样。因此,像大多数家长一样,佩里太太也认为,她的这个女儿是一个很容易被别人引入歧途的人。在这一族类中,那些眼光更为客观公正的人,则早已把约瑟芬本人当成道德败坏的罪魁祸首了。但是,无论是出于防备,还是出于责罚,让约瑟芬大为震惊的事情是,佩里一家今年夏天将要到一个祥和、宁静的地方去度假了。

"妈妈,我决不会去海岛农场的。我只是……"

"爸爸认为……"

"如果我真那么坏透了,你们为什么不把我送到某个少年犯管教所去呢?或者直接把我送到本州的监狱去呢?我决不会到某个无聊透顶的老农场去跟一大堆乡巴佬为伍的,那里既没有任何乐趣,又没有一个朋友,只有许许多多的乡下人。"

"但是,亲爱的,事情根本就不是你说的那样。人家只不过把它叫作'海岛农场'罢了。事实上,你姨妈家那个地方也不是农场呀;那里其实是密歇根州的一个环境优美的旅游胜地,虽然小,可是有很多人过来度暑假呢,在那儿打网球呀,游泳呀,还有——还可以在那儿钓鱼呢。"

"钓鱼?"约瑟芬满腹狐疑地问道,"你居然把这种事情也当作消遣了?"她十分无奈,困惑不解地摇了摇头,"反正我只是个默默无名的小角色,谁也不会记得我的。等到我哪一年熬出头了,也没有人知道我是谁的。他们准会说:'见鬼,这个约瑟芬·佩里到底是什么人啊?我怎么在这一带从来就没有见过她呢。''噢,她刚刚一身乡土气地从北边儿密歇根州的一个环境恶劣的旧农场回来。我们就不要邀请她了。'那时候,别的人都在兴致勃勃地玩得很开心呢……"

"亲爱的,就过一个夏天,谁也不会忘记你的。"

"不,他们会忘记我的。每个人都会有了新的朋友,学会跳新的舞了,而我却一直待在北边儿那个偏远落后的地方,满身都是干草屑,把我所熟悉的一切都忘得一干二净了。如果那个地方真有你说的那么好,康斯坦丝为什么不来呢?"

约瑟芬眼睁睁地躺在他们下榻的那家名为"二十世纪宾馆"的起居室里,心里在苦苦思索着,觉得这件事简直太不公平了。她知道她妈妈这样做自有她的考虑,多半是因为一些长相难看、却爱忌妒人的女孩子所散布的那些流言蜚语。这些长相难看、却爱忌妒人的女孩子,全都是她的连情面也不顾的仇敌,这些家伙并非完全出自于她的想象。她的美丽中似乎透露着某种不加掩饰、能给人的感官以美的享受的东西,这一点正是那些长相平平的女人所绝对无法容忍的;她们总是用一种害怕、警惕的眼光盯着她。

只是在最近以来,那些流言蜚语才惹得约瑟芬忧心忡忡的。依她自己的说法,尽管才十三四岁,她就已经表现得很"出格"了——用这个词来形容比较贴切,因为这个词没有"放荡"一词所包含的粗鄙之意——她现在要尽力好好表现自己。不过,要想做到这一点也非常困难,她过去的所作所为都对她不利;因为在这个世界上,她唯一关心的事情就是坠入爱河,并且和她目前相爱的那个人厮守在一起。

午夜时分,妈妈温柔地问了她一声,却发现她已经睡着了。她打开小床边的台灯,盯着这张满面绯红、稚气未脱的脸蛋看了一会儿,发觉这张脸上原有的失望之情,现在已经趋于平复,取而代之的是一种淡淡的、奇怪的微笑。她弯下身子,亲吻着约瑟芬的额头,在这个脑袋里,毫无疑问,正在一幕幕地闪现着那些柔情似水、渴望已久的狂欢场面，然而，这个夏季，她的这些欢愉统统都要被剥夺掉了。

二

进入芝加哥了，六月的喧闹声激动人心地回荡在耳畔；来到森林湖了，在这里，她的那些朋友已经在一种神神秘秘的气氛中交上了新的男生，学会了新的乐曲，还有即将举行的各种各样的晚会和家庭聚会在等着呢。她的父母总算做出了一个让步——允许她从海岛农场按时赶回来参加艾德·贝蒙特家举行的那场家庭聚会——这也就意味着，她能够见到里奇韦·桑德斯了，时间是九月一日。

随后便一路向北，把所有的快乐都丢在了身后，直奔这个祥和、宁静的地方来了，这个地方甚至连火车站都毫不张扬，根本见不到由那些兴高采烈地到达的人或者由那些激动不已地离别的人所构成的那种气氛：这儿只有她姨妈，还有她那个十五岁的表哥迪克，他戴着眼镜，用年轻人所特有的那种茫然、怨恨的眼光盯着人看，除此之外，还有十来幢房屋，住在里面的是那些疲惫不堪的人，都已昏昏入睡了，那个令人乏味的村落就在三英里开外的地方。实际情况更是糟糕，甚至比约瑟芬原先所想象的还要糟糕；对她来说，附近这一带实在是人烟稀少，因为，作为她这一代人的典型代表，她那落落寡合的样子显得十分孤立。绝望之下，她要么独自埋头没完没了地给外界写信，要么作为一个异类，跟迪克一块儿去打网球，时不时地针对他那故意刁难的幼稚行为，不慌不忙、无动于衷地同他争辩几句。

"你准备一直这样下去吗？"她厉声问道，有一天，她终于忍受不了他那愚蠢的样子而发怒了，"你就不能采取点儿措施改变一下现状吗？你不觉得这样很痛苦吗？"

"有什么办法呢？"迪克吊儿郎当地绕着球网走来走去的样子，让她感到格外恼火。

"啊,真是个令人讨厌的家伙!你真应该被送到外地的某个好一点儿学校去。"

"我正要去呢。"

"哎呀,在芝加哥,像你这个年龄的男生,大多数都有自己的小轿车了。"

"太多了。"他回答道。

"你什么意思?"约瑟芬怒气冲冲地说。

"我听姨妈说,在那边,这种事情太多了。这就是他们为什么要逼你上这儿来的缘故。你太看重那些东西了。"

约瑟芬脸涨得绯红。"你难道非要做这种令人讨厌的家伙不可吗?你就不能真心实意地努力改变一下吗?"

"我不知道,"迪克承认道,"我甚至想都没想过,也许我就是这样一个人吧。"

"啊,是的,你就是这样一个人。我敢肯定,你就是这号人。"

她忽然想到,要是有了适当的调教,他说不定会有所改观的,尽管希望并不大。也许她可以教他跳舞,或者让他去学开他妈妈的那辆车。她甚至还想入非非地要把他改造得聪明起来呢,让他每天洗两次手,把头发弄湿,然后从中间分开。她建议说,他要是不戴眼镜会显得更加帅气的。他倒也很听话,摘掉了眼镜,跌跌撞撞地过了好几个下午。可是,有一天夜里,他突然发起了高烧,头疼得很厉害,便向他妈妈坦白交代了他最近为什么会"如此这般全然没有理智"的原因。于是,约瑟芬毫不心痛地放弃改造他了。

不过,她几乎是不管什么样的人都有可能爱上的。她想听到那些神神秘秘的爱情专用术语,想去感受她内心深处的那种令人亢奋、使人着迷的东西,那是她谈了十来次恋爱之后,每一次恋爱带给她的结果。当然,她给里奇韦·桑德斯写信了。他也回信了。她又写。他又回了信——不过,那是在过了两个星期之后才回的信。转眼一个月过去了,还要再熬一个月才能离开这里,八月一日这一天,她收到了莉莲·哈梅尔寄来的一封信,莉莲·哈梅尔是她在森林湖那边最要好的朋友。

亲爱的乔:你说过要我把每一件事都写信告诉你的,我这就在写呢,不过,有些事情对你来说将是致命的打击——是关于里奇韦·桑德斯的。艾德·贝蒙特邀请他去了一趟费城,结果他说,他非常疯狂地爱上了那边的一个女孩子,弄得他恨不得马上离开耶鲁大学跟她结婚了。那女孩名叫伊万杰琳·蒂克诺,她去年因为吸烟被福克斯克罗夫特中学开除了;是个相当出格的妞儿,据说人长得很漂亮,有几分像你,我也是听别人说的。艾德说,里奇韦已经爱她爱到如痴如迷的程度了,弄得他九月份都不想到这边来了,除非艾德也邀请她;所以,艾德只好这样做了。也许这是你最关心的一件事!也许你在那边也有很多迷恋你的男生吧,难道你那边就没有一个特别迷人的男生吗?

约瑟芬在她自己的房间里来来回回慢腾腾地走着。她父母现在如愿以偿了;冲着她来的这个阴谋终于大功告成了。她有生以来第一次被别人抛弃了,而且还是被她迄今为止所认识的最有吸引力、最渴望得到的男生抛弃的,是被一个"长得非常像她自己的"女孩子半路横插进来夺走的。约瑟芬巴不得自己也被学校开除了——那样的话,家里人或许就不会再来管她,由她去了。

她并没有感到十分屈辱,因为她心中充满了愤怒的绝望,但是,为了她那份尊严,她立即提笔写了一封信。动笔的时候,她眼睛里噙着亮晶晶的泪珠:

亲爱的莉儿：当我得知里奇韦·桑德斯做出了这样的事情时，我并不感到吃惊。我早就知道他是个很轻浮的人，所以，六月份学校放假之后，我根本就没有**再想起过他**。事实上，亲爱的，你也知道我自己是个多么轻浮的人，你可以想象得到，我还没有时间为这件事伤脑筋呢。我认为，每个人都有权做他自己想做的事。"自己活也得让别人活"是我的座右铭。要是你今年暑假能到这边来该多好啊。这里的聚会**更精彩**——

她停下笔来，意识到应该编造一些更加翔实的证据来证明自己过得很愉快。笔停在空中，她凝望着窗外那片深沉、寂静、浓密的北方树林。编故事是很精细的活儿，而且总是跟现实打交道的，她的想象力一时还适应不了这份差事。尽管如此，几分钟之后，一个朦朦胧胧、合成出来的人物开始在她的脑海中成型了。她把笔蘸了蘸墨水，又接着写道："有一个我最爱的人……"她犹豫了一下，再次扭过头去望着窗户，想寻找灵感。

突然间，她灵感大发，开始奋笔疾书起来，眼中的泪水也干了。大踏步地顺着那条马路朝她走来、离她的窗户已不足五十英尺远，是一个模样英俊、气质迷人的男生，那是她这辈子所见过的最帅气、最迷人的男生。

三

他大约十九岁，身材高挑，具有北欧人的特点，是个金发碧眼的小伙子；他那十分秀气、几乎是瘦削的脸颊，肤色非常鲜亮，已被太阳烘烤得温暖而又干燥。她只是瞥了一眼他那双眼睛——那一瞥便足以知道，那双眼睛里透露出的是"忧伤"的神情，是一种格外夺人眼目的忧郁。他那模特儿般的腿上穿着骑马裤，他上身穿的是一件质地柔软的羊毛夹克衫，是用蓝色的岩羚羊毛做成的。他一边走，一边潇洒地挥动着手中的一根鞭柄，拨开悬在头顶上方的树叶。

一时间，这个情景在持续不断地演绎着；随后，那条小路拐进了一片浓密的树林，他也走得不见了踪影，只剩下他的靴子踩在松针上发出的轻微的嘎吱声。

约瑟芬一动不动地愣在那里。那些暗绿色的树木，看上去那样缺乏生机的树木，突然间像是变成了一堵具有魔力的墙壁，墙壁豁然打开，展现出一条通向人间美景的捷径；树木在剧烈地颤动着，发出沙沙的响声。她又等了一会儿；然后继续伏案奋笔疾书，写那封尚未写完的信：

——他经常穿着非常好看的骑马装。他有一双世上最迷人的眼睛。他上身通常穿着那套用蓝色岩羚羊毛制成的衣服，给人一种非常单纯的神圣感。

四

半个钟头之后，她妈妈走进屋来，发现约瑟芬正在穿那件最漂亮的晚礼服，脸上的表情仿佛一下子欢快起来了，而且还有些扑朔迷离。

"我想……"她说，"我估计，你不想陪我一起去拜访几个朋友吧？"

"我很乐意去呀。"约瑟芬出乎意料地说。

妈妈犹豫了一下。"我觉得，这个月恐怕太难为你啦。我根本没想到这儿居然没有和你年龄相仿的伙伴。不过,好事情总算来了,我暂且还不能告诉你,也许要不了多久,我就有好消息告诉你了。"

约瑟芬像是没听到。

"我们去拜访谁呀?"她急切地问,"我们干脆每一户人家都去拜访一下吧,即使拜访到今晚十点钟也不要紧。我们就从最近的一户人家开始,就这样一路拜访下去,直到把每户人家都杀个片甲不留为止。"

"我还不知道我们能不能做到这一点呢。"

"来吧。"约瑟芬戴上了帽子,"我们这就出发吧,妈妈。"

也许吧,佩里太太在暗暗思忖,夏天真可以让她的女儿有所改变呢;说不定这就是培养她具有更加优雅的社交能力的好机会呢。在她们前去拜访的每一户人家,她都表现得很积极,浑身散发着勃勃生机,一旦发现谁家没有人,便会流露出很真挚的失望之情。当妈妈说了声今天就到此为止的时候,她眼睛里的那种兴奋的光芒随即便消失了。

"我们明天可以再来试试,"她很不耐烦地说,"我们得把剩下的那些人家都杀个片甲不留才行。没人在家的那几户人家,我们一定要再次登门拜访。"

此时已经快到七点钟了——这是一个特别让人怀旧的时刻,因为一年前,这个时刻曾经是森林湖那边最可爱的时刻。洗完澡,浑身都熠熠生辉,随后,有一个人在那离别的日子里的最后那一刻闯了进来,事后,独自一人坐在外面的走廊上,一遍又一遍地回想着当天晚上的那些浪漫的情景,这时,一扇扇亮着灯的窗户开始闪现在一幢幢轮廓模糊的房屋上,车子载着喝茶晚归的人们在大街上飞驰而过。

但是,今天晚上,回荡在这湖畔乡村的小阳春季节黄昏时分的那种喃喃低语声,却有它自得其乐的寓意。约瑟芬悠闲地从屋子里溜达

305

出来，走进了房屋旁边的那条小巷里，她突然放开脚步一路小跑起来，那是一种由于外因的作用而相当释然的心境，憋屈了这么久，不就是为了找寻那些更加令人心驰神往的地点嘛。透过她那轻盈的脚步，透过她那不耐烦地扭动着的臀部，透过她那心不在焉的笑脸，透过她最终落在前方二十英尺处的目光，这一切都暗示着，这个小女孩将要跨过她在渴望中等待了许久的那道坚实的门槛了；事实上，在她自己的想象中，她早已跨过了那道门槛，早已将她周围的一切统统抛在了脑后。偏偏就在这一刻，她忽然听到前方传来了一阵响亮、清晰的口哨声，还听见了好像是棍子在抽打着树叶的声音。

  你好，
  弗瑞——斯科，
  你好！
  你好吗，亲爱的？
  但愿你能留在我身边。

  她的心熟悉地怦怦乱跳起来；她明白，在最后的一缕夕阳射进那片松树林的地方，他们彼此会擦肩而过。

  你好，
  弗瑞——斯科，
  你好！

  就是他，前方的背景衬托出了一个漂亮的身形。他那富有骑士风度的脸庞，是用潇洒的线条一笔画成的，他那件岩羚羊毛的背心，显得格外的蓝——她离得很近，近得简直伸手就能触摸到。随后，她吃惊地意识到，他从她身旁走过去的时候，并没有留意她就在旁边，他那双闷闷不乐的眼睛只是闪动了一下就过去了。

"好一个自负的家伙！"她愤慨地想，"盛气凌人……"

在吃晚饭的时候，她从头至尾都默默无语；吃罢晚饭，稍微寒暄了几句之后，她对姨妈说："我今天碰到了一个看上去十分自负的小青年。我想知道那人到底是谁。"

"大概是年迈的多兰斯的外甥吧，"迪克抢着回答说，"或者是暂住在老多兰斯家的那个家伙。有人说，那人是他的外甥，或者是他的什么亲戚。"

他妈妈语气尖锐地对约瑟芬说："我们不去拜访多兰斯那家人。几年前，因为我们两家的地界问题，查尔斯·多兰斯先生一直对我丈夫心怀不满，觉得我丈夫对他不公道。老多兰斯先生其实是一个非常固执的人。"

约瑟芬不知道这是否就是他今天下午没有搭理她的原因。这是个荒唐可笑的理由嘛。

不过，到了第二天，还是在同样的地方，还是在同样的时刻，当他听到她那声温柔的"晚上好"时，着实吓了一大跳；他带着显而易见的沮丧的神情凝视着她。随后，他举起一只手来，好像是要去脱下帽子似的，结果什么也没摸到，于是，他只好鞠了一躬，从她身边走开了。

没想到，约瑟芬却飞快地转过身来，走在他身旁，脸上挂着微笑。

"你不妨放开一点儿与人交际嘛。你真不应该那么排外，因为这个地方只有我们两个人。我认为，让老一辈人的事儿影响到年轻一代人的关系，这是很愚蠢的做法。"

他走得很快，她几乎跟不上他的步子。

307

"说实话,我是个很不错的女孩子,"她仍然一脸微笑地坚持说,"在舞会上,有很多人都争着要和我跳舞呢,以前还有一个盲人爱上了我呢。"

他们快走到她姨妈家门口了,但是依然走得很急。

"到了,我就住在这里。"她说。

"那么,我该说再见了。"

"怎么啦?"她质问道,"你怎么能这么不懂礼貌呢?"

他嘴唇一抿,迸出几个字来:"对不起。"

"我看你还是赶紧回家吧,好让你在镜子里仔细看看你那副尊容呀。"

她知道这并不是一句实话。他的面容还是挺英俊的,带着近乎歉意的表情。没想到,他还真的要道歉了,因为他猛然停下了脚步,还立刻朝旁边让开了一点儿。

"原谅我的无礼,"他非常唐突地大声说,"可是,我不习惯跟女孩子打交道。"

她气得张口结舌,答不上话来。可是,等她从心慌意乱中渐渐镇定下来时,却发觉他脸上竟露出了一种莫名其妙的厌倦表情。

"要是我不再向前靠近了,你至少总可以跟我说一会儿话吧。"

他犹豫了一下,直起身来,想爬上一堵篱笆围栏。

"要是你真那么害怕女人的话,现在不就是消除你的恐惧心理的大好时机吗?"她问。

"太晚了。"

"不晚,"她态度坚决地说,"哎呀,你已经错过半辈子的大好时光啦。你难道不想结婚生孩子,让某个女人成为一个好妻子——我是说,做一个好丈夫吗?"

他只是打了个寒噤,权当回答。

"我以前也是个特别腼腆的人,"她善意地撒了个谎,"但是,我现在总算明白过来了,我已经白白错过半辈子的大好时光啦。"

"这并不是一个有没有意志力的问题。我就是在这个问题上老是有点儿犯糊涂。就在一分钟之前,出于本能,我还想痛骂你一顿呢。我知道这样做很不好,所以,如果你能原谅我的话……"

他从篱笆上跳下来,可是她却立即大叫起来:"等一等。让我们把话说完嘛。"

他很不情愿地徘徊在那里。

"哎呀,在芝加哥,"她说道,"哪个男人要是长得有你这么帅气的话,就可以得到他想要的任何一个女孩子。人人都会不顾一切地追求他的。"

这个说法似乎反倒进一步加剧了他的苦恼;他脸上的表情变得更加忧伤了,她不由得冲动地又向前靠近了一些,可是,他却急得一迈腿跨过了围栏。

"行啦。我们说点儿别的事情吧,"她做出了让步,"这个地方是不是你至今所见过的最让人感到沉闷无趣的一个去处啊?我在森林湖本来是一个表现出格的人,所以家里人才把我监禁到这个地方来的,我已经在这儿苦熬了**简直要人命**的一个月了,成天就干坐在这里,掰着大拇指数日子。后来,我昨天朝窗外眺望,于是就看到了你。"

"你说你是个表现出格的人,这话是什么意思?"他问道。

"就是有点儿出格呗——你知道的,有一点儿女孩子的激情呗。"

他站起身来——这一回带着毅然决然的神色。

"你真的要原谅我。我知道,在这种有关女人的问题上,我就是一个十足的大傻瓜,而且,在这一点上,我也无能为力。"

"你明天还上这儿来跟我见面吗?"

"上帝啊,决不!"

309

约瑟芬突然生气了；她委屈自己、低声下气了一个下午，已经受够了。她冷冰冰地点了点头，沿着那条小巷拔脚朝回家的方向走去。

"等一等！"

既然两人之间相隔着三十英尺的距离，他也就不再腼腆了。她禁不住想回过身来，费劲儿地抵御着内心的冲动。

"我明天还会到这儿来的。"她冷冷地说。

她一边慢腾腾地走在回家的路上，一边暗暗思忖着，是出于本能，而不是合乎逻辑的思考，总觉得这个地方有些事情她一时还没法理解。一般来说，缺乏自信这一点，就足以使任何一个男生没有资格获得她的青睐；缺乏自信是无法原谅的罪过，是举手投降的白旗，是临阵脱逃的象征。然而，既然这个年轻人现在已经脱离了她的视线，她便把他当作昨天下午出现在她眼前的那个形象来看待了——有慷慨的忘我意识，也许还很傲慢，绝对温文有礼。她又一次纳闷起来，不知是不是由于家族间的隔阂才造成了他现在的这种态度。

尽管他们之间的谈话并不令人满意，她还是很开心。在夕阳柔和的红霞中，似乎可以肯定，明天一切都会很顺利。那种好心被人当成了驴肝肺的压抑感已经远离了她。昨天下午从她窗户走过的那个男生，完全能够成为她心目中的百变王子——爱情、富有戏剧色彩的场面，甚至是她最爱的那种铤而走险、不顾一切的行为。

她妈妈正在阳台上等着她呢。

"我本来想让你一个人单独待一会儿的，"她说，"因为我觉得，要是你过于喜形于色的话，格拉迪斯姨妈会很反感的。我们明天就动身回森林湖去。"

"妈妈！"

"康斯坦丝明天就正式宣布她订婚的消息了，准备十天之后结婚呢。马尔科姆·利比在国务院工作，他已经接到出国的命令了。难道这不是天大的好事吗？你姐姐准备今天就打开森林湖的那幢别墅迎接来宾。"

"这桩婚事一定很精彩。"过了一会，约瑟芬又重复了一遍。"精彩得完美无缺。"

森林湖——她已经能感受到它那节奏明快、令人兴奋不已的情景了。然而，她心里似乎又有些怅然若失，就好比那必不可少的小号的旋律完全脱离了整个乐队一样。五个星期以来，她一直都极其讨厌这个海岛农场，然而，当她在越来越浓的暮色中环顾四周时，却又为它感到些许遗憾，为自己就这样抛弃了它而感到些许羞愧。

在整个晚宴过程中，那种异样的感觉始终都挥之不去。她老是沉浸在那些令人激动不已的遐想中，而且一开始想到的总是，"要是那样的话，那该多么有趣啊……"随后，那即将到来的辉煌时刻便会渐渐淡去，内心深处便会趋于一片宁静，宁静得像密歇根州的这些夜晚一样。这种宁静正是森林湖所缺少的——那是一种让许多事情得以在其中发生的宁静，让人们徜徉在其间的一派宁静。

"我们会忙得不可开交的，"她妈妈说，"下个星期，家里会来许多女傧相，要举办各种舞会，还有婚礼本身。我们本来今晚就该动身的。"

约瑟芬随即上楼去了她的房间，独自坐在窗前，眺望着外面黑沉沉的夜色。太糟糕了；怎么说这也是一个被白白浪费了的夏天啊。倘若昨天来得早一些的话，她或许会带着某种毕竟在这里生活过一段时间的感觉离开的。为时太晚啦。"不过，世上男生多得是。"她暗暗告诫自己说——里奇韦·桑德斯啊。

她仿佛依然能听见他们那信誓旦旦的哄骗女孩子的台词，不管怎么说，反正他们那傻乎乎的悄悄话依然在她的耳畔回响着。她突然意识到，她感到遗憾的并不是迷惘的过去，而是迷惘的未来，并不是过

311

去不曾发生过的事情,而是将来永远也不会发生的事情。她站起身来,呼吸急促。

几分钟之后,她从一道边门离开了屋子,穿过那片草坪,走到园艺工人的门前。她听见迪克迟疑不决地在她身后喊着她,但是她没有回答。天又黑又凉,她感到夏天很快就要离她远去了。仿佛想把失去的光阴夺回来似的,她越走越快,十分钟后,她拐了个弯,来到多兰斯家那幢房屋的大门前,那幢房屋掩映在众多树木构成的参差不齐的轮廓中。当她走近时,阳台上有个人朝她打了声招呼:

"晚上好。我看不清那是谁来了。"

"就是今天下午你遇见的那个非常放肆的女孩子呀。"

她听到,他突然屏住了呼吸。

"我可以在台阶上坐一会吗?看得见吗?很安全的,离你远着呢。我是专程来道别的,因为我们明天就回家了。"

"你们真的要走了吗?"她辨别不出他那说话的口气流露出的到底是关心,还是如释重负,"这里会非常宁静了。"

"我想解释一下今天下午的事情,因为我不想让你觉得我就是一个很放肆的女孩子。一般来说,我喜欢阅历更加丰富的男生,我只不过觉得,既然这里只有我们两个人,我们不妨尽量玩得开心点儿,何况也没有多少日子可以白白浪费了。"

"我明白。"过了一会儿,他问道:"你在森林湖那边打算做什么呢?做一个——做一个行事出格的人?"

"我并不太在乎我自己的所作所为。我已经白白浪费了整整六个星期啦。"

她听见他在笑。

"从你说话的口气中,我可以听得出,有人将不得不为此而付出代价了。"他说。

"但愿如此吧。"她没好气地回答说。她感到泪水涌上了眼睛。样样事情都不对头。样样事情似乎都注定要跟她过不去似的。

"请允许我上来,在那张长椅上坐一会儿吧。"她突然请求道。

只听嘎吱一声,那张长椅不再晃动了。

"请别这样。我可不想请你上来,不过,要是你真这样做的话,我倒真的不得不走了。我们不如就这样聊聊吧——你喜欢马吗?"

她迅速站起身来,登上台阶,一步步朝他就座的那个角落走去。

"不喜欢,"她说,"我认为,我喜欢干的事情,也会被你喜欢上的。"

在刚刚升上树梢的月光下,他那张面孔显得格外凶恶。他跳起身来;紧接着把双手放在她的两只胳膊上,随后,便慢慢把她拉到自己身边。

"你不过是渴望跟人接吻罢了,"他喃喃地说,嘴唇几乎都没张开,"我第一次看到你的这张嘴的时候,我就知道这一点了——那是一种非常自私、自我满足的表情……"

突然间,他垂下了双臂,以一种惊恐的姿态躲开了她。

"别停下来呀!"她大声说,"想做什么就做什么吧,想对我说什么就说吧,哪怕不是好听的恭维话。我不在乎。"

没想到,他却弓起身子迅速翻过栏杆,然后,他双手抱着自己的后脑勺,朝草坪对面走去。过了一会儿,她追上他,挡住了他的去路,讨好似的站在他面前,她那稍稍隆起的胸部在剧烈地上下起伏着。

"你怎么会知道我在这里?"他突然问道,"你以为这里只有我一个人吗?"

"什么……"

"我妻子和我在一起呢。"

约瑟芬禁不住打了个寒噤。

"啊——啊——那人家怎么不知道呢?"

"因为我妻子是——我妻子是黑人。"

如果不是天色太黑的话,约瑟芬准会看到,他那会儿正悄无声息、遏制不住地开怀大笑呢。

"啊。"她又说了一遍。

"我也没注意到。"他接着说。

尽管在潜意识里还抱着一种怀疑的态度,一种不可思议的感情已经悄然袭上了约瑟芬的心头。

"我怎么能跟一个像你这样的女孩子有来往呢?"

她轻声哭泣起来。

"啊,我很抱歉。但愿我能帮到你。"

"你帮不了我。"他态度生硬地转过身去。

"你巴不得让我赶紧走吧。"

他点了点头。

"好吧。我这就走。"

她依然在啜泣着,一半是在走,一半是在向后倒退着躲开他。她现在终于感到害怕了,尽管这样,她依然希望他能叫住她。当她走到大门前、想最后再看他一眼时,他正站在她离开他时的那个位置上,在初升的月亮乍然泻下的如水的清辉中,他那清秀、瘦削的脸庞显得分外清晰、英俊。

她沿着那条路刚走了四分之一英里,就在这时,她突然发觉身后有急速奔跑的脚步声。她吓了一跳,还没来得及焦急地转过身来,就见一个人影朝她猛扑过来。那人是他的表哥,是迪克。

"噢!"她喊道,"你吓死我了!"

"我一直跟着你到这儿来的。你没事儿晚上这样跑出来干什么啊。"

"好一个鬼鬼祟祟的东西!"她轻蔑地说。

他们肩并肩地一路走下去。

"我听到你跟那家伙在一起的谈话了。你迷上他了吧,对不对?"

"你安静点儿行不行!像你这种让人极其讨厌的家伙知道什么呀?"

"我知道的事情多着呢,"迪克闷闷不乐地说,"在森林湖那边,这种事情太多了,我全都知道。"

她不屑于搭理他;他们默默地走到她姨妈家门口。

"有一点我要告诉你,"他吞吞吐吐地说,"我敢打赌,你肯定不想让你妈妈知道这件事吧。"

"你是说,你要告诉我妈妈?"

"你别胡搅蛮缠好不好。我刚才想说的是,关于这件事,我一个字也不会说的……"

"希望你别说。"

"有一个条件。"

"嗯?"

"这个条件是……"他有些烦躁不安起来,"你曾经告诉过我,在森林湖那边,有很多女生会随意亲吻男生,而且也从来不把它当回事儿。"

"是的。"突然间,她料到要发生什么事了,一丝吃惊的笑容浮现在她的嘴唇上。

"嗯,这么说,你想——吻我?"

妈妈的形象突然浮现在眼前——森林湖的那一系列情景又一次出现在眼前。她迅速拿定主意,向他倾过身来。过了不到半分钟之后,她回到自己的房间,差点儿要歇斯底里得泪水涟涟、放声大笑了。那一吻，如此看来，就是命中注定要发生的一吻，恰到好处地圆满结束了这个夏季。

五

约瑟芬那年八月轰轰烈烈地回到了森林湖，它标志着人们对她的看法已经有了改变；那种情景就好比绿林强盗通过纯粹的权力演变成了封建领主一样。

自从复活节以来，暗藏在她校服下的积压了长达三个月之久的躁动不安的精力，又增添了六个星期的怨恨——真好比旧恨又添新仇，就像激烈的比赛又添加了新的火药味一样。因为约瑟芬终于爆发了，带着那种听得到、看得见的轰然一声巨响爆发了；过了好几个星期之后，她那颗破碎的心才在森林湖一处圣洁无瑕的草坪上渐渐平复过来。

事情在刚开始的时候还算平静；事情是从那场期盼已久的家庭聚会开始的，在第一场晚会上，在吃晚饭的时候，她的座位被安排在那个薄情寡义的里奇韦·桑德斯的旁边。

"你当初抛弃我的时候，我的心情肯定是非常糟糕的。"约瑟芬态度冷漠地说——不能再对他抱有任何恋恋不舍的想法了，既然他已经抛弃了她。她一度曾不理不睬地把他冷落在一边，让他冷静地去想一想，不管怎么说，他在这场恋爱事件中是否达到过最高潮，她转向了坐在她另一侧的那个男人。一直等到沙拉上来了，里奇韦才主动向她解释起事情的缘由。于是，他那个从东部来的女朋友，蒂克诺小姐，便越来越强烈地感到，约瑟芬·佩里是一个多么面目可憎的人。她犯下了大错，把这话告诉了里奇韦。约瑟芬就从来没有犯过这样的错误；到晚宴即将结束时，她仅仅只问了他一个非常天真的问题，他那个穿着高帮搭扣鞋的朋友到底是谁。

到了十点钟的时候,约瑟芬和里奇韦竟开着别人的车子扬长而去了——走得很远,远离了那帮乌合之众,来到了大草原上。随着时间在分分秒秒地流逝,她对他的温柔越来越感到厌倦了,他也感到越来越痛苦了。她让他吻她,那不过是为了确定那份感情罢了;于是,那天晚上,那个绝望得要孤注一掷的年轻人又回到了他主人的身边。

第二天一整天,无论她走到哪里,他的目光都在痛苦地追随着她;第三天的下午,蒂克诺小姐被意外召回到东部去了。这真是一个令人肝肠寸断的场面啊,可是,肯定得有个人为约瑟芬的这个夏天付出代价。既然这个仇已经报了,她便把注意力转回到她姐姐的婚礼上来了。

她刚到家的时候,就立即要来了一套妆奁,好与一个首席女傧相富丽堂皇的身份相对称呀,也好趁着全家人都在风风火火地忙碌着的时候,非常精心把自己打扮得漂漂亮亮的,好为她这个年龄再增添一分魅力嘛。毫无疑问,这样做有助于改变大家对她的看法,因为,尽管她在感情上早已成熟,倘若仍穿着一身女学生的裙装突然出现在众人面前,看上去似乎也太不得体了,要是穿上更加精美的衣服,她就成了一个无可争辩的小美人了;这样一来,她就能被婚礼上至少一半的男人所接受了。

康斯坦丝公开表现出了她的敌视态度。在举办婚礼的当天早上,她向她妈妈倾诉了自己心中的不满。

"我真的希望,等我走了之后,你能好好管管她,妈妈。她那种行为方式简直让人无法容忍。没有一个伴娘感到开心。"

"我们不用担心,"佩里夫人催促道,"不管怎么说,她一个暑假都很安静的。"

"我才不担心**她**呢。"康斯坦丝气呼呼地说。

317

出席婚礼的那群人此时正在那家俱乐部里用午宴,约瑟芬忽然发觉,坐在她身边的是一个喜气洋洋的迎宾员,此人来这儿的时候就已经微微有了些醉意,而且一直都是那种状态。不管怎么说,现在还在大白天里,他就这样语无伦次,未免也太早了。

"芝加哥的美女啊,来自金色西部的金发美女啊。噢,我今年夏天怎么没有出发到此地来呢?"

"那时候我不在这儿。我在北边的一个叫作'海岛农场'的地方呢。"

"啊!"他惊呼起来,"啊——哈!那就很能说明问题了——那就能说明索尼·多兰斯为什么会突然去那儿朝圣了。"

"你说谁?"

"那个大名鼎鼎的索尼·多兰斯啊,那个使哈佛大学蒙羞的家伙啊,不过,他是少女们崇拜的对象。你该不会对我说,你没有跟索尼·多兰斯有过含情脉脉的眼神交流吧。"

"可是,那人不可能是他呀,"她淡淡地问道,"他不是已经结过婚了吗?"

他突然哈哈大笑起来。

"结过婚了——没错,跟一个混血儿结婚了!你该没有被那套老掉牙的谎话骗到吧。每当他想对某一场来势汹汹的恋爱做出反应时,他总是拿这种玩笑做挡箭牌的——那不过是他在失恋后的恢复期里保护自己的一个托词罢了。你瞧,他整个一生都在承受着那个要命的美人的诅咒呢。"

几分钟过后,她就知道了这个人的来历。除了其他一切之外,索尼·多兰斯还是个极其富有的人——他从十五岁开始就有女人追求了——有已婚妇女,有初入社交界的少女,有歌舞合唱队的姑娘。这个故事简直太有传奇色彩了。

确实有不少人千方百计地纠缠着他，要跟他结婚，为了缠住他，什么样的事情都能做得出。闹得满城风雨，不是这个女孩子想自杀，就是那个女孩子想要杀了他。后来，到了今年春天，又惹出了取消婚约这件事，害得他在哈佛大学都没能被选入珀赛琳俱乐部[①]，据说，这件事还耗去了他父亲五万美元呢。"

"现在呢，"约瑟芬急忙问道，"你说他不喜欢女人？"

"索尼吗？我告诉你，他是全美国最多情的男人。最近这件事对他震动很大，因此，他编造了许多瞎话告诉那些仰慕者，用这个办法让她们远远离开了他。不过，下个月的这个时候，他又要卷入是非之中了。"

在他侃侃而谈的时候，晚宴厅渐渐变得黯然失色了，如同电影里的场景渐渐淡化了一样，于是，约瑟芬的思绪又回到了海岛农场，两眼凝望着窗外，仿佛看见一个年轻人从松林间走了出来。

"他当时很怕我呀，"她暗暗思忖着，她的心像机关枪一样在怦怦乱跳，"他以为我也像其他人一样呢。"

半个小时过后，在婚礼进行到最后阶段，也是最热闹非凡、最混乱不堪的那个阶段时，她横插进来打断了她妈妈的话。

"妈妈，我想回到海岛农场去，在那儿过完暑假。"她立即说。

佩里太太茫然不解地朝她看了看，于是，约瑟芬把这句话又说了一遍。

"怎么啦？还有不到一个月，你就要回学校去了呀。"

"反正我想去。"

"我简直没法理解你了。首先一点是，人家并没有邀请你去呀；

[①] 珀赛林俱乐部（Porcellion），即哈佛大学最著名的"骷髅俱乐部"，创立于1791年，是哈佛大学本科生最向往的高层次社交圈。

还有第二点,我觉得,稍微娱乐一下,然后再回到学校去,这对你也有好处呀;还有第三点,我想让你在这儿陪陪我呢。"

"妈妈,"约瑟芬失声恸哭起来,"你怎么就不明白呢?我就是想去嘛!当初我不想去的时候,你偏要带我去,让我在那边过了整整一个夏天,现在倒好,我是真的想去了,你又硬逼着我待在这个鬼地方。我实话告诉你,这里根本就不是一个十六岁的女孩子该待的地方,要是你什么事情都知道的话。"

"在这种关键时刻,什么废话都会让我感到厌烦的!"

约瑟芬绝望地举起双手;眼泪顺着她的脸颊刷刷地流淌下来。

"这里会毁了我的!"她哭着说,"没有人会想到别的事情,从早到晚,一心只想着那些男生和舞会。他们开着自己的车子出去,从早到晚地跟人家接吻。"

"唉,我知道,我的小女儿是不会做出那种事情来的。"

约瑟芬吃了一惊,有些吞吞吐吐。

"嗯,我会的,"她大声说,"我是个意志薄弱的人。是你亲口告诉我的,说我意志很薄弱。我总是别人叫我做什么我就做什么,也不管他是什么人,可是,这些男生简直一个个都是道德败坏的人,反正也就那么回事儿。你知道的第一桩事情将是,我会被彻底毁掉的,到那个时候,你会后悔你没让我到海岛农场去。你会后悔的……"

她把自己逼到了歇斯底里的地步。她那心烦意乱的妈妈一把拽住她的双肩,硬把她按在一张椅子里坐下来。

"我还从没听到过这么荒唐的话呢。要不是你已经长这么大了,我早就一巴掌打过去了。要是你再敢这样胡作非为,你一定会受到惩罚的。"

眼泪顿时就干了,约瑟芬站起身来,昂首挺胸地走出了这间屋子。惩罚!他们已经惩罚了她整整一个夏天了,现在倒好,他们居然不想惩罚她了，不想再把她送走了。唉，她已经厌倦耍花招了。要是她能想得出什么真正恶劣的办法来就好了，那样的话，他们就会永远把她送走了。

马尔科姆·利比先生，那个马上就要当新郎官的人，十五分钟后碰巧遇见了她，在花园里的一个偏僻的角落里。他正在那儿焦躁不安地踱着方步，既是为了稳定自己的情绪，也是在为四点钟的那场彩排和两个小时之后举行的婚礼仪式做准备。

"哎，你好！"他喊道，"哎哟，出什么事啦？你怎么一直在哭啊。"

他在那条长凳上坐下来，对康斯坦丝的这个小妹妹充满了同情。

"我没哭，"她抽泣道，"我只是在生气。"

"是因为康斯坦丝要出嫁了吗？难道你认为我不会好好照顾她吗？"

他探过身来，拍了拍她的手。要是他看见了她脸上刹那间一闪而过的那种表情，他就会大吃一惊的，因为那种表情与浮士德里最突出的一个主人公的表情出奇地相似。

当她说话时，她的声音很平静，近乎冷淡，然而却带着温柔的忧伤：

"不，不是那回事儿。是因为别的事情。"

"告诉我吧。或许我能帮帮你。"

"我刚才是在哭，"她娇气地犹豫了一下，"我刚才是在哭，因为康斯坦丝运气那么好。"

半个小时过去之后，由于彩排已经晚了足足有二十分钟，那个气急败坏的准新娘跑了出来，找遍了整个花园，没想到竟意外撞见了他们，只见马尔科姆·利比用胳膊搂着约瑟芬，而约瑟芬似乎已经悲伤得不可自拔了，而且他脸上流露出的竟是一种极其慌乱的表情，那种

321

表情是她以前从来没有见过的。康坦斯丝气若游丝地惊叫了一声,瘫倒在那条鹅卵石铺成的小径上。

接下来的那一个小时是在一派混乱不堪的吵闹声中度过的。只见家里请来了一名医生;只见所有的门都紧闭着;只见马尔科姆·利比先生正处于万分痛苦的状态中,额头上布满了大滴大滴的汗珠,在一遍又一遍地向佩里太太解释着,说他一心只想能马上见到康斯坦丝,他完全可以向她讲清楚这件事。只见约瑟芬一声不吭地紧闭着嘴唇,被关在一间房间里,正在聆听家里各色人等的严厉训斥。只见家里熙熙攘攘、络绎不绝地来了许多客人;后来,在全家人都气得快要发疯的最后那一刻,事情总算解决了,康斯坦丝和马尔科姆彼此胳膊挽着胳膊出来了,而约瑟芬,未被原谅的约瑟芬,则匆匆裹上了她那身连衣裙。

随后,全场一派庄严、肃穆的气氛,接下来是播放音乐,那位首席女傧相,一脸害羞的样子低着头,跟在她姐姐后面走上前来,走在由两排人群形成的过道中,客厅中已是人头攒动。这真是一场既令人愉快、又令人伤感的婚礼啊;那两个姐妹,一白一黑,也算一道对比鲜明、令人赏心悦目的风景线;只见人们怀着极大的兴趣看看这一位,再看看那一位,都美不胜收。约瑟芬已经长成一个大美人啦,大家都在忙不迭地预言着约瑟芬的未来;她象征着魅力四射的未来呢,瞧她站在她姐姐身边的那副模样。

出席这次婚礼聚会的来宾多得不计其数,结果,还没等结束,约瑟芬就不见了人影。在离九点钟还很早的时候,在佩里太太还没有来得及感到忐忑不安的时候,有人从火车站送来了一封信,信就放在大门边:

我最亲爱的妈妈:是艾德·贝蒙特开他自己的车子送我到这儿来的,因为我要赶七点的火车去海岛农场。我已经拍电报给那位管家了，请他来接我，所以，请不要为我担心。我感到自己表现得确实太不像话了，也不好意思面对任何人。我要惩罚自己，回归到那种简单的生活中去，因为这是我应该受到的惩罚。不管怎么样，对一个十六岁的女孩子来说，我觉得，这种惩罚方式是再好不过的，再说，你要是仔细想一想，也会同意的。

最爱你的

约瑟芬

不管怎么样，佩里太太暗暗思忖，也许这是一个权宜之策。她丈夫确实非常生气，然而她自己早已累得筋疲力尽，一时也没有心情再去解决什么问题了。或许一个祥和、宁静的地方就是最好的选择吧。

（张鋆 李幻幻 译 吴建国 校）

疯狂的礼拜天

一

今天是礼拜天——不同于寻常的某一天,它是夹在两天之中的一份闲暇呢。见鬼去吧,他们所有人都这样想,什么布景、镜头,在悬挂着麦克风的吊车下漫长的等待,成天开车上百英里在城里来回奔波,在会议室里斗智斗勇,没完没了地让步妥协,还有名人之间的排挤倾轧,统统都被撂到脑后。现在可是礼拜天,个人生活重新开始了,那些头天晚上还索然乏味的眼睛,现在又重新燃起了激情。时间一点点过去,人们像玩具店里的玩偶仙子①般慢悠悠地醒转过来:角落里有人开始高谈阔论,情人们溜到走廊上亲热。人人都有这样的感觉:"抓紧啊,现在还不算太晚!看在上帝的分上,趁着这二十四个小时的幸福时光还没完,抓紧时间啊!"

乔尔·科尔斯眼下正在写分镜头剧本。他二十八岁,还没被好莱坞折磨死。他到这儿的六个月里干的都是些所谓的美差。他满腔热情地交出了一些分镜头和连续镜头的脚

---

① 玩偶仙子(Puppenfeen,1870)出自芭蕾舞剧《葛蓓莉亚》,作者为法国作曲家德利布(1836—1891)。剧中少女葛蓓莉亚是一个精心制作的机器木偶。

本。他自谦地称自己为枪手,心里可着实不这么想。乔尔的妈妈曾经是位非常成功的演员;他的童年就是在伦敦和纽约度过的,在那期间他一直试图区分开虚幻与现实,至少猜测更接近哪个。他相当英俊,有一双吸引人的褐色眼睛,一如一九一三年他妈妈在百老汇注视着观众时的那双眼睛。

收到这份请柬的时候,乔尔相信自己开始要出人头地了。礼拜天,他一般都不出门,滴酒不沾,把工作拿回家做。最近,他们还给了他一个尤金·奥尼尔[1]的剧本让他改编,打算让一个著名女演员来演。他所做的一切都颇受迈尔斯·卡尔曼赏识,而迈尔斯·卡尔曼是片场唯一不用在监制底下工作,只需向投资方负责的导演。乔尔的事业真可谓一帆风顺。("我是卡尔曼先生的秘书。您能来参加礼拜天下午四点到六点的茶会吗——他住在比弗利山庄[2],门牌号是……")

乔尔感到受宠若惊了。这将是一个上流社会的聚会,这是对他这位前途无量的年轻人的奖赏。玛丽安·黛芙丝[3]之流们,权贵们,大款们,也许甚至像黛德丽[4]、嘉宝[5],还有那位女爵士,这些别处很难见到的人物都可能出现在卡尔曼家里。

"我绝不会喝酒。"乔尔向自己保证。卡尔曼常说自己讨厌酒鬼,

---

[1] 尤金·奥尼尔(Eugene O'Neill,1888—1953)美国著名剧作家,表现主义文学的代表作家。主要作品有《毛猿》《天边外》《悲悼》等。一生共4次获普利策奖,并于1936年获诺贝尔文学奖。评论界曾指出:"在奥尼尔之前,美国只有剧场;在奥尼尔之后,美国才有戏剧。"

[2] 比弗利山庄(Beverly Hills)是洛杉矶市内最有名的城中城,有"全世界最尊贵住宅区"称号,云集了好莱坞影星们的众多豪宅,也是世界影坛的圣地。

[3] 玛丽安·黛芙丝(Marion Davies,1897—1961),美国女明星,因与威廉·赫斯特(William Randolph Hearst)的绯闻而闻名。后者为报业大王,是美国新闻史上饱受争议的人物。

[4] 玛琳·黛德丽(Marlene Dietrich,1901—1992),德裔美国演员兼歌手。

[5] 葛丽泰·嘉宝(Greta Garbo,1905—1990),生于瑞典斯德哥尔摩,美国电影史上最著名的女明星之一,获颁奥斯卡终身成就奖。

可这一行没有这种人偏偏运转不起来，真是可悲。

乔尔承认作家的确贪杯——他自己也是。不过这个下午，他决不喝酒。他希望在鸡尾酒端过来的时候，迈尔斯刚好听到他简单而客气地回答："不用了，谢谢。"

迈尔斯·卡尔曼的宅子就是为激动人心的重大时刻而建的——有一种聆听的氛围，似乎远处宁谧的风景都是它安静的听众，不过这个下午这里人头攒动，好像这些人都是临时随便喊来的，而不需要事先邀请一样。乔尔不无得意地发现，片场里除他之外只邀请了两位作家。其中一位是个有爵位的英国佬，还有一位则让他有点意外，纳特·基奥，他曾经惹得卡尔曼发表过一通对酒鬼的极不耐烦的批评。

斯黛拉·卡尔曼（当然了，之前叫作斯黛拉·沃克）跟乔尔交谈后没再继续招呼其他客人。她拖着不走——望着他，脸上带着那种期待着别人恭维的可爱表情，乔尔很快发挥出从妈妈那里遗传来的戏剧天分：

"哇，你看上去最多只有十六岁！你的小童车在哪儿呢？"

她显然很开心，继续在这儿磨蹭着。乔尔觉得自己该再说点什么，说些自信而又轻松的话——他第一次遇见她的时候，她还在纽约努力争取一些小角色呢！这时一盘酒端了过来，斯黛拉顺手拿起一杯放在乔尔的手里。

"其实人人都在担心，不是吗？"乔尔说，心不在焉地扫了一眼那杯鸡尾酒，"人人都留心着别人的过错，要不就努力往对自己有利的人那儿凑。当然啦，你们家可没有这样的，"他赶忙给自己打圆场，"我只是说在好莱坞一般都这样。"

斯黛拉表示赞成。她把乔尔介绍给好些人，好像他是个大人物似的。乔尔确信迈尔斯在房间那头，于是把那杯酒喝掉了。

"你有孩子？"他说，"这可是需要警惕的时候了。一个漂亮女人有了第一个孩子后会特别脆弱,因为她想确信自己依然有魅力。她势必想要别的男人也为她倾倒,不顾一切地爱她,这样才能证明她什么都没有失去。"

"从来没有人不顾一切地爱过我。"斯黛拉颇有些愤愤地说。

"因为你丈夫让他们害怕。"

"你觉得是这样?"这个念头使她不由得皱起了眉头;然后谈话被打断了,正是在乔尔预想的时刻恰到好处地结束了。

她的关注给了他信心。不过他可不是那种需要加入安全的阵营,在满屋子的人中发现了认识的人,然后就安然无恙地躲在他们的羽翼之下的家伙。他走到窗边,眺望着在缓缓落日下显得怅然失色的太平洋。这里真是棒极了——真称得上美国的里维埃拉[①]诸如此类的称号,当然你得有那个时间来感受。这儿有英俊潇洒、衣着考究的人们,有可爱的女孩们,还有——呃,这些可爱的女孩,你还不满足吗?

他看到斯黛拉鲜润的孩子气的脸庞,眼皮慵懒地微垂着,在宾客中穿梭应酬;他真希望能和她坐在一起,促膝长谈,就像她只是个女孩,而不是什么名人。他的目光追随着她,看她对别人是否也一样殷勤。他又拿了杯鸡尾酒——不是因为需要一些信心,相反是斯黛拉给了他太多的信心。接着,他坐到了导演的母亲身边。

"您的儿子必定是个奇迹,卡尔曼夫人——拍过《神谕》啦,《命运之子》啦等等所有这些片子。我和他对着干,可惜没几个人支持我。您觉得他怎么样?觉得他了不起吗?他取得了这么大的成就,您觉得意外吗?"

"不,我并不觉得意外,"她平静地答道,"我们对迈尔斯一直期

[①] 里维埃拉(Riviera),法国东南部和意大利西北沿地中海的游览胜地。区内主要游览城市有戛纳、尼斯、昂蒂布、圣雷莫、拉巴洛、莱万托等。

望很高。"

"噢,这倒是不太常见呢,"乔尔说,"我还以为天下所有的母亲都和拿破仑的母亲一样呢。我妈妈就不希望我与娱乐圈有任何关系,她希望我进西点军校,然后就可以前途无忧。"

"我们一直对迈尔斯绝对信任。"

乔尔站到了餐厅的吧台边,旁边正是脾气很好、喝酒很凶、收入也很高的纳特·基奥。

"我今年挣了十万,赌输了四万,所以现在我请了个经理人。"

"你的意思是经纪人。"乔尔提醒他。

"不是,我有经纪人。我说的是经理人,我把什么都交给老婆管,然后她再和经理人一起商量着给我多少钱。我一年付给他五千块,请他把我自己的钱给我。"

"你是指你的经纪人吧。"

"不,我的经理人。不单是我,很多不负责任的人都会请经理人。"

"哦,你要是真不负责任的话,干吗又挺负责任地请了个经理人?"

"我只是赌起来不负责任罢了。瞧那儿……"

有个歌手开始表演了;乔尔、纳特和大家一道凑上去听。

二

歌声含含糊糊地传到乔尔耳朵里;他只觉得这儿所有人都令他开心、亲切。这些勇敢而勤奋的人,跟那些更无知、生活更放荡的资产阶级相比强多了;在这个十年间唯娱乐至上的国度里,他们终于攀上了最显赫的地位。他真喜欢他们——爱他们。潮水般的美妙感觉涌向乔尔全身。

歌手的歌曲演唱完了,人们纷纷向女主人道别,乔尔忽然冒出了个念头。他想给这些人表演一下他自己写的一个段子《润色》。这可是他唯一拿手的余兴节目,在好几个茶会上都把人逗乐了,兴许也能逗斯黛拉·沃克开心。乔尔满脑子都是这个念头,他血液里流淌着的表现欲令他亢奋不已。他找到了她。

"当然好啦!"她叫起来,"请吧!需要帮忙吗?"

"得有个人演秘书,听我口述指令。"

"我来演吧。"

消息一传开,大厅中本来已经穿上外套打算离开的客人们又纷纷转了回来,许多双陌生的眼睛打量着乔尔。乔尔隐约有了一丝不祥的预感,他意识到方才表演的那人是个极有名的电台艺人。接着,有人"嘘"了一声,示意大家安静,他与斯黛拉就像被印第安人围猎似的处在一个可怕的半圆的正中央。斯黛拉抬起头,满怀期待地向他微微笑着——他开始了。

乔尔的这个滑稽段子拿没什么文化的独立制片人戴夫·希尔弗斯坦当笑料。希尔弗斯坦要口述一封信,内容是他刚刚买的一个剧本的改编大纲。

"一个离婚的故事,年轻娘们儿和外国大兵的故事,"乔尔听到自己用希尔弗斯坦的腔调吩咐着,"不过,咱们得给它润色润色,你懂不?"

一股强烈的怀疑感蓦地涌上乔尔心头,在四周已被特意调暗的灯光下,观众们的脸上只有热切与好奇,可就是没有一丝笑意;正前方站着的恰是那位"银幕情人"[①],他的眼睛瞪得如同土豆上急切探出的芽眼。只有斯黛拉依然抬头望着他,脸上是明媚始终如一的微笑。

[①] 此处指瓦伦蒂诺(Rudolph Valentino, 1895—1926),意大利演员,默片时代最为风靡的"银幕情人",曾主演过《启示录四骑士》《茶花女》《血与沙》等名片。

"要是咱们把他搞成门吉欧[1]那个样儿的话,咱们就能弄出点迈克尔·阿伦[2]的意思了,就是有火奴鲁鲁味儿。"

前面依然没有笑声,后面倒是有了些窸窸窣窣的声响,依稀能听出是人流在往左边门口的方向移动。

"然后她说他的性感吸引了她,他忍无可忍地说'哈,你得自己解决了!'"

乔尔听见纳特·基奥不知什么时候吃吃地笑了几声,人群里也散落着几张鼓励的脸,可一演完,乔尔就难受地意识到,他刚刚在电影界的那些重要人物面前出洋相了,而他的事业正是靠这些人关照的。

有那么一会儿,乔尔身处令人窘迫的寂静中,终于人们纷纷向门口走去,打破了这尴尬的寂静。他能感到在人们的谈笑之中有一股嘲讽的暗流渐渐传开;接着——足足有十秒钟,那个眼睛像针孔一样冷漠空洞的"银幕情人",用一种他自以为代表了观众情绪的腔调大声喝着倒彩:"噗!噗!"这是一种专家对新手的憎恶,圈内人对外行的憎恶,一种具有集体性质的否定。

只有斯黛拉还挨着他站着,向他致谢,仿佛他取得了空前成功,而她压根儿想象不出竟有人不喜欢这出表演似的。当纳特·基奥帮他穿大衣的时候,乔尔的内心涌起对自己的强烈的厌恶之感,而他要拼命忍着。这是他一贯的准则,绝不让坏情绪流露出来,要忍,忍到他再也感觉不到为止。

"我演砸了,"乔尔轻描淡写地对斯黛拉说,"没事儿。还是受欢迎的时候比较多。谢谢你的合作。"

---

[1] 阿道夫·门吉欧(1890—1963),美国演员。他的名字在好莱坞是"风流倜傥""温文尔雅"的代名词。
[2] 迈克尔·阿伦(Michael Arlen,1895—1956),英国小说家、剧作家,生于保加利亚。同自己书中角色一样,阿伦时髦考究的衣着与无可挑剔的礼仪给人留下深刻印象。

她一直在微笑——不管是当他醉醺醺地向她鞠躬,还是后来纳特把乔尔拖向大门口……

早餐时间到了,乔尔也醒了,面对着一个业已坍塌的世界。昨天,他多么自以为是,要朝整个电影界开炮;而今天他觉得自己的情势万分不利,要面对那些面孔,那些个人的轻蔑和集体的讥笑。更糟糕的是,对于卡尔曼来说,他也是那些毫无尊严的酒鬼之一了,而不得不用这种人一直被卡尔曼引为憾事。而对斯黛拉来说,为了维护她的好客之名,她也被迫成了殉难者——她的真实想法如何,乔尔连想都不敢想。他胃口全无,将荷包蛋又放回到电话桌上。他写道:

亲爱的迈尔斯:您可以想象我对自己是何等的深恶痛绝。我承认自己有点爱出风头,可是竟然要在下午六点钟,在众目睽睽之下发作!上帝啊!我向您的妻子致歉!

你永远的朋友
乔尔·科尔斯

乔尔从片场的办公室出来,像干了什么坏事一样鬼鬼祟祟地溜进了卷烟店。他的举动不由得令人起疑心,使得片场的一个保安要求检查他的出入证。他本来打算午饭也在外面解决的,这时纳特·基奥追上了他,一副自信乐天的模样。

"你什么意思啊,打算永远退休?就算是那个'三件套'①喝了倒彩了又怎样?"

"听着,"他把乔尔拖进了片场的餐厅,继续说,"在格洛曼剧院一场首演上,他在向观众鞠躬的时候,乔·斯夸尔斯朝他的屁股踢了

---

① 三件套式西装由外套、西装背心以及西裤组成。此处调侃一直对仪表过于讲究的男子。

一脚。这个孬种说让乔等着他的电话。结果等到乔第二天早上八点打电话问他：'我还以为你要给我打电话呢'他赶紧把电话给挂了。"这个荒诞故事的确让乔尔打起了点精神，看到隔壁那桌人则让乔尔感到一种阴暗的释然。那部马戏团片子里的悲情又逗趣的连体双胞胎，卑微的矮人以及骄傲的巨人，然后是一群漂亮女人，长着黄斑的脸上涂着夸张的睫毛膏，眼里却透着忧伤，绚丽的舞裙在白天显得刺目而艳俗。再过去他看到了一群去过卡尔曼家的人，他忙把眼睛移开了。

"再也不会了，"他大声宣布，"这绝对是我最后一次出现在好莱坞社交场合了。"

次日清晨，一封电报在他的办公室里等他：

> 您是茶会上最令人愉快的人之一，敬请出席我妹妹简家的自助晚餐。
>
> 斯黛拉·沃克·卡尔曼

一瞬间，乔尔觉得全身血液都狂奔起来，他难以置信地将电报又读了一遍。

"这是我这辈子听过的最妙的事了！"

三

又是一个疯狂的礼拜天。乔尔一直睡到十一点，起来后读了份报纸，了解一周都发生了什么事。接着他在自己房间里吃了午餐，有鲑鱼肉、鳄梨沙拉，外加一品脱加利福尼亚葡萄酒。然后他给自己挑了参加茶会时要穿的衣服，一套细格纹西服，一件蓝色衬衣搭一条焦橙色领带。他的眼睛因为疲倦而有了黑眼圈。乔尔开着自己的二手车前往那片里维埃拉式的别墅区。正当他向斯黛拉妹妹自我介绍的时候,斯黛拉与迈尔斯到了,都穿着骑马装——两人已经在比弗利山庄后面的那些土路上激烈争吵一下午了。

迈尔斯,一个神经质的高个男人,有着歇斯底里的性情以及乔尔见过的最悒然不乐的眼睛。他全身上下,从怪模怪样的脑袋到懒洋洋的脚,无一不流露出艺术家的气息。而他就是用这双吊儿郎当的脚在电影圈里站稳了脚跟——他从没拍过烂片,倒是些靡费巨资的实验性质的电影,有时候会令他损失惨重。尽管他还蛮合群,但任何人只要跟他待上一会儿就会知道他不大正常。

打从他们进门起,乔尔这一天就算和他们绑到一起,扯不清了。他靠近那群围在他们身边的人,斯黛拉正要转身离开,嘴里不耐烦地啧了一声——迈尔斯·卡尔曼正对站在他近旁的人说:

"别再提伊娃·戈贝尔了。为了她我家里已经闹的够呛了,"迈尔斯转向乔尔说,"抱歉昨天下午没有去办公室。我一下午都在精神分析师那里。"

"你在接受精神分析治疗?"

"治了几个月了。开始是为了治疗幽闭恐惧症[①],现在,我要把我的整个生活理出个头绪来。他们说这需要一年多时间。"

"你的生活没有问题啊。"乔尔安慰他。

"哈,没有吗?斯黛拉好像觉得有问题。随便问谁去吧——他们准会告诉你一切。"他尖刻地说。

一个女孩凑过来,自顾自地坐到迈克尔的椅子扶手上;乔尔过去找斯黛拉,她正闷闷不乐站在壁炉前。

---

① 幽闭恐惧症(claustrophobia),是对封闭空间的一种焦虑症。如在电梯、车厢或机舱内,患者可能发生恐慌症状。

"谢谢你的电报,"他说,"你真是太周到了,很难想象你这么漂亮的人竟然脾气也这么好。"

她显得比以往还要可爱,或许是他眼中毫不掩饰的欣赏使她愿意对他吐露心事——实际上也没过多久,因为她的情绪显然已经一触即发了。

"而且迈尔斯保持这种关系已经两年了,而我一直都蒙在鼓里。可不是嘛,她可是我最好的朋友哪!天天待在这里。最后还是别人跑来先告诉我,之后迈尔斯才承认。"

她恨恨地坐在乔尔的椅子扶手上。她的马裤的颜色恰好与这椅子的颜色一样。乔尔注意到她浓密的头发中有几绺发丝是纯金色的,有几绺则是浅金色的,这绝对不是染出来的。而且她一点儿也没化妆。她真好看……

斯黛拉还在因为知道了这事而气得乱抖呢,那边又看到有个女孩围着迈尔斯打转,斯黛拉忍无可忍;她拉着乔尔来到一间卧房,两人坐在一张大床的两头继续说话。过往的人去洗手间,看到他俩总不免调笑几句,斯黛拉铁了心要一吐为快,对此毫不在意。过了一会儿,迈尔斯探头进来说:"半个小时对乔尔是解释不清楚的。我自己都还没有搞明白呢,分析师说要一年哪!"

她继续讲她的,就像迈尔斯压根不存在一样。她爱迈尔斯,她说——不管多难的情况,她都对迈尔斯忠贞不贰。

"心理分析师告诉迈尔斯说他有恋母情结。在第一次婚姻里,他就把他的恋母情结转移到妻子身上,你明白的——而把性欲转移到我身上。可等到我们一结婚,一切又重演了——他把恋母情结转移到我身上,然后把欲望转向了那个女人。"

乔尔知道这也可能并非胡言乱语——尽管听上去实在像胡言乱语。他也认识那个伊娃·戈贝尔;她倒是更具有母性特质,比斯黛拉年纪要大,兴许也比斯黛拉睿智些,斯黛拉根本就像个洋娃娃。

这下,迈尔斯不耐烦地提出,既然斯黛拉有那么多话要讲,那就让乔尔跟他们一起回去好了。三人就一同驾车前往他们位于比弗利山庄的豪宅。在高高的天花穹顶下,一切都显得越发肃穆而带有悲剧色彩。窗外已夜色沉沉,这里却异样地灯火通明;斯黛拉气得满脸通红,在房间里到处又哭又闹。乔尔其实不大相信女演员们的悲恸。她们要忙的事情太多了——在导演和编剧的安排下,她们个个都演得好这种满脸通红的戏码,可工作时间一过,就见她们围坐一起要么窃窃私语,要么对一些流言蜚语咯咯傻笑,而许多奇闻逸事的细枝末节就在她们中间流传开来。

有那么一阵子他假装在听她说话,而不是在想她多么会打扮——时髦的马裤服服帖帖地裹着她的大腿,小高领意大利间色毛衣,棕色软羚羊皮短外套。他真吃不准是她在模仿着英式淑女,还是英式淑女在模仿着她。她徘徊在最真实的现实和最刻意的模仿之间。

"迈尔斯实在是太会吃醋了,以至于我干什么他都要怀疑,"她大声地奚落道,"我在纽约时给他写信提到和艾迪·贝克一起看过戏。迈尔斯醋劲大发,一天给我打了十通电话。"

"我当时快疯了,"迈尔斯猛地吸了吸鼻子,他紧张的时候就有这么个坏毛病,"分析师一星期都没有得出什么结果。"

斯黛拉失望地摇摇头。"你是不是希望我就在旅馆里待上三个星期?"

"我什么也不希望。我承认我吃醋。我也试过不这样。我到布里奇班医生那里就是要治这个,可就是不见效。下午我还吃醋了呢,当时你就坐在他椅子的扶手上。"

"你吃醋了?"她发作了,"你还吃醋!当时难道没人坐在你的椅子扶手上吗?两个小时了,你搭理过我吗?"

"你当时不是在那间卧房里向乔尔倾诉烦恼吗?"

"我一想到那个女人,"她似乎觉得不提伊娃·戈贝尔的名字就会降低她的真实度,"过去常来这儿……"

"好了——好了,"迈尔斯精疲力竭地说,"我已经什么都承认了,而且我和你一样难受。"他转向乔尔开始说电影的事儿,斯黛拉两手插在裤兜里,不停地绕着房间踱来踱去。

"他们对迈尔斯坏透了,"她突然插了这么一句,好像他们从来都没有谈论过她的私事一样,"亲爱的,告诉他老贝尔茨要改你的片子。"

她居高临下、保护般地站在迈尔斯身旁,眼中尽是愤愤不平之色,乔尔意识到自己爱上她了,他激动得简直快要窒息,忙起身告辞了。

周一,一切恢复了工作日的节奏,迥然不同于周末那些纸上谈兵与飞短流长;取而代之的是没完没了的剧本修改——"别滥用技巧了吧,咱们可以让她的画外音继续,从贝尔的视角切个出租车的中景,要么干脆把景拉大,把车站也取进去,在车站那停一下,然后跟着出租车流摇镜头……"——到了周一下午的时候,乔尔已经忙得快忘了从事娱乐业的人也有享受娱乐的权利了。黄昏时分,他给迈尔斯家打了个电话,要找迈尔斯,接电话的却是斯黛拉。

"情况好点没有?"

"不见得。下周六晚你有事吗?"

"没事。"

"派瑞一家要办晚宴和戏剧晚会,迈尔斯那天不在——他要飞去南本德[①]看圣母大学对加州大学的比赛。我想要你替他陪我去。"

过了好一会,乔尔说:"呃——当然没问题。如果开会,我就参

[①] 美国印第安纳州北部工业城市。美国排名前 20 名的名校圣母大学就坐落在这里。

加不了晚宴了,不过戏剧表演能赶得上。"

"那我就说我们会去了。"

乔尔在办公室走来走去。想到迈尔斯夫妇的紧张关系,这样子迈尔斯能高兴吗?或许她压根不打算让迈尔斯知道这件事?这可万万不行——就算迈尔斯不提这件事,他也要说的。等他重新开始工作,时间至少已经过去一个钟头了。

周三。办公室里烟雾缭绕。四个钟头的争论纠结。三男一女在地毯上来回踱步,或建议或谴责,或大声疾呼或循循善诱,或满怀信心或灰心丧气。等结束后,乔尔拖着没有走,想和迈尔斯谈谈。

这个男人真是精疲力竭了——不是因为过度的劳累,而是生活弄得他身心俱疲。他眼皮耷拉着,嘴边一片青黑的胡子茬。

"我听说你要飞去看圣母队的比赛。"

迈尔斯的目光落在乔尔身后,摇了摇头。

"我改变主意了。"

"为什么?"

"因为你。"他依然看着别处。

"到底怎么回事,迈尔斯?"

"我的确是因为这个取消行程的。"他突然自嘲地笑了起来,"我不知道斯黛拉出于报复会干出什么事来——她邀请你陪她去派瑞家了,对吧?我哪儿还有看比赛的兴致。"

他敏锐的直觉在片场挥洒自如,可一到他个人的事情上,他就立马昏了头,变得软弱无助。

"听着,迈尔斯,"乔尔皱起了眉毛,"我对斯黛拉可没有半点非分之想。如果你真因为我而取消了行程的话,那我就不陪她去派瑞家了。我也不会再见她,你对我可以完全放心。"

迈尔斯这才正眼看他。

"或许吧,"他耸耸肩,"那也会有别的什么人陪她去。我哪能开心起来。"

"你似乎对斯黛拉信心不足,她跟我说她对你一直忠贞不贰。"

"也许是吧,"就这么短短一会儿,迈尔斯嘴角的肌肉又垮下来几分,"但发生了这样的事情,我还能要求她什么呢?我怎么指望她……"他突然顿了一下,脸色也变得凝重起来,然后说道,"有件事我想告诉你,我不管对还是不对,也不管我自己干了什么,反正我只要发现她有什么不对劲,我就会和她离婚。我的自尊心受不了这种打击——这是我的底线。"

他的语气把乔尔惹火了,但他还是继续说:

"她还没有从伊娃·戈贝尔的事情里冷静下来吗?"

"没有,"迈尔斯可怜兮兮地吸了吸鼻子,"我自己这边还没有解决好呢。"

"我还以为那个事情已经解决了。"

"我试着不去见伊娃·戈贝尔。但你知道这种事要结束谈何容易——她又不是你头天晚上在出租车里随随便便亲一下的女孩!心理分析师跟我说……"

"我明白,"乔尔打断了他的话,"斯黛拉都告诉我了。"这种场面真是压抑透了。"好吧,就我来说,只要你去看球赛,我就绝不会去见斯黛拉。并且我也肯定,斯黛拉没有和任何人做任何对不起自己良心的事。"

"或许是没有,"迈尔斯无精打采地重复着,"不过我还是会留下来,然后陪她一起去参加晚会。还有,"他突然说,"我希望你也能去。我得有个人能好心地听我说说话。这真是麻烦事——我样样事情都会影响到斯黛拉。尤其连我喜欢的人她也会喜欢。这真难办。"

"肯定是这样。"乔尔表示同意。

四

乔尔没能参加晚餐。他在好莱坞剧院门口一边等着其他人，一边欣赏晚上的游行，不过，头戴丝质礼帽站在一群失业者中真是不自在。游行队伍里有似是而非的电影明星的翻版，有穿着马球服的瘸子，有一个噔噔地走过，却留着传教士般的小胡子和一副传教士装束的印度苦行僧，还有一对穿着大学校服的时髦的菲律宾人，提醒着共和国的这一角向着全世界开放。这群狂欢尖叫的年轻人的队伍原来是一个大学生联谊会的入会庆典。两辆加长豪华轿车停到了路边，人流随之分开，绕过车子继续前进。

她来了，身着一件冰水般的晚礼服，上面织缀着无数冰蓝色的小亮片，颈处仿佛凝着欲滴的冰柱。他迎了上去。

"喜欢我的裙子吗？"

"迈尔斯呢？"

"他还是去看比赛了。他昨天早晨走的——至少我认为是……"她顿了一下，"我刚接到一封他从南本德发来的电报，说正要回来。我都忘啦——这几位你都认识吧？"

一行八人进了剧院。

迈尔斯到底还是去了，乔尔拿不准自己该不该来。然而整个演出期间，看着身旁斯黛拉如麦子般纯净的金发下的轮廓，乔尔把迈尔斯忘得一干二净。有一回，他转过脸去看她时，她也微微笑着回看他，直到乔尔收回视线。幕间休息时，他们去休息室吸烟，她低声说：

"杰克·约翰逊的夜总会开业，他们待会都要去那儿——可我不想去了，你呢？"

"我们是不是一定得去？"

"我觉得不是,"她欲言又止,"我想和你谈谈。我想我们可以去我家里——但愿我有把握……"

她又吞吞吐吐起来,乔尔问道:

"什么有把握?"

"有把握——哦,我知道我现在有点疯疯癫癫的,可是我怎么能有把握迈尔斯一定是去看比赛了呢?"

"你的意思是他现在和伊娃·戈贝尔在一起?"

"不,不是这个意思——只是觉得他就在这儿监视着我的一举一动。你知道的,迈尔斯时不时地干出些怪事儿来。有一次,他想找个留长胡子的人陪他喝茶,就派试镜组的人给找了一个来,然后真的和那人喝了一下午茶。"

"这不一样。他从南本德给你发的电报——这就证明他在看比赛。"

演出结束后,两人在人行道边和其他人道别,引来不少玩味的表情。他俩穿过聚在斯黛拉四周的人群,悄悄地沿着这条华灯璀璨的大道走掉了。

"你明白他能安排好那份电报的,"斯黛拉说,"轻而易举。"

这倒是真的。想到她的担心也许不无道理,乔尔愤怒了:若是迈尔斯真派人跟拍他们的话,那他也无须对迈尔斯承诺什么了。他大声地说:

"真是荒唐。"

商店橱窗里圣诞树都已经布置妥当了,林荫道上空悬着的一轮满月反倒成了个摆设,恰似点缀在偌大闺房里的一盏角灯。他们已然走进了枝叶葳蕤的比弗利山庄,那些白天里火红火红的桉树林,此刻却是黑黝黝一片,乔尔只看得见旁边,他自己的脸的稍下方,她白皙的面庞还有她肩膀的弧线在夜色中晃动。突然,她走离了他一点,抬头望着他。

"你的眼睛和你母亲的很像,"她说,"以前我有本剪贴簿,里面全是她的照片。"

"你的眼睛谁也不像,就像你自己。"乔尔回答。

走进房子的时候,乔尔不知怎的忍不住往院子里打量了一番,仿佛迈尔斯真藏在灌木丛里似的。门厅小桌上摆着一封电报。斯黛拉大声念了出来:

明日返家。念你。爱你。

迈尔斯
于芝加哥

"你瞧,"她将电报扔回桌上,"他轻易就能假造这个出来。"她吩咐管家准备好饮品和三明治,就跑到楼上去了。乔尔走进了空荡荡的会客厅。他漫步来到钢琴边,两周前的那个周末,他就是站在这里丢人现眼的。

"这样我们就能搞成,"他大声说道,"一个离婚的故事,年轻娘们儿和外国大兵的故事。"

他的思绪又跳到了另一封电报上头。

"您是茶会上最令人愉快的人之一……"

乔尔突然闪出这样一个念头。如果斯黛拉是出于礼貌而给他拍电报的话,那也很可能是迈尔斯促成的。因为是迈尔斯邀请他去的。很有可能迈尔斯还会说:

"给他发个电报吧——他一定很难受——以为把自己给毁了。"

这跟那句话不谋而合:"斯黛拉样样事情都受我的影响,连我喜欢的人她也都会喜欢。"女人这么做是出于同情心——只有男人会觉得有责任这么做。

等斯黛拉回到房间里时,乔尔握住她的双手。

"我有种奇怪的感觉,好像我是被你利用去报复迈尔斯的一颗棋子。"

"自己去喝一杯吧。"

"而不可思议的是,即使这样我还是爱你。"

电话铃响了,她抽身去接电话。

"又是迈尔斯的电报,"她告诉他,"是他,至少电话上说是他,是从堪萨斯机场发来的。"

"我猜他该提到我了。"

"没有,他只说他爱我。我相信。他那么软弱。"

"坐到我身边来吧。"乔尔要求她。

时间还早。又过去半个钟头了。离午夜还差一会儿。乔尔走到冰冷的壁炉边,简短地问道:

"你对我一点兴趣也没有吗?"

"完全不是。你很吸引我,你也知道。关键在于,我想我真的很爱迈尔斯。"

"显而易见。"

"而且今天晚上,不管什么事情都让我觉得心神不宁。"

他没有生气——甚至隐约觉得如释重负,避免了一场可能发生的混乱。当然,当他看着她,她的身体那么柔软而又温暖,甚至能融化掉那件冰蓝晚礼服,他知道她将是他永远的遗憾。

"我得走了,"他说,"我打电话叫计程车。"

"什么话——有值班司机呢。"

他心里不禁一痛,因为她愿意让他离开。察觉到这点,她轻轻地吻了他一下,说:"你真好,乔尔。"然后,几乎是在同一时间发生了三件事情：乔尔一口干了他的酒，房间里突然铃声大作，而门厅里则响起了喇叭一样的钟声。

九……十……十一……十二……

五

又一个礼拜天。乔尔意识到下午往剧院赶的时候，一周的工作还像裹尸布般紧紧缠着他。他向斯黛拉的示爱也像是在赶着要在一天之内把事情解决一样。但现在可是礼拜天了——在他面前，将会是二十四个钟头的美好、慵懒的时光——每分钟都将充满令人沉醉的迂回暧昧，每一刹那都将孕育无限的可能。没有什么是不可能的——一切都才刚刚开始。他又给自己倒了一杯酒。

斯黛拉发出一声刺耳的呻吟，在电话机旁缓缓地朝前倒了下去。乔尔赶忙扶她到沙发上躺着。然后在手巾上喷了些苏打水，在她脸上轻轻地拍着。话筒里仍然传来些许嘈杂声，他将听筒凑到耳边。

"飞机在堪萨斯辖区内坠毁。迈尔斯·卡尔曼的遗体已经确认，还有……"

他挂上了听筒。

"躺着别动。"看见斯黛拉睁开了眼睛，乔尔不禁一怔。

"噢，出什么事了？"她低声问，"给他们回个电话。噢，到底出什么事了？"

"我马上就打。你的医生叫什么名字？"

"他们是不是说迈尔斯死了？"

"你先躺着，别说话——用人还醒着吗？"

"抱着我——我好害怕。"

他伸出一只胳膊揽着她。

"我得知道你医生的名字,"他严肃地说,"可能只是误会,但我想有人来一下。"

"医生叫——哦,天啊,迈尔斯死了吗?"

乔尔跑上楼,在陌生的药柜里翻找氨水。等他回到楼下时,斯黛拉向他喊道:

"他没有死——我知道他没有死。这也是他计划的一部分。他在折磨我。我知道他还活着,我能感觉到他还活着。"

"我得联系上你的一些好友,斯黛拉。你今晚不能单独待在这儿。"

"不,不要,"她哭喊着,"我谁也不要见。你留下来。我没有任何朋友。"她站了起来,泪水顺着她的脸流下来。"迈尔斯是我唯一的朋友,他没死——他不能死。我要立刻去那看看。我要坐火车去。你要陪我一起去。"

"你不能去。今晚你什么也不能做。给我一个女人的名字,我好给她打电话:洛伊丝?琼?卡梅尔?难道一个也没有吗?"

斯黛拉双目失神地看着乔尔。

"伊娃·戈贝尔曾经是我最好的朋友。"

乔尔想起了两天前办公室里迈尔斯那张绝望伤悲的脸。在死亡带来的可怕沉寂里,迈尔斯的一切都变得清晰起来。他是唯一一位同时拥有独特禀赋和艺术良心的美国导演。而他所深陷的这个行业却将他的神经毁坏殆尽,因为他没有机会喘息休息,没有自我解嘲的能力,也没有一个避风港——只有一个可怜的摇摇欲坠的暂避之所。

大门外传来一些声响——门突然开了,接着门厅里响起了脚步声。

"迈尔斯!"斯黛拉尖叫起来,"迈尔斯,是你吗?啊,一定是迈尔斯。"

一个送电报的男孩出现在房间门外。

"我没有找到门铃。听到里面有人说话就进来了。"

电报是刚才电话通知的副本。斯黛拉看了一遍又一遍,仿佛这是个用心险恶的谎言。乔尔开始打电话。时间还很早,谁都很难联系上;最后乔尔终于联系上了一些朋友,他还让斯黛拉喝了点烈性酒。

"你要留在这儿,乔尔,"她喃喃道,如同半梦半醒一般,"你不能走。迈尔斯那么喜欢你……他曾说你……"她剧烈地战栗起来,"哦,天哪,你不知道我有多孤独。"她闭上眼睛。"抱着我。迈尔斯有一件西服也是这样的,"她猝然直起身子,"想象一下他的感觉。本来他就什么东西都害怕。"

她恍惚地摇摇头。忽然间,她紧紧捧住乔尔的脸靠近自己。

"你不能走。你喜欢我——你爱我,对不对?谁的电话也不要打。明天有的是时间。今晚你留下来陪我。"

他盯着她,起先觉得难以置信,然后震惊不已地明白了她的想法。在茫然挣扎的内心里,斯黛拉努力制造出迈尔斯假想的一切,以表明迈尔斯还活着——仿佛只要迈尔斯担心的那种可能性还成立,他就不可能死心一样。斯黛拉通过一种错乱而自虐的方式来逃避他已经死去这个现实。

乔尔坚决地走到电话机旁,给医生打电话。

"别打,哦,谁的电话也别打!"斯黛拉喊道,"过来,抱着我。"

"是贝尔斯医生吗?"

"乔尔,"斯黛拉哭喊着,"我还以为我能指望你的。迈尔斯喜欢你,他还吃你的醋——乔尔,你过来。"

是呀——如果他背着迈尔斯和斯黛拉偷情,那她就能证明迈尔斯还活着了——因为如果迈尔斯死了,那还怎么算是偷情呢?

"刚刚遭受了严重的刺激。能立刻过来吗,带上个护士?"

"乔尔!"

现在门铃和电话铃都陆陆续续地开始响起来了;一辆辆汽车在门口停住。

"你不会走的,"斯黛拉请求他,"你会留下来的,对不对?"

"不,"他回答道,"但我会回来的。如果你需要我的话。"

他站在房子的台阶上,现在房子里面已经忙碌起来了,这围绕在死亡周围的勃勃生机,如同保护花瓣的花萼一样。乔尔不觉哽咽了。

"所有他接触过的东西都被他施了魔法,"他想,"他甚至能让那个流浪的野姑娘焕发出勃勃生机,使她成为一件杰作。"

接着,他想:

"他给这该死的荒凉世界又留下一个怎样的空洞啊——而且已经留下了!"

紧接着,他又有点儿辛酸地想:"啊,是啊,我会回来的——我会回来的!"

(戎嫒嫒 译 耿强 校)

恶魔

一八九五年六月三日,在明尼苏达州斯蒂尔沃特市①附近的乡村公路上,克伦肖·恩格尔斯太太,连同她七岁的儿子马克,遭到一名恶魔的拦路抢劫,并被其残忍杀害了。由于现场情景实在太惨不忍睹,为慈悲起见,就不必在这里详细描写了。

克伦肖·恩格尔斯,这个身为丈夫和父亲的人,是斯蒂尔沃特的一位职业摄影师。他是个酷爱读书的文化人,也是一个被人们认为"有点儿不太安分"的人,因为他老是心直口快地议论当下正在发生的铁路建设与农民权益之间的种种斗争——不过,谁也不会否认,他是个爱妻爱子、以家庭为重的人,因此,落在他头上的这场惨痛的灾难,沉重地压抑着这座小镇长达好多个星期。那里的人们当时普遍存有这样一种动机,要对这个如此恐怖的犯罪分子处以私刑,因为明尼苏达州的法律不允许实施杀人偿命的死刑,但是,那帮群情激昂要闹事的人,最终都被附近的那所"大石头监狱"给挫败了。

阴云笼罩着恩格尔斯的家,所以,乡亲

---

① 斯蒂尔沃特市(Stillwater),美国明尼苏达州华盛顿县境内一城市,为华盛顿县的县府所在地,隔圣十字架河与威斯康星州相望,是一座祥和、幽静的历史古城。

们便络绎不绝地前来看望他，无奈也只是怀着或是忏悔、或是忧惧、或是歉疚的心情，希望这些灾祸不要反过来落在他们自己的身上，唯恐他们的性命也会在这暗无天日的形势下遭到不测。那家摄影室也跟着遭了殃：按照常规摆好姿势、拍摄过程中必不可少的缄口不语和短暂的停顿，使得那些顾客有太多的时间来仔细端详克伦肖·恩格尔斯那未老先衰的面容，那些念高中的学生、新婚燕尔的夫妇、新添了宝宝的母亲，总是很庆幸能够逃出这个是非之地，走进户外的空气里。这样一来，克伦肖摄影室的生意也就一落千丈了，他的这段日子充满了艰难困苦——最后只好结清了租赁契约，变卖了摄影器材，放弃了他良好的商业信誉，也耗尽了他好不容易才挣来的钱财。他把住房也变卖了，得来的钱仅仅只比当初两次抵押贷款时的数额稍多一点，住进了一所提供膳食的公寓楼，在拉达梅切尔百货商场找了一份工作，当起了小职员。

在他那些老邻居的眼里，他俨然已经变成了一个由于家毁人亡而一败涂地的人、一个落魄潦倒的人、一个已经断了一切念想的人。但是，那些认为他已经断了一切念想的人就大错特错了——他纵然万念俱灰，有一件事却始终念念不忘。他的记性好得像犹太人那样，尽管他的心已经埋在了那片坟墓里，他的头脑却十分清醒，他妻子和儿子在那个夏日的早晨踏上他们的不归路的情景依然历历在目。在第一次审判会上，他就失去了控制，发疯似的扑向了那个恶魔，一把揪住了那人的领带——后来硬是被人拉开了，那恶魔的领带已经拧成了一个牢牢的死疙瘩，那家伙差点儿没被他给活活勒死。

在第二次审判会上，克伦肖号啕大哭了一场。事后，他前去拜访了住在该县的本州立法机构的每一个成员，逐一向他们呈送了一份他亲手撰写的申诉状，要求将死刑制度引入本州——写这份申诉状的目的，是要追溯被判为终身监禁的那些罪犯理应承担的法律责任。这份申诉状没能获得通过；克伦肖在得知这一消息的当天，就怀着想好的计策，潜进了那所监狱，只是被及时拘捕了，才没有把那个恶魔枪杀在关押他的那间牢房里。

克伦肖被判了缓刑，于是，过了几个月之后，人们满以为，那种极度的痛苦已经从他的脑海里渐渐淡去了。事实上，在那次犯罪过后的整整一年里，每当他主动出现在那个监狱长面前时，他都像完全换了个人似的，那位官员对他的陈述也深表同情，因为他在陈述中说，他已经改变初衷了，觉得自己唯有通过宽恕才能从"死荫的幽谷"①里走出来，他还说，他愿意去帮助那个恶魔，他要借助于一些劝人向善的书籍，为他指明"真正的人生之路"，唤醒他已被泯灭的天性中善良的一面。所以，被仔仔细细地搜查了一番之后，克伦肖获得了批准，在监禁那个恶魔的囚室外面的过道里坐了半个钟头。

要是那个监狱长对事情的真相有所察觉的话，他就不会批准这种探监行为了——因为，克伦肖的计划远远不是宽恕，而是要向这个恶魔报仇雪恨，用精神上的复仇来替代肉体上的复仇，以此来消磨他的意志。

面对这个恶魔时，克伦肖感到自己的头皮都在隐隐作痛。隔着铁栅栏坐着的是一个又矮又胖的家伙，不知何故，他那身囚服看上去倒像是一件商业制服，那是个戴着一副茶色角质架眼镜的汉子，他那健康整洁的神态，看上去倒像是一名保险推销员，那人惴惴不安地望着他。克伦肖感到自己一阵眩晕，赶忙在那张专门为他搬来的椅子上坐了下来。

"你这周围的空气臭不可闻啊！"他突然叫道，"整个这条过道、

---

① 死荫的幽谷（the valley of the shadow of death），源出《圣经·旧约·诗篇》第23篇第4节，指人临死前的痛苦、恐惧阶段。

整个这间牢房,全都臭不可闻。"

"我想,大概是吧,"那恶魔承认说,"我也注意到这一点了。"

"你会有时间来注意这一点的,"克伦肖咬牙切齿地说,"你这辈子都要浑身散发着臭气,终日在这间小牢房里来来回回地踱步了,样样东西都会渐渐发黑,而且会变得越来越黑的。到那时,有地狱在等待着你呢。你将被永无止境地囚禁在一个狭小的空间里,不过,在地狱里,那个空间会狭小得让你直不起腰来,连腿也伸不直的。"

"马上就会这样吗?"那恶魔忧虑地问道。

"那是肯定的!"克伦肖说,"你会带着你那些恶毒的念头孤身一人待在那个狭小的空间里,永世没有出头之日,一生一世,永远这样。你会因为浑身腐烂化脓而奇痒难熬,折腾得你永远也没法睡觉,你会老是感到口渴得难受,有水,但你偏偏就是够不着。"

"我马上就会这样吗?"那恶魔又问了一声,甚至比刚才还要忧虑,"我记得有一回……"

"你会一直这样充满恐惧,"克伦肖打断了他的话,"你会像一个快要发疯、却又不能发疯的人一样。你会一直在思考着,我一生一世都要这样了,永远这样了。"

"这样多不好啊,"那恶魔一边说,一边沮丧地摇着头,"这样真不好。"

"你现在乖乖儿地听我说,"克伦肖又接着往下说,"我给你带来了一些书籍,你不妨好好看一看。按照规定,你是不允许读书看报的,只能看我给你带来的东西。"

权当是一个开端,克伦肖这次带来了六七本书籍,全都是他多年来出于异想天开的好奇心搜罗来的书籍。在这些书籍中,有一本是一个德国医生所积累的上千种关于性变态患者的病史记录——全都是一些无法治愈、毫无希望、没有预后的病案,令人心惊胆寒地罗列在一起的病案；有一本收录的全是新英格兰地区的一名神职人员在那场"伟大的信仰复兴运动"中所做的一系列布道，这些布道栩栩如生地描述了那些该诅咒的人在地狱里所受的种种折磨；有一本是恐怖短篇小说集；有一卷是色情故事集，但是每一篇故事的最后两页，也就是含有最终结局的那两页，都被撕掉了；还有一卷是探案小说集，最后那两页也以同样方式被销毁了。这批书籍的最后一大册，是以纽盖特监狱①为背景的年历。克伦肖递进铁栅栏里的就是这样一些书籍——那恶魔接过这些书籍，把它们放在他那张铁架子行军床上。

这就是克伦肖的第一次探监，从此以后，他便开始了他那遥遥无期、每两周一次的探监活动。他每次带来的都是些内容阴暗的读物，还威胁说，要带给他一些内容晦涩难懂、阴森可怖的东西让他看——只有一次除外，当时，那恶魔已经有很长时间没有任何书籍可读了，他便给他带来了四本篇名看上去很是鼓舞人心的书籍——结果却发现，里面竟然什么内容也没有，全都是空无一字的白纸。还有一次，他假装很不情愿地承认了对方的某一个观点，答应要带一些报纸来给他看——他带来的却是十来份旧得泛黄的杂志，全都是报道犯罪和抓捕事件的。有时候，他也会弄来一些医学方面的书籍，书中全都是用红色、蓝色、绿色标出的各种疾病所造成的创伤，有麻风病、皮肤病、坏死的细胞结成的厚厚的硬痂、长满虱子蛆虫的人体软组织，以及棕褐色的化了脓的血浆。

凡是出版界曝光出来的那些阴沟、下水道里的蝇营狗苟的事情，他都会把它们逐一收集起来，里面记载的全都是人的内心深处下流、歹毒的一面。

---

① 纽盖特监狱（Newgate），旧时伦敦的一所著名监狱，18世纪时因其肮脏不堪的环境而臭名昭著，1780年在戈尔登暴乱中被烧为灰烬，此后在原址上建了一所新的大楼，但在1902年因在此建造中央刑事法院而被拆除。

克伦肖后来含含糊糊地没法再坚持这样做下去了，一方面是因为，这样做开销太大，另一方面是因为，此类书籍也没法穷尽。五年过去后，他倾向于采用另一种折磨方式了。他先在那恶魔的心中建立起纯属虚妄的种种希望，口口声声说，他自己已经改变初衷了，而且还使出种种花招，说要饶恕他的罪过，随后，他便以迅雷不及掩耳之势把这些希望统统打得粉碎。要不他就假装随身带来了一支手枪，要不就假装带来了一种燃烧物，扬言要把这牢房烧成一片愤怒的地狱般的火海，在两分钟之内把那恶魔烧成灰烬——有一回，他把一只假燃烧瓶扔进了牢房，喜滋滋地听着那恶魔发出一声声尖叫，看着那恶魔一边在牢房里来来回回地奔跑，一边在等待着那只瓶子爆炸开来。还有几次，他摆出一副冷酷无情的样子说，立法机构已经通过了一项新的法律条文，根据这一新的法律条文，那恶魔将在几个小时之后被处以极刑。

十年过去了。四十岁时，克伦肖已经头发灰白——年届五十岁时，他已是满头白发了，那毫不间断、如同例行公事般的、每两周一次前去探望他的至爱亲人的坟墓的举动，以及前去探监的举动，已然成了他日常生活的唯一内容——在拉达梅切尔百货商场里的那些冗长的日子，只不过是一种令人乏味的白日梦罢了。有几次，他去探监时，就傻傻地坐在那恶魔的囚室外面，在获准待在那儿的那半个钟头里，他连一句话也不说。那恶魔也已满头白发了。他戴着那副角质架眼镜，再加上他那白发苍苍的样子，反倒显得很令人肃然起敬了。他似乎对克伦肖怀有一种十分敬重的感情，即使克伦肖强打起他那日渐衰微、犹如强弩之末的劲头，信誓旦旦地对他说，总有一天，说不定就在他下次来探监的时候，他要携带一支左轮手枪来，把这件事了结掉，那恶魔听了这话，竟一本正经地连连点头，仿佛他也赞成这种做法似的，还说："我想也是。对，我想，你的做法完全正确。"然而他并没有向那些狱警提及此事。等到那下一次探监的时刻到来时,他果真已经等候在那儿了,双手扶着囚室的铁栅栏,既满怀希望、又充满绝望地望着克伦肖。的确,死亡会以某种张力和应力呈现出来,这种了不起的视死如归的品质,在任何一名军人身上都能得到证实。

若干年过去了。克伦肖已被提拔为拉达梅切尔百货商场的楼层经理——如今,那里已经换了好几代新人,他们并不知道他所遭遇的人生悲剧,只把他当作一名表情严肃、无足轻重的人。他继承了一小笔遗产,便花钱为他妻子和儿子的坟墓换了新的墓碑。他知道自己马上就要退休了,这第三个十年,在年复一年的白雪皑皑的冬季和年复一年的短暂、欢乐、烟雨空濛的夏季的交替更迭中,又悄然过去了,他也越来越明显地意识到,结束那恶魔性命的时刻已经到来;也免得那恶魔万一活得比他更长久而错过了复仇的机会。

他最终拿定主意的那个时刻,确切地说,是在三十个年头最后那一年的年末。克伦肖长期以来一直持有那支手枪,有了它,这件事就能顺利做成;他满怀深情地抚摸着那些子弹,精心算计着怎样把每一颗子弹准确射进那恶魔的身体里,所以,死亡是肯定的,只是个迟早的问题——他仔细研究过战争新闻中那些有关腹部中弹的描写,非常欣喜地发现,在极度的痛苦中,那种枪伤往往会使中弹者祈求一死了之。

枪杀了仇人之后,无论他自己的遭遇是什么,都将无关紧要了。

这一天到来时,他没有遇到任何麻烦就把那支手枪偷偷带进了监狱。可是,令他大为吃惊的是,他发觉那恶魔正痛苦地蜷缩在他那张铁架子行军床上,并没有像往常那样倚在铁栅栏边望眼欲穿地等待着他的到来。

"我犯病了,"那恶魔说,"我的胃一上午都在火烧火燎地疼得我受不了。他们让我服了一剂药,没想到现在疼得更厉害了,也没有一个人肯进来看看我。"

克伦肖在这顷刻间遐想着,这就是人的肠子被子弹击中的先兆,要不了一会儿就会使他精疲力竭,濒临死亡了。

"站起来,到铁栅栏这边来。"克伦肖态度温和地说。

"我一步也动不了。"

"不,你能动。"

"我疼得直不起腰来了。整个人都直不起来了。"

"那就弓着腰过来吧。"

那恶魔费劲儿地挪了一下身子,不料却侧身摔倒在水泥地板上。他痛苦地呻吟着,然后静静地躺了一会儿,此后,身子依然蜷缩成一团,他开始一次挪动一只脚,一步一步艰难地朝铁栅栏这边爬过来。

突然间,克伦肖拔脚朝走廊的尽头奔去。

"我要找狱医,"他朝那名狱警大声说,"那人犯病了——犯病了,你听见没有。"

"医生已经……"

"叫他过来——叫他马上过来!"

那狱警有些犹豫不决,不过,克伦肖早已是一个得到默认,甚至享有特权、可以在这所监狱里自由走动的人了,于是,片刻后,那狱警取下电话,拨通了监狱的医务室。

那天的整个下午,克伦肖都一直守在监狱大门内的那块毫无遮蔽的空地上等待着,两手背在身后来来回回地走着。他时不时地会走到正门的入口处,大声朝那名狱警问道:

"有什么消息吗?"

"暂时什么消息也没有。一旦有什么情况,他们会打电话给我的。"

到了黄昏时分,监狱长出现在门口,在四处张望着,随即便一眼看见了克伦肖。克伦肖正神情紧张地等着呢，便急忙朝他奔了过去。

"他死了，"监狱长说，"他阑尾炎突然发作。他们尽全力抢救了。"

"死啦。"克伦肖机械地重复了一遍。

"我很抱歉，我给你带来的是这个消息。我知道你的感受……"

"没关系，"克伦肖说着，舔了舔嘴唇，"如此看来，他真的已经死了。"

监狱长点燃了一支香烟。

"既然你就在这儿，恩格尔斯先生，我想，你是否可以把我签发给你的那张通行证还给我——我可以把它收回来放在办公室里。这么说吧——我估计，你再也用不着它了。"

克伦肖从皮夹里取出那张蓝色的卡片，把它递了过去。监狱长同他握了握手。

"还有一件事，"在监狱长正要转身离开之际，克伦肖问道，"哪一扇——监狱医务室的窗户是哪一扇？"

"医务室在后院，你在这儿是看不到的。"

"哦。"

监狱长走了之后，克伦肖依然伫立在那儿，呆呆地站了好长一段时间，眼泪不由自主地夺眶而出，顺着他的脸颊流淌着。他思绪万千，没法静下神来，只好努力回想着今天是什么日子；是星期六，是这个日子，是每隔一周的这个日子，他就是在这一天前来探望那个恶魔的。

从现在起，他再也不会每两周跟那恶魔见一次面了。

在交织着孤独与绝望的痛苦中，他喃喃自语地说出声来："如此看来，他真的已经死啦。他已经离我而去了。"过了一会儿，他仰天长叹了一声，叹息声中既有悲哀、又有恐惧，"如此看来，我已经失去他啦——我唯一的朋友——我现在已经孤身一人了。"

穿过外面那扇大门时,他依然在喃喃自语地说着这句话,由于他的大衣被卡在了外面那扇门的巨大的卷链上,那名狱警便打开大门,松开了他的大衣,他听到他还在反反复复地说着这句话:

"我已经孤身一人了。终于——终于孤身一人了。"

过了许多个星期之后,他又一次前来探望那个恶魔了。

"可是,他已经死啦。"监狱长态度亲切地对他说。

"啊,是的,"克伦肖说,"我估计,我一定是忘了。"

于是,他动身回家了,他的皮靴在那片浅滩如同白色钻石般的表面留下了一行深深的脚印。

(吴建国 译)

重访巴比伦①

一

"还有坎贝尔先生呢,他在什么地方?"查理问道。

"去瑞士了。坎贝尔先生如今已经是一个重病缠身的人啦,威尔斯先生。"

"听了这话真让我难受。那么,乔治·哈特呢?"查理关切地询问道。

"已经回美国去啦,去工作了。"

"还有斯诺·博德,他在哪儿呢?"

"他上个星期还来过这儿呢。不管怎么说吧,他的那位朋友,谢弗先生,现在反正还在巴黎。"

有两个熟悉的名字从一年半以前那一长串熟人的名单中跳了出来。查理飞快地在笔记本里写下了一个地址,然后把那一页撕了下来。

"你要是见到谢弗先生的话,就把这个交给他,"他说,"这是我妹夫家的地址。我暂时还没有决定住哪家旅馆。"

---

① 巴比伦(Babylon),美索不达米亚的古城,公元前2000年时巴比伦王国的首都,现仅存遗迹;位于幼发拉底河畔,以古典作家所描绘的奢华、坚固和传说的空中花园而闻名。此处暗指巴黎。

乍一发现巴黎居然这么空荡荡的,他倒并没有真的感到很扫兴。但是,丽兹酒吧里的这种冷冷清清的氛围,就难免让人觉得奇怪了,而且还有一种异样的感觉。这个酒吧已经不再是美国人的天地啦——他虽然感到,在这个酒吧里,人家同样还是对他客客气气的,可是那种仿佛像在自己家里的感觉却已不复存在了。这酒吧已经回归到法国的旧模样啦。他一下出租车,看到那个门卫正在跟一名穿制服的跑堂服务生在专供侍应生们出入的门洞边闲聊时,立刻就感受到了这种冷冷清清的气氛,因为通常在这种时刻,那个门卫总是忙得不可开交。

穿过走廊时,他听见那间曾经是那样熙熙攘攘的女盥洗室里只有一个女人厌倦的说话声。转过弯道进入酒吧后,他按照老习惯,两眼目不斜视地望着正前方,顺着那条二十英尺长的绿地毯走了过去;到了那儿,他把一只脚实实地搁在吧台下的那条横档上,回过身来环顾了一眼这间屋子,迎面相遇的却只有一双眼睛,那双眼睛从角落里的一份报纸上露出来飞快地瞥了他一下。查理问了一声酒吧的领班保罗在不在,这家伙在证券市场处于牛市阶段的末期时,是开着他自己专门定制的那辆小轿车来这儿上班的——不过,他总是恰当得体地把车停放在离这儿最近的那个街角处。可是,保罗今天在他乡下的别墅里,艾利克斯把情况告诉了他。

"不行,不想再喝啦,"查理说,"我近来已经有所节制了。"

艾利克斯向他道喜说:"两三年以前,你的酒量还是挺厉害的。"

"我要一直坚持下去,"查理向他保证说,"到目前为止,我已经坚持了一年半之久啦。"

"你觉得美国国内的状况怎么样?"

"我已经有好几个月没去美国啦。我在布拉格做买卖,是那边两三家公司的代表呢。他们远在那边,摸不清我的底细。"

艾利克斯笑了。

"还记得乔治·哈特那天晚上在这里举办单身汉宴会的事儿吗?"查理说,"顺便问一下,克劳德·费森顿近来情况怎么样?"

艾利克斯压低嗓门、推心置腹地说:"他就在巴黎,却再也不上这儿来啦。保罗不许他进门。有一年多时间,他在这儿喝酒、吃午饭,往往还在这儿吃晚饭,全都是赊账的,一共欠下了三万法郎的账单。后来,保罗终于忍不住要他付账时,他竟给他开了一张没法兑现的空头支票。"

艾利克斯悲伤地摇了摇头。

"我真弄不明白,这样一个极要面子的人。现在倒好,已经臃肿得不成人样啦——"他用两只手比画着,做了个胀鼓鼓的大苹果的形状。

查理注视着一群叽叽喳喳、妖里妖气的男同性恋者旁若无人地在一个角落里坐了下来。

"无论什么都影响不了他们,"他暗暗思忖,"股票有涨有跌,人有的懒散,有的勤快,可是他们这种人却一成不变。"这个地方真让他感到憋闷。他要来了一副骰子,跟艾利克斯掷骰子赌喝酒。

"这趟来会住很久吗,威尔斯先生?"

"我这趟来要住上四五天,想陪陪我那可爱的女儿。"

"啊——呵!你有一个可爱的女儿啦?"

屋外,五颜六色的霓虹灯广告牌穿破静谧无声的空濛烟雨,放射着火红、深蓝、幽绿色的光芒。天色已近黄昏,大街上人来车往;欧洲所特有的一家家小酒馆里灯火闪烁。在嘉布遣会修女大道[①]的街角处,他上了一辆出租车。车窗外的协和广场呈现出一派粉红色的恢宏气势;汽车朝理性十足的塞纳河对岸驶去,查理顿时感受到了塞纳河左岸所特有的那种淳朴豪放的气息。

[①] 嘉布遣会修女大道(Boulevard des Capucines),巴黎城中的一条街道名。

查理指引着出租车朝歌剧院大道驶去，这样走其实并不顺路。但是他很想看一看此时此刻在蔚蓝色暮霭笼罩下的歌剧院那豪华壮观的正面，很想在脑海里遐想一下，那些连续不断的汽车喇叭声，就像在没完没了地演奏着《舒缓进行曲》①开头那几个小节一样，就是"第二帝国"②的号角声。人家已经在关闭勃伦塔诺书店大门前的铁栅栏了，在杜瓦尔餐馆的那排修剪得整整齐齐、具有中产阶级情调的小树篱的后面，已经有人在吃晚饭了。他从来没有在巴黎的任何一家便宜到家的餐馆里吃过一顿饭。五道菜的晚饭，四法郎五十生丁，折合十八美分，连酒也包含在内呢。不知怎么的，他倒有些惋惜，自己怎么就从来没去吃过呢。

　　汽车继续朝塞纳河左岸驶去，他感受着这扑面而来的淳朴的外乡气息，心里在暗暗思忖着："我自作自受地辜负了这座城市的美意。我当时并没有意识到这一点，可是日子已经这样日复一日地过去了，转眼间两年的光阴已经完了，一切都完了，我也完了。"

　　他现年三十五岁，而且外表看上去也气度不凡。他眉宇间有一道深深的皱纹，使他那张具有爱尔兰人血统的表情丰富的脸庞平添了几分严肃持重的神色。当他按响了坐落在帕拉蒂纳路上他妹夫家的门铃时，那道皱纹变得更深了，弄得两条眉毛也沉了下来；他感到腹部有一种一阵阵绞痛的感觉。那个女佣刚把门打开，一个非常可爱的九岁的小女孩突然从她背后闪身冲了出来，嘴里一边在尖声尖气地叫着"爸爸"，一边飞身直扑过来，像条小鱼儿一样扭摆着，钻进了他的怀抱里。她扯着他的一只耳朵，把他的脑袋拉得侧转过来，然后把她的

---

① 《舒缓进行曲》(La Plus que Lent, 1910)，法国作曲家德彪西 (Claude Debussy, 1862—1918) 所作曲子。
② 第二帝国 (The Second Empire)，即拿破仑三世当国王的法兰西第二帝国 (1852—1870)，当时的社会畸形繁荣，民风浮华。

脸蛋紧紧地贴在他的脸颊上。

"我的天性没变的小喜鹊呀。"他说。

"噢,爸爸,爸爸,爸爸,爸爸,老爸,老爸,老爸!"

她拉着他走进客厅,一家人都在等着他呢,一个男孩子、一个跟他的女儿年岁相仿的小女孩、他的姨妹和她的丈夫。他朝玛丽雯问了声好,小心翼翼地把握着自己说话的声调,唯恐自己假装出来的热情或内心的厌恶感露出了马脚,不过,她的反应倒是来得更加直率,态度不冷不热的,尽管她故意把自己的注意力转向了他的孩子,想以此来淡化她那永远也不会改变的对他不信任的表情。两个男人倒是挺友好的,彼此都紧紧握着对方的手,林肯·彼得斯还把一只手搭在查理的肩膀上放了一会儿。

室内暖融融的,而且具有那种让人感到很舒适的美国人的氛围。三个孩子亲热地在屋子里跑来跑去,穿过那些黄颜色的长方形门框,进进出出地在一个个房间里玩耍着;熊熊燃烧的炉火发出的劈啪声,加上厨房间里传来的那一阵阵在忙着准备法式大餐的声音,都在传递着六点钟这个时刻其乐融融的家庭气氛。可是查理的心情并没有松懈下来;他的那颗心还在他肚子里紧张地悬着呢,只是因为有女儿在身边,他才渐渐有了自信心,女儿时不时地会跑过来依偎着他,怀里抱着他买给她的那只洋娃娃。

"真的非常顺利,"他是这样回答林肯的问题的,"那边的商机多得很,根本还没有真正动起来呢,但是我们干得比以往任何时候都顺手。从实际情况来看,那是好得不能再好啦。我正在考虑下个月把我姐姐从美国接过来帮我料理家务呢。我去年的收入比我过去花钱阔绰的时候还要多。你知道的,那些捷克人……"

他这样吹嘘只有他不便明说的用意;可是,过了一会儿,见林肯的眼神中掠过了一丝淡淡的不快,他便赶忙换了个话题:

"你们家的那两个孩子真懂事,有教养,懂礼貌。"

"我们觉得霍诺莉娅也是一个特别懂事的小姑娘呢。"

玛丽雯·彼得斯从厨房间里回来了。她是个身材高挑的女子,天生一双爱操心的眼睛,她从前也曾有过活泼开朗的美国姑娘所特有的妩媚可爱的一面。查理对她的长相从来就没有特别留意过,每当人家说起她有多漂亮时,他总是感到很惊讶。从一开始,他们两人之间就存在着一种本能的反感。

"哎,你觉得霍诺莉娅怎么样?"她问道。

"好得很啊。乍一看见她十个月里居然长得这么高了,我当时就觉得十分惊奇。孩子们个个都长得好看得很呢。"

"我们有一年时间没找过医生啦。你这次回到巴黎感觉怎么样?"

"看到这一带美国人这么少,好像很奇怪嘛。"

"我倒觉得挺高兴的,"玛丽雯言辞激烈地说,"你现在至少可以进商店了,人家不会再把你当成百万富翁啦。我们也跟大家一样,是吃过苦的人,不过,总的来说,现在的日子要舒心多啦。"

"但是,从前的那段日子过得也不错呀,"查理说,"我们都有点儿像特权阶层的人呢,简直不可能有什么闪失的,我们周围的人个个都像着了魔似的。今天下午在酒吧里……"由于发觉自己说漏了嘴,他打了个愣,"那里没有一个我认识的人。"

她狠狠瞪了他一眼。"我本来以为你已经去够了酒吧呢。"

"我只停留了一小会儿。我每天下午只喝一杯,也绝不多喝。"

"难道你晚饭前也不想喝一杯鸡尾酒吗?"林肯问道。

"我每天下午只喝一杯,这杯酒我已经喝过了。"

"我希望你言而有信,说到做到。"玛丽雯说。

她的厌恶感明显表现在她说话时的那种冷冰冰的口气中,不过,查理只是微微一笑;小不忍则乱大谋嘛,何况他还有更大的计划呢。

她这种咄咄逼人的态度反倒给了他可乘之机,再说,他也深知眼下暂且还要再等一等。他要让他们主动谈起他这次来巴黎的动机,他们也明明知道他这次来巴黎的动机是什么。

到了吃晚饭的时候,他还是判断不出霍诺莉娅到底长得更像他,还是更像她妈妈。要是她没有将他俩身上的那些最终造成他俩走向毁灭的性格特点全都继承下来就好了。保护欲如同一阵巨浪涌上他的心田。究竟该为女儿做些什么,他认为自己是知道的。对于人的性格,他是坚信不疑的;他要跳回整整一代人去,重新再相信它一次,把性格作为亘古不变的最有价值的元素。一切事物都会随着时间的推移而渐渐消亡的。

吃罢晚饭后不久,他就离席而去了,但并没有直接回家。由于眼光比当年要更加清醒、更具有明断力了,他怀着好奇的心情,想去看一看夜色下的巴黎。他买了一张可在娱乐场里看表演的加座票,在那儿观看约瑟芬·贝克①用她那巧克力色的身段搔首弄姿地摆出各式各样的阿拉贝斯克舞姿②。

看了有一个小时之后,他离开了,漫步朝蒙马特③走去,经由皮佳尔大街,然后走进了布朗奇广场。雨已经停了,几家酒店的大门前都有一些身穿晚礼服的人陆续从出租车里钻出来,"野鸡们"④在四处徘徊觅食,有的单身独行,有的成双成对,人流中还有不少黑人。他走过了一扇灯火通明的门面,门里传来了阵阵乐声,由于有一种很熟

---

① 约瑟芬·贝克(Josephine Baker,1906—1975),美国黑人女歌唱家和舞蹈家,长期在巴黎演出,被认为是美国"热烈的爵士"的化身,1937年入法国籍。
② 阿拉贝斯克舞姿(arabesque),芭蕾舞的基本舞姿之一,单腿直立,一臂前伸,另一腿向后抬起,另一臂舒展扬起,使指尖到足尖形成尽可能长的直线。
③ 蒙马特(Montmartre),巴黎北部一区,从19世纪到20世纪初叶,是欧洲名人荟萃之处,梵高等著名画家常来此地居住,因而以其众多的酒吧、咖啡馆、画家村、歌舞厅、夜生活等闻名遐迩。
④ 此处原文为法文"cocottes",意指"妓女"。

悉的感觉，他便停下了脚步；原来这里就是布里克托普夜总会呀，他曾经在这里虚度过不知多少时光、耗费过不知多少金钱呢。再往前走过几家门面后，他意外发现了另外那家颇有古风、他曾经很爱光顾的去处，便很不谨慎地探头朝里面望去。立即有一支管弦乐队迫不及待地奏响了乐曲，一对职业舞蹈演员也迅速起身舞动起来，一名领班也旋即朝他直奔过来，嘴里还在不住地嚷嚷着："大批客人就要来啦，先生！"但他还是赶紧抽身退了出来。

"你得先把自己灌得酩酊大醉才能进去。"他暗暗思忖。

泽利咖啡馆已经关门了，它周围的那几家萧瑟破败、险象环生的廉价旅店也都黑咕隆咚的；相比之下，北边儿的布朗奇大街上倒是有不少灯光，还有一群当地的法国人操着本地方言在闲聊着。那家诗人之家咖啡馆已然不见了踪影，不过，天堂咖啡馆和地狱咖啡馆的两个巨大的门洞活像两张血盆大口，依然还敞开着——在他驻足观望的时候，甚至还吞没了刚从一辆旅游大巴里下来的零零散散的几个游客——其中一个是德国人，一个是日本人，还有一对美国夫妇，这些人都用惊恐的目光瞟了他一眼。

蒙马特精心打造的杰作和巧夺天工的发明也不过就如此而已。为迎合穷奢极欲的需求而设立的所有这一切，整个儿还停留在儿戏般的水平上嘛，于是，他突然间悟出了"挥霍无度"这个词语的含义——那就是，把一切都挥霍得无影无踪，把真实可感之物化为子虚乌有。每天夜里，一到凌晨一两点钟，从一个地方换到另一个地方的每一次转移，都是人的身价的一次大幅度攀升，花的价钱越大，就越是能买到不慌不忙地寻欢作乐的特权。

想当年，为了单点某一首曲子，他出手就给了一支乐队一千法郎的票子，为了让一个门卫去叫辆出租车来，他一甩手就扔给了他一百法郎票子。

但是，这些钱也不是白给的。

已经花掉的钱，甚至包括以极其疯狂的方式胡乱挥霍掉的那些钱，都是作为一种祭品奉献给先天就已注定的命运的。命运弄人啊，他也许不记得那些最值得他记住的事情了，那些他现在永远都会牢记在心的事情——他的孩子被强行从他手中夺走了，他的妻子也逃离了这个世界，躺在佛蒙特州的一座坟墓里。

在一家啤酒馆刺眼的灯光中，有个女人找他搭讪。他为她买了鸡蛋和咖啡，随后，他避开了她那带有恣恚性的灼热的目光，给了她一张二十法郎的钞票，叫了一辆出租车回旅馆去了。

二

他一觉醒来时，看到是一个天气晴好的秋日——是适合打橄榄球的好天气。昨天的闷闷不乐顿时烟消云散了，连街头的行人在他眼里都可爱起来。到了中午，他坐在霍诺莉娅对面，在瓦泰尔大酒店里吃饭，唯有在这家大酒店里，他才不会去回想过去的那些觥筹交错的香槟酒晚宴，不会去回想那些从下午两点一直进行到暮光迷离的时分才结束的午餐会。

"哎，来点儿蔬菜怎么样？你应该吃些蔬菜才行啊，对不对？"

"嗯，好吧。"

"有菠菜、花椰菜、胡萝卜、四季豆[①]。"

"我想吃花椰菜。"

"想不想来两份蔬菜呢？"

"我午饭通常只吃一种蔬菜的。"

---

① 此处原文为法语。

那名服务生装作特别喜欢小孩子的样子。"这小姑娘长得多可爱啊!她的法语也说得跟法国人一样地道。"[1]

"要不要来份甜点?要不我们等会儿再说?"

那服务生没有再待在眼前。霍诺莉娅满怀期待地望着父亲。

"我们下一步准备做什么呢?"

"第一,我们要去圣奥诺莱路上的那家玩具店,你喜欢什么就给你买什么。然后我们就去'帝国剧院'看歌舞杂耍表演。"

她迟疑了一下。"我喜欢看歌舞杂耍表演,那家玩具店就不去了吧。"

"为什么不去呢?"

"嗯,你已经给我买了这个洋娃娃了,"她随身带着那个洋娃娃呢,"反正我也有很多玩儿的东西了。再说,我们也不算有钱人了,对不对?"

"我们从来就不算有钱人。不过,你今天想要什么都成。"

"好吧。"她乖巧地同意了。

想当初,有她母亲和一名法国女佣在场时,他总想表现得严格一些;如今,他有意放松了自己,尽量摆出一副前所未有的宽容态度;他必须既当爹、又当妈地呵护着她,绝不能让她有话憋在心里不愿跟他沟通。

"我想进一步认识你一下,"他一本正经地说,"先让我介绍一下我自己吧。我叫查尔斯[2]·J.威尔斯,家住布拉格。"

"啊,爸爸!"她忍不住咯咯地笑起来。

"请问,你叫什么名字呢?"他执意追问下去,于是,她马上就心

---

[1] 此处原文为法语。
[2] 查尔斯(Charles),查理的正式称呼。

领神会地扮演起自己的角色来:"霍诺莉娅·威尔斯,住在巴黎的帕拉蒂纳路。"

"是已婚还是单身呢?"

"不,是未婚。单身。"

他指了指那个洋娃娃。"可是,我明明看见你有孩子啊,女士。"

她不忍心让那洋娃娃没了母亲,便把它紧紧抱在胸前,脑子里也飞快地想好了回答。"是啊,我结过婚,但是我现在是未婚。我丈夫去世了。"

他马上接着追问道:"这孩子叫什么名字?"

"西蒙娜。是按照我学校里最要好的朋友的名字取的。"

"我感到很欣慰,你的学习成绩这么好。"

"这个月我是第三名呢,"她夸耀地说,"艾尔西"——那是她表姐的名字——"大概只得了个第十八名,而理查德差不多是倒数第一名了。"

"你喜欢艾尔西和理查德,对不对?"

"啊,对。我挺喜欢理查德的,艾尔西嘛,我也蛮喜欢她的。"

他既小心谨慎、又装作漫不经心的样子问道:"那么,玛丽雯姨妈和林肯姨夫呢——你更喜欢哪一个?"

"哦,林肯姨夫吧,我想。"

他越来越觉得她亲切可爱、憨态可掬了。他们刚进来的时候,就已引起了一片啧啧的赞叹声:"多让人羡慕啊……"现在倒好,邻桌上的那些人个个都安静下来、目不转睛地朝她张望着,那眼神仿佛就像在观赏一朵对周围世界浑然不觉的鲜花一样。

"我为什么不跟你生活在一起呢?"她冷不丁儿地脱口问道,"是因为妈妈去世了吗?"

"你必须暂时先住在这儿,多学点法语才行。要是让爸爸来照顾你，恐怕就没法把你照顾得这么好啦。"

"我其实已经不需要多少照顾了。我样样事情都是自己做的。"

他们刚走出饭店，就有一男一女意想不到地朝他喊了一声。

"哟，原来是老朋友威尔斯呀！"

"你们好，洛兰……邓克①。"

时常萦绕在记忆中的往事突然又浮现在眼前：邓肯·谢弗，大学时代的一位朋友。洛兰·夸尔斯，一位三十来岁、肤色白皙的金发美人；在三年前的那段挥金如土的岁月里，有一帮人推波助澜地使他们把一个月化为一天来过生活，其中就有她。

"我丈夫今年不能来啦，"她说，权当在回答他的问话，"我们已经穷得叮当响啦。所以，他一个月只给我二百块钱了，还好意思对我说，有了这笔钱，日子再糟糕我也能勉强对付过去……这小姑娘是你女儿？"

"再进去坐一会儿怎么样？"邓肯问道。

"不能再这样干啦。"他暗自庆幸总算找到了一个借口。跟过去一样，他依然能感觉到洛兰身上的那股情欲强烈、极其撩人的诱惑力，可惜他自己的生活节奏已经今非昔比了。

"好吧，那一起吃顿晚饭行吗？"她问道。

"我现在还脱不开身。把你的地址给我吧，我回头给你打电话。"

"查理，我觉得你没喝醉呀，"她调侃地说，"说实话，我觉得他没喝醉嘛，邓克。你拧他一下，看他是不是没醉。"

查理朝霍诺莉娅偏了偏脑袋。他俩都笑了。

"你的地址呢？"邓肯心存疑惑地问道。

他有些犹豫不决，不愿说出他住的那家旅馆的名字。

---

① 邓克（Dunc），邓肯的昵称。

"我暂且还没有安顿下来。还是我打电话给你们为好。我们正准备去帝国剧院看歌舞杂耍表演呢。"

"去那儿啊！我也正想去看那场表演呢，"洛兰说，"我就喜欢看什么小丑啊、玩杂技的啊、变戏法的啊等等。这不正是我们要看的节目嘛，邓克。"

"我们得先去办一件要紧的事儿，"查理说，"也许我们会在剧院那边碰见你们的。"

"好吧，你这势利眼……再见，漂亮的小姑娘。"

"再见。"

霍诺莉娅很有礼貌地行了个屈膝礼。

也说不出是什么原因，反正这是一次不欢而散的偶然相逢。他们之所以喜欢他，是因为他现在各方面都恢复正常了，是因为他开始一本正经地做人了；他们之所以想来见他，是因为他现在比他们更有实力，是因为他们想从他的实力中获得一份援助。

到了帝国剧院里，霍诺莉娅很骄傲地坚决不肯坐在她父亲折叠起来的那件大衣上。她俨然已是一个很有个性的小大人了，凡事都有她自己的一套行为准则，查理也巴不得能在她尚未完全定型之前，把自己的一些性格特点转化到她的身上来，在这种强烈愿望的驱使下，他越来越情不自禁地关注起她来。然而要想在这么短的时间里摸准她的心思，那也是没有希望的。

幕间休息时，他们在戏院大厅里意外遇见了邓肯和洛兰，因为大厅里这时恰好有支乐队正在演奏。

"去喝一杯吗？"

"行啊，不过，不要站在那边的吧台前面喝。我们去找张桌子吧。"

"真是个十全十美的父亲啊。"

在心神不定地听洛兰说话时,查理一直在注视着霍诺莉娅,发觉她的目光已经离开了他们的桌子,于是,他便欲罢不能地顺着她的目光也在这屋子里四处打量起来,心里有些纳闷,不知她究竟在看什么。他们四目相遇时,她笑了笑。

"我以前很喜欢喝那种柠檬汁的。"她说。

她以前都说过哪些话?他以前都有过哪些期待?后来,在回家的出租车里,他把她揽过来,让她把脑袋贴在他的胸口上。

"小亲亲,你还想你妈妈吗?"

"想,有时候想。"她朦朦胧胧地说。

"我希望你不要忘记她。你有她的照片吗?"

"有。我想应该有吧。反正玛丽雯阿姨有。你为什么希望我不要忘记她呢?"

"她是非常爱你的。"

"我也很爱她。"

他们一时默然无言。

"爸爸,我想跟你生活在一起。"她突然说。

他的心猛然狂跳起来;他早就在等着听这句话了。

"你现在不是过得很幸福吗?"

"是的,但是跟其他任何人相比,我最爱的人还是你。既然妈妈已经去世了,跟其他任何人比起来,你最爱的人也是我,对不对?"

"那当然,我最爱的人就是你。不过,你不会永远最喜欢我的,小甜心。你会长大成人的,到时候你会遇见某个跟你年纪相仿的心上人,跟他结婚,忘记你还有一个老爸的。"

"是的,这是一句大实话。"她平心静气地附和着说。

他没有进屋。他打算九点钟再来一趟,因为他想让自己保持着旺盛的精力和面貌一新的姿态,到时候好来谈这件他非谈不可的事情。

"要是你进家以后平安无事,就站在那个窗口让我看看你。"

"好呀。再见,老爸,老爸,老爸,老爸。"

他站在黑暗的大街上等候着,一直等到她现出身来,一副温情脉脉、容光焕发的样子,站在楼上的窗前,亲亲她的手指,把飞吻抛向夜色之中。

三

他们在等他开口呢。玛丽雯坐在那套咖啡器具的后面,穿着一身颇为典雅的黑色夜礼服,只是这身打扮难免会使人依稀联想起悼念仪式来。林肯在不停地走来走去,带着激动的神情,仿佛他刚才已经说过一大通话似的。他们跟他一样,也都怀着焦虑不安的心情,想尽快进入正题呢。他差不多是以直截了当的方式打开这个话题的:

"我估计你们也知道我想见你们一面的用意是什么——我这次专程来巴黎的真正目的是什么。"

玛丽雯一边拨弄着她项链上的那些黑星星,一边皱起了眉头。

"我迫切希望能有一个家,"他接着说,"我也迫切希望能让霍诺莉娅住在那个家里。我感激你们看在霍诺莉娅母亲的分上接纳了这孩子,但是情况现在已经有所改变了。"——他迟疑了一下,马上又以更加有力的口吻说了下去——"我的情况已经有了翻天覆地的变化,因此,这件事我想请你们重新考虑一下。我要是拒不承认我三年以前的那些有失检点的行为的话,那我就是在犯傻……"

玛丽雯抬起头来,用严厉的目光看了他一眼。

"但是,这一切都过去了。我也跟你们说过,我现在每天只喝一杯,绝不多喝,已经坚持一年多了,而且这杯酒我还是故意喝的,这样一来,想喝酒的念头就不至于在我的头脑里太膨胀了。这种想喝酒的念头你们懂不懂?"

"不懂。"玛丽雯非常干脆利落地说。

"这是我给自己设定的一个绝招。这样做可以保持在比例上有所节制。"

"我明白你的意思了,"林肯说,"你不愿承认酒对你还有什么吸引力罢了。"

"差不多是这个意思吧。有时候我会忘了,于是就干脆不喝算了。不过,每天的这杯酒我还是尽量喝的。不管怎么说吧,反正就我的地位而言,我也舍不得多喝。我代表的那几家公司的人对我的工作不知有多满意呢,所以,我正在考虑把我姐姐从伯林顿接过来帮我料理家务,我也很想把霍诺莉娅接过来跟我生活在一起。你们也知道,即使我和她妈妈在闹别扭的时候,不管发生了什么事,我们也从来不允许有任何事情影响到霍诺莉娅。我知道她喜欢我,况且我也有这个能力照顾好她,再说——好吧,我的意思你们也听明白了。你们对这件事是怎么想的?"

他心里知道,他现在免不了要挨一顿臭骂了。这顿臭骂会持续一两个小时的,而且会让人非常难以忍受,不过,假如他能把满腹势必会爆发出来的怨气强压下去,装出一副洗心革面的罪人甘愿受罚的姿态,到头来,他没准就能达到目的。

千万不能发脾气,他暗暗告诫自己。你想得到的并不是要还你一个公正。你想得到的是霍诺莉娅。

林肯先开口了:"自从我们上个月收到你的信以来,我们就一直在反复商量这件事。有霍诺莉娅住在这里,我们都感到很开心。她是个讨人喜欢的小家伙,我们很乐意、也有能力来照料她,不过,这当然不是我们要讨论的问题——"

玛丽雯冷不丁儿地打断了他。"你打算坚持多久不喝得醉醺醺的,查理?"

"永远坚持下去,我希望。"

"你怎么才能让人相信这句话呢?"

"你知道的,我原先从不喝得醉醺醺的,后来,我放弃了事业,千里迢迢地跑到这边来,成天无所事事,这才大喝起来的。那时候,我和海伦开始结交上了一些……"

"请不要把海伦扯进来。一听到你像这样议论她,我就忍不下这口气。"

他正颜厉色地瞅着她;他始终吃不准这两姊妹在现实生活中彼此之间到底有多亲。

"我的酗酒行为只持续了大概一年半左右——从我们千里迢迢赶到这边来的那个时间算起,到我——身体垮掉。"

"这段时间也够长了。"

"这段时间是够长的。"他附和着说。

"我的责任感完全是冲着海伦的面子,"她说,"我心里总想着她会要我做什么。坦白地说吧,自从你那天晚上干出了那件令人发指的事情以后,你这个人对我来说压根儿就已经不存在了。我也是迫不得已才这样做的。她是我姐姐。"

"是啊。"

"在她奄奄一息的时候,她央求我要照看好霍诺莉娅。要是你当时不在一家疗养院里待着,情况也许会好一些。"

他无言以对。

"我这辈子永远也忘不了那天早晨海伦来敲我门时的情景,浑身都湿透了,冻得直打哆嗦,说你把她锁在门外了。"

查理双手紧握着椅子两边的扶手。这场谈话比他原先所料想的还要艰难;他想豁出去好好规劝、辩解一番,岂料,他才说了半句"那天晚上我把她锁在门外……"就被她打断了:"我不想把这件事从头到尾再听一遍了。"

沉默了一会儿之后,林肯说:"我们话扯远啦。你要玛丽雯放弃她的合法的监护权,把霍诺莉娅交给你。我认为,对于她来说,主要问题是,她是否还信任你。"

"我不怪玛丽雯,"查理慢条斯理地说,"不过,我认为她可以百分之百地信任我。我过去一向品行端正,直到三年以前才开始变坏的。当然,我也许随时还会走入歧途,这种可能性是人的本性所固有的。可是,如果我们就这样漫无止境地等下去,我就会白白失去霍诺莉娅的童年时代,也会失去拥有一个家的机会,"他摇摇头,"我就会白白失去她啦,难道你们不明白吗?"

"是啊,我明白。"林肯说。

"你以前怎么就没想过这些呢?"玛丽雯问道。

"我觉得我以前也想过,时不时地就这样想呢,可是,我和海伦一直闹得很僵。我当初同意把监护权交给你们的时候,自己正平躺在疗养院里,再加上证券市场也耗尽了我所有的钱财。我知道自己过去的行为有失检点,所以我就想,只要能给海伦带来一丝安宁,我什么条件都可以答应。但是,现在情况不一样了。我各方面都恢复正常了,我现在表现得别提他妈的有多规矩了,就拿……"

"请不要在我面前出言不逊。"玛丽雯说。

他朝她看了看,吃了一惊。她的每一句话都说得气势汹汹,厌恶感也变得越来越明显。她把她对人生的一切恐惧全都堆积起来,化成了一堵高墙,用它来阻挡他。这番琐碎的数落,很可能是她几个小时之前跟那个厨师大吵了一场造成的后果吧。查理一想到要把霍诺莉娅留在这样一种对他充满敌意的氛围里,心里顿时便感到越来越惶遽不安了;时不时地这儿骂上一句,那儿摇一摇头,这种敌意迟早会爆发出来的,而且这种不信任的态度势必也会在霍诺莉娅的心中埋下无可挽回的种子。但他还是强压下满腔怒火,没把它放在脸上,而是严严实实地把它憋在肚子里;他已经占了先机,因为林肯也觉得玛丽雯的那番话说得实在太荒谬,而且还轻轻问了她一声,她是从什么时候开始反感"他妈的"这个字眼儿的。

"还有一点,"查理说,"我现在有能力为她提供一些有利条件了。我这次要带一个法国家庭女教师跟我一起去布拉格。我已经在一幢新落成的公寓楼里租下了一套房子……"

他猛然打住了,发觉自己是在说很失策的蠢话。他的收入已比他们高出了一倍,你怎么能指望他们心平气和地接受这一事实呢。

"我估计,你能给她提供的只是更多的奢侈品吧,这一点我们可做不到,"玛丽雯说,"你那几年在挥金如土的时候,我们一直在过着连十个法郎都要数着花的日子呢……我估计你又要开始重蹈覆辙了。"

"啊,不会的,"他说,"我已经汲取教训啦。我也曾非常卖力地苦干过十年呢,你是知道的——直到后来我在证券市场上交了好运,像许多人一样。运气好得不得了哇。看那架势似乎再也用不着干什么了,所以我才收手不干的。这种好事情不会再发生啦。"

一阵长时间的沉默。大家都感到神经紧张起来,查理一年以来还是头一次萌动了想喝上一杯酒的念头。他现在已经有把握了,林肯·彼得斯愿意让他领走自己的孩子。

玛丽雯突然浑身哆嗦起来;她多少也能看出一些端倪,查理如今已经脚踏实地、注重现实了,何况她自己也有做母亲的感受,完全明白他的这种愿望纯属人之常情;但是,她长期以来始终怀有一种偏见——这种偏见原本基于她那离奇的怀疑态度,因为她不相信姐姐有幸福的婚姻,继而,在经历了那个惊魂之夜令人发指的事情之后,这种偏见又化成了对他的憎恨。这件事偏偏又发生在她人生中很不顺心的节骨眼儿上,在那段日子里,她恰好有病在身,加上境况也不好,失意落魄的心情使她不由得不信,这世上确实有道德败坏的行为,也确实有道德败坏的人。

"我不得不这样想!"她冷不丁儿地叫了起来,"你对海伦的死究竟该负多大的责任,我不知道。这件事你得用你自己的良心去衡量。"

痛苦如同一阵电流涌遍他的全身,刹那间,他差点儿要跳起身来,有一句被憋在心里的话在他的嗓子眼儿里跳荡着。他强压住自己没有发作,忍了片刻,又忍了片刻。

"不要再说啦,"林肯不安地说,"我从来就没有认为这件事你有责任。"

"海伦是因为心脏病发作去世的。"查理阴郁地说。

"是的,是心脏病。"玛丽雯说,仿佛她话里还有话似的。

随后,在这一顿痛骂之后索然无趣的心境中,她总算看清了他,而且心里也明白,他已经在一定程度上掌握了主动权,形势变得完全对他有利了。她朝丈夫瞄了一眼,发觉从他那儿根本就得不到支持,于是,这件事猛然间仿佛成了一件无足轻重的小事似的,她终于自甘服输了。

"你爱怎么办就怎么办吧!"她哭诉着从椅子上蹦起来,"她是你的孩子。我就不做这个恶人来阻拦你的事儿了。我想,这孩子要是我生的,我宁愿让她……"她勉强克制着自己,"这件事由你们俩去拿主意吧。这种样子我实在受不了。我感到很不舒服。我要去睡觉了。"

她匆匆离开了这间屋子;过了一会儿,林肯说:

"这一天下来确实也真够难为她的。你知道她的感受有多强烈……"听他的话音几乎是在赔不是了,"尤其是在一个女人脑子里产生了某种想法之后。"

"那还用说嘛。"

"这事儿不会有什么问题的。我觉得,她现在也想明白了,既然你——能够抚养好这孩子,我们就不好再阻拦你,也不好再阻拦霍诺莉娅了。"

"谢谢你,林肯。"

"我得赶紧去看看她怎么样了。"

"我也该走啦。"

他走到大街上时,浑身还在直打战,不过,沿着波拿巴路到码头区的这一段路走下来之后,他终于振作起来,接着,在走向塞纳河对岸时,在码头边路灯的照耀下,他越发显得精神振奋、面貌焕然一新了,感到心中美滋滋地充满了喜悦。可是,回到房间后,他却怎么也睡不着了。海伦的形象老是萦绕在他的脑海里。海伦曾经是他至爱至亲的人,直到后来他们竟无端地开始糟践起对方的爱情来,终于把爱情撕成了碎片。在二月里的那个惊魂之夜,在玛丽雯至今仍记忆犹新的那天夜里,一场索然无味的争吵竟没完没了地持续了好几个钟头。他们起先已经在佛罗里达大酒店里当着众人的面大吵了一场,到后来,他想带她回家去算了,没想到就在这时,她竟在一张桌子边亲吻起小伙子韦伯来;事发之后,她居然还歇斯底里地说了那样一大通话。他独自一人回到家中,在气得要发疯的状态下,他一进家就用钥匙锁上了门。他怎么知道她会在一个小时之后孤身一人回来呢,又怎么知道外面刮起了暴风雪,而她竟穿着那双轻便舞鞋冒着暴风雪在外面瞎转悠,慌里慌张地连一辆出租车都不肯叫呢?后来她便落下了那个后遗症,患上了肺炎,全凭出现了一个奇迹才死里逃生,接踵而来的便是让人提心吊胆的全面护理。他们总算"和好了",然而那只是婚姻走向终结的开端罢了,可是玛丽雯呢,她目睹了这一幕,而且还想象着,她姐姐已经遭受过许许多多像这样受苦受难的场面,这只是其中的一幕,因此永远也忘不了。

对这段往事的回顾又使海伦越来越亲近了，所以，在黎明即将来临之际，在那乳白色的、柔和的天光悄悄爬到他身上的时候，他似睡非睡地发觉自己又在跟她说悄悄话了。她说，在霍诺莉娅这件事上，他做得完全对，她也希望霍诺莉娅能跟他生活在一起。她说，她很高兴他目前的状态很好，而且干得越来越好了。她还说了别的许多话——非常亲切的话，她白衣飘飘地坐在秋千上，一直在不停地荡来荡去，而且越荡越快，到最后，他都听不清她究竟说了哪些话了。

四

他从梦中一觉醒来，感到很幸福。生活的大门又一次为他敞开了。他忙碌起来，既为霍诺莉娅、也为他自己制订着种种计划、远景规划、未来的安排，可是他猛然间又回想起了他和海伦曾经制订过的种种计划，不由得又悲从中来。她并没有计划去死啊。得着眼于现在，这才是最重要的——总得有事情可做、有值得去爱的人才行。但是，切不可爱得太过分，因为他知道，不论是做父亲的对女儿，还是做母亲的对儿子，如果在感情上过分依恋，会给他们造成多大的危害：日后，当孩子长大成人、步入这大千世界时，就会在配偶的身上寻求同样盲目的柔情，万一找不到，便会转而对爱情和人生持相反的态度。

今天又是一个风和日丽、空气清新的日子。他给此刻已经在银行里上班的林肯·彼得斯打了个电话，向他询问，等他动身去布拉格的时候，他能不能指望把霍诺莉娅也一起带走。林肯表示同意，认为没有道理再拖延下去了。只有一件事——合法的监护权。玛丽雯还想再保留一段时间。她已经被整个这场风波搅得心烦意乱，所以，如果她觉得这种状况依然还是由她来控制再延续一年的话，到那时，事情自然会顺理成章好办得多。查理表示同意,因为他一心想要的只是那个看得见、摸得着的孩子。

接下来就该考虑找一个家庭女教师的问题了。查理坐在一家气氛沉闷的职业介绍所里,他先同一个举止轻佻的贝亚恩[①]姑娘交谈了几句,接着又同一个丰臀肥乳的布列塔尼[②]乡下姑娘聊了一会儿,这两个人他大概都消受不起。另外还有几位,他明天才能见到面。

他跟林肯·彼得斯在"狮身鹰首兽"[③]大酒店里一起吃了顿午饭,席间,他努力克制着自己,不让内心的喜悦之情流露出来。

"这世上没有任何事情能跟你自己嫡亲的孩子相比,"林肯说,"可是,你也得理解玛丽雯的切身感受呀。"

"她已经忘了我在那边多么卖力地苦干了整整七年的情景,"查理说,"她偏偏就记得那一个晚上的事情。"

"这当中还另有隐情呢,"林肯吞吞吐吐地说,"想当年,你和海伦在欧洲各地到处寻欢作乐、肆意挥霍着金钱的时候,我们刚好在勉强凑合着过日子呢。我没有从那一派繁荣的大好形势中捞到任何好处,原因是,我这人向来胆量不足,除了买我的人寿保险之外,别的什么也不敢买。我想,玛丽雯大概觉得这世上的事情多少有那么点儿不公平吧——到头来,你甚至连班也不上了,而钱倒是越来越多了。"

"钱来得容易,去得也快呀,如此而已。"查理说。

"是啊,许多钱都落在别人手里了,譬如宾馆里的那些跑堂的服务生啊、吹萨克斯管的演员呀、酒店里的那些领班啊,等等——得了,那种大宴宾朋的聚会如今已经结束啦。这番话我只是说说而已,

---

[①] 此处原文为法语。贝亚恩(Bearn),法国旧省名。
[②] 此处原文为法语。布列塔尼(Bretagne),法国西部一地区名。
[③] 此处原文为法语。狮身鹰首兽(Griffon),古希腊神话中的一种长着狮身、鹰头、鹰翼的怪兽。

379

目的是想解释一下玛丽雯对那些疯狂岁月的感受。要是你能在今晚六点钟左右，趁玛丽雯还不觉得太劳累的时候，顺便到家里来一趟，我们就把那些细节问题当场敲定吧。"

回到宾馆后，查理发现有他的一封特快专递信件①，信件是从丽兹酒吧那边转过来的，查理当时为了找到某个人，曾在那儿留下过他的地址。

亲爱的查理：

那天我们碰巧遇见你的时候，你的表现真让人感到不可思议啊，害得我心里一直在犯嘀咕，不知自己是否在哪件事情上得罪过你。即便如此，我也是无意的。事实上，最近这一年来，我一直在寝食难安地惦念着你呢，而且心底里总是在这样想着，要是我追到这边来的话，我没准就能跟你见上一面。在那个疯狂的春天里，我们曾经度过了多少美妙的时光啊，比方说吧，那天夜里，你和我偷走肉铺老板的三轮车的那件事；还有那一次，我们试图去拜访校长，你戴着那顶没有帽顶、只剩下一圈帽檐的旧礼帽，手里拿着那根用钢丝做的手杖。近来人人似乎都变得这么老气横秋，我可是一点儿也不觉得老。为了从前的那些美妙的时光，我们今天能不能在一起欢聚一下？此时此刻，我还微微有些宿醉的感觉，不过，到了午后就会好起来的。五点钟左右，我会到丽兹酒吧附近的那家血汗工厂里去找你的。

永远忠诚的
洛兰

---

① 此处原文为法语"pneumatique"，意为"气压传送快信"。

他的第一个感觉是畏惧感，因为他，在已经长大成人的情况下，还真的偷过人家一辆三轮车，而且他还蹬着这辆三轮车，拉着洛兰，把星形广场转了个遍，从深夜一两点钟一直折腾到拂晓前。回想起来，那简直不啻为一场噩梦啊。把海伦反锁在门外这一做法固然与他生活中的其他所作所为都不能相提并论，但是偷三轮车这一事件却符合他的所作所为——他干过许多恶作剧，偷三轮车只是其中的一件。要多少个星期、多少个月的放浪形骸，才会沦落到这种彻底放任自流的境地啊？

他努力想象着洛兰那时候在他心目中是个什么样的形象——非常迷人嘛；海伦对这一点很不高兴，尽管她什么话也没说。昨天，在那家餐馆里的时候，洛兰似乎变得俗不可耐、反应迟钝、容颜不再了。他根本就不要见她，也暗自庆幸，艾利克斯并没有把他下榻之处的地址泄露出去。不过，一想到霍诺莉娅，一想到能陪伴她度过一个又一个星期天，能跟她说"早晨好"，知道她夜间就憩息在家中，在黑暗中均匀地呼吸着，心里也立刻就释然了。

到了五点钟的时候，他叫了一辆出租车，给彼得斯全家老小都各买了一份礼物——有模样淘气的布娃娃，有盒装的罗马士兵，有送给玛丽雯的鲜花，也有送给林肯的亚麻大手绢。

他一踏进那套公寓，就发觉玛丽雯已经接受了这一势在必行的现实。她现在总算肯出来迎接他了，仿佛他是这一家子人里最不服管束的一个亲人，而不是一个来意不善的外人似的。霍诺莉娅已经得知，她马上就要走了；查理看得出，她的乖巧使她在掩饰着她那喜出望外的心情，心里也很高兴。只有坐在他膝头上的时候，她才悄声向他诉说了她满心的欢喜，还顺便问了一声"什么时候？"然后便溜开了，跟那两个孩子玩在了一起。

一时间，屋子里只剩下他和玛丽雯了，于是，出于一时冲动，他

381

斗胆把话说了出来：

"一家人争争吵吵总是让人心酸的事情。一旦吵起来就会口无遮拦，什么规矩也顾不上了。这种争争吵吵跟浑身疼痛或者身负重伤可不一样；这种争争吵吵更像是皮开肉绽、体无完肤，因为没有足够的材料，伤口就怎么也愈合不了。但愿你我的关系能够好起来。"

"有些事情是很难忘掉的，"她回答说，"这是一个能不能信任的问题。"

这话叫人没法回答，于是，她马上改口问道："你打算什么时候带她走？"

"等我一找到家庭女教师就带她走。我本来指望后天成行的。"

"这是不可能的。我总得把她的东西收拾好。星期六之前肯定不行。"

他只好恭敬不如从命了。林肯回到这间屋里，给他递过来一杯酒。

"我每天一杯威士忌，这杯酒我会喝的。"他说。

这里暖融融的，这才是一个家，全家人团聚在一起坐在炉火前。几个孩子都很有安全感，也很受重视；母亲和父亲都一丝不苟，时刻在关注着他们。为了这几个孩子，他们有很多事情要做，远比接待他的来访重要得多。不管怎么说，哪怕是一汤匙药液，毕竟也要比玛丽雯和他自己之间的这种剑拔弩张的关系更为重要。他们不是感觉迟钝的人，可是，他们在很大程度上已经被生活和环境缚住了手脚。他暗暗思忖，不知自己能不能做点儿什么，让林肯摆脱他在那家银行里的墨守成规的工作。

一阵经久不息的门铃声骤然响起；那个包揽了所有家务活儿的女佣①急忙穿过房间、顺着过道赶了过去。又一阵经久不息的门铃声响

---

① 此处原文为法语"bonne à tout faire"，意为"做所有家务的女仆"。

起时,门开了,随即便传来了叽叽喳喳的说话声,客厅里的这三个人也都满怀期待地抬起头来张望着;林肯为了能把过道纳入他的视线范围内,起身走了过去,玛丽雯也跟着站起身来。不一会儿,那个女佣又沿着过道回来了,紧随在她身后的还是那叽叽喳喳的说话声,那说话声越来越近,灯光下终于渐渐现出了邓肯·谢弗和洛兰·夸尔斯的身影。

他们居然那么兴高采烈,他们居然那么欢天喜地,他们居然那么放肆地开怀大笑着。一时间倒把查理惊呆了;真弄不懂他们是怎么打探出彼得斯家的地址的。

"啊——哈——哈!"邓肯颇有些调皮地朝查理摇晃着他的一根手指头,"啊——哈——哈!"

他俩不知不觉又爆发出一长串爽朗的笑声。查理既忧心忡忡,又一头雾水,便急忙上前跟他俩握了握手,并把他俩介绍给了林肯和玛丽雯。玛丽雯只点了点头,几乎没开口说话。她朝壁炉边倒退了一步;见小女儿就站在她身旁,玛丽雯便伸出一只胳膊搂着她的肩膀。

由于对他俩冒冒失失地闯进门来越来越感到恼火,查理便一言不发地等着他俩自己来做出解释。邓肯好不容易才静下神来,说:

"我们是来请你出去吃晚饭的。洛兰和我一致认为,你这套鬼鬼祟祟、谨小慎微、隐瞒你的住址的把戏早就该收场了。"

查理迎面朝他俩走去,仿佛要逼着他俩再顺着过道退回去似的。

"对不起,我不能去。把你们要去的地方告诉我吧,我会在半个小时以后给你们打电话的。"

这句话根本没起到任何作用。洛兰居然意想不到地在一张椅子的边缘一屁股坐了下来,两眼发直地盯着理查德,嘴里在直嚷嚷:"啊,多好看的一个小男生啊!上这儿来呀,小男生。"理查德朝他妈妈瞅了一眼,却动也没动。洛兰微微耸了耸肩膀,又朝查理转过身来:

"来吧,不就是吃顿晚饭嘛。你的这几个亲戚肯定不会介意的。真是难得见你一面呢。你可真是一本正经啊。"

"我不能去,"查理厉声说,"你们两个吃晚饭去吧,我会给你们打电话的。"

她说话的口气顿时就变得不中听了。"好吧,我们走。不过,我至今还记得,有一回你在凌晨四点钟跑来'砰砰'地敲我的门时的情景。我当时可是够义气的,还好心好意地请你喝了杯酒呢。快走啊,邓克。"

两人依然还在磨磨蹭蹭,带着满脸的愠色,拖着踉踉跄跄的脚步,心灰意懒地顺着过道慢慢退去。

"再见。"查理说。

"再见!"洛兰咬牙切齿地回敬了一声。

他反身回到客厅时,玛丽雯依旧原地不动地站在那儿,唯一不同的是,她儿子这时正站在她的另一只胳膊弯儿里。林肯仍然在来来回回地推着霍诺莉娅荡秋千,把她摇晃得像只钟摆一样左右摆动着。

"简直让人忍无可忍!"查理勃然大怒,"太让人忍无可忍了!"

两口子都没有吭声。查理跌坐在一张扶手椅里,伸手端起他的那杯酒,却又把它放下来,然后说:

"我已经两年没见过面的人,胆子倒不小,居然敢……"

他话没说完就猛然打住了。玛丽雯呼吸急促、怒气冲冲地"啊!"了一声,随即便背过身去,离开了这间屋子。

林肯小心翼翼地把霍诺莉娅放下来。

"你们几个孩子先进去喝汤吧。"他说。等几个孩子听话地走了之后,他对查理说:

"玛丽雯身子不好,她也受不了惊吓。这号人会气得她真的犯病的。"

"我没叫他们上这儿来呀。他们拐弯抹角地不知从什么人那里打探到了你的住址。他们是故意来……"

"唉,实在太不像话了。这样做于事无补嘛。对不起,我失陪一下。"

由于只剩下他一个人了,查理坐在椅子里,心情越发紧张起来。他能听到隔壁房间里孩子们在吃饭、在极其简短地相互说话的声音,他们早已把刚才大人们之间闹得不愉快的场面忘得一干二净了。他听见相距更远的另一个房间里传来了一阵窃窃私语的交谈声,接着又听见有人拿起电话听筒时的"叮当"一声,便觉得心里一阵发慌,于是就挪到屋子的另一边去了,免得无意间再听到什么。

林肯不一会儿就回来了。"喂,查理。我想,我们还是取消今晚的宴会吧。玛丽雯心情很不好。"

"她是在生我的气吗?"

"有那么点儿吧,"他说,口气有些生硬,"她本来就没有那么坚强,再说……"

"你是说,在霍诺莉娅这件事上,她改变主意了?"

"她眼下正憋着一肚子气呢。我也不知道该怎么办。你明天打电话到银行来找我吧。"

"我做梦也想不到这种人居然会找到这儿来,你要是能向她解释一下就好了。我也很恼火,跟你们一样。"

"我现在说什么话她也听不进去。"

查理站起身来。他拿起自己的大衣和帽子,拔脚朝过道里走去。随后,他推开餐室的门,用一种极不自然的声调说:"晚安,孩子们。"

霍诺莉娅立即站起来,飞跑着绕过餐桌扑进他的怀里。

"晚安,小甜心。"他怅然若失地说,但随即又努力把自己的声音调整得温柔了一些,像是要努力博得一些好感似的,"晚安,亲爱的孩子们。"

五

查理径直奔向了丽兹酒吧,怀着怒不可遏的心情一心想找到洛兰和邓肯,岂料他们并没有上这儿来,这时他才意识到,自己无论怎样也奈何不了他们。在彼得斯家里时,他没碰过自己的那杯酒,于是,他此时便要了一杯威士忌加苏打水。保罗远远地走过来朝他打了声招呼。

"时局变化真大呀,"他伤感地说,"我们这儿的生意差不多只是从前的一半。我听说有那么多的人在美国那边把什么都输光了,也许没有输在第一次股市行情大跌价里,但是到后来就躲不过第二次了。你的朋友乔治·哈特输得连一分钱也没有了,我是听说的。你如今还在美国那边做事吗?"

"不,我在布拉格做生意。"

"我听说,你在这次股市大崩盘里损失也不小呢。"

"我的损失确实不小,"接着,查理又没好气地补了一句,"我把原指望能在股市大涨的时候大捞一把的所有老本都输光了。"

"是做了空仓吧?"

"跟这也差不多。"

蹉跎岁月中的那些往事又一次像噩梦一样扫过他的脑际——他们在旅行时所结识的那些人,还有那些连一串数字也不会相加、一句连贯的话也说不出的人。在那场在游轮上举行的舞会上,那个小个子男人,海伦还接受过他的邀请跟他跳过舞呢,这家伙竟然在离开餐桌十英尺的地方当众辱骂她;还有那些女人和姑娘,因为喝醉了酒,或者吸了毒,在不住地尖声怪叫着,最终被人家抬出了公共场所……

还有那些男人，居然把自己的老婆锁在门外的雪地里，因为一九二九年的那场雪根本不算是真正的雪。倘若你不想让老天下雪，只要付点儿钱就能办得到。

他走到电话机前，拨通了彼得斯家的寓所；是林肯接的电话。

"我打电话来，是因为这桩事情一直压在我心头上。玛丽雯到底有没有说过什么明确的话？"

"玛丽雯已经病倒了，"林肯在电话里唐突地说，"我也知道，这件事不完全是你的过错，可是我不能让她因为这件事弄垮了身体。恐怕我们不得不把这件事暂且先放一放了，等半年再说吧；我可不敢担这个风险，又把她折腾到这种状况。"

"我明白。"

"我很抱歉，查理。"

他回到刚才的餐桌边。那只装威士忌的玻璃酒杯已经空了，不过，当艾利克斯用探询的眼光望着那只空酒杯时，他却摇了摇头。除了派人给霍诺莉娅送些东西去之外，他现在并没有多少事情可做；明天他会派人给她送去一大堆东西的。他相当生气地暗暗思忖，这只不过是花钱罢了——他曾经给过那么多人钱呢……

"不行，不能再喝啦，"他对另一名服务生说，"我该付给你们多少钱？"

他总有一天还会回来的；他们不可能永远像这样逼迫他付出代价。但是，他要夺回自己的孩子，除了这个实实在在的事情之外，别的一切现在都算不得什么了。他已经不再幼稚、独自怀着一大堆美妙的念头和梦想了。他绝对相信，海伦不会希望他这么形影相吊地活下去的。

（吴建国　译）